国家社科基金一般项目"唐宋词声律史研究"（13BZW070）结项成果

唐宋词声律史

田玉琪
张春义 等著

中华书局

图书在版编目(CIP)数据

唐宋词声律史/田玉琪等著. —北京：中华书局,2024.8
ISBN 978-7-101-16510-4

Ⅰ.唐… Ⅱ.田… Ⅲ.唐宋词–诗词格律 Ⅳ.I207.23

中国国家版本馆 CIP 数据核字(2024)第 020553 号

书 名	唐宋词声律史
著 者	田玉琪 张春义 等
责任编辑	李碧玉
装帧设计	刘 丽
责任印制	陈丽娜
出版发行	中华书局
	(北京市丰台区太平桥西里 38 号 100073)
	http://www.zhbc.com.cn
	E-mail:zhbc@zhbc.com.cn
印 刷	三河市中晟雅豪印务有限公司
版 次	2024 年 8 月第 1 版
	2024 年 8 月第 1 次印刷
规 格	开本/920×1250 毫米 1/32
	印张 12⅝ 插页 2 字数 312 千字
印 数	1-2000 册
国际书号	ISBN 978-7-101-16510-4
定 价	68.00 元

目　录

引　言

我国的韵文学,至唐宋词,其声律形态实至登峰造极之地步,既有稳定的模式,又有复杂之变化,远非前代诗歌能比。其稳定之模式,主要就同一词调而言;其复杂变化,一就不同词调而论,二就同一词调发展演化而言,实在是绚丽多姿,蔚为大观。形成这种情况的根本原因,即为先乐后词的词乐配合方式本身的复杂多样,当然也与前代艺术特别是文学艺术的积淀关系密切。

就唐宋词体声律而言,有乐体、文体两个方面的内容,前者属音乐的特征,后者为语文的形式,又各自包含很多具体的方面。后代词乐分离,但词体创作依然表现着唐宋时期词乐配合之基本特点。历代至今的词体声律研究包括词谱编撰的相关工作也主要在这两个层面进行,或结合论述,或侧重展开。下面我们试对课题的研究现状做一评述,并对课题的主要研究内容和方法做一介绍。

一、研究历史现状述评

这里我们从乐体、文体及相互结合的层面做一概述。

(一)"乐体"方面的研究,主要是唐宋音乐特别是词乐的基本特征与词乐配合的基本特点研究,这主要有:

1.关于唐宋音乐特别是词乐的基本特征研究。

唐宋时期,正史、别史、笔记、词曲专论等为我们提供了唐宋词音乐的相关文献资料及唐宋时人对词体音乐的认识。如《隋书》、《通典》、《旧唐书》、《新唐书》、《唐会要》等关于燕乐情况的相关记载和考证;《教坊记》、《羯鼓录》、《乐府杂录》、《乐府诗集》中的曲调记载及燕乐二十八调的基本情况的记述等;《宋史》、《宋会要》、《通志》、《玉海》、《乐书》中相关宋代音乐理论史料及考证;沈括《梦溪笔谈》、李清照《词论》、王灼《碧鸡漫志》、蔡元定《律吕新书》、张炎《词源》、沈义父《乐府指迷》等关于唐宋词音乐及词乐配合的相关论述,于后人认识词乐特征具有非常重要的价值。明清时期论及唐宋音乐主要是结合唐宋音乐史料进行考证,于乐律方面成果较多。主要著作有江永《律吕新论》、陈澧《声律通考》、凌廷堪《燕乐考原》、方成培《香研居词麈》等。《律吕新论》、《声律通考》、《燕乐考原》主要从八十四调、二十八调宫调及黄钟音高角度考察,其中《燕乐考原》前五卷对燕乐俗乐调的相关记载作了汇编,卷六则集中加以归纳总结并阐述自己的观点,《香研居词麈》则结合唐宋音乐史料对俗乐字谱等诸多问题做了考析,虽然并不全面系统,但于后世亦资参考。

近现代对唐宋音乐及词乐研究方面成果十分丰富。主要集中于两个方面:唐宋音乐理论研究;唐宋乐谱及明清时期留传的唐宋词乐谱的整理翻译与研究。在理论研究方面,著作如郑觐文《中国音乐史》(上海大同书会 1929 年)、王光祁《中国音乐史》(中华书局 1934年)、吴梅《词学通论》(商务印书馆 1933 年)、林谦三《隋唐燕乐调研究》(商务印书馆 1936 年)、邱琼荪《燕乐探微》(黑龙江人民出版社1986 年)、杨荫浏《中国古代音乐史稿》(人民音乐出版社 1981 年)、张梦机《词律探源》(台湾文史哲出版社 1981 年)、吴熊和《唐宋词通论》(浙江古籍出版社 1989 年)、洛地《词乐曲唱》(人民音乐出版社1995 年)、刘崇德《燕乐新说》(黄山书社 2003、2011 年)及《姜夔与宋代词乐》(江西高校出版社 2006 年)等影响较大。诸家多集中于燕乐乐律的考察,观点多有异同,其中如《中国音乐史》《隋唐燕乐调研究》《燕乐探微》诸书多针对燕乐八十四调、二十八调宫调考索,《燕乐探微》除于燕乐宫调考论外,对清商曲调、法曲曲调及唐宋谱字配律等亦有详考,观点多为精允。而王运熙《清乐考略》(《乐府诗述论》,上海古籍出版社2006年)对清商乐的历史发展的论述具有开创意义。论文方面,从二十世纪五十年代至2017年有220余篇,主要内容多为唐宋燕乐的乐律特征与变迁,其中1954年至1999年四十多年间有100余篇,而2000年至2017年十几年间也有100余篇,说明唐宋燕乐理论研究目前仍为学术热点。不过这些论文多为纯音乐学论文,很少探讨词乐之间的关系。而在全面梳理唐宋音乐文献的前提下对唐宋乐律做出科学合理的评判,目前学界还远没有形成共识。

2. 词乐配合的基本特征研究。

主要集中在唐宋词乐配合关系研究方面,现当代成果最为突出。著作方面有刘尧民《词与音乐》(云南人民出版社1982年)、吴熊和《唐宋词通论》、施议对《词与音乐关系研究》(中国社会科学出版社1985年)、王小盾《隋唐五代燕乐杂言歌辞研究》(中华书局1996年)、《唐代酒令艺术》(东方出版中心1995年)、洛地《词乐曲唱》、刘崇德《燕乐新说》、郑孟津《宋词音乐研究》(中国文史出版社2004年)、郑绍平等《倚声探源——对宋词本体的研究》(学苑出版社2011年)、田玉琪《词调史研究》(人民出版社2012年)等。《词与音乐》较早地从词乐配合角度论述词体的基本特征;《唐宋词通论》从词体起源、词体的按谱填词等诸多方面做了清晰扼要的论析,其中篇有定句、句有定拍的观点等具有重要开拓意义;《词与音乐关系研究》从燕乐律调和词的声律、词的乐曲形式、词与乐关系的发展变化等角度论述了词乐配合;《隋唐五代燕乐杂言歌辞研究》则对隋唐五代杂言曲子的演唱方式、歌辞组合关系等做了考论;《燕乐新说》、《宋词音乐研究》从音乐与词的具体关系分析词体特点。论文方面,二十世纪三十年代至今有 60 余篇,代表作如刘明澜《论宋词词韵与音乐的关系》(《中国音乐学》1994.06)、洛地《词调三类:令、破、慢》(《文艺研究》2000.05)、谢桃坊《宋词的音乐文学性质》(《东南大学学报》2003.04)、李连生《从〈白石道人歌曲〉旁谱论词乐与乐律之关系》(《江西社会科学》2003.06)等等,结合唐宋词乐理论或者乐谱对唐宋词的声韵进行了研究。词乐配合的研究成果,总的来说成就很高,值得深入总结。

　　(二)词体"文体"方面的研究,从内容上大致可以分为词调结构体式、用韵、字声、句法、声情等。明清至现当代研究成果颇丰,一方面体现于词谱的编撰之中,一方面集中于词话及相关词论中。研究者有的虽然侧重文体的声律特点,但依然注意将音乐与文体结合在一起论述;有的则是抛开音乐单纯论述文体,把词体视如近体诗一般的格律诗体进行研究。

　　1.词调结构研究。这一方面,明清词谱的编撰者做出了重大贡献,万树《词律》于词体上下片的对称结构分析,王奕清等《词谱》于唐宋词调体式的归纳总结等等,考证精审,多为后来词谱编者及词体声律研究者借鉴参考。现当代著作刘尧民《词与音乐》、施议对《词与音乐关系研究》、吴熊和《唐宋词通论》、王小盾《隋唐五代燕乐杂言歌辞研究》、刘崇德《燕乐新说》诸书等皆有对词体结构的分析。孙霄兵《汉语诗律学》(华东师范大学出版社 2014 年)对词体"阕"的概念、构成及词的联章做了分析论述。

　　2.词韵研究。包括对韵部的归纳总结,清人沈谦《词韵略》、李渔《笠翁词韵》、仲恒《词韵》、吴烺《学宋斋词韵》、吴宁《榕园词韵》、戈载《词林正韵》等,就词韵分部各有差异,学界通常以戈载的《词林正韵》为词韵研究的集大成者。当代学者如鲁国尧、魏慧斌等人对宋词韵部也有详细研究,使用材料更为全面,台湾学者金周生对宋词入声韵的研究也颇为细致。当代词韵研究主要运用的方法是归纳总结法,通过将词人词作之用韵做全面归纳分析得出结论,对平声、上去声的用韵通常以摄为统领,用平赅上去的方式。还有词体用韵特点的研究,王易《词曲史》、吴梅《词学通论》、陈匪石《声执》、夏承焘《词韵约例》、龙榆生《令词的声韵组织》、詹安泰《论声韵》、马兴荣《词学综论》(齐鲁书社1989年)、涂宗涛《诗词曲格律纲要》(天津人民出版社2000年)、孙霄兵《汉语词律学》等论著,对词体用韵基本特点皆有论析。近年来一些硕博士论文在词调的研究中,注意到了用韵的内容,非常值得肯定。

3. 字声句法研究。这一方面明清词谱著作亦取得了重要成就,特别是万树《词律》和王奕清等编《词谱》贡献尤大,其中如重去声、上去声之配合及以入声代平声等观点对当时及后世影响很大。清人词话论词著述,也多有论及字声者,如沈曾植、谢元淮论平声分阴阳,李渔论上声,田同之、杜文澜等论去声和上声之配合等等。现当代研究词体字声者,王易《词曲史》、龙榆生《论平仄四声》、夏承焘《唐宋词字声之演变》、陈匪石《声执》、王力《词律学》、詹安泰《论音律》、刘尧民《词与音乐》、刘永济《宋词声律探源大纲》(中华书局2007年)、施议对《词与音乐关系研究》等论著的影响较大。在句法研究方面,词谱诸书如《词律》、《词谱》等对个体词调的句读多有精深细致的分析,如《词律》对词调的领字、折腰句式的辨析等等。现当代论著方面,很多词体常识、通论方面的著作对词体句法基本特征均有论及。而金志仁《论唐宋词体式的发展》(《南通教育学院学报》1996.01)、詹亚园《从篇制句式看唐五代词体式之演进》(《淮北煤师院学报》1993.02)等文中对唐宋词调体式、句法、用韵配合等做了一定的分析研究。

4. 词调"声情"也是词体研究重要内容。这与词乐的乐调声情紧密联系,不过由于唐宋词乐文献大都失传,从相关文献如词调宫调、源起特别是词调创作的字、句、韵组合的本身角度考察，不失为一个可行的方法。王易《词曲史》中多有词调声情之论述，龙榆生在《研究词学之商榷》中特别提出建立"声调之学"，刘永济《宋词声律探源大纲》提出"一调有一调之调情"、"不可任意妄填"。吴熊和《唐宋词通论》对多个词调的固有声情从调名缘起、词人创作等多个角度做了辨析。田玉琪《词调史研究》、谢桃坊《唐宋词谱校正》（上海古籍出版社2012年）更对众多词调的声情包括题材做了较为全面的分析概括。

应该说，在唐宋词体声律研究方面，无论是在"乐体"还是"文体"方面都已经有非常丰富的研究成果，值得认真总结、研究和借鉴。但是总体来看，唐宋词之词体声律研究尚有诸多不足：

（1）在对唐宋音乐的相关研究中，多为纯音乐学著作，于词体声律或完全不做阐述，或论述笼统、模糊，而从清商乐、法曲、胡部燕乐、宫廷雅乐、大晟乐等音乐乐种的角度，对词乐发展的历史贡献论述尚有严重不足，对国内音乐理论文献的使用也有诸多不到位之处，海外音乐文献的使用也甚少。（2）在词与乐的具体关系论述中，对词体基本结构的形成及原因，还缺少深入具体的分析讨论。（3）关于唐宋词的用韵的研究成果多是纯语言学成果，从文学、音乐学角度的考察甚少。而从清代至今都主要是以平赅上去的方式进行，不尽符合词体平押平声、上去押上去声的创作原则，相关结论与宋词用韵亦不尽相合。对词韵在唐五代至两宋的具体发展演进研究成果缺乏，对词调的韵部特征及词人韵部选择与作家风格的关系论述不足。（4）唐宋词调体式的发生发展历史规律方面，缺乏系统的归纳总结。而唐宋令词、慢词的句式、字声分析与音乐的发生发展结合论述方面也有不足，很多成果为纯粹的文字格律研究。（5）对唐宋词调的字声研究主要集中在一调一谱的研究层面，对唐宋词调的总体字声规律缺乏归纳总结，远没有得出如近体诗字声规律一样的词体字声法则。

二、研究的主要内容和方法

本书主要从"乐体"、"文体"及二者结合的角度进行论述,努力打通文学、语言学、音乐学的研究,立体考察唐宋词作为音乐文学的发生发展历史。

在"乐体"方面,主要从清商乐、法曲、胡部燕乐、宋代宫廷鼓吹乐、大晟乐等与唐宋词乐的联系及对其影响作历时性的论述,侧重音乐文献史料的挖掘梳理,对相关曲调(词调)及依乐填词等情况进行考述分析,试图从历史发展演进的角度论述这些乐种在词乐中的地位和影响。在"文体"方面,对唐宋词用韵,采用语言学和文学相结合的研究方式,特别是用定量分析的方法,分别对唐宋词的平声、上去声用韵情况进行全面梳理,归纳韵部并考察其变化发展,同时考察词调及词人所用韵部的特点;入声韵的研究也是如此,试图从总体宏观的角度对唐宋词用韵作历史考察。而对唐宋词的词调体式,则结合唐宋词的音乐特性,从用韵、句拍、字声等角度进行发展演进的分析。在乐体和文体的具体结合方面,除了在乐体上的依乐填词考察及词调体式上的字、句、韵考察之外,以舞谱《掌中要录》、敦煌琵琶谱、《白石道人歌曲》旁谱做一些具体分析。而无论是乐体还是文体研究,词调的运用分析都是其中重要内容,也是贯穿整个研究的基本要素。在唐宋词字声总结方面,通过以"韵"为中心及韵句、邻韵句的字声搭配,试图找到唐宋词调字声组成的基本法则。

本书前三章乐体部分,由嘉兴大学张春义教授完成,第四章第二节"舞谱《掌中要录》与词调的文体结构"由湛江科技学院音乐舞蹈学院田园女士撰写,其他为本人撰写。责编李碧玉老师,校正了诸多错误,深为感激。限于学识水平,书稿中仍难免诸多舛漏,还请方家不吝批评指正。

田玉琪
2022 年元旦

第一章　清商乐在词体演进中
　　　　的历史贡献

　　清商乐,一名清乐。"清商"之名较早见于先秦两汉文献,但有"清商"之名是否意味着在先秦两汉就有清商乐之实,以及清商乐是否是相和歌的继承和发展,学界却有不同的意见①。但一般认为,清商乐到曹魏时代已经成熟,并设立专门的"清商署"以管理清商乐,标志着清商乐已成为一个独立的乐种,这在学界基本上已成共识。清商乐是词体音乐的重要源头之一,探讨它在词乐中的历史贡献至少可从音乐成分("燕乐"构造)、曲调构成、文字格律及审美风格方面入手,追溯它对词体形成所起的直接或间接的词源作用。

第一节　清商乐的由来及其演变

　　关于清商乐的由来及其演变,以《乐府诗集》为最全面,也较为混乱②。《乐府诗集》将不同时期具有不同内涵的清商乐纳于一体,体

---

① 详见杨生枝《乐府诗史》,青海人民出版社 1985 年版,第 5 页。
② 郭茂倩《乐府诗集》卷四四:"清商乐,一曰清乐。清乐者,九代之遗声,其始即相和三调是也,并汉魏已来旧曲。其辞皆古调及魏三祖所作。自晋朝播迁,其音分散,苻坚灭凉得之,传于前后二秦。及宋武定关中,因而入南,不复存于内地。自时已后,南朝文物号为最盛。民谣国俗,亦世有新声。……后魏孝文讨淮汉,宣武定寿春,收其声伎,得江左所传中原旧曲,(转下页注)

现了郭茂倩对清商乐的总体看法及隋唐以来至南宋时期的学术思想①,同时也成为后人争议不休的渊源所在。

据今人王运熙考证,清商乐的发展经历了三个阶段的演变,即"魏晋清商旧乐"、"南朝清商新声"、"隋唐清商乐"②,今依王先生"三分法"先对其由来与演变作一要述。

一、魏晋清商旧乐

"魏晋清商旧乐",王氏又称为"汉魏清商旧乐",而将汉"相和曲"纳入"清商旧乐"的范畴,却将西晋清商旧乐排除在外③。此说原无不可,但学界一般认为西晋清商旧乐亦应纳入其中。

据载,汉末大乱,雅乐散失,乐章亡缺,曹操削平纷乱,创定雅乐。建安十五年(210),曹操起铜爵台于邺,"自作乐府,被于管弦。后遂置清商令以掌之"(《资治通鉴》卷一三四)④。后世甚至把开创"南

（接上页注）《明君》、《圣主》、《公莫》、《白鸠》之属,及江南吴歌、荆楚西声,总谓之'清商乐'。至于殿庭飨宴,则兼奏之。遭梁、陈亡乱,存者盖寡。及隋平陈得之,文帝善其节奏,曰:'此华夏正声也。'乃微更损益,去其哀怨,考而补之,以新定律吕,更造乐器。因于太常置清商署以管之,谓之'清乐'。开皇初,始置七部乐,清商伎其一也。大业中,炀帝乃定清商、西凉等为九部。而清乐歌曲有《杨伴》,舞曲有《明君》、《并契》。乐器有钟、磬、琴、瑟、击琴、琵琶、箜篌、筑、筝、节鼓、笙、笛、箫、篪、埙等十五种,为一部。唐又增吹叶而无埙。隋室丧乱,日益沦缺。唐贞观中,用十部乐,清乐亦在焉。"(中华书局1979年版,第2册,第638页)

① 郭茂倩《乐府诗集》有关清商乐的界定,实袭自杜佑《通典》,乃北魏、隋、唐以来清商乐观的继承和发挥。详见下文考述。
② 王运熙《清乐考略》,《乐府诗述论》,上海古籍出版社2006年版,第195页。
③ 王运熙《清乐考略》,《乐府诗述论》,第195页。
④ 司马光等撰,胡三省注《资治通鉴》卷一三四《宋纪》,中华书局1956年版,第4220页。

朝清商新声"的功劳和曹操的铜爵台联系在一起①。尽管清商署并非曹操所置②,但曹操的铜爵台及其继承者曹丕、曹睿对清商乐的推广,标志着清商乐到曹魏时代已经成熟,这在学界并无异议。

西晋继承了曹魏时代的清商乐,并对它作了较有规模的整理。《晋书·乐志上》:"(曹魏)三祖纷纶,咸工篇什,声歌虽有损益,爰玩在乎雕章。是以王粲等各造新诗,抽其藻思,吟咏神灵,赞扬来飨。(晋)武皇帝采汉魏之遗范,览景文之垂则,鼎鼐维新,前音不改。"③泰始九年(273),荀勖"作新律吕,以调声韵",并"颁下太常,使太乐、总章、鼓吹、清商施用"(《通典·乐一》)④。在此基础上,荀勖编撰了有关清商乐的《伎录》(即《荀氏录》),故被史家称为"清商三调歌诗,荀勖撰旧词施用者"(《宋书·乐志三》)⑤。据此,西晋清商乐显然是在曹魏清商乐的基础上改定而成,亦应纳入清商旧乐的范围。

需要指出的是,曹魏时代的清商乐在西晋时期已开始雅化,荀勖"作新律吕"并"颁下太常"施用云云,可见一斑。《晋书·乐志上》所载曹魏清商乐在西晋的使用情况,已有仪式音乐的特征,这一点毋庸

---

① 沈约《宋书》卷一九《乐志一》:"今之《清商》,实由铜雀,魏氏三祖,风流可怀,京、洛相高,江左弥重。"(中华书局1974年版,第2册,第553页)

② 关于设清商署的时间,或认为魏文帝黄初元年(220),详见修海林《魏晋南北朝时期的音乐教育》(《音乐艺术》1997年第2期)、刘明澜《魏氏三祖的音乐观与魏晋清商乐的艺术形式》(《中国音乐学(季刊)》1999年第4期);或认为在魏明帝青龙三年(235)前后(曾治安《曹魏清商署的设置、得名及相关问题新论》,《乐府学》2006年第1辑,第145页)。

③ 房玄龄等《晋书》卷二二《乐志上》,中华书局1974年版,第3册,第676页。

④ 杜佑撰,王文锦等点校《通典》卷一四一《乐一》,中华书局1988年版,第4册,第3598页。

⑤ 沈约《宋书》卷二一《乐志三》,第2册,第608页。

多论。东晋末刘裕北伐,复将"中原旧曲"收归江左①。这种清商乐往往被称为"中朝旧音"(《晋书·乐志上》)、"中原旧曲"(《魏书·乐志五》)、"华夏正声"(《隋书·音乐志下》)、"遗声旧制"(《旧唐书·音乐志二》),被视为雅乐的象征,也可为佐证。不过,俗乐性质的清商乐在西晋和东晋贵族及文人宴乐场合,也同样得到施用,详见下文,兹不赘述。

二、南朝清商新声

"南朝清商新声",主要指吴声歌、神弦歌、西曲歌、江南弄、上云乐、雅歌等②。但据史载,南朝人并不持这种观念;相反,倒是把吴歌和西曲排除出清商乐的范围(详见《宋书·乐志一》、《南史·王僧虔传》、《南齐书·萧惠基传》)。据考证,王僧虔所谓的"新哇"、"噍危"、"烦淫"(或"桑、濮、郑、卫")即指吴歌、西曲,而清商乐则属"典正"、"正典"(或"中庸和雅")的"雅乐正声"③。显然,魏晋清商乐在南朝已经渐渐僵化,被宋、齐间人视为"雅乐正声",其使用多在礼仪制度场合而并不为"人间"所喜爱。

今人所谓"南朝清商新声"的说法,其实是北魏、隋唐以来的看法(《魏书·乐志五》,《旧唐书·音乐志二》)。这种观点经唐人杜佑(《通典·乐六》)、宋人郭茂倩(《乐府诗集》卷四四)的总结和发挥,

---

① 魏征等《隋书》卷一五《音乐志下》:"《清乐》其始即《清商三调》是也……属晋朝迁播,夷羯窃据,其音分散。……宋武平关中,因而入南,不复存于内地。"(中华书局1973年版,第2册,第377页)
② 王运熙《清乐考略》,《乐府诗述论》,第195页。
③ 详见孙楷第《清商曲小史》(《沧州集》,中华书局1965年版,第452页),曾治安《曹魏清商署的设置、得名及相关问题新论》(《乐府学》2006年第1辑,第147—148页),黎国韬、叶瑜《作为历史概念的清商乐》(《青海民族大学学报(教育科学版)》2011年第3期)。

而逐渐为今人所接受①。至此,清商乐为汉魏六朝的相和歌、吴歌、西曲、杂舞等的总称,已成定论。王运熙云:"清乐是清商乐的简称,它是汉魏六朝时代俗乐的总名。"②乃不包括被宋、齐人视为"雅乐正声"的魏晋清商旧乐在内,则似又与此相矛盾。不过,"南朝清商新声"确实只指"俗乐"而言,这种"俗乐"又主要指吴声、西曲。

据史载,吴声、西曲主要流行于江南和楚地③。史料表明,吴声、西曲其始皆为民间歌谣,原与流行于中原的清商乐无关。大约在永嘉渡江之后,南渡士族方将原为土音的吴声、西曲加以改造,而成为"清商新声"。下及梁、陈,其声播于宫廷内院及士族家乐,相扇以为风尚(详见《通典·乐二》、《乐书》卷一八二、《乐府诗集》卷四四)。这一部分被改造的吴声、西曲作为"南朝清商新声",确实属于"俗乐"的范围。

但随着"清商乐化"后的吴声、西曲使用范围增广之后,它的命运

① 丘琼苏云:"在这北方混战时期,江淮以南,可称晏安无事,声乐歌舞发达……从东晋到隋代……盛行吴歌、西曲。这吴歌、西曲也是清商,是清商的别支,这是南派。……南方亦然如此,一面用中原旧乐,以示'典雅',一面用当地流行的乐曲,以逐时好。"(丘琼苏撰,隗蒂辑补《燕乐探微》,上海古籍出版社 1989 年版,第 30 页)所论即据《魏书·乐志五》、《隋书·音乐志下》、《旧唐书·音乐志二》总结而成,而与《通典》、《乐府诗集》相合。上引王运熙《清乐考略》亦是如此。

② 王运熙《清乐考略》,《乐府诗述论》,第 195 页。

③ 《魏书·乐志五》:"江南吴歌,荆楚四(西)声。"(魏收撰《魏书》卷一〇九《乐志五》,中华书局 1974 年版,第 8 册,第 2843 页)即可为证。《晋书·乐志下》:"吴歌杂曲并出江南,东晋以来,稍有增广。"(房玄龄等《晋书》卷二三《乐志下》,第 3 册,第 716 页)《乐府诗集》:"盖自永嘉渡江之后,下及梁、陈,咸都建业,吴声歌曲起于此也。"(郭茂倩《乐府诗集》卷四四,第 2 册,第 640 页)"西曲歌出于荆、郢、樊、邓之间,而其声节送和与吴歌亦异,故□(依)其方俗而谓之西曲云。"(郭茂倩《乐府诗集》卷四四,第 2 册,第 689 页)则对吴声、西曲的流行范围、演变过程及音乐特点有更为详细的记载。

也和"清商旧乐"一样,有逐渐"雅化"的趋势。特别是梁、陈两代君主,把这些改造后的"清商新声"用于祭祀、朝会等仪式音乐场合之后,有些"清商新声"实际上已经成为一种"雅乐正声"①。

三、隋唐清商乐

清商乐在隋唐时期仍有流传。史载隋平陈,获宋、齐旧乐,因置清商署,总谓之"清乐"②。后置"七部乐"和"九部乐",仍设"清商伎"(《隋书·音乐志下》,《通典·乐六》)。

清商乐在唐初仍然风行。唐添为"十部乐",仍用"清商伎"(《通典·乐六》、《新唐书·礼乐志十二》)。《乐府诗集》卷四四:"唐贞观中,用十部乐,清乐亦在焉。"③史载唐高宗显庆二年(657),太常寺上

---

① 《隋书·音乐志下》:"《清乐》其始即《清商三调》是也……及平陈后获之。高祖听之,善其节奏,曰:'此华夏正声也……'"(魏征等《隋书》卷一五《音乐志下》,第 2 册,第 377—378 页)似乎"华夏正声"仍为"魏晋清商旧乐",其实不然。各种史料表明,《隋书》所载"华夏正声"是一种被南朝人不断改造后的"清商新声",详见下文,兹不赘述。

② 《隋书·音乐志下》:"获宋、齐旧乐,诏于太常置清商署,以管之。"(魏征等《隋书》卷一五《音乐志下》,第 2 册,第 349 页)《通典》卷一四六《乐六》:"《清乐》者,其始即《清商三调》是也,并汉氏以来旧曲。……及隋平陈后获之,文帝听之,善其节奏,曰:'此华夏正声也。昔因永嘉,流于江外,我受天明命,今复会同。虽赏逐时迁,而古致犹在。可以此为本,微更损益,去其哀怨,考而补之。以新定吕律,更造乐器。'因置清商署,总谓之《清乐》。"(杜佑撰,王文锦等点校《通典》卷一四六《乐六》,第 4 册,第 3716 页)《隋书·音乐志下》亦载,然无"因置清商署,总谓之《清乐》"一节。《乐府诗集》称隋文帝"微更损益,去其哀怨、考而补之,以新定律吕,更造乐器。因于太常置清商署以管之,谓之'清乐'"(郭茂倩《乐府诗集》卷四四,第 2 册,第 638 页),则合《隋书》与《通典》综而述之。

③ 郭茂倩《乐府诗集》卷四四,第 2 册,第 639 页。

言,《白雪》琴歌有所谓"送声,各十六节"(《旧唐书·音乐志一》)①,
显然属于清商乐范畴。又唐代鼓吹乐中也有大量清商乐乐曲的使
用。如《新唐书·仪卫志下》载大横吹部节鼓二十四曲②,据学者研
究,唐大横吹部主要是汉魏旧曲③,其中多为琴曲④。这些旧曲有清
乐性质,属非仪式性的俗曲⑤。王运熙云:"隋唐时代的清商乐,承南
北之遗规,主要包括相和歌、杂舞曲及清商曲三大部分。……除相
和、杂曲、杂舞曲外,尚有一部分琴曲也属于清乐。"⑥所见甚是。

第二节　清商乐在"燕乐"中的构成

　　清商乐在"燕乐"中的构成,主要体现在清商乐对"隋唐燕乐"的
作用方面。以上通过梳理清商乐在汉魏的形成及在六朝、隋唐的发

---

① 刘昫《旧唐书》卷二八《音乐志一》:"《白雪》琴曲,本宜合歌……今准敕,依
于琴中旧曲,定其宫商,然后教习,并合于歌。辄以御制《雪诗》为《白雪》歌
辞。又按古今乐府,奏正曲之后,皆别有送声。君唱臣和,事彰前史。辄取侍
臣等奉和《雪诗》以为送声,各十六节。今悉教讫,并皆谐韵。"(中华书局
1975 年版,第 4 册,第 1046—1047 页)

② 《新唐书·仪卫志下》:"一《悲风》,二《游弦》,三《间弦明君》,四《吴明君》,
五《古明君》,六《长乐声》,七《五调声》,八《乌夜啼》,九《望乡》,十《跨鞍》,
十一《间君》,十二《瑟调》,十三《止息》,十四《天女怨》,十五《楚客》,十六
《楚妃叹》,十七《霜鸿引》。十八《楚歌》,十九《胡笳声》,二十《辞汉》,二十
一《对月》,二十二《胡笳明君》,二十三《湘妃怨》,二十四《沉湘》。"(欧阳修
等《新唐书》卷二三下《仪卫志下》,中华书局 1975 年版,第 2 册,第 509 页)

③ 吴钊、刘东升《中国音乐史略》(增订本),人民音乐出版社 1993 年版,第 123 页。

④ 详见王昆吾《隋唐五代燕乐杂言歌辞研究》(中华书局 1996 年版,第 256 页)、
王立增《唐代鼓吹乐大横吹部用乐考》(《乐府学》2006 年第 1 辑,第 28 页)。

⑤ 曾美月《唐代鼓吹乐研究》,《乐府新声(沈阳音乐学院学报)》2009 年第 2
期,第 54 页。

⑥ 王运熙《清乐考略》,《乐府诗述论》,第 196—201 页。

展,我们已初步掌握了清商乐的由来及其演变情况。但清商乐在"燕乐"中的构成,主要是还是通过"部当"①演奏和曲调演变而逐渐组成"燕乐"的相关部分。

一、"燕乐"中的清商乐"部当"设置

关于清商乐在隋唐音乐机构中的"部当"设置,正史记载颇详。如:

> 始开皇初定令,置七部乐:一曰国伎,二曰清商伎,三曰高丽伎,四曰天竺伎,五曰安国伎,六曰龟兹伎,七曰文康伎。……及大业中,炀帝乃定清乐、西凉、龟兹、天竺、康国、疏勒、安国、高丽、礼毕,以为九部。②

隋设"七部乐"与"九部乐"的时间,《旧唐书》《通典》所述略有不同。《旧唐书·音乐志二》:"隋文帝平陈,得《清乐》及《文康礼毕曲》,列九部伎,百济伎不预焉。"③《通典·乐六》:"及隋平陈后获之,文帝听之,善其节奏……因置清商署,总谓之《清乐》。"④其实,开皇九年(589)乃平陈"获宋、齐旧乐"并"诏于太常置清商署,以管之"(《隋书·音乐志下》,《文献通考·乐考二》),"七部乐"实早设于北周⑤,"九部乐"乃设于隋炀帝大业年间。

---

① 按:"部当"即"乐部"。《新唐书·礼乐志十二》:"自周、陈以上,雅、郑淆杂而无别。隋文帝始分雅、俗二部,至唐更曰部当。"
② 魏征等《隋书》卷一五《音乐志下》,第2册,第376—377页。
③ 刘昫《旧唐书》卷二九《音乐志二》,第4册,第1069页。
④ 杜佑撰,王文锦等点校《通典》卷一四六《乐六》,第4册,第3716页。
⑤ 《通典·乐六》:"周师灭齐,二国(高丽、百济)献其乐,合《西凉乐》,凡七部,通谓之国伎。"(第4册,第3726页)

　　唐武德初（618），仍隋制设"九部乐"。《新唐书·礼乐志十一》：
"燕乐，高祖即位，仍隋制，设九部乐。"①《通典·乐六》："《讌乐》，武
德初，未暇改作，每讌享，因隋旧制，奏九部乐。（一《讌乐》，二《清
商》，三《西凉》，四《扶南》，五《高丽》，六《龟兹》，七《安国》，八《疏
勒》，九《康国》。）"②至贞观十四年（640），张文收采古《朱雁》、《天
马》之义，制《景云河清歌》，名曰《讌乐》，为诸乐之首，用于元会第一
奏（《旧唐书·音乐志一》）。及平高昌，又进《讌乐》去《礼毕曲》，而
设"十部乐"。如：

　　　　至贞观十六年十一月，宴百寮，奏十部。先是，伐高昌，收其
　　乐，付太常。至是增为十部伎。③
　　　　我太宗平高昌，尽收其乐，又造《讌乐》，而去《礼毕曲》。今
　　著令者，惟此十部。④

　　据此可知，唐"十部乐"设于贞观十四年（640）八月平高昌（《旧
唐书·太宗本纪下》，《新唐书·地理志》）之后至贞观十六年（642）
十一月之前。不过是在隋"九部乐"的基础上，"造《讌乐》而去《礼
毕》"及另增"高昌乐"而成。
　　宋人综括隋唐"七部乐"、"九部乐"、"十部乐"而"总谓之燕
乐"。《乐府诗集》卷七九：

　　　　隋自开皇初，文帝置七部乐：一曰西凉伎，二曰清商伎，三曰

---

① 欧阳修等《新唐书》卷二一《礼乐志十一》，第 2 册，第 469 页。
② 杜佑撰，王文锦等点校《通典》卷一四六《乐六》，第 4 册，第 3720 页。
③ 杜佑撰，王文锦等点校《通典》卷一四六《乐六》，第 4 册，第 3720 页。
④ 刘昫《旧唐书》卷二九《音乐志二》，第 4 册，第 1069 页。

高丽伎,四曰天竺伎,五曰安国伎,六曰龟兹伎,七曰文康伎。至
大业中,炀帝乃立清乐、西凉、龟兹、天竺、康国、疏勒、安国、高
丽、礼毕,以为九部。乐器工衣于是大备。唐武德初,因隋旧制,
用九部乐。太宗增高昌乐,又造讌乐,而去礼毕曲。其著令者十
部:一曰讌乐,二曰清商,三曰西凉,四曰天竺,五曰高丽,六曰龟
兹,七曰安国,八曰疏勒,九曰高昌,十曰康国,而总谓之燕乐。①

黄翔鹏认为"总谓之燕乐"是宋人观点,主张用"隋唐俗乐"取代
"隋唐燕乐"这个名称②。但基于学界已习惯使用"隋唐燕乐"这一名
称,故此处仍沿用不改。据此知清商乐在隋唐燕乐"七部乐"、"九部
乐"与"十部乐"的官方音乐机构"部当"设置中,仍占有相当突出的地位。

有关隋唐燕乐"部当"中的"清商伎"及其音乐特征,史籍记载颇
详。《新唐书·礼乐志十一》:"《清商伎》者,隋清乐也。有编钟、编
磬、独弦琴、击琴、瑟、秦琵琶、卧箜篌、筑、筝、节鼓,皆一;笙、笛、箫、
篪、方响、跋膝,皆二。歌二人,吹叶一人,舞者四人,并习《巴渝
舞》。"③所谓"隋清乐",乃指隋开皇初"七部乐"中"清商伎"及开皇
九年(589)平陈所获南朝"清商乐"而言。《隋书·音乐志下》:

> 《清乐》其始即《清商三调》是也,并汉来旧曲……其歌曲有
> 《阳伴》,舞曲有《明君》、《并契》,其乐器有钟、磬、琴、瑟、击琴、
> 琵琶、箜篌、筑、筝、节鼓、笙、笛、箫、篪、埙等十五种,为一部。工
> 二十五人。④

① 郭茂倩《乐府诗集》卷七九,第4册,第1107页。
② 黄翔鹏《中国古代音乐歌舞伎乐时期的有关新材料、新问题》,《文艺研究》1999年第4期。
③ 欧阳修等《新唐书》卷二一《礼乐志十一》,第2册,第469—470页。
④ 魏征等《隋书》卷一五《音乐志下》,第2册,第377—378页。

《通典·乐六》所载略同,多"因置清商署,总谓之清乐"数字,而载乐器有"钟一架,磬一架,琴一,一弦琴一,瑟一,秦琵琶一,卧箜篌一,筑一,筝一,节鼓一,笙二,笛二,箫二,篪二,叶一,歌二"①,舞有《巾舞》《白纻》《巴渝》等",歌曲除《阳伴》外,还有《白雪》《公莫》等六十三曲以上。或开皇初(581)设"七部乐"时,其"清商伎"确为"歌曲有《阳伴》,舞曲有《明君》《并契》",而至开皇九年(589)平陈所获南朝"清商乐"后,歌曲、舞曲又有增设。《隋书·音乐志下》:"始开皇初定令,置七部乐:一曰国伎,二曰清商伎……等伎。其后牛弘请存《鞞》《铎》《巾》《拂》等四舞,与新伎并陈,因称:'四舞,按汉、魏以来,并施于宴飨。……检四舞由来,其实已久。请并在宴会,与杂伎同设,于西凉前奏之。'帝曰:'其声音节奏及舞,悉宜依旧。惟舞人不须捉鞞拂等。'"②知"四舞"之设,确在平陈之后。

另外,隋唐"七部乐"、"九部乐"与"十部乐"中的"清商伎",其作为官方音乐机构的"部当"设置,在"燕乐"构成中仍有相当浓厚的仪式音乐成分;特别是开皇九年(589)平陈后的"四舞"之设,"犹充八佾于悬内,继二舞后作之"(《隋书·音乐志下》),极具雅乐性质。黄翔鹏主张用"隋唐俗乐"取代这种性质的"隋唐燕乐",恐怕是不很恰当的。因此,作为隋唐燕乐"部当"设置中的清商乐,其功能只能是"混合南北"的政治目的之体现,主要是起仪式音乐作用。尽管"施于宴飨"、"与杂伎同设"(《隋书·音乐志下》),但仍"属于典型的混融性乐府音声,所配唱的歌辞自应属乐府歌诗"③,只能是南北朝清商乐的延续而非新创。

---

① 杜佑撰,王文锦等点校《通典》卷一四六《乐六》,第4册,第3717页。
② 魏征等《隋书》卷一五《音乐志下》,第2册,第376—377页。
③ 参见周延良《隋唐"燕乐"与南北朝少数民族音乐关系考》,《中央民族大学学报》1995年第4期,第38页。

　　作为"部当"设置中的"清商伎",一直使用到唐玄宗开元二年(714)改为坐、立二部伎后,方才失去了其作为"部当"存在的地位①。因此,隋唐燕乐中的"清商伎",与天宝十三载(754)"胡部律与清乐律重合"②之后的新燕乐,其音乐性能和音乐表现是不太相同的。

二、清商乐在"燕乐"中的构成

　　毋庸讳言,入唐后清商乐在官方音乐中的地位日渐下降,其衰落则始于武太后、唐玄宗时期。《旧唐书·音乐志二》:

　　　　武太后之时,犹有六十三曲。今其辞存者,惟有《白雪》……等共三十二曲。《明之君》、《雅歌》各二首,《四时歌》四首,合三十七首。又七曲有声无辞,《上林》……通前为四十四曲存焉。……自长安已后,朝廷不重古曲,工伎转缺,能合于管弦者,唯《明君》……等八曲。旧乐章多或数百言,武太后时,《明君》尚能四十言,今所传二十六言,就之(中)讹失,与吴音转远,刘贶以为宜取吴人使之传习。以问歌工李郎子,李郎子北人,声调已失,云学于俞才生。才生,江都人也。今郎子逃,《清乐》之歌阙焉。③

　　按:《通典·乐六》、《唐会要》卷三三所载略同,唯"今郎子逃"作"自郎子亡后",当是。不过,对于上述史料提出质疑的学者亦不少。

---

① 详见刘崇德《燕乐新说》(修订本),黄山书社 2011 年版,第 19 页。另参周延良《隋唐"燕乐"与南北朝少数民族音乐关系考》(《中央民族大学学报》1995年第 4 期,第 38 页)、周期政《唐代乐舞歌辞研究》(河北大学 2004 年博士学位论文油印本,第 71—89 页)。
② 详见刘崇德《燕乐新说》(修订本),第 48 页。
③ 刘昫《旧唐书》卷二九《音乐志二》,第 4 册,第 1062—1063 页,第 1067—1068 页。

所谓"自郎子亡后,《清乐》之歌阙焉"云云,只能说明清商乐在宫廷流传的情况。丘琼荪云:"这不是说这些乐曲已不存在,乃是说太常歌工已没有能歌清乐的人。"①任二北云:"未思太常乐署内一二歌工之去,与此一乐类之全部云亡,分明乃截然两事! 朝廷之歌纵阙,又何从因此抹杀民间!"②史料证明,清商乐并没有在广大的民间销声匿迹③。

　　造成"清乐亡于唐"之说的根源,在于清商乐在唐代宫廷已发生衍变,或衍变为法曲,或与"胡部"融合而成为新"燕乐"的组成部分④。清商乐衍变为法曲的现象,早在隋代即已发生。《隋书·音乐志下》:

---

① 丘琼荪撰,隗芾辑补《燕乐探微》,第 34 页。
② 任半塘《教坊记笺订》,中华书局 2012 年版,第 19 页。
③ 如袁郊《甘泽谣》:"陶岘者,彭泽之子孙也。开元中,家于昆山。……通于八音,命陶人为甓,潜记岁时,敲取其声,不失其验。撰《乐录》八章,以定八音之得失。……岘有女乐一部,奏清商曲。"(《太平广记》卷四二〇略同)李肇《国史补》卷下:"大历、贞元间,有俞大娘,航船最大。……凡大船必为富商所有,奏商声乐,从婢仆以据柂楼之下。"所载为开元(713—741)至大历、贞元间(766—804)民间流行清商乐曲的情况。又,于竞《大唐传载》:"湖州德清县南前溪村,前朝教乐舞之地。今尚有数百家,尽习音乐。江南声妓多自此出,所谓'舞出前溪者'也。"《苕溪渔隐丛话·后集》卷二:"苕溪渔隐曰:'于竞《唐传》:湖州德清县南前溪村,则南朝乐处。今尚有数百家习音乐,江南声妓,多自此出,所谓舞出前溪者也。'"(参见丘琼荪撰,隗芾辑补《燕乐探微》,第 34—35、47—48 页;周期政《唐代乐舞歌辞研究》,第 71—89 页;曾智安《清乐不亡于开元、天宝补证》,《山西大学学报(哲学社会科学版)》2007 年第 1 期,第 13—16 页)。又据《四库全书总目·〈大唐传载〉提要》,《大唐传载》所载当为晚唐穆宗(821—824)以后湖州传习清商乐曲的情况。
④ 参见丘琼荪撰,隗芾辑补《燕乐探微》(第 34—35 页,第 47—48 页)、周期政《唐代乐舞歌辞研究》(第 71—89 页)。

炀帝不解音律,略不关怀。后大制艳篇,辞极淫绮。令乐正
白明达造新声,创《万岁乐》、《藏钩乐》、《七夕相逢乐》、《投壶
乐》、《舞席同心髻》、《玉女行觞》、《神仙留客》、《掷砖续命》、
《斗鸡子》、《斗百草》、《泛龙舟》、《还旧宫》、《长乐花》及《十二
时》等曲,掩抑摧藏,哀音断绝。帝悦之无已。①

按:任二北《教坊记笺订》:"《泛龙舟》……《隋书·音乐志》龟兹
乐内虽列此曲,而唐代史书则一致列在由隋入唐之清曲三十二调中,
非《隋志》误,即为同名异曲。"②今考"大制艳篇"云云,"艳"为清商
乐大曲的结构名之一,而从其名称看来,与清商乐也有相近之处;又
所载"白明达造新声"十四曲,其中《万岁乐》、《斗百草》、《泛龙舟》
三曲,唐代演变为法曲③,则其在隋代本身虽有胡乐的成分,为清商
曲的可能性也很大,后又成为"曲终复加解音"的隋代法曲之变种。

关于法曲与清商曲的关系,史籍亦有记载。《乐书》卷一八八:
"法曲兴自于唐,其声始出清商部,比正律差四,郑、卫之间。"④《梦溪
笔谈》卷五:"古乐有三调声,谓清调、平调、侧调也。王建诗云'侧商
调里唱《伊州》'是也。今乐部中有'三调乐',品皆短小,其声噍杀,
唯道调、小石法曲用之。虽谓之'三调乐',皆不复辨清、平、侧声,但
比他乐特为烦数耳。"⑤今人对清商曲衍变为法曲的情况多有探讨。
丘琼苏云:"法曲是清乐的化身,法曲果即清乐,是清乐并没有亡,不
过是换了一副面目出现于唐代的乐坛罢了。""有可注意者:(法曲)

---

① 魏征等《隋书》卷一五《音乐志下》,第 2 册,第 379 页。
② 任半塘《教坊记笺订》,第 64 页。
③ 王溥《唐会要》卷三三《雅乐下》,中华书局 1955 年版,第 614 页。
④ 陈旸《乐书》卷一八八《法曲部》,文渊阁《四库全书》,第 211 册,第 848 页。
⑤ 沈括撰,胡道静校证《梦溪笔谈校证》卷五《乐律一》,上海人民出版社 2016
年版,第 192—193 页。

可考之二十五曲中,商调十二,角调二,羽调一。法曲用商调如此之多,也可意味着确是源于清商。"①任二北云:"盛唐法曲之所以兴,乃在其以清乐为主要成分。清乐而外所参(掺)胡乐多寡不一,必皆得华裔(夷)中外调和之美,非纯粹胡乐之曲所能兼致,然后方得与胡乐对立到底,而邀知音如玄宗者之酷好。"②刘崇德先生云:"法曲既本自清商,当亦为清商短律。""法曲仅为清乐之分支,且其律犹为清商短律小调式。"并考清商曲衍变为法曲者凡二十二曲③。木斋等认为,清商乐经过法曲的中间环节成为盛唐曲子的源头,奠定了词乐的基础,而且其日益走向精练和声律的歌辞也成为近体诗形成的基础,并进一步成为曲词文学的基础④。所述均切合史实。

有关清商乐融入"燕乐"的研究,学界主要从考"调"和考"律"两方面入手。考"调"有任二北《教坊记笺订》、《唐声诗》二书,考出《教坊记》所录 343 曲中存清商乐 80 曲(详见下文)。刘崇德先生认为开元二年(714)成立教坊之前,"十部乐"中的"清商伎"一部所演奏者,正是《唐会要》"清乐"条著录"九代之遗声",凡 44 曲⑤。《唐会要》卷三三:

> 清乐,九代之遗声……今其词存者,有《白雪》、《公莫舞》、《巴渝》、《明君》、《凤将雏》、《明之君》、《铎舞白鸠》、《子夜》、《吴声四时歌》、《前溪》、《阿子》、《欢闻》、《团扇郎》、《懊憹》、《白纻》、《玉树后庭花》、《春江花月夜》、《长史变》、《丁督护》、

① 丘琼荪撰,隗芾辑补《燕乐探微》,第 47 页,第 98 页。
② 任半塘《教坊记笺订》,第 146 页。
③ 刘崇德《燕乐新说》(修订本),第 26—27 页。
④ 木斋、焦宝《论江南清乐及乐府诗的属性及与曲词发生的起源关系》,《求是学刊》2010 年第 6 期,第 111 页。
⑤ 详见刘崇德《燕乐新说》(修订本),第 18—21 页。

《读曲》、《乌夜啼》、《石城乐》、《莫愁》、《襄阳》、《栖乌夜飞》、《估客乐》、《杨叛儿》、《雅歌》、《骁壶》、《常林欢》、《三洲》、《采桑度》、《堂堂》、《泛龙舟》等三十二曲。《明之君》、《雅歌》二首,《四时歌》四首,合三十七曲。又七曲有声无词:《上林》、《凤雏》、《平调》、《清调》、《瑟调》、《平折》、《命啸》,通前四十四篇存焉。(《通典·乐六》所载略同)

除小石调《泛龙舟》、林钟角《大白纻》、《堂堂》3 曲为原有清乐曲外,还有《天地》等 20 曲为唐代清乐曲。如:

《天地》、《大宝》、《欢心乐》、《卷白云》、《凌波神》、《山香会》、《英雄乐》、《九成乐》、《泛龙舟》、《火凤》、《真火凤》、《急火凤》、《濮阳女》、《春杨柳》、《大仙都》、《舞媚娘》、《长命西河女》、《三台》、《安公子》、《红蓝花》、《绿沉杯》、《赤白桃李花》、《大白纻》、《堂堂》。(《唐会要》卷三三)

此为天宝十三载(754)七月十日改诸乐名后,"燕乐"十四调所存清商部主要曲名①。可补任二北考"调"之书。又,刘崇德先生从日本唐乐中辑得清商乐 61 曲,如:

《三台》、《万岁乐》、《裹头乐》、《甘州》、《五常乐》、《黄麞》、《老君子》、《王昭君》、《回忽》、《勇胜》、《春杨柳》、《倍胪》、《庆云乐》、《相夫怜》、《永隆乐》、《夜半乐》、《扶南》、《郎君子》、《小娘子》、《越殿乐》、《喜春乐》、《感城乐》、《央宫乐》、《赤白桃李花》、《长生乐》、《安城乐》、《海青乐》、《散吟打球乐》、《英雄

---

① 详见刘崇德《燕乐新说》(修订本),第 18—21 页。

乐》、《皇帝三台》、《圣明乐》、《应天乐》、《清上乐》、《弄殿乐》、《泛龙舟》、《九城乐》、《拾翠乐》、《重光乐》、《重淳乐》、《平蛮乐》、《长命女儿》、《千金女儿》、《安公子》、《元歌》、《盘涉参军》、《阿妳娘》、《鸟歌万岁乐》、《苏合香》、《万秋乐》、《崇明乐》、《苏莫者》、《剑器浑脱》、《秋风乐》、《乌向乐》、《轮台》、《青海波》、《采桑老》、《白柱》、《竹枝乐》、《感秋乐》、《曹娘浑脱》。①

　　除去与上述重复者15曲外,尚有46曲,亦可补入"唐清商乐曲"或"仿唐清商乐曲"。据上述曲目统计,演奏于唐的清商乐曲有200曲左右。其中清商乐入"燕乐"的(如《三台》、《万岁乐》、《散吟打球乐》、《皇帝三台》、《安公子》、《鸟歌万岁乐》等),有100多曲;而"胡乐"入清商曲者(如《苏莫者》、《剑器浑脱》、《盘涉参军》、《扶南》、《轮台》、《甘州》、《采桑老》、《曹娘浑脱》等),又当别论。

　　又,考"律"则以《燕乐新说》为代表。刘崇德先生通过对"十部乐"中的"清商伎"、唐法曲、琴律、"日传唐乐"及"仿唐乐"、唐宋乐调中A调的位置、《乐府杂录》所载"燕乐二十八调"及《梦溪笔谈》等文献的比勘,对清乐乐律在唐代的保留与衍变做了全面的考察,揭示了唐代清乐乐律的真相;并考定清乐作为"乐部"逐渐失去独立存在地位,是在开元二年(714)"十部乐"改为"坐、立二部伎"后;而天宝十三载(754)诏"道调、法曲与胡部新声合奏"以及"改诸乐名"而公布燕乐十四调调名,则是清乐完全融入燕乐的标志②。刘先生云:"(天宝十四调)是燕乐十部中包括'九代之遗声'的清商部与其他胡部新声的第一次结合。此十四调是以前面提到的'夹钟律',即下徵(C

_____

① 详见刘崇德《燕乐新说》(修订本),第21—23页。
② 详见刘崇德《燕乐新说》(修订本),第8—91页;另参周期政《唐代乐舞歌辞研究》,第71—89页。

调)音阶为律本,统一各部乐调,而形成的五均十四调。""清商部所
奏清乐新曲亦应保留在天宝十四调中……清商部所奏华夏之音大体
存于太簇均之角,即太簇角(日本唐乐所谓太簇角盘涉调);林钟均之
宫,即道调;林钟均之商,即小石调;林钟均之羽,即平调;林钟均之
角;黄钟均之羽,即黄钟调;南吕均之商,即水调中。"又云:"清乐法曲
一部仍保留其故有之律,与胡部乐仍各自划域封疆。至唐玄宗天宝
十三载,始诏道调法曲与胡部合作,于是胡部律与清乐律重合,之后
虽音阶皆用下徵,所谓燕乐音阶得以确立,而清乐乐调至宋代尚有孑
遗,如法曲尚与燕部大曲争一席之地,而其律犹存在法曲一部中,又
如前引沈括《梦溪笔谈》所提到燕乐部所残存之清乐小品。"[1]

　　以上所述清商乐在"燕乐"中的构成,是以开元二年(714)"教
坊"和"梨园法部"的设立为分界线。此时作为"十部乐"部当设置的
"清商伎"虽已解体,但并未在宫廷燕乐中消失,而是以"调"和"律"
两种形式继续存在于法曲"部当"并融入新"燕乐"中;天宝十三载
(754)诏道调、法曲与胡部合奏,"胡部律与清乐律重合","燕乐"中
的清商乐已掺入"胡部"成分,多非清商乐原声曲,其中"胡乐"入清
商曲者曲目颇夥,故易造成"清乐亡于唐"的假象。

三、教坊"燕乐"中的清商乐曲调

　　如上所述,清商乐入唐后在官方音乐中的日渐式微,首先体现在
机构设置中"省清商"而"并于鼓吹"(《唐六典》卷一四《鼓吹署》)[2];
其次是清商乐能演奏的乐曲日渐减少。史载,武后时清商乐能演奏

---

[1] 详见刘崇德《燕乐新说》(修订本),第19页,第48页。

[2] 李林甫等撰,陈仲夫点校《唐六典》卷一四《鼓吹署》:"隋太常寺统鼓吹、清商
二令、丞,各二人。皇朝因省清商,并于鼓吹。开元二十三年,减一人。"(中
华书局1992年版,第406页)

的乐曲犹有六十三曲,自长安(701—704)后工伎转缺,能合于管弦者唯八曲;而至中唐以后,清乐唯《雅歌》一曲(《通典·乐六》)①。今人已证唐代民间演奏清商乐曲的情况并非如此。再者,所谓自长安后"能合于管弦者唯八曲",中唐以后"清乐唯《雅歌》一曲"(《通典·乐六》)②,当仅指清商乐原声曲的宫廷演唱情况,并不包括已融入新型"燕乐"的清商曲而言。

关于教坊"燕乐"中的清商乐曲调,丘琼荪《燕乐探微》、任二北《教坊记笺订》、刘崇德《燕乐新说》均有钩稽。据任二北考证,《教坊记》共录 343 曲,其中清商乐 80 曲。如:

> 曲名:《献天花》、《巫山女》、《众仙乐》、《大定乐》、《夜半乐》、《破阵乐》、《还京乐》、《千秋乐》、《泛龙舟》、《章台春》、《长命女》、《武媚娘》、《杨柳枝》、《望江南》、《乌夜啼》、《北门西》、《太白星》、《感皇恩》、《临江仙》、《虞美人》、《送征衣》、《阮郎迷》、《凤归云》、《罗裙带》、《同心结》、《一捻盐》、《劫家鸡》、《五云仙》、《感庭秋》、《长相思》、《拜新月》、《巫山一段云》、《玉树后庭花》、《掺弄》、《泸水吟》、《黄钟乐》、《洞仙歌》、《渔父引》、《三台》、《大酺乐》、《山鹧鸪》、《七星管》、《宫人怨》、《拂霓裳》、《广陵散》、《帝归京》、《喜还京》、《小秦王》、《大明乐》、《思友人》、《南歌子》、《鱼歌子》、《七夕子》、《吴吟子》、《水仙子》、《竹枝子》、《赤枣子》、《千秋子》、《得蓬子》、《刬碓子》、《采莲子》、《破阵子》、《女冠子》、《摸鱼子》、《南乡子》、《大吕子》、《拨棹子》、《嵇琴子》、《莫壁子》。
>
> 大曲名:《凉州》、《泛龙舟》、《采桑》、《霓裳》、《后庭花》、

---

① 杜佑撰,王文锦等点校《通典》卷一四六《乐六》,第 4 册,第 3718 页。
② 杜佑撰,王文锦等点校《通典》卷一四六《乐六》,第 4 册,第 3717—3718 页。

《伴侣》、《羊头神》、《罗步底》、《昊破》、《四会子》、《同心结》。①

　　需要说明的是,以上所述清商乐曲调,直接采用汉魏六朝原声的仅有 8 调,大部分其实已经融入"燕乐"之中,而成为新型"燕乐"的一部分。

　　上引隋炀帝"大制艳篇",龟兹人白明达所造新声中,如清商乐色彩浓郁的《泛龙舟》等 14 曲(《隋书·音乐志下》),也当为新型"燕乐",与清商乐原声有异。在"燕乐风行"的唐代音乐文学中,尽管唐人诗句中仍然不乏演奏清商曲的记载,但很难说就是清商乐原声。如李白《观胡人吹笛》:

　　　　胡人吹玉笛,一半是秦声。十月吴山晓,《梅花》落敬亭。愁闻《出塞曲》,泪满逐臣缨。却望长安道,空怀恋主情。

　　王琦注:"《汉书·杨恽传》:'家本秦也,能为秦声。'杨齐贤曰:'古者羌笛有《落梅花》曲。'……《古今注》:'横吹,胡乐也。张博望入西域,传其法于西京,惟得《摩诃兜勒》二曲②,李延年因胡曲更造新声二十八解。魏晋以来,二十八解不复具存。世用者《黄鹤》、《陇头》、《出关》、《入关》、《出塞》、《入塞》、《折杨柳》、《黄覃子》、《赤之阳》、《望行人》十曲。'"③"《落梅花》"、"《出塞》"原为魏晋清商旧曲,而李白所谓"胡人吹玉笛,一半是秦声",则已有"胡乐"意味。

―――――――――――

① 任半塘《教坊记笺订》,第 57—162 页。按:《教坊记笺订》原云清商乐 82 曲,经核对仅 80 曲。
② 按:"《摩诃兜勒》二曲",当为"《摩诃兜勒》一曲"之误。详见王福利《〈摩诃兜勒〉曲名含义及其相关问题》(《历史研究》2010 年第 3 期,第 89—103 页)。
③ 李白著,王琦注《李太白全集》卷二五,中国书店 1996 年版,第 564 页。

进入中唐以后，清商曲仍流行民间歌席之中，然多为"燕乐"新声。白居易《杨柳枝词八首》之一：

> 《六幺》《水调》家家唱，《白雪》《梅花》处处吹。古歌旧曲君休听，听取新翻《杨柳枝》。[①]

按《白雪》、《梅花》亦为清商乐曲，然据"古歌旧曲君休听，听取新翻《杨柳枝》"云云，可知其已非"古歌旧曲"而是"新翻"之声。考《白雪》为楚曲，或云周曲(《通志·乐略第一》)，后为清商曲(《唐会要》卷三三，《通典·乐六》)。显庆二年(657)，高宗使太常增修《白雪》琴曲；太常丞吕才"以御制《雪诗》为《白雪》歌辞"，"取太尉长孙无忌、仆射于志宁、侍中许敬宗等《奉和雪诗》以为送声，合十六节"，高宗更作《白雪歌词》十六首，付太常编于乐府(《旧唐书·音乐志一》，《旧唐书·吕才传》，《新唐书·礼乐志十一》)。白居易所谓"《白雪》、《梅花》处处吹"者，则显然非魏晋清商旧曲原声，而为新型"燕乐"的声诗曲子。今《白雪》除《全唐诗》卷三五收许敬宗《奉和喜雪应制》一首外，余诗并已失传。据研究，许敬宗《奉和喜雪应制》为"五言二十二句体。全诗三换韵，前八句押平韵，中间八句押仄韵，尾六句押平韵。显非近体诗"[②]，乃《白雪》琴曲"以为送声，合十六节"之一者，当用清商曲歌法。而中唐以后"新翻"《白雪》曲已不传，《唐声诗》亦不收，无从考见新型"燕乐"曲子《白雪》之具体特征。宋词有《白雪》词调，或与唐曲无关。又，《落梅花》为魏晋清商旧曲，唐演为《大梅花》、《小梅花》曲(《通志·乐略第一》，《文献通考·乐考十

---

① 白居易著，顾学颉点校《白居易集》卷三一，中华书局1979年版，第2册，第714页。

② 周期政《唐代乐舞歌辞研究》，第120—138页。

五》)。《唐声诗》收卢照邻"五言八句四平韵"、沈佺期"五言八句五平韵"各一首,宋词有《落梅花》、《小梅花》二调,任二北认为皆由唐曲传至宋者①。

据考,清商曲流变为唐声诗的有 6 调,而 5 调至五代、宋又演变为令曲和慢曲。如:

(1)《离别难》。汉魏清商曲。《唐声诗》收《离别难》"五言四句二平韵"与"五言八句四平韵"各一首,并云:"汉魏乐府早有《古别离》、《生别离》等,此曲同一取义。……《教坊记》在《离别难》曲名前,曾列《下水船》与《留客住》二名。《留客住》之词名,本意与《离别难》同。""《下水船》……其调乃酒令著辞中之小曲。疑唐有此三曲,同是酒令著辞,用于离筵。"②五代令曲和北宋慢曲有《离别难》二调。

(2)《子夜》。汉末、晋吴声曲,一说齐、梁清商曲。《唐声诗》收"五言四句二平韵"、"五言六句三平韵"与"五言八句五平韵"各一首,并云:"本调始于齐梁,至唐仍有声。初唐曹娘、中唐刘安皆擅歌之。盛唐起,或已入法曲,不仅歌,并合乐、舞。""北宋入琴调,南宋有慢词,均曰《子夜歌》。"③

(3)《乌夜啼》。刘宋清商曲。《唐声诗》收《乌夜啼》"五言四句三平韵"一首,并云:"本刘宋乐府名,此调在唐代有琴曲与俗乐舞曲之分。""近人有认唐代七言四句体之《乌夜啼》为词调者。"④阴法鲁认为:"《相见欢》和《锦堂春》的前身大概是《乌夜啼》。""按《乐府诗集》卷四七《清商曲辞》中著录《乌夜啼》,卷六〇《琴曲歌辞》中著录

---

① 任中敏《唐声诗》,凤凰出版社 2013 年版,下册,第 151—154 页。
② 任中敏《唐声诗》,下册,第 44—45 页。
③ 任中敏《唐声诗》,下册,第 35 页,第 127 页。
④ 任中敏《唐声诗》,下册,第 72—74 页。

《乌夜啼引》。……就所属宫调说,在唐宋时代,《乌夜啼引》在角调,《乌夜啼》不知在何调;词调《锦堂春》在商调,《相见欢》不知在何调。因此推断,《相见欢》出于《乌夜啼引》,《锦堂春》出于《乌夜啼》。"①疑非确论。

（4）《想夫怜》。齐清商曲,亦名《相府莲》、《丑尔》,羽调曲（《唐国史补》卷下,《乐府诗集》卷八〇,《唐语林》卷六）。《唐声诗》收《想夫怜》"五言四句二平韵"与"五言八句五平韵"各一首,并云:"乃齐乐曲。""旧说以为《相府莲》之语讹,不然。""日本有此曲,一曰《想夫恋》,入平调,有传谱。"②此曲中晚唐、五代仍传唱。白居易《想夫怜》:"长爱《夫怜》第二句,请君重唱夕阳开。"注:"王维右丞词云:'秦川一半夕阳开。'此句尤佳。"③李涉《听多美唱歌》:"一曲《梁州》听初了,为君别唱《想夫怜》。"欧阳炯《春光好》:"曲罢问郎名个甚?《想夫怜》。"又有《簇拍相府莲》（《乐府诗集》卷八〇,《唐语林》卷六）,当非南朝清商乐原声。

（5）《白纻》。齐、梁清商曲。《唐声诗》收《白纻》"七言四句二平韵"、"七言四句三平韵"各一首,并云:"日本所传唐曲中有《白柱》,谓即《白纻》,并传乐谱。""日本所传雅乐谱内亦有《盘涉调·白柱》之谱。"④阴法鲁认为:"《白纻》的舞蹈和歌曲仍然流行于唐代。词调《白苎》或作《白纻》,虽然是由北宋人开始填词,但和清商乐《白纻》应有继承关系。"⑤任二北谓宋词调《正宫·白纻》"既用旧曲名,

① 阴法鲁《关于词的起源》,《北京大学学报》1964 年第 5 期,第 38 页。
② 任中敏《唐声诗》,下册,第 70—71 页,第 406—407 页。
③ 白居易著,顾学颉点校《白居易集》卷三五《听歌六绝句》之一,第 3 册,第 811 页。
④ 任中敏《唐声诗》,下册,第 298—299 页。
⑤ 阴法鲁《关于词的起源》,《北京大学学报》1964 年第 5 期,第 37—38 页。

就音乐沿革言:必仍因旧曲而来。"①然《白纻》既与清商乐有继承关系,也显非南朝清商乐原声,而为"燕乐"新声②。

(6)《玉树后庭花》。南朝陈清商曲。《唐声诗》收《玉树后庭花》"五言四句二平韵"一首,并云:"宋人疑《玉树》与《后庭花》为两曲名,于唐无据。至五代,大曲内别有《后庭花破子》,已入杂言体。此曲之流行,既贯彻唐之三百年,证明盛唐以后清乐已亡之说为诬。今传琵琶谱中,犹有此曲之古调。日本所传,亦清乐曲名。"③然唐传

---

① 任中敏《唐声诗》,下册,第 299 页。

② 按:《仁智要录》卷一〇《盘涉调下》:"《白柱》,拍子九,一说拍子八。(《南宫长秋卿谱》同。《绵谱》云:"拍子八。"又云:"有谱拍子十。小曲,新乐,无舞。"《明遏横笛谱》云:"或入角调。")"附乐谱三曲:"八三、十、斗六、巾十五百十、为七、为、斗火三、八、三、七、七二百リ、八三、八、三、十、斗六、巾十五百十、为七、为、火巾为、为、斗六、十、斗六百十、十五、リ、为七、为、火斗为七、斗、巾八百为、巾八、巾、十五、十、九四、九、火八八三百リ、为斗十九八、为七、为、斗六、十、斗六百十、十五、リ、为七、为、火斗为七、斗、巾八百为、巾八、巾、十五、十、火斗八三、七、七二百リ、七二、七、";"同曲(一说)为七、リ为七、火斗为七百リ为、为七、リ为七、火斗十五百火九十五、リ十五、十五、九八三百リ八リ八三、十八三八七二百火六七二、リ七二、七二、火六七二百七二、八三、火斗为七、火斗十五百火九十五、十五、九八三百リ八、リ十五、八七二、火六七二百リ七二、十五、为七、斗六百十火斗、リ火斗、巾十五、火八八三百七七二、リ";"同曲(御说)为七、リ为七、火斗为七百リ为、为七、リ为、火斗十五百火九十五、リ十五、火九八三百リ八、リ八三、火十八、火八七二百火六七二、リ七二、七二、火六七二百リ七二、八三、火斗为七、火斗十五百火九十五、リ十五、九八三百リ八、リ十五、火八七二火六七二百七二、十五、为七、斗六百十火斗、リ斗六、火八(一说九四八七)十五、火八八三百七七二、リ"(《万乐和汉考》卷二)。"百"(即"拍"),或"拍子八",或"拍子十",未见所谓"拍子九"者,疑原谱"拍子"有误添者,实见于《万乐和汉考》卷五《笙谱部》,[日本]太秦兼陈,东京国立博物馆藏 1733 年稿本。据考,《白纻》乐谱三曲,皆非南朝清商乐原声,而为"燕乐"新声。

③ 任中敏《唐声诗》,下册,第 66 页。

疑非清商乐原声而为新型"燕乐"曲。阴法鲁认为:"还有不少词调出于清商乐,但情况比较复杂。有词调采用清商乐曲而且保留旧曲名者,如《玉树后庭花》、《白纻》等。……词调中先有《玉树后庭花》或《后庭花》,金、元时代又有《后庭花破子》。后者大概出于大曲的'破'段。"①

按以上清商曲 6 调至唐流变为声诗,至五代、宋又演变为令曲和慢曲者,疑皆非原声,而为融入"燕乐"且成为"燕乐"之组成部分。有些或出于原曲,如上所引《落梅花》,至唐则掺有"胡乐"成分而演为唐曲,宋词《落梅花》、《小梅花》二调则显然为掺有"胡乐"成分之"燕乐"而非清商曲原声无疑。有些与原曲无关。任二北《唐声诗》收《乌夜啼》一首,并断:"五代词调《锦堂春》一名《乌夜啼》,宋人《相见欢》调亦取名《乌夜啼》,句法均与唐调无干。"②乃是。又,《采桑子》虽自清商曲演变而来,然至唐颇掺有"胡乐"成分。沈雄《古今词话·词辨上》引《教坊记》:"《采桑子》,即古相和歌中《采桑》曲。"③《词谱》卷五:"《采桑子》,唐教坊曲有《杨下采桑》,调名本此。"④任二北辨云:"按《杨下采桑》……为胡乐,而谓本调调名本之,难信。"⑤甚是。

---

① 阴法鲁《关于词的起源》,《北京大学学报》1964 年第 5 期,第 37 页。
② 任中敏《唐声诗》,下册,第 74 页。
③ 沈雄:《古今词话·词辨上》,《词话丛编》,中华书局 1986 年版,第 1 册,第 904 页。
④ 王奕清等《钦定词谱》卷五,中国书店 1983 年影印本,第 1 册,第 290 页。按《词谱》一书,中国书店 1979 年据清康熙五十四年内府刻本影印名《词谱》,1983 年影印本又名《钦定词谱》。此书原名即《词谱》,本无"钦定"二字,然自《四库全书总目》称《钦定词谱》之后,后人多沿用之。今于正文中皆直称《词谱》。
⑤ 任中敏《唐声诗》,下册,第 169 页。

综上所述,教坊"燕乐"中的清商乐曲调,大多至唐已演为新声而非清商曲原声。前贤所论清商乐为词体音乐之源①,然均非清商乐原声直接为词体音乐,乃经多种转变而实为"燕乐"新声。考诸有唐清商乐演唱史料,或采"胡乐"入清商,或以新法歌清商曲,或据新格而填词,而演唱清商曲原声者实少②。据此可知,汉魏六朝至隋唐有关清商乐"依曲填词"者,情况实较为复杂,这一点详见下文。

第三节　清商乐"依曲填词"与词体生成之关系

"依曲填词"并非是词曲文学的专利,在清商乐流行的乐府文学时代,就存在"依曲填词"的创作方式。史载:"(曹操)及造新诗,被

---

① 详见吴梅《词学通论》(中华书局 2016 年版,第 1 页)、夏承焘《月轮山词论集》(《夏承焘集》,浙江古籍出版社、浙江教育出版社 1997 年版,第 2 册,第 248 页)等。

② 如白居易《对酒吟》:"合声歌《汉月》,齐手拍吴歈。""拍吴歈"云云,其"拍"疑为"句拍",非清商曲原声唱法。考清商曲"执节者歌"(《晋书·乐志下》),时尚无"拍"之称。又,刘禹锡《和乐天南园试小乐》:"先教清商一部成……歌词自作别生情。""歌词自作"云云,则记载了依清商曲填词的情况,疑亦据"拍"而作,非清商曲原声也。又,《玉树后庭花》"既贯彻唐之三百年",但"日传唐乐"(或"仿唐乐")注明:"新乐,中曲,舞出入,调子。八帖,拍子各十二,但初反十四。序吹,二拍子,加故之。终帖,加三卜拍子。略时,四帖,又二帖有之,共终帖,加三卜拍子。一反时,末四加拍子。角曲号三女序,秘说有之,注别纸。但□□不可,好用亡国之音,故之。"后附乐谱一曲:"一由比二一乞匕ᵇⁱ り下し下二一乞二下し下二乞凡由しこ凡ᵇⁱ てシこ凡`由`(自是末拍子反付。)下`こ十`乞ᵇⁱ二一凡`比`二十`下`二十`乞ᵇⁱ二一`乞`て`こ乞`て`こ`一乞`一ᵇⁱ二一`凡`こ下し`凡`二一(转下页注)

之管弦,皆成乐章。"(《三国志·魏志》卷一)①"黄初中,柴玉、左延年之徒,复以新声被宠,改其声韵。"(《晋书·乐志上》)②"又有因弦管金石,造哥以被之,魏世三调哥词之类是也。"(《宋书·乐志一》)③所载魏氏三祖云云,学界考定为"依曲填词"④。

一、清商乐的"依曲填词"

魏氏三祖"依曲填词",史料亦有记载:"魏上寿、食举诗及汉氏所施用,其文句长短不齐,未皆合古。盖以依咏弦节,本有因循……虽诗章辞异,兴废随时,至其韵逗曲折,皆系于旧,有由然也。"(《晋书·乐志上》)⑤"韵逗"似指曲词句逗(读),可能也包括音乐句逗(读),"韵逗曲折",当指声词配合情况。又,《古今乐录》:"王僧虔《技录》云:《短歌行》'仰瞻'一曲,魏氏遗令,使节朔奏乐,魏文制此

(接上页注)比`こ一`乞百`こ乞`て`こ一凡`比`こ十`下`こ乞百`こ比一`比`こ乞一`凡比`こ下乞`十下`こし`下百`こ乞`下`こ下し`凡`こ乞`て`こ十下`し`こ下`乞`こ一`乞`こ下し下`乞`こ凡`しこ凡百`て`り`こ乞`由`一`こ凡`し百`こ下`乞`こ十`下`こ下し`凡`こし`下百`こ乞`下`こ下し`凡`こ一`比`こ一`乞百`こ下し`下`こ一`乞`こ下し下`乞`こ凡`しこ凡百`て`り`こ"(《万乐和汉考》卷五《笙谱部》)"百"即"拍",知此亦非南朝清商乐原声,而为"燕乐"新声。

① 陈寿撰,裴松之注《三国志·魏志》卷一引《魏书》,中华书局1982年版,第1册,第54页。

② 房玄龄等《晋书》卷二二《乐志上》,第3册,第679页。

③ 沈约《宋书》卷一九《乐志一》,第2册,第550页。

④ 详见萧涤非《汉魏六朝乐府文学史》(人民文学出版社1984年版,第550页)、孙楷第《清商曲小史》(《孙楷第集》,中国社会科学出版社2008年版,第400页)、王昆吾《词的起源及其它》(《中国韵文学刊》1987年第1期,第110页)、修海林《宋代词乐的创作特点》(《音乐研究》2003年第1期)、李伯敬《"词起源于民间说"质疑》(《文学评论》1990年第6期,第82页)。

⑤ 房玄龄等《晋书》卷二二《乐志上》,第3册,第685页。

辞,自抚筝和歌。歌者云'贵官弹琴',贵官即魏文也。此曲声制最美,辞不可入宴乐。"(《乐府诗集》卷三〇)①也记载了声词配合的具体歌曲,既云"抚筝和歌",又云"辞不可入宴乐",看起来似乎自相矛盾。但据《文心雕龙·乐府》:"(至于魏之三祖)宰割辞调,音靡节平。观其'北上'众引,'秋风'列篇……虽三调之正声,实《韶》、《夏》之郑曲也。"②"郑曲"云云,即证明其"可入宴乐"矣。今人研究表明,魏氏三祖"依曲填词"乐歌,《气出倡》、《蒿里行》(曹操作)即用清商旧乐中原声韵演唱,"平调"《短歌行》"秋风"、"仰瞻",《燕歌行》,"瑟调"《善哉行》"朝日"、"上山"、"朝游","大曲"《折杨柳行》"西山"、《煌煌京洛行》"园桃"(以上曹丕作),"清调"《苦寒行》"悠悠","瑟调"《善哉行》"我徂"、"赫赫","大曲"《步出夏门行》"夏门"、《棹歌行》"王者布大化"(以上曹睿作),均为清商三调乐歌③,显然是"可入宴乐"。

曹氏三祖"依曲填词",当然不能等同于词曲时代的"依曲填词",但这种创作方式,对后世还是有较大的影响。两晋清商乐"依曲填词"情况,当是这种传统的进一步发展。《乐府诗集》卷二六:"其后晋荀勖又采旧辞施用于世,谓之清商三调歌诗,即沈约所谓'因弦管金石造歌以被之'者也。"④所述前者属先"辞"后"乐",采诗以配乐,后者属依"乐"制"辞",依"乐"造"辞",但郭茂倩认为两者性质相同;今天看来,或许是对史料理解有误,或许是史料有缺失,但两晋清商乐存在"依曲填词"情况,是可以肯定的。《旧唐书·乐志二》:

---

① 郭茂倩《乐府诗集》卷三〇,第 2 册,第 446—447 页。
② 詹锳《文心雕龙义证》,上海古籍出版社 1999 年版,第 243 页。
③ 详见张庆华《清商乐乐曲的演唱与所用乐器》(《南都学坛》2011 年第 3 期,第 140 页)、成军《建安时期清商乐与曹氏家族的艺术实践》(《河南大学学报(社科版)》2015 年第 4 期,第 130—131 页)。
④ 郭茂倩《乐府诗集》卷二六,第 2 册,第 376 页。

"《明君》……汉人怜其远嫁,为作此歌。晋石崇妓绿珠善舞,以此曲教之,而自制新歌。"①"自制新歌"云云,即为确证。

以上为清商旧乐的"依曲填词"情况,清商新声的"依曲填词"略有不同。南朝清商新声多为演唱"吴歌西曲"而作。清商新声"依曲填词"最早可追溯至东晋。如:"《碧玉歌》者,宋汝南王所作也。碧玉,汝南王妾名,以宠爱之甚,所以歌之。"(《乐府诗集》卷四五)②据考证,"宋"字当为"晋"字之误,晋汝南王即司马羲(依王运熙说)。又据《古今乐录》,则为晋孙绰所作,可证《碧玉歌》为东晋作品③。《碧玉歌》当为较早的"依曲填词"之作。又,《团扇郎》,东晋王珉所作,"后人因而歌之",传辞六首,有和作(《乐府诗集》卷四五)④。亦可证东晋已开"依曲填词"之风。至南朝宋、齐,改制"吴歌西曲"和"依调"演唱更成为文人间的风尚。据《古今乐录》:"《懊侬歌》者,晋石崇绿珠所作……宋少帝更制新歌三十六曲。"(《乐府诗集》卷四六)⑤今不存。又据《南齐书·王敬则传》:"(王)仲雄于御前鼓琴,作《懊侬曲》,歌曰:'常叹负情侬,郎今果行许!'"⑥王仲雄唱自作《懊侬曲》,当为"依曲填词"之作。又,《女儿子》亦有"吹笙歌作《女儿子》"之语(《南齐书·东昏侯本纪》),均具有"依曲填词"特点。

梁、陈两代,清商新声"依曲填词"达到高潮,依"吴歌西曲"填词及其雅化更为史家所乐道。《古今乐录》:

---

① 刘昫《旧唐书》卷二九《乐志二》,第4册,第1063页。
② 郭茂倩《乐府诗集》卷四五,第2册,第663页。
③ 傅刚《南朝乐府古辞的改造与艳情诗的写作》,《文学遗产》2004年第3期,第126页。
④ 郭茂倩《乐府诗集》卷四五,第2册,第660页。
⑤ 郭茂倩《乐府诗集》卷四六,第2册,第667页。
⑥ 萧子显《南齐书》卷二六《王敬则传》,中华书局1972年版,第2册,第485页。

梁天监十一年冬，武帝改西曲，制《江南上云乐》十四曲，《江南弄》七曲：一曰《江南弄》，二曰《龙笛曲》，三曰《采莲曲》，四曰《凤笛曲》，五曰《采菱曲》，六曰《游女曲》，七曰《朝云曲》。又沈约作四曲：一曰《赵瑟曲》，二曰《秦筝曲》，三曰《阳春曲》，四曰《朝云曲》，亦谓之《江南弄》云。（《乐府诗集》卷五〇引）①

其中《江南弄》七曲"同题唱和"行为明显，萧衍、萧纲、沈约都有《江南弄》多首。这种君臣"同题唱和"行为在陈朝仍如火如荼。《陈书·后主张贵妃传》："（陈后主）后主每引宾客对贵妃等游宴，则使诸贵人及女学士与狎客共赋新诗，互相赠答，采其尤艳丽者以为曲词，被以新声，选宫女有容色者以千百数，令习而歌之，分部迭进，持以相乐。其曲有《玉树后庭花》、《临春乐》等。"②（《隋书·音乐志上》略同）梁、陈君臣"同题唱和"，可视为"依曲填词"的较典型行为，并具有较稳定的文学特征。

二、清商乐"依曲填词"与词体、词调的关系

清商乐"依曲填词"各有特点，在演唱方式和辞乐配合方式上，对词体制词方式和用乐手法均有影响。从词调史角度看，清商乐"依曲填词"也对词调形成有一定的作用。

第一，"宰割辞调"与"依曲填词"。上引《文心雕龙·乐府》，有"（至于魏之三祖）宰割辞调，音靡节平"之说。今人对"宰割辞调"的理解，主要有两种意见：一是认为"宰割辞调"即"以新辞入旧调，或以旧辞按新声"；二是认为"宰割辞调"即乐府诗演唱存在的诗句"割

---

① 郭茂倩《乐府诗集》卷五〇，第 3 册，第 726 页。
② 姚思廉《陈书》卷七《后主张贵妃传》，中华书局 1972 年版，第 1 册，第 132 页。

裂"与"拼凑"现象①。说明魏氏三祖"宰割辞调"有着"由乐以定词"和"选词以配乐"两种方式。

据曹植《鞞舞歌序》："汉灵帝西园鼓吹有李坚者,能鞞舞。……先帝闻其旧伎,下书召坚。坚年逾七十,中间废而不为,又古曲甚多谬误,异代之文,未必相袭,故依前曲作新歌五篇。"(《晋书·乐志下》)②"先帝"即曹操,说明在曹操时代,"依前曲作新歌"已成为乐府诗创作的风气。史料对"依前曲作新歌"的具体情况未有详载,但据《晋书·乐志上》"三祖纷纶,咸工篇什。声歌虽有损益,爱玩在乎雕章"③,以及上引张华说"其文句长短不齐……盖以依咏弦节"、"至其韵逗曲折"云云④,也能约略推测"依前曲作新歌"与"损益声歌"、"宰割辞调"的内在关系。"韵逗曲折"当指乐谱与辞乐配合而言,故能"依咏弦节",长短文句;而"诗章辞异,兴废随时",故有"损益声歌"、"宰割辞调"之说。以此推知"依前曲作新歌",乃指依"韵逗曲折",或"损益"旧辞以与乐协,或填制新辞以入乐而唱,乃清商旧乐"依曲填词"的两种方式。

清商旧乐"依曲填词"的具体情况,目前已难确考,疑曹氏三祖"依曲填词",与乐工"以旧辞按新声"的"宰割辞调",两者之间有一种协作关系。或许曹氏三祖"依曲填词",与后世人们所理解的"依曲填词"有所不同,故郭茂倩将清商旧乐"选词配乐"与"依曲填词"混合为一,还是有其史料依据的。据考,《乐府诗集》"荀勖又采旧辞施用于世"云云,正史谓之为"(荀)勖造晋哥"。《宋书·乐志一》:

---

① 详见詹锳《文心雕龙义证》(第 243 页)、余冠英《乐府歌辞的拼凑与分割》(《汉魏六朝诗论丛》,商务印书馆 2010 年版,第 17—26 页)。
② 房玄龄等《晋书》卷二三《乐志下》,第 3 册,第 710 页。
③ 房玄龄等《晋书》卷二二《乐志上》,第 3 册,第 676 页。
④ 房玄龄等《晋书》卷二二《乐志上》,第 3 册,第 685 页。

"（荀勖）曰：'魏氏哥诗，或二言，或三言，或四言，或五言，与古诗不类。'以问司律中郎将陈颀，颀曰：'被之金石，未必皆当。'故（荀）勖造晋哥，皆为四言。唯王公上寿酒一篇为三言、五言。"①研究表明，西晋清商旧乐多承续魏制，两晋诗人不仅可以根据同一曲调撰写同一体式的诗合乐，而且还可以为同一曲调撰写不同体式的诗入乐②。故魏氏三祖与西晋文人"依曲填词"，可能也存在这两种模式。前贤所述魏氏三祖"依前曲作新歌"，"然其所谓'依'者，但依前曲之'韵逗曲折'耳，故同属一调，而文句各别"。而"填词之初祖……而在韦昭矣。"③疑非定论，尚需进一步详考。

　　关于魏晋清商旧乐"依曲填词"与词体生成之关系，今知者有三点可供参考：

　　其一，清商乐从"相和歌"到"清商三调"的飞跃性发展，其关节点就在于"歌辞的配乐歌唱"④。而在唱奏方式上，"宰割辞调"与"依曲填词"两者并存混一，或许就是魏晋清商旧乐的演变特征之一。"选辞配乐"与"依声填辞"两种模式的形成，不仅是清商旧乐在从"相和歌"到"清商三调"发展过程中的典型特点，也是日后唐宋词体得以衍生的音乐文化母体之一。时至北宋中期，苏（轼）、黄（庭坚）尚有"损益"旧辞、填入新曲的应歌模式。如以张志和《渔歌子》旧辞，"损益"增衍而入《鹧鸪天》《浣溪沙》而歌之⑤，恐怕就

---

① 沈约《宋书》卷一九《乐志一》，第 2 册，第 539 页。
② 刘明澜《魏氏三祖的音乐观与魏晋清商乐的艺术形式》，《中国音乐学（季刊）》1999 年第 4 期，第 80 页。
③ 萧涤非《汉魏六朝乐府文学史》，人民文学出版社 1984 年版，第 158 页。
④ 吴大顺《魏晋南北朝音乐文化与歌辞研究》，扬州大学 2005 年博士学位论文油印本，第 38—39 页。
⑤ 曾慥《乐府雅词》卷中，参见唐圭璋《全宋词》，中华书局 1965 年版，第 745 页。

与这种古老的"损益声歌"、"宰割辞调"有一定的亲缘关系。

其二，根据"同一曲调撰写同一体式"与"同一曲调撰写不同体式"两种模式，不仅是清商旧乐以及清商新乐的两种制词模式，也是日后"声诗"与"曲子词"的重要制词模式。虽然清商旧乐配乐的歌词，尚"不具备歌词的定型化特征"[1]，但说它对后世依曲填词产生了一定程度的影响，还是行得通的。

其三，从唱奏方式上看，清商旧乐也有"添字"、"减字"、"添句"、"叠句"、"加尾声"等多种歌唱技巧[2]。虽然与唐宋词的演唱技法尚非同一音乐形态的产物，但歌唱技巧的"世代累积型特点"仍在唐宋词中有一定残留并对唐宋词的制词方式有所影响，也是说得通的。

第二，"依曲填词"与"歌诗之法"。南朝清商新声的"依曲填词"，或许在唱奏方式上不同于魏晋清商旧乐。如"吴歌西曲"前有"和"，后有"送"，而这种唱奏方式很大程度上又影响了制词方式。以下谨以梁武帝君臣《江南弄》制词方式为例略加申说。

关于梁武帝《江南弄》"依曲填词"性质及其与词体生成之关系，自明清以来已有论及[3]；而梁启超之说尤为学界所注意。如：

> 此曲(按：指梁武帝《江南弄》)为武帝改西曲所制。……同时沈约亦作四篇，简文帝亦作三篇，其调皆同一。
>
> 凡属于《江南弄》之调，皆以七字三句、三字四句组织成篇。七字三句，句句押韵。三字四句，隔句押韵。第四句——"舞春

① 木斋《曲词发生史》，光明日报出版社 2011 年版，第 4 页。
② 崔炼农《汉魏六朝乐府辞乐关系研究》，上海师范大学 2003 年博士学位论文油印本，第 87—91 页。
③ 详见杨慎《词品·序》、王世贞《艺苑卮言》、徐釚《词苑丛谈》、汪森《词综序》，参见田玉琪《词调史研究》，人民出版社 2012 年版，第 83—84 页。

心",即覆迭第三句之末三字,如《忆秦娥》调第二句末三字——
"秦楼月"也。似此严格的一字一句,按谱制调,实与唐末之"倚
声"新词无异。①

　　梁氏认为梁武帝《江南弄》符合"依曲填词"的几个基本特点:其
一,君臣"同题唱和","其调皆同一"。其二,长短句形式("皆以七字
三句、三字四句组织成篇")、押韵方式("句句押韵"、"隔句押韵")。
其三,"按谱制调"("严格的一字一句")及叠句方式("覆迭第三句
之末三字")。由此得出结论:"实与唐末之'倚声'新词无异。"不过,
尽管对梁说持怀疑观点者不乏其人,但直接和间接受梁说影响者亦
不在少数。如:"萧衍等人的《江南弄》十四首……在每个同调名下
的歌词,不但格式与句数、字数并皆相同,而且均不是出于同一人之
手,具有倚声填词的一切特征,自当属于曲子词的范畴。"②或从具体
的句式、格律深加探讨,如:"《江南弄》计有萧衍7首、萧纲7首、沈约
4首,全是七七七三三三三句式。萧衍之作前三句押平韵,第四句重
复第三句末三字,后四句隔句押韵,多押入声韵;只有最后一首倒过
来,前三句押入声韵,后四句押平声韵。与后世诗律不合者主要是其
三字句及七字句的'三字尾'多拗,成仄平仄或平仄平,而这正是词律
的常见格式。"③所述对探讨清商乐"依曲填词"与词体生成之关系,
无疑具有积极意义。

---

① 梁启超《中国之美文及其历史》,台北中华书局1968年版,第178页。
② 李伯敬《关于燕乐的商榷——兼及词之起源》,《学术月刊》1990年第2期,第
　22页。
③ 郑家治《燕乐与词关系新论》,《西华大学学报(哲社版)》2007年第2期,第
　72—73页。

但我们经过反复比勘，又沿"歌词之法"与"歌诗之法"①的思路细加考察，发现《江南弄》在演唱方式与制词方式方面，尚有未被前贤注意的地方。为方便比勘，谨录梁武帝《江南弄》三首如下：

（阳春路，娉婷出绮罗。）众花杂色满上林。舒芳耀绿垂轻阴。连手蹩躞舞春心。舞春心。临岁腴。中人望，独踟蹰。（《江南弄》）

（江南音，一唱直千金。）美人绵眇在云堂。雕金镂竹眠玉床。婉爱寥亮绕红梁。绕红梁。流月台。驻狂风，郁徘徊。（《龙笛曲》）

（采莲渚，窈窕舞佳人。）游戏五湖采莲归。发花田叶芳袭衣。为君侬歌世所希。世所希。有如玉。江南弄，采莲曲。（《采莲曲》）

以上节引刻意将"和声"列入其中。据《乐府诗集》卷五○："《江南弄》。《古今乐录》曰：'《江南弄》，三洲韵。和云："阳春路，娉婷出绮罗。"'""《龙笛曲》。《古今乐录》曰：'《龙笛曲》，和云："江南音，一唱直千金。"'""《采莲曲》。《古今乐录》曰：'《采莲曲》，和云："采莲渚，窈窕舞佳人。"'"②梁武帝七首《江南弄》原文，应该有两种不同版本的流传。这种加"和声"的《江南弄》，反倒可能更符合曲词的

---

① 施议对认为词之所以为词，除以长短句为其重要标志外，亦需以歌词之法取代歌诗之法，并论定梁武帝君臣《江南弄》之作仍属歌诗之法，距离倚声而填的词尚有一段距离（《词与音乐关系研究》，中国社会科学出版社1985年版，第46页；参见王伟勇等《综论词的起源（下）》，《中国韵文学刊》2012年第4期，第41页）。

② 郭茂倩《乐府诗集》卷五○，第3册，第726—727页。

原貌。史臣录"文"而删其"声",似乎成为音乐文学文本的一种传统。不过,梁武帝七首《江南弄》的"声"似乎还没有完全删尽。就今本而言,被梁氏视为"与唐末之'倚声'新词无异"的"覆迭第三句之末三字"——"舞春心"、"绕红梁"、"世所希"等,恰好是一种没有被完全删尽的"和声"。前有"和",后有"送",正是清商新声的典型演唱方式。这种演唱方式又反过来影响了清商新声的制词方式。如梁昭明太子《江南弄》三首:

> （阳春路,时使佳人度。）枝中水上春并归。长杨扫地桃花飞。清风吹人光照衣。光照衣。景将夕。掷黄金,留上客。
> （江南弄,真能下翔凤。）金门玉堂临水居。一颦一笑千万余。游子去还愿莫疏。愿莫疏。意何极。双鸳鸯,两相忆。
> （采莲归,渌水好沾衣。）桂楫兰桡浮碧水。江花玉面两相似。莲疏藕折香风起。香风起。白日低。采莲曲,使君迷。①

作为君臣"同题唱和"、"其调皆同一"的《江南弄》,梁武帝与昭明太子所作其"和声"不完全相同。另外,《采莲曲》似乎还含有"送声"。如梁武帝《采莲曲》"江南弄,采莲曲"六字,自呼曲名,可能具备"送声"的功能,又与昭明太子《采莲曲》"采莲曲,使君迷"不同。梁武帝、昭明太子等人《江南弄》的制词方式,可能和清商新声的演唱方式有关。

今传南朝清商乐词多为"齐言体"（少部分为"杂言体"）,疑为文学"文本"而非实录性质的"歌本",其演唱当有"和声"（或"和声"加

---

① 郭茂倩《乐府诗集》卷五〇,第 3 册,第 728—729 页。按:校勘记认为"昭明太子"当作"简文帝"。乃是。今因下文引梁简文帝《采莲曲》又有为齐言体者,为区别"齐言"、"杂言"二体,姑暂因旧文。

"送声")。就"依曲填词"方面而论,它们虽然比清商旧乐依"韵逗曲折"(乐谱)而"宰割辞调"、"损益声歌"有很大进步,但似还存在乐工"拼凑"、"割裂"曲词的用乐手法。在辞乐配合和演唱方式方式上,"和声"的存在(甚至可能还有"送声"),在很大程度上,似证明它还停留在前有"和"、后有"送"的清商新声"歌诗之法"阶段。但经过考证发现,尽管"和声"是区分"歌诗之法"与"歌词之法"的一种直观方式,亦非完全可靠(如宋代鼓吹词仍存"和声",部分宋代曲子词文本亦不乏"和声"的实例,详下),窃疑"和声"仅为演唱方式而非"歌诗之法"与"歌词之法"的界码。学界一般认为"诗"、"词"之分应以是否"依曲拍为句"为标志,是较为稳妥的。

　　"曲拍",亦称"乐句"(或"句拍"),约产生于南北朝时期。南朝君臣"同题唱和"、"其调皆同一"的《江南弄》,其曲谱今已不存,难考其是否"依曲拍为句"①。然今存"日传唐乐"(或"仿唐乐")61曲与清商乐相关②的曲谱,多有"曲拍(乐句)",虽为"燕乐"新声而非南朝清商乐原声,但其中仍有清商乐成分,是可以肯定的。就《玉树后庭花》、《苏合香》两种乐谱而言,在由南朝清商乐原声到"燕乐曲谱"的演变过程中,"句拍"是何时出现在这两种清商乐谱中的,虽尚需进一步确考,但大体可定为唐代之前③。"依曲拍为句"亦当始于此时

---

① 由于乐府文学时代的曲子以"解"为"拍",在"拍"的时值上与词曲文学时代的"曲子词"相差甚远。尽管"'解'于南北朝时期又演变为乐句"(刘崇德《燕乐新说》修订本,第219页),但它在清商新声的演唱方式上有何体现,或是否在梁武帝君臣《江南弄》上有所体现,目前仍不能作出肯定的回答。

② 详见刘崇德《燕乐新说》(修订本),第21—23页。

③ 《万乐和汉考》卷八《壹越调部》:"《续教训抄》曰:《玉树后庭花》。(新乐中曲,诸肩袒舞,又名《壹越波罗门》,是八大曲也,本名也。《金玉抄》曰:一反,拍子十四。初二序吹,又初八已下八延,一反时,末四三度拍子加之。而唐玄宗皇帝ノ御时改テ《玉树》,卜云卜イヘリ。又名《陈宫怨》,见许浑诗。又名《玉树曲子》。)""《新撰要记抄》曰:同曲,(新乐,有舞。)陈后主(转下页注)

前后,这一点详见下文,此处从略。

第三,清商乐"依曲填词"与词调体制的关系。前贤判别"诗"与"词"的区别,往往以元稹"选词以配乐"、"由乐以定词"说(《乐府古题序》)①为界石。近年来,随着乐府文学研究的不断深入,学界对这一说法有所修正。已有研究成果表明,乐府文学时代就存在"选词以

(接上页注)作,六帖号《霓裳》,七帖号《羽衣》。又号《月宫曲》。"附乐谱,文繁不录。今考小注,既云"陈后主作",又云"唐玄宗皇帝ノ御特改テ《玉树》",显非南朝清商乐原声,而为"燕乐"新声。又,《类筝治要》卷一五《乐曲十一·盘涉调丙》:"《苏合香》。(新乐,大曲,答舞,进走禿,或退走禿,舞出时吹调子,笙、筚篥,次笛音取,次道行破也。舞人舞台行立之后,序四帖,元五帖也。游声,延历遣唐使和迩鸿继忘却不传。本朝序一帖,拍子廿,但半帖八拍子,同不传。本朝仍用十二拍子。二帖鸿继同忘却,仍不传,本朝但有子纲。三帖拍子廿二,加临拍子之时廿六,有四帖之时无临拍子。四帖,拍子廿二,加临拍子之时廿六。五帖,拍子廿二,已上五个帖切二弹之。飒踏,鸿继同忘却,拍子廿云云。入破,拍子廿,不弹四反或三反,略时一反。急声,拍子廿,不弹五反,自第二反加拍子,大鼓在秘说等。次乐拍子,号唐急八拍子,秘说之。入破,急声,连弹只拍子。又有秘说,舞间首尾拍子三百四十一,又二百九十四,又说二百十二。舞入时,吹道行或用急声。《吏部玉龙笛谱》云,昔善舞此曲者,有进物所预布施忠雄及太宰大戴源行有朝臣等,舞人以苏合香草也为冠,仍为乐名也。舞入时,吹出破唤头为道行。)"(《万乐和汉考》卷二)附乐谱,文繁不录。据《教训抄》卷二:"此曲(按:指《苏合香》)八陈后主所作欤,一名《古唐急》。"云此曲为"陈后主所作"。然考乐谱"序一帖"有小注"遣唐使鸿继此序半帖并二帖、飒踏等忘却之"(《万乐和汉考》卷二),并上引"延历遣唐使和迩鸿继忘却不传"、"次乐拍子,号唐急八拍子"云云,知为"唐谱之遗",非南朝清商乐原声。但《玉树后庭花》、《苏合香》两种乐谱中,仍有清商乐成分,是可以肯定的。《玉树后庭花》、《苏合香》曲谱之"句拍",不知出于何时,然唐代既已盛行,其"句拍"当在此前即已形成。另,敦煌曲谱《倾杯乐》有急、慢二体,考此曲始为"清商乐",或谓起于晋杯盘舞;北周《倾杯曲》为"胡乐",至唐初为大曲,用龟兹乐,盛唐则为法曲,其"句拍"或在北周即已形成。详见下文,兹不赘。

① 元稹著,冀勤点校《元稹集》卷二三,上册,第254页。

配乐"与"由乐以定词"两种制词方式。因此,就梁武帝《江南弄》一调而论,其演唱方式和制词方式与词曲文学时代的"曲子词"有很大不同。真正的区别恐怕还在于演唱方式影响了制词方式。以"《江南弄》七曲"中的《采莲曲》为例,现存有杂言体和齐言体两种体式。除梁武帝与昭明太子《采莲曲》为杂言体外,梁简文帝、梁元帝等人《采莲曲》均为齐言体,或五言六句,或五言八句。据研究,清商新声的"依同一曲调撰写不同体式"现象,说明"音乐与歌辞语言还没有构成一一的对应关系"①。不过,"依同一曲调撰写不同体式"的"依曲填词"现象,不仅在"清商旧乐"时期就有,在清商新声"依曲填词"中也仍然存在,即使在"声诗"与"曲子词"并存的时代仍不乏其例(不仅在中晚唐普遍存在,甚至在两宋时期仍然存在这种制词现象),这可能和不同的演唱方式有关。也就是说,更大的可能是演唱方式决定了制词方式。清商新声"因声以度词,审调以节唱,句度短长之数,声韵平上之差,莫不由之准度"(元稹《乐府古题序》)②,特别是在"永明体"出现以后,同样在"齐言体"的歌词中得到应用,并不仅仅是"杂言体"歌词"依曲填词"的专利。

据研究,清商乐的齐言体曲调有 45 首左右有"依曲填词"的特点。如:

《子夜四时歌》、《上声歌》、《欢闻歌》、《欢闻变歌》、《前溪歌》、《阿子歌》、《丁督护歌》、《团扇郎》、《七日夜女歌》、《长史变歌》、《黄生曲》、《黄鹄曲》、《碧玉歌》、《桃叶歌》、《长乐佳》、《欢好曲》、《懊侬歌》、《读曲》、《春江花月夜》、《湖就姑曲》、

① 吴大顺《魏晋南北朝音乐文化与歌辞研究》,扬州大学 2005 年博士学位论文油印本,第 84 页。
② 元稹著,冀勤点校《元稹集》卷二三,上册,第 254 页。

《姑恩曲》、《采莲童曲》、《明下童曲》、《同生曲》、《石城乐》、《莫愁乐》、《估客乐》、《乌夜啼》、《襄阳乐》、《三洲歌》、《襄阳蹋铜蹄》、《采桑度》、《杨伴儿》、《江陵乐》、《青骢白马》、《共戏乐》、《安东平》、《那呵滩》、《孟珠》、《翳乐》、《拔蒲》、《寿阳乐》、《作蚕丝》、《杨叛儿》、《西乌夜飞》。（详见《乐府诗集》卷四四至卷四九）

不过，这些齐言体曲调歌词，显然不能与唐宋词体等同①，只能作为依曲填词的某些参照。

在清商新声的长短句歌词中，除梁武帝、昭明太子、沈约等人的《江南弄》，刘妙容《婉转歌》二首，张率、陈后主、徐陵等人的《长相思》，已接近词体，可视为词体萌芽阶段的产物。如关于梁武帝《江南弄》"依曲填词"性质及其与词体生成之关系，自明清以来已有论及，而梁启超认为《江南弄》符合"依曲填词"的基本特点（详见上文）。再如《婉转歌》，据唐人郎大家宋氏《婉转歌》（风已清），三十六字（《全唐诗》卷九九），即源自刘妙容之曲。《全明词》收林俊三首《婉转歌》，其中二首注"用唐人郎大家韵"，一首注"用晋刘妙容韵"。再如《长相思》，中唐武元衡有作，与张率等人词体完全相同：

　　　　长相思，久离别。美人之远如雨绝。独延伫，心中结。望云云去远，望鸟鸟飞灭。空望终若斯，珠泪不能雪。（张率《长相思》）②
　　　　长相思，陇云愁。单于台上望伊州。雁书绝，蝉鬓秋。行人

① 详见田玉琪《词调史研究》，第81—82页。
② 郭茂倩《乐府诗集》，第3册，第991页。

天一畔，暮雨海西头。殷勤大河水，东注不还流。（武元衡《长相思》）①

尽管历来对这些作品是否符合曲子词的平仄声律颇多争议，我们仍然同意将这些曲调看作词调萌芽阶段的产物。原因有二：

其一，这些曲调所属音乐本是隋唐燕乐的组成部分，也是词调音乐的来源之一。

其二，这些曲调的句法、换韵等特点是唐宋词调特别是令词调的主要形式，并且它们多首作品在体式上相同，与词调的依调填词基本特点相一致。

就唐宋词调音乐而言，也有吸收和改造清商乐曲调的痕迹，如《子夜歌》、《乌夜啼》、《采桑子》、《玉树后庭花》、《采莲》、《白雪》、《白苎》、《清平调》、《清平乐》、《春台望》等。在平仄声调的处理和用韵形式的丰富多样方面，也继承了清商乐曲调单押平声、单押入声、平仄转换等多种形式。

清商乐的"依曲填词"与词体音乐的关系非常密切，在很多方面都可以看作是词调、词体音乐萌芽阶段的产物。但从总体上看来，清商音乐与词体音乐毕竟属于两种不同的音乐系统，关于两种体系所承载的曲调和曲词其音乐特征都缺乏明确的史料记载，因而给研究工作带来了极大的困难。上述所论还只是初步的粗浅意见。目前还需在清商乐的"'解'演变为'乐句'"及清商乐蜕变为词体音乐方面加大研究的力度，以求对这一问题做出确切的解证。

---

① 任半塘、王昆吾编著《隋唐五代燕乐杂言歌辞集》，巴蜀书社 1990 年版，第296 页。

第二章　法曲、胡部燕乐在词乐中的演进

　　学界虽对法曲界定虽存有争议，但对法曲作为燕乐重要组成部分及对词乐贡献之认识，还是颇为一致。今以法曲在词乐中的演进为考察中心，结合前贤研究成果，论述法曲对词乐的发展贡献。通过曲破、转踏、诸宫调、杂剧及院本等保留的法曲成分，考察法曲虽"解体"于宋、金，然亦于宋、金时期重获新生的情况。而胡部燕乐源于何时，其入华时期的音乐特征如何，胡部燕乐律调体系的确立的时间节点何在，特别是胡部燕乐对词乐的发展贡献等，亦结合前贤研究做一论述。

第一节　"法曲"与"隋唐燕乐"的关系

　　法曲之名，较早见于《新唐书·礼乐志十二》，云：

　　　　初，隋有法曲，其音清而近雅。其器有铙、钹、钟、磬、幢箫、琵琶。琵琶圆体修颈而小，号曰"秦汉子"，盖弦鼗之遗制，出于胡中，传为秦、汉所作。其声金、石、丝、竹以次作，隋炀帝厌其声澹，曲终复加解音。玄宗既知音律，又酷爱法曲。①

---

① 欧阳修等《新唐书》卷二二《礼乐志十二》，第 2 册，第 476 页。

　　据此,法曲兴于隋代,而极盛于唐代,唐玄宗并专立"梨园法部"以演奏新曲。法曲作为隋唐宫廷燕乐体系的品种之一,而为人们所熟知。

　　但是,学界有关"法曲"的界定、由来及与隋唐燕乐的关系,仍存在很大争议。传统观点认为"法曲"属于隋唐燕乐,是隋唐燕乐大曲中的一个品种①。由于这种观点是据正史概括而成,且"隋唐燕乐"又是一个涵义丰富、包含极广的概念,因此在很长时间里,人们在充分认识到其合理性的同时,又对它产生了种种质疑。近来有学者通过对"法曲"的考证,发现"大曲、法曲两分明",法曲既不是大曲,更不是大曲的一个品种②。目前学界尽管对"法曲"的界定意见尚不统一,但是,对"法曲"作为燕乐的一个重要组成部分,目前却没有不同意见③。

　　另外,学界在探讨法曲的由来方面,至今尚有多种说法。有云源于东晋及梁代佛教的"法乐"④;有云源于东晋及梁代道家的"法乐",

---

① 如:"法曲,隋唐燕乐大曲中的一个品种。"(详见《中国音乐词典》,人民音乐出版社 2016 年版,第 100 页)"法曲是大曲中的一部分,法曲这个名称始自隋朝,至唐玄宗时又使之得到了进一步的发展。"(金文达《中国古代音乐史》,人民音乐出版社 1994 年版,第 206 页)

② 详见吕洪静《唐时大曲、法曲两分明》(《天津音乐学院学报》2000 年第 4 期,第 25—26 页)、李石根《法曲辩》(《交响(西安音乐学院学报)》2002 年第 2 期,第 26 页)。

③ 详见丘琼荪《燕乐探微》(第 99 页)、饶宗颐《敦煌曲续论》(台北新文丰出版有限公司 1996 年版,第 22 页)、刘崇德《燕乐新说》(修订本,第 221 页)、刘尊明《隋唐宫廷音乐文化初探》(《传统文化与现代化》1997 年第 2 期)。

④ 如:"法曲之最初即佛曲,法曲二字,源于梁武的法乐。"(丘琼荪撰,隗芾辑补《燕乐探微》,第 45 页)"法曲,来源于东晋及梁代的'法乐',原本用于佛教的法会。梁以后,形成以清商乐为主的法乐,至隋称为'法乐'。"(详见《中国音乐词典》,第 100 页)"法曲,又名法乐,始见于东晋《法显传》,因用于佛教法会而得名,至隋称为法曲。"(孙继南、周柱铨《中国古代音乐通史简编》,山东教育出版社 1993 年版,第 87 页)

有云源于南北朝以来的道家音乐①;有云源于清商乐②;有云法曲以"古乐"为本,法曲之法乃"楷模"、"典范"之意,是地道的华乐③。可以说,随着对"燕乐"及燕乐史研究的不断深入,关于"法曲"界定及其由来的探讨日趋科学并接近史实④。

关于"法曲"与"隋唐燕乐"的关系,也因为"法曲"界定及其由来问题的探讨而日趋复杂化,但有两点在学界已基本形成了共识。

一、法曲与清乐的关系

法曲起于隋代而盛于唐代,其音乐特征是"清而近雅"。《新唐书·礼乐志十二》:"初,隋有法曲,其音清而近雅。"⑤《通志》卷四九:"法曲本隋乐,其音清而近雅。"其声始出"清商部",在音乐特征方面比较接近清乐。这集中表现在"律"和"器"两个方面:

第一,关于法曲的"律",宋人文献亦有记载。《乐书》卷一八八:

---

① 如:"法曲本来是道教所用的一种音乐,是南北朝以来经由道家所提倡和发展起来的。"(夏野《中国古代音乐史简编》,上海教育出版社 1989 年版,第 98页)"法曲一词,本是道教音乐所常用,而佛教音乐则常用梵呗、梵音。"(李石根《法曲辩》,《交响(西安音乐学院学报)》2002 年第 2 期,第 25 页)

② 如:"法曲起于隋而盛于唐,其源出于清商……《唐会要》载太常别教院所教之法曲十二章,其中《王昭君》、《玉树后庭花》和《堂堂》,都是清商曲,都见于武后以后所存的四十四曲中。"(丘琼荪撰,隗芾辑补《燕乐探微》,第 45 页)

③ 详见王昆吾《词的起源及其它》(《中国韵文学刊》1987 年第 1 期,第 109 页)、李昌集《唐代宫廷乐人考略》(《第三届唐宋诗词国际学术研讨会论文集》,中国社会出版社 2004 年版,第 21 页)。

④ 以上关于"法曲"界定、由来的介绍,参考了朱玉葵《论唐代法曲的起源与流变》(武汉音乐学院硕士学位论文 2006 年油印本)、李强《法曲考源》(《南京艺术学院学报》2010 年第 1 期,第 18—22 页)、李媛媛《唐代法曲源变探析》(《兰台世界》2013 年第 11 期,第 6 页)等文章的观点,不再一一注明。

⑤ 欧阳修等《新唐书》卷二二《礼乐志十二》,第 2 册,第 476 页。

"法曲兴自于唐,其声始出清商部,比正律差四,郑、卫之间。"①明言
法曲出于"清商部",而比正律差四律,此乃就唐代法曲而言。《梦溪
笔谈》卷五:"古乐有三调声,谓清调、平调、侧调也。……今乐部中有
'三调乐',品皆短小,其声噍杀,唯道调、小石法曲用之。虽谓之'三
调乐',皆不复辨清、平、侧声,但比他乐特为烦数耳。"②所谓"三
调乐",指的是清乐"清、平、瑟三调",而"唯道调、小石法曲用之"云
云,则说明北宋法曲部与清乐仍有关系。今人研究成果也证实了
这一点。据刘崇德先生考证,"法曲既本自清商,当亦为清商短
律。""法曲仅为清乐之分支,且其律犹为清商短律小调式。"其律乃
源于荀勖笛律(黄钟管以四倍正律之姑洗为度,其律仍为 A 调),故
法曲之律当以 A 为黄钟,其律比宋代俗乐教坊律之黄钟(D)差四
律③。则证明唐宋法曲皆出"清商部",而自唐至宋其"律"亦未尝
有变。

　　第二,隋代法曲"音清而近雅",在乐器使用与音乐特点方面比较
接近清乐。按隋代法曲使用的乐器有铙、钹、钟、磬、幢箫、琵琶 6 种
(《新唐书·礼乐志十二》,《乐书》卷一八八),而清商乐使用的乐器
有钟、磬、琴、瑟、击琴、琵琶、箜篌、筑、筝、节鼓、笙、笛、箫、篪、埙等 15
种(《乐府诗集》卷九六)。隋代法曲使用的乐器尽管比清商乐少,但
钟、磬、幢箫、琵琶等几种主要乐器却源于清乐,铙、钹等几种乐器可
能源于胡乐(《乐书》卷一二五,《文献通考·乐考七》)。丘琼荪云:
"法曲所用乐器,多半相同于清乐,即此可以证明它的渊源所自
了……隋唐间各种外来乐中盛用鼓,少则二三种,多则七种,故乐声

① 陈旸《乐书》卷一八八《法曲部》,文渊阁《四库全书》,第 211 册,第 848 页。
② 沈括撰,胡道静校证《梦溪笔谈校证》卷五《乐律一》,第 192—193 页。
③ 刘崇德《燕乐新说》(修订本),第 25—26 页。

多喧阗。惟清乐只用一节鼓……法曲并节鼓而无之,其声清淡可想。"①从乐器这一项说隋代法曲源于清乐,是行得通的。

　　由于法曲与清乐在音乐特征方面的特殊"亲缘"关系,又使得人们在探讨"法曲"与"隋唐燕乐"的关系时,容易为"非此即彼"的逻辑思维所左右。黄翔鹏说:"隋唐俗乐是以'法曲'为主线,沿清商乐发展而来的,并不是胡乐或印度的影响为主。"②黄先生说的"隋唐俗乐"即学界所称"隋唐燕乐",而隋唐燕乐"沿清商乐发展而来"、"并不是胡乐为主"云云,则因过于看重与清乐的"亲缘"关系而得出"非此即彼"的结论。据丘琼苏对唐代法曲考证的结果,发现法曲是"以清商为基本再融合部分的道曲佛曲以及若干外族乐而成的一种新乐"③。据此,知法曲虽源于清商乐而又不断吸收佛曲、道曲的成分。词学界也有相似的看法,如:"所谓隋代法曲,最初接近于清商乐,而后隋炀帝又运用解音加以调和与改造。……可知隋炀帝时之法曲已具胡汉、中外融合之性质。"④"唐玄宗开元二年以服务于宫廷娱乐并且以演奏清商部'九代遗声'与法部新曲为主的教坊成立,同时也给了燕乐乐舞由宫廷走向民间和燕乐的汉化架起一道桥梁。""天宝十三载太乐令所颁燕乐十四调既已将胡乐、清商乐合用下徵(C调)一律,因保持清商之小调式……纳太常之胡部新声与教坊之九代遗声于一律。"⑤"观其(法曲)所用乐器,显然是基于中国音乐而掺用胡乐而成的。""改法曲为仙韶曲,显然又已掺杂了道教神仙行

---

① 丘琼苏撰,隗芾辑补《燕乐探微》,第 90—91 页。
② 黄翔鹏《中国古代音乐歌舞伎乐时期的有关新材料、新问题》,《文艺研究》1999 年第 4 期。
③ 丘琼苏撰,隗芾辑补《燕乐探微》,第 99 页。
④ 刘尊明《隋唐宫廷音乐文化初探》,《传统文化与现代化》1997 年第 2 期,第 81 页。
⑤ 刘崇德《燕乐新说》(修订本),第 221 页,第 27 页。

乐的乐曲。"①都既肯定了法曲与清乐的关系,又注意到法曲在"胡乐汉化"中的作用,因而也令人信服地突出了"法曲"在隋唐燕乐中的地位。

二、法曲与"新燕乐"的关系

法曲最初近似于清乐,后渐与"胡乐"结合,成为新燕乐的组成部分。但法曲与清乐相比,还是有很大的不同,这集中表现在"调"和"结构"两个方面:

第一,法曲有宫、商、角、徵、羽五调,不同于清乐三调②。《旧唐书·音乐志三》:"(开元二十五年)时太常旧相传有宫、商、角、徵、羽《讌乐》五调歌词各一卷,或云贞观中侍中杨恭仁妾赵方等所铨集。词多郑、卫,皆近代词人杂诗。至(韦)绍又令太乐令孙玄成更加整比为七卷。又自开元已来,歌者杂用胡夷里巷之曲,其孙玄成所集者,工人多不能通,相传谓为法曲。"③关于这种"相传谓为法曲"的"《讌乐》五调歌词",学界或云非属"燕乐"范畴。如《法曲辩》:"法曲本有宫商角徵羽五调,这与所谓的燕乐二十八调不同。"④《燕乐探微》:"清商、清乐、法曲都有五调,这是一脉相承的。二十八调没有徵调……其他乐曲亦有徵调,这一点不可不认清楚。"⑤刘先生认为:

---

① 王伟勇等《综论词的起源(下)》,《中国韵文学刊》2012年第4期,第48页。

② 按:清乐有平调、清调、瑟调三调,又有楚调、侧调。《隋书·音乐志下》:"清乐,其始即清商三调是也。"(《通典·乐六》同)《乐府诗集》卷二六:"其后晋荀勖又采旧辞施用于世,谓之清商三调歌诗……《唐书·乐志》曰:'平调、清调、瑟调,皆周房中曲之遗声,汉世谓之三调。'又有楚调、侧调。楚调者,汉房中乐也。高帝乐楚声,故房中乐皆楚声也。侧调者,生于楚调。与前三调总谓之相和调。"

③ 刘昫等《旧唐书》卷三〇《音乐志三》,第4册,第1089页。

④ 李石根《法曲辩》,《交响(西安音乐学院学报)》2002年第2期,第24—25页。

⑤ 丘琼荪撰,隗芾辑补《燕乐探微》,第58页。

"燕乐本有五调,其徵调曲亦仅用于胡部,天宝十三载太乐令所颁燕乐十四调既已将胡乐、清商乐合用下徵(C调)一律,因保持清商之小调式,故已无徵调曲,更因朝廷诏令教坊道调法曲与太常胡部新乐合奏,于是以夹钟(下徵)为律本的四调七均二十八宫调体系确立,纳太常之胡部新声与教坊之九代遗声于一律,徵音亦即'有其声而无其调',于燕乐中不存。正因为清乐短律的音阶特点,其一开始即不能五调具备,故'清商、清乐、法曲都有五调,这是一脉相承的'的说法不能成立。"①

按,所谓"法曲五调",与"燕乐二十八调"并不矛盾。《宋史·乐志四》:"(政和三年五月)诏曰:'……以《大晟乐》播之教坊……'于是令尚书省立法,新徵、角二调曲谱已经按试者,并令大晟府刊行,后续有谱,依此。其宫、商、羽调曲谱自从旧。"②知唐宋燕乐曲谱实亦按"宫商角徵羽五调"编排,可证"相传谓为法曲"的"《讌乐》五调歌词"云云,亦属燕乐范畴。

第二,法曲虽源于清乐,但自隋代始即有"胡乐"成分。《新唐书·礼乐志十二》:"初,隋有法曲,其音清而近雅。……隋炀帝厌其声澹,曲终复加解音。"③所谓"解音",当即"解曲"④。南卓《羯鼓录》:"凡曲有意尽而声不尽者,须以他曲解之,如《耶婆色鸡》用《屈柘急遍》解,《屈柘》用《浑脱》解之类是也。"《乐书》卷一六四《解曲》:"凡乐以声徐者为本声,声疾者为解。自古奏乐,曲终更无他变。

① 刘崇德《燕乐新说》(修订本),第27页。
② 脱脱等《宋史》卷一二九《乐志四》,中华书局1985年版,第9册,第3017—3018页。
③ 欧阳修等《新唐书》卷二二《礼乐志十二》,第2册,第476页。
④ 刘尊明《隋唐宫廷音乐文化初探》,《传统文化与现代化》1997年第2期,第81页。

隋炀帝以清曲雅淡，每曲终多有解曲。如《元亨》以《来乐》解，《火凤》以《移都师》解之类是也。及太宗朝有入破，意在曲终更使其终繁促，然解曲乃龟兹、疏勒、夷人之制，非中国之音，削之可也。"这种"曲终复加解音"的用乐手法大异于清商乐，也不同于隋初的法曲，其实更接近隋唐燕乐①。据吕洪静研究，《隋书·音乐志》所载隋炀帝定"九部伎"有"解曲"的伎乐中，"西凉伎"歌曲《永世乐》、解曲《万世丰》、舞曲《于阗佛曲》，"龟兹伎"歌曲《善善摩尼》、解曲《婆伽儿》、舞曲《小天》《疏勒盐》，"疏勒伎"歌曲《亢利死让乐》、舞曲《远服》、解曲《盐曲》，"安国伎"歌曲《附萨单时》、舞曲《末奚》、解曲《居和祇》，"歌曲—解曲—舞曲"的"多遍连章"结构，就是"隋时法曲样式"，它"已是一个初具格式——慢遍紧接解曲（急遍）的、前歌后舞式——的'多遍连章'法曲结构了"②。这种说法有一定道理。但从这种"法曲结构"中多用"胡乐"来看，它与隋初法曲"音清而近雅"、"曲终更无他变"的"奏乐"之法，显然有了很大的不同，它其实是一种新的燕乐用乐手法。

关于法曲的结构，学界多举白居易《霓裳羽衣歌》为例，即"散序"（六遍，无拍，不舞）、"中序"（亦名拍序，始有拍，十八遍）、"入破"（繁音急节，十二遍）、"尾声"（长引一声）。其中"入破"，颇类似于隋代的"解曲"。《乐书》卷一六四《解曲》："及太宗朝有入破，意在曲终更使其终繁促，然解曲乃龟兹、疏勒、夷人之制，非中国之音，削之可也。"据研究，"解音"具有"急遍"性质③。隋炀帝时期"曲终复

---

① 详见刘尊明《隋唐宫廷音乐文化初探》，《传统文化与现代化》1997 年第 2 期。
② 吕洪静《唐时大曲、法曲两分明》，《天津音乐学院学报》2000 年第 4 期，第 25—26 页。
③ 详见吴熊和《唐宋词通论》(浙江古籍出版社 1989 年版，第 32 页)、刘崇德《燕乐新说》(修订本，第 115—116 页)、朱玉葵《论唐代法曲的起源与流变》(第 30—31 页)。

加解音"的"隋时法曲样式",演变为唐太宗朝"有入破"的唐法曲样
式,从某种程度说,类似唐法曲的结构,在隋代法曲已有萌芽,疑为唐
法曲结构的先导。可以说,自从"加解音"、"有入破"以后的隋唐法
曲,很难说就是纯粹的"华夏正声",其实已是一种"胡乐"成分很重
的新燕乐。以《霓裳羽衣歌》为例。《唐会要》卷三三:"天宝十三载
七月十日,改诸乐名。……《婆罗门》改为《霓裳羽衣》。"《梦溪笔谈》
卷五:"《霓裳羽衣曲》。……郑愚(嵎)《津阳门诗》注云:'叶法善尝
引上入月宫,闻仙乐。及上归,但记其半,遂于笛中写之。会西凉府
都督杨敬述进《婆罗门曲》,与其声调相符,遂以月中所闻为散序,用
敬述所进为其腔,而名《霓裳羽衣曲》。'"①其主体部分为"胡乐"《婆
罗门》曲。据研究,其"歌与破则是在吸收凉州所进天竺的《婆罗门》
曲调续写而成的",《婆罗门》曲用于"中序"的可能性最大②。史载
酷爱法曲的唐玄宗(《新唐书·礼乐志十二》),他所"爱"的就是这种
掺入了"胡乐"的法曲③。

　　法曲虽与"胡乐"合流,成为"新燕乐"(隋唐燕乐)的一部分,但
仍然在"器"、"律"及音乐表现方面保持着独立的特性。

　　其一,法曲之"器"与"胡部"燕乐仍有不同。上引《梦溪笔谈》
"品皆短小,其声噍杀,唯道调、小石法曲用之"云云,"品"疑为"器"
之误,乃指法曲部乐器短小;又《词源》所谓法曲"以倍四头管品之",

---

① 沈括撰,胡道静校证《梦溪笔谈校证》卷五《乐律一》,第 194 页。

② 详见高人雄《从〈教坊记〉曲目考察词调中的西域音乐因子》(《西域研究》
　　2005 年第 2 期,第 83 页)、王安潮《唐大曲考》(上海音乐学院博士学位论文
　　2007 年油印本,第 85 页)。

③ 目前学界基本确认法曲掺入了"胡乐"。任二北云法曲"所参(掺)胡乐多寡
　　不一"(《教坊记笺订》,第 146 页),丘琼苏测定法曲中"清乐成分约为十之七
　　八,胡乐成分约为十之二三"(《燕乐探微》,第 99 页)。

燕乐大曲"以倍六头管品之"(卷下)①,即指出法曲与"胡部"燕乐所用乐器之异。

其二,法曲之"律"也与"胡部"燕乐各自划域封疆。据刘先生考证,唐代清乐、法曲仍保留其"律",至天宝十三载(754)法曲与胡部合奏,"胡部律与清乐律重合","所谓燕乐音阶得以确立","而清乐乐调至宋代尚有孑遗,如法曲尚与燕乐大曲争一席之地"②。

其三,在乐曲结构方面,唐宋"大曲、法曲两分明",有"催、衮"者为燕乐大曲,无"催、衮"而有"散序、歌头"者为法曲。《宋史·乐志六》:"凡有催衮者,皆胡曲耳,法曲无是也。"③在音乐表现方面,法曲清越,音声近古;大曲流美,与"胡乐"相近。《词源》:"若曰法曲,则以倍四头管品之,其声清越。大曲则以倍六头管品之,其声流美。""法曲有散序歌头,音声近古,大曲有所不及。"(卷下)④法曲音律节奏,与燕乐大曲相异。

综上所述,脱胎于清商乐的法曲,由于在发展过程中不断吸收其他乐种的有益成分,逐渐形成了与清乐不同而与燕乐相近的音乐特征。把法曲作为燕乐的一部分,而非独立于燕乐之外的音乐系统,应该说是行得通的。

第二节　法曲在词乐中的演进

"词乐"常被视为"宋乐",不过这是指成熟形态的"词乐"而论,它的形成其实经历了漫长的"过程"形态。如果说"词乐"的传统也

---

① 张炎《词源》卷下,《词话丛编》,第 1 册,第 255 页。
② 详见刘崇德《燕乐新说》(修订本),第 27 页,第 48 页。
③ 脱脱等《宋史》卷一三一《乐志六》,第 10 册,第 3053 页。
④ 张炎《词源》卷下,《词话丛编》,第 1 册,第 255 页。

是一条河的话,那么,"法曲"应该是其中的一条重要支流。

一、法曲在词乐形成期的作用

法曲在词乐中的演进,首先要从法曲在词乐形成期的作用说起。如果把"词乐"视为"宋乐",则宋代法曲仅有"道调宫《望瀛》"和"小石调《献仙音》"仍为教坊演奏(《宋史·乐志十七》,《乐书》卷一八八),它与宋代词乐的关系显然不能和"胡部燕乐"相比。但问题并不那么简单,如上所述,法曲在燕乐形成和发展中有着极其重要的作用,尽管"词乐"并不等于燕乐,然考察法曲在"词乐"形成和发展中的作用,也当作如是观。

众所周知,"词乐"的形成与唐代教坊关系密切,而教坊的主要功能就在演奏以清商部"九代遗声"与法曲为主的燕乐曲。《新唐书·礼乐志十二》:

> 玄宗既知音律,又酷爱法曲,选坐部伎子弟三百教于梨园,声有误者,帝必觉而正之,号"皇帝梨园弟子"。宫女数百,亦为梨园弟子,居宜春北院。梨园法部,更置小部音声三十余人。帝幸骊山,杨贵妃生日,命小部张乐长生殿,因奏新曲,未有名,会南方进荔枝,因名曰《荔枝香》。①

史载,开元二年(714)唐玄宗重立教坊以演奏燕乐新曲,其中"梨园法部"是专门演奏法曲的新设机构。著名词调《荔枝香》即产生于"梨园法部"中的"小部音声"。这则史料充分说明,燕乐"曲子"

---

① 欧阳修等《新唐书》卷二二《礼乐志十二》,第2册,第476页。

的形成与开元二年(714)的重置教坊有关①。

　　据考察,因"胡部"器乐、舞乐性质与传统的华夏声乐歌唱系统有异,"胡部燕乐"杂曲和舞乐曲经历了漫长的演变过程方形成声乐系统的"曲子",故词体并非直接产生于"胡部"器乐和舞乐。刘崇德先生云:"词体并非直接产生于燕乐,也就是说,词体并非是为燕乐乐曲配辞的文体。……唐玄宗开元二年以服务于宫廷娱乐并且以演奏清商部'九代遗声'与法部新曲为主的教坊成立,同时也给了燕乐乐舞由宫廷走向民间和燕乐的汉化架起一道桥梁。"②李昌集亦云:"唐代'词调'以属华乐者为主体,尤以民间本土音乐为主源。由此,我们必须立足于华乐自身探究词体发生、形成的原因。"③都说明"词乐"的形成与唐代教坊、法曲关系密切。近来的研究成果也表明:"曲子主要是以中原本土六朝清乐为主体,以胡乐为参用,以声乐演唱为主要形式的音乐。盛唐时期,经历法曲的中间环节,声乐曲子开始发生。"④尽管将法曲作为曲子发生直接激发剂的说法尚需作补证,但在重视唐代法曲对"词乐"形成的作用方面,应是有积极意义的。

　　燕乐"曲子"的形成是经历了漫长的演变过程的,其中法曲起了多大的作用,以及"曲子"是用何种形式的"节拍"演唱,都是需要考虑的因素。我们认为,就法曲而言,也有"隋法曲"与"唐法曲"之分,

---

① 按"教坊"始设于唐高祖武德(618—626)年间,武后如意元年(692)改名"云韶府",唐中宗神龙、景龙年间(705—709)恢复"教坊"旧名。然终整个初唐时期看,设教坊的目的在于"按习雅乐"。唐玄宗开元二年(714)重置教坊,始与教习燕乐有关(详见《中国音乐词典》,第378页)。

② 刘崇德《燕乐新说》(修订本),第221页。

③ 李昌集《华乐、胡乐与词:词体发生再论》,《文学遗产》2003年第6期,第60—80页。

④ 王洪、孙艳红《略论曲词不产生于燕乐》,《海南大学学报(人文社会科学版)》2012年第2期,第31页。

它们在"词乐"形成阶段所起的作用,是很不相同的。初唐法曲"《讌乐》五调歌词"(一说"隋法曲")到了盛唐"工人多不能通",原因在于"自开元以来,歌者杂用胡夷里巷之曲",这与天宝十三载(754)诏令"道调、法曲与胡部合奏"及"合胡部者为宴(燕)乐"的记载相合,说明盛唐法曲的歌法与初唐法曲(或"隋法曲")有很大不同。盛唐歌者所唱已非初唐法曲,而是"杂用胡夷里巷之曲",所包含的成分更复杂。尽管法曲在盛唐燕乐中仍占重要地位,但恐怕不能视为"声乐曲子开始发生"的唯一因素。史载"歌者杂用胡夷里巷之曲",而"多不能通""《讌乐》五调歌词"的法曲(《旧唐书·音乐志三》)[①],说明"胡夷里巷之曲"还是占有重要地位。"胡夷之曲"指的就是"胡部燕乐",这一点详见下文。再者,燕乐"曲子"演唱的"节拍",一般来说应该是用"句拍",其乐器依托于"拍板",恐怕像"隋代法曲"那种缺少"拍板"的乐器"部当"难以承担。原生形态的隋或初唐法曲"《讌乐》五调歌词",为什么到了盛唐"工人多不能通",这可能也是一个不容忽视的原因。

二、唐代词乐中的法曲词调

法曲在词乐中的演进,更为明显的是法曲与词调音乐的关系。词调音乐中有不少可溯源于法曲。《碧鸡漫志》卷一:"盖隋以来,今之所谓曲子者渐兴,至唐稍盛。今则繁声淫奏,殆不可数。"[②]《词源》卷下:"粤自隋唐以来,声诗间为长短句。"[③]都将词的起源远溯于隋。据考,隋曲有《泛龙舟》、《穆护子》、《安公子》、《斗百草》、《水调》、

---

① 刘昫等《旧唐书》卷三〇《音乐志三》,第4册,第1089页。
② 王灼《碧鸡漫志》卷一,《词话丛编》,第1册,第74页。
③ 张炎《词源》卷下,《词话丛编》,第1册,第255页。

《杨柳枝》、《河传》等 7 调为词乐之源①。其中《泛龙舟》、《斗百草》2
曲可大致定为法曲。隋曲有词流传者有《纪辽东》和《上寿歌辞》,正
史列为"雅乐歌辞",未列入白明达所造"新声"的范围(《隋书·音乐
志下》)。然从其名称看来,也与清商乐有相近之处,亦可能是清商乐
与"胡乐"糅合形态的新曲②。

　　关于隋代法曲的曲目和数量,目前还没有统一的说法。史载隋
代乐正白明达造新声 14 曲(《隋书·音乐志下》),其中《万岁乐》、
《斗百草》、《泛龙舟》3 曲,唐代演变为法曲(《唐会要》卷三三),则其
在隋代本身即为法曲的可能性也很大,很可能就是"曲终复加解音"
的隋代法曲之变种③。另外,有可能属于隋代法曲的前世曲子,如
《王昭君》、《思归乐》、《五更转》、《玉树后庭花》、《饮酒乐》、《堂堂》
等 6 个曲目,在唐代尚有燕乐歌词可考,其中《王昭君》、《五更转》、
《玉树后庭花》,即使在宋代词乐中尚可找到它们的遗踪所在。

　　法曲风行于盛唐,并设有专教习法曲的"梨园"和"太常梨园别
教院"。《新唐书·礼乐志十二》:"玄宗既知音律,又酷爱法曲,选坐
部伎子弟三百教于梨园。……梨园法部,更置小部音声三十余
人。"④《唐会要》卷三四:"(开元二年)以天下无事,听政之暇,于梨
园自教法曲。"《唐会要》卷三三:"太常梨园别教院,教法曲乐章等:

---

① 详见王灼《碧鸡漫志》卷五(《词话丛编》,第 1 册,第 104—117 页),唐圭璋、
　潘君昭《论词的起源》(《南京师范学院学报》1978 年第 1 期,第 61 页)。
② 据考察,晋傅玄有《征辽东》,属庙堂鼓吹曲。《通志》四九把《纪辽东》著录在
　"蕃胡四曲",《乐府诗集》则著录在"近代曲辞",是辑录"燕乐诸曲"的专卷。
　这两条,便直接证明《纪辽东》不是清乐乐府曲。(详见王昆吾《词的起源及
　其它》,《中国韵文学刊》1987 年第 1 期,第 109 页)
③ 王运熙《清乐考略》:"炀帝所制的《泛龙舟》,很可能跟《无愁曲》一样,是清
　乐与胡乐的混合产品。"(《乐府诗述论》,第 219—220 页)
④ 欧阳修等《新唐书》卷二二《礼乐志十二》,第 2 册,第 476 页。

《王昭君乐》一章，《思归乐》一章，《倾杯乐》一章，《破阵乐》一章，《圣明乐》一章，《五更转乐》一章，《玉树后庭花乐》一章，《泛龙舟乐》一章，《万岁长生乐》一章，《饮酒乐》一章，《斗百草乐》一章，《云韶乐》一章，十二章。"①唐法曲曲目和数量极多。《乐书》卷一八八《法曲部》："法曲兴自于唐……太宗《破阵乐》、高宗《一戎大定乐》、武后《长生乐》、明皇《赤白桃李花》，皆法曲尤妙者。其余如《霓裳羽衣》、《望瀛》、《献仙音》、《听龙吟》、《碧天雁》、《献天花》之类，不可胜纪。"②"不可胜纪"云云，说明其曲目和数量已难以统计。丘琼荪认为唐代法曲可考者有"二十五曲"③；刘崇德先生对"二十五曲"细加考订，辨《云韶乐》、《荔枝香》、《雨铃霖》非法曲，共得 22 曲，如：

> 《王昭君》、《思归乐》、《倾杯乐》、《破阵乐》、《圣明乐》、《五更转》、《玉树后庭花》、《泛龙舟》、《万岁长生乐》、《饮酒（乐）》、《斗百草》、《大定乐》、《赤白桃李花》、《霓裳羽衣》、《望瀛》、《献仙音》、《听龙吟》、《碧天雁》、《献天花》、《火凤》、《堂堂》、《春莺啭》④

通观初唐、盛唐及中、晚唐法曲的演进状况，其中不乏词乐的成分。据考，唐五代词调有 76 调来源于教坊曲。可溯源于法曲的词调，有《倾杯乐》、《破阵乐》、《破阵子》、《小秦王》、《拂霓裳》、《法曲献仙音》、《昭君怨》、《后庭花》、《雨淋铃》、《荔枝香》等。如：

（1）《王昭君乐》。《唐会要》卷三三："太常梨园别教院，教法曲

---

① 王溥《唐会要》卷三三《雅乐下》，第 614 页。

② 陈旸《乐书》卷一八八《法曲部》，文渊阁《四库全书》，第 211 册，第 848 页。

③ 丘琼荪撰，隗芾辑补《燕乐探微》，第 98 页。

④ 刘崇德《燕乐新说》（修订本），第 28 页；另参周期政《唐代乐舞歌辞研究》（第 71—89 页）。左汉林认为唐代法曲可考者有"二十四曲"（《唐代梨园法曲性质考论》，《中央音乐学院学报》2007 年第 3 期，第 47—55 页）。

乐章等:《王昭君乐》一章。"①《唐声诗》收《王昭君》"五言八句四平韵"一首,并云:"本汉曲,晋以后为舞曲及琴曲。入唐为吴声歌曲,玄宗开元间入法曲。""汉为相和吟叹曲,晋石崇以其曲教绿珠,六朝以清商乐歌之;北魏徐月华亦有歌。因隋入唐,由吴人传授,遂变作吴声。唐僧唱佛曲之前,亦有转《明妃》多遍者。""《大日本史》三四八性调内列《王昭君》:'汉乐也。古乐,中曲,十拍,无舞。'《东洋历史大辞典》载日本《王昭君》有雅曲《尺八谱》。"②词乐中有《昭君怨》。

（2）《倾杯乐》。一名《古倾杯》、《倾杯》。《唐会要》卷三三:"太常梨园别教院,教法曲乐章等:……《倾杯乐》一章。"③《教坊记》"曲名"条有《倾杯乐》,则《倾杯乐》亦为教坊曲。敦煌曲谱收有《倾杯乐》急、慢二谱,属器乐谱。经现代学者考证,《倾杯乐》源于晋"杯盘舞",属清乐;北周为登歌,唐初用龟兹乐,则已"胡化";盛唐为"法曲"④。《理道要诀》载《倾杯乐》为中吕商（时号双调）,《羯鼓录》载为"太簇商"。《乐府杂录》载《新倾杯乐》。宋代柳永《乐章集》有《倾杯乐》八首,属大石调、林钟调、羽调、散水调。

（3）《破阵乐》。《唐会要》卷三三:"太常梨园别教院,教法曲乐章等:……《破阵乐》一章。"《教坊记笺订》:"《破阵乐》,太宗创始,乐用清商,乃'法曲之尤妙者'。"⑤《唐声诗》收《破阵乐》"五言四句二平韵"、"六言八句五平韵"与"七言四句三平韵"各一首,并云:"玄

---

① 王溥《唐会要》卷三三《雅乐下》,第614页。
② 任中敏《唐声诗》,下册,第144页,第146页,第150页。
③ 王溥《唐会要》卷三三《雅乐下》,第614页。
④ 详见王昆吾《隋唐五代燕乐杂言歌辞研究》(第227页,第195页)、高人雄《从〈教坊记〉曲目考察词调中的西域音乐因子》(《西域研究》2005年第2期,第83页)、张开《唐〈倾杯乐〉考论》(《社会科学辑刊》2007年第6期,第269—273页)。
⑤ 任半塘《教坊记笺订》,第62页。

宗时,此乐之变更较多。立部伎八曲,第三为《破阵乐》、第五为《大定乐》,均已属法曲。坐部伎六曲……第六又为《小破阵乐》,乃生于立部之第三伎,改用龟兹乐。"①《唐会要》卷三三《破阵乐》属大食调、小食调、越调、双调、水调。北宋有《正宫·平戎破阵乐》大曲及《破阵乐》慢曲。

　　(4)《斗百草》。隋曲,出自龟兹人白明达所创新声(《隋书·音乐志下》);盛唐演变为"法曲"。《唐会要》卷三三:"太常梨园别教院,教法曲乐章等:……《斗百草乐》一章。"②《斗百草》风行于盛唐及中唐。敦煌词有《斗百草》四首,任二北考证为盛唐词。宋词有《斗百草》、《斗百花》二调③。

　　(5)《霓裳羽衣曲》。《教坊记笺订》:"《霓裳》,应为《霓裳羽衣曲》之简称。……白居易新乐府曰'法曲法曲舞《霓裳》',为法曲无疑。"④宋人考证甚详。《碧鸡漫志》卷三:"《唐史》云:河西节度使杨敬述献,凡十二遍。……杜佑《理道要诀》云:'天宝十三载七月,改诸乐名。中使辅璆琳宣进旨,令于太常寺刊石,内《黄钟商·婆罗门曲》改为《霓裳羽衣曲》。'"⑤《教坊记笺订》定为道调、清乐。经现代学者考证,其"歌与破则是在吸收凉州所进天竺的《婆罗门》曲调续写而成的"(详上)。宋词调有《霓裳中序第一》等。

　　(6)《荔枝香》。周紫芝《荔枝香》:"梨园法曲凄且清,相传犹是隋家声。""隋家声"云云,考宋人多将"词的起源"远溯于隋,实《荔枝香》本为唐代"梨园法曲"。《新唐书·礼乐志十二》"命小部张乐长

---

① 任中敏《唐声诗》,下册,第 21 页。
② 王溥《唐会要》卷三三《雅乐下》,第 614 页。
③ 详见任中敏《敦煌曲研究》(凤凰出版社 2013 年版,第 215—216 页)、田玉琪《词调史研究》(第 94 页)。
④ 任半塘《教坊记笺订》,第 153 页。
⑤ 王灼《碧鸡漫志》卷三,《词话丛编》,第 1 册,第 94—95 页。

生殿,因奏新曲,未有名,会南方进荔枝,因名曰《荔枝香》"①云云可证。"小部"即"梨园法部"之"小部音声",可见《荔枝香》也属盛唐法曲之一。《文献通考·乐考十九》:"(唐玄宗)又选乐工数百人,自教法曲于梨园,谓之皇帝梨园弟子。……梨园法部,更置小部音声三十余人。"②《脞说》:"太真妃好食荔枝,每岁忠州置急递上进,五日至都。天宝四年夏,荔枝滋甚。比开笼时,香满一室。供奉李龟年撰此曲进之,宣赐甚厚。"③宋代柳永、周邦彦皆有《荔枝香》词,属歇指调。《碧鸡漫志》卷四:"今歇指、大石两调皆有近拍,不知何者为本曲。"④

通过以上 6 调的考察,可知法曲与清乐的关系及法曲在"胡乐汉化"中的作用。其中"《倾杯乐》"一曲尤为典型。《倾杯乐》其始为"清商乐",或谓起于晋人之杯盘舞;北周有《倾杯曲》,则为"胡乐"。《隋书·音乐志下》:"牛弘改周乐之声,献奠登歌六言,像《倾杯曲》。"至唐初为大曲,用龟兹乐,长孙无忌等人作辞。《通典·乐六》:"贞观末,有裴神符……作《倾杯乐》。"⑤至盛唐,乃为法曲。太常梨园别教院"教法曲乐章",有《倾杯乐》一章(《唐会要》卷三三)。据此,知法曲《倾杯乐》实为清商乐与"胡乐"糅合形态的新曲。从敦煌曲谱《倾杯乐》之急、慢二体,到宋代"词乐"《倾杯乐》八体,实又经历了从舞曲、器乐曲到"曲子"的变化。其逐渐演变成"词乐"的过程,本身即是考察"法曲"渊源及其在"隋唐燕乐"与唐宋"词乐"中地位的"活标本"。

---

① 欧阳修等《新唐书》卷二二《礼乐志十二》,第 2 册,第 476 页。
② 马端临《文献通考》卷一四六《乐考十九》,中华书局 1986 年影印本,第 1281 页。
③ 王灼《碧鸡漫志》卷四,《词话丛编》,第 1 册,第 109 页。
④ 王灼《碧鸡漫志》卷四,《词话丛编》,第 1 册,第 109 页。
⑤ 杜佑撰、王文锦等点校《通典》卷一四六《乐六》,第 4 册,第 3722 页。

三、宋代词曲音乐中的法曲踪迹

后世词曲音乐中,仍有法曲的踪迹。《宋史·乐志十七》:"法曲部,其曲二,一曰道调宫《望瀛》,二曰小石调《献仙音》。乐用琵琶、箜篌、五弦、筝、笙、觱栗、方响、拍板。"①《乐书》卷一八八《法曲部》:"圣朝法曲,乐器有琵琶、五弦、筝、箜篌、笙、笛、觱篥、方响、拍板。其曲所存,不过《道调·望瀛》、《小吃食·献仙音》而已,其余皆不复见矣。"②《文献通考·乐考十九》:"法曲部,其曲二,一曰道调宫《望瀛》,二曰小石调《献仙音》。"③

按:宋法曲《道调宫·望瀛》、《小石调·献仙音》实均传自于唐。《宋史·乐志六》:"惟《瀛府》、《献仙音》谓之法曲,即唐之法部也。"④《词源》卷下:"如《望瀛》,如《献仙音》乃法曲,其源自唐来。"⑤然云二曲来自唐《霓裳羽衣》法曲,则误。《六一诗话》:"《霓裳曲》,今教坊尚能作其声,其舞则废而不传矣。人间又有《望瀛洲》、《献仙音》二曲,云此其遗声也。"⑥《梦溪笔谈》卷五:"《霓裳羽衣曲》……今蒲中逍遥楼楣上,有唐人横书类梵字,相传是《霓裳谱》。字训不通,莫知是非。或谓今燕部有《献仙音》曲,乃其遗声。然《霓裳》本谓之道调法曲,今《献仙音》乃小石调耳。未知孰是。"⑦据《碧鸡漫志》卷三:"永叔知《霓裳羽衣》为法曲,而《瀛府》、《献仙音》为法曲中遗声。今合两个宫调作《霓裳羽衣》一曲遗声,亦太疏矣。""予

① 脱脱等《宋史》卷一四二《乐志十七》,第 10 册,第 3349 页。
② 陈旸《乐书》卷一八八《法曲部》,文渊阁《四库全书》,第 211 册,第 848 页。
③ 马端临《文献通考》卷一四六《乐考十九》,第 1283 页。
④ 脱脱等《宋史》卷一三一《乐志六》,第 10 册,第 3053 页。
⑤ 张炎《词源》卷下,《词话丛编》,第 1 册,第 256 页。
⑥ 欧阳修《六一诗话》,《历代诗话》,中华书局 1981 年版,上册,第 271 页。
⑦ 沈括撰,胡道静校证《梦溪笔谈校证》卷五《乐律一》,第 194 页。

谓《笔谈》知《献仙音》非是,乃指为道调法曲,则无所著见。"①知宋法曲《道调宫·望瀛》、《小石调·献仙音》乃非唐法曲《霓裳羽衣曲》之遗声。

　　宋人或指《望瀛》即《霓裳羽衣曲》,亦误。《韵语阳秋》卷一五:"而《唐会要》谓……《望瀛》、《霓裳羽衣》总名法曲,今世所传《望瀛》亦十二遍,散序无拍,曲终亦长引声。"②考今本《唐会要》无"《望瀛》、《霓裳羽衣》总名法曲"之语,或宋人所见《唐会要》与今本不同耶? 又有云《霓裳》一名《法曲献仙音》,更误。《管弦记》:"《霓裳》一名《法曲献仙音》。明皇入月宫记其曲,遂于笛中写之。"③

　　其实,宋代法曲确实不止此二曲。蔡襄《杂说》:"(钧容乐工任)守程精通音律,悼其亡缺,仿像法曲造之,寄林钟商。华(花)日新亦造《望瀛》、《怀仙》二曲,世人罕得其本也。"④《嘉祐杂志》:"同州乐工翻河中黄幡绰《霓裳谱》,钧容乐工士守程⑤以为非是,别依法曲造成。教坊伶人花日新见之,题其后云:'法曲虽精,莫近《望瀛》。'"⑥就有法曲《怀仙》,或为教坊伶人花日新所造。又,《武林旧事》卷一"天基圣节排当乐次"条:"第十二盏,诸部合《万寿兴隆乐》法曲。"⑦则又有《万寿兴隆乐》法曲,大概为南宋人新制的法曲。以上均为北宋"教坊"或南宋"教乐所"演奏法曲的情况,乃属于宫廷音乐的范畴。

---

① 王灼《碧鸡漫志》卷三,《词话丛编》,第 1 册,第 97 页。

② 葛立方《韵语阳秋》卷一五,《历代诗话》,下册,第 602—603 页。

③ 陶宗仪《说郛》卷一〇〇,文渊阁《四库全书》,第 881 册,第 676 页。

④ 蔡襄《蔡襄集》卷三四《杂说》,上海古籍出版社 1996 年版,第 621—622 页。

⑤ 按:"士守程",岳珍《碧鸡漫志校正》校作"任守澄"(巴蜀社 2000 年版,第 69 页),乃是。

⑥ 王灼《碧鸡漫志》卷三,《词话丛编》,第 1 册,第 97 页。

⑦ 周密撰,周峰点校《武林旧事》卷一,文化艺术出版社 1998 年版,第 330 页。

宋代民间也有演奏法曲的情况,大多在州郡及私家宴会。郑獬《次韵程丞相重九日示席客》:"《霓裳》法曲古来绝,小槽琵琶天下尤。"小注:"公之佳妓善《霓裳》法曲,而胡琴尤绝。"①所谓"《霓裳》法曲",即唐代法曲《霓裳羽衣曲》,乃为私家宴会"佳妓"演奏。又,沈遘《使还,雄州曹使君夜会,戏赠三首》其二:"法曲新声出禁坊,边城一听醉千觞。明朝便是南归客,已觉身飞日月傍。"②考曹诵元祐六年(1091)四月至绍圣元年(1094)知雄州③,此时边城雄州宴会,也可听到教坊法曲的演唱。此风直到南宋仍未衰退。陆游《忆唐安》:"红索琵琶金缕花,百六十弦弹法曲。曲终却看舞《霓裳》,袅袅宫腰细如束。"(《剑南诗稿》卷一一)亦为州郡宴会"佳妓"演奏法曲的情况。周密《浩然斋雅谈》卷中:"放翁《咏长安富庶》有云:'红桑琵琶金镂花,百六十弦弹法曲。'盖四十面琵琶也。"所用有"四十面琵琶",可见民间演奏法曲之盛况。不仅如此,宋代演奏法曲的情况遍布于大江南北,并未受到空间地域的限制。韩琦《醉白堂》:"其间合奏散序者,童妓百指皆婵娟。"④又,韩琦《(寄致政赵少师)又寄二阕》其一:"芳樽屡酌瀛洲上,谁听《霓裳》散序声。"⑤"散序"、"《霓裳》散序"云云,皆指法曲而言,此为河北相州演奏法曲的盛况。陈襄《荔枝歌》:"番禺地僻岚烟镇……凤箫呜咽流宫商。醉歌一曲《荔枝香》,席上少年皆断肠。"⑥《荔枝香》为唐代法曲,两宋市井歌妓不乏以演唱此曲知名者,此为广东番禺演奏法曲的情况。与此同时,宋代演奏法曲的盛况也激发了民间搜集整理法曲的风气。据袁桷《外祖

---

① 郑獬《郧溪集》卷二六,文渊阁《四库全书》,第 1097 册,第 342 页。
② 沈遘《西溪集》卷三,文渊阁《四库全书》,第 1097 册,第 21 页。
③ 李之亮《宋河北河东大郡守臣易替考》,巴蜀书社 2001 年版,第 114—115 页。
④ 韩琦《安阳集》卷三,文渊阁《四库全书》,第 1089 册,第 238 页。
⑤ 韩琦《安阳集》卷一四,文渊阁《四库全书》,第 1089 册,第 295 页。
⑥ 陈襄《古灵集》卷二二,文渊阁《四库全书》,第 1093 册,第 685 页。

母张氏墓记》：“惟太傅（史弥坚）婿赵崇王，悉祖《乐髓景祐谱》，调八十四，穿心相通。……丁抗掣曳，大住小住，为喉舌纲领。法曲散序，忠宣（史弥坚）删正之。”①知南宋淳熙十年（1183）之后四明史浩家“校谱”、“订谱”之事，也与“法曲散序”有关。

关于法曲在宋代的存留问题，曾经有所谓“法曲亡于宋”的说法。主要是根据《宋史·乐志》所录宋法曲仅为“二调”而立论，乃仅从数量观察而未从演变角度探讨。如上所述，宋代法曲演奏从教坊——州郡“衙前乐营”——私家宴会——市井勾栏的衍变过程，与其说是“法曲亡于宋”的表征，不如说是法曲在宋代获得新发展的证据。

按法曲在隋唐多用于抒情歌舞，用于叙事当始于宋代。文献所录夔州帅曾慥增损石延年“《般涉调·拂霓裳》曲”及普州守王平所得“《夷则商·霓裳羽衣》谱”，即为叙事之曲。《碧鸡漫志》卷三：

> 宣和初，普府守②山东人王平，词学华赡，自言得《夷则商·霓裳羽衣》谱，取陈鸿、白乐天《长恨歌》传，并乐天《寄元微之霓裳羽衣曲歌》，又杂取唐人小诗长句，及明皇、太真事，终以微之《连昌宫词》，补缀成曲，刻板流传。曲十一段，起第四遍、第五遍、第六遍、正攧、入破、虚催、衮、实催、衮、歇拍、杀衮，音律节奏，与白氏《歌》注大异。则知唐曲，今世决不复见，亦可恨也。③

按：“普府守山东人王平”、“自言得《夷则商·霓裳羽衣》谱”云云，当为州郡乐人所作，而为普州守王平所得。其性质虽属官府，但

---

① 袁桷著，杨亮校注《袁桷集校注》卷三三，中华书局 2012 年版，第 4 册，第 1547 页。
② 按：“普府”，岳珍《碧鸡漫志校正》校作“普州”（巴蜀书社 2000 年版，第 69 页），可从。
③ 王灼《碧鸡漫志》卷三，《词话丛编》，第 1 册，第 98 页。

渊源当出于民间。又,考唐代法曲《霓裳羽衣曲》包括"散序",六遍,无拍,不舞;中序,始有拍,亦名拍序,十八遍;入破,繁音急节,十二遍;尾声,长引一声,详见上引白居易《霓裳羽衣歌》。与宋人"《夷则商·霓裳羽衣》谱"不同,据《宋史·乐志六》:"凡有催、衮者,皆胡曲耳,法曲无是也。"①王灼所谓"音律节奏,与白氏《歌》注大异。则知唐曲,今世决不复见,亦可恨也。"②知法曲《霓裳羽衣曲》失传已久,宋人王平所得"《夷则商·霓裳羽衣》谱",显系州郡乐人伪托"唐谱",而伪造时间当在宋徽宗政和四年(1114)至宣和元年(1119)之间③。

又,《碧鸡漫志》卷三:

> 世有《般涉调·拂霓裳》曲,因石曼卿取作传踏,述开元、天宝旧事。曼卿云,本是月宫之音,翻作人间之曲。近夔帅曾端伯增损其辞,为勾、遣队、口号,亦云开、宝遗音。盖二公不知此曲自属黄钟商,而《拂霓裳》则般涉调也。④

所录则为夔州帅曾慥(端伯)增损石延年(曼卿)"《般涉调·拂霓裳》曲"旧辞而成,可能用于州郡宴会。据考,"《夷则商·霓裳羽衣》谱"、"《般涉调·拂霓裳》曲"云云,二者皆托名"《霓裳》法曲"、"开、宝遗音",实乃宋人自造,其性质已属"大曲"和"转踏",乃非法曲原声。所谓"大曲、法曲两分明"⑤,唐时已如此,宋代更不乏其例。

---

① 脱脱等《宋史》卷一三一《乐志六》,第10册,第3053页。
② 王灼《碧鸡漫志》卷三,《词话丛编》,第1册,第98页。
③ 详见张春义《大晟府及其乐词通考》,中国社会科学出版社2017年版,第124页。
④ 王灼《碧鸡漫志》卷三,《词话丛编》,第1册,第98页。
⑤ 详见吕洪静《唐时大曲、法曲两分明》(《天津音乐学院学报》2000年第4期,第25—26页)、李石根《法曲辩》(《交响(西安音乐学院学报)》2002年第2期,第26页)。

其实，和"大曲"的命运一样，"法曲"在宋代也存在逐渐"解体"的衍变事实。一些源自唐代"大曲"的新曲艺形式（如"曲破"、"转踏"、"缠达"、"缠令"、"诸宫调"、"唱赚"等），均不断吸收"法曲"的营养，并将它纳入新的发展体裁之中。上引曲破《夷则商·霓裳羽衣》谱、转踏《般涉调·拂霓裳》曲云云，二者虽伪托《霓裳》法曲、"开、宝遗音"，尽管在崇尚"法曲原生态"的考证者眼里，确实是"唐曲今世决不复见"的证据，但从流传与衍生的角度看，又未尝不是法曲在宋代获得新发展的证据。

今考宋代"法曲"的"解体"，其实也是法曲在宋代衍变并获得新生的重要时期。"法曲"不仅在宋代民间演奏，而且在词曲音乐中也留下了它的踪迹。例如，宋代词调音乐中有《破阵乐》、《破阵子》、《霓裳中序第一》、《法曲献仙音》、《法曲第一》、《昭君怨》、《后庭花》、《雨淋铃》、《荔枝香》等，皆唐法曲入"词乐"之可考者。又，法曲还被用于杂剧、院本之中。今传南宋"官本杂剧段数"、金"院本名目"等，均有法曲的身影。《武林旧事》卷一〇《官本杂剧段数》："《孤和法曲》、《藏瓶儿法曲》、《车儿法曲》。"①《辍耕录》卷二五《院本名目》："和曲院本：《月明法曲》、《郓王法曲》、《烧香法曲》、《送使法曲》。""诸杂院爨：《闹夹棒法曲》、《望赢法曲》、《分拐法曲》。"②所谓"官本"、"院本"者，其始皆当系教坊为宫廷演出的"本子"，后流入市井勾栏，成为民间演出之本。《东京梦华录》卷五《京瓦伎艺》："教坊、钧容直每遇旬休按乐，亦许人观看。每遇内宴前一月，教坊内勾集弟子小儿，习队舞，作乐杂剧节次。"又："教坊减罢并温习：张翠盖、张成，弟子薛子大、薛子小、俏枝儿、杨总惜、周寿奴、称

① 周密撰，周峰点校《武林旧事》卷一〇，第455页。
② 陶宗仪撰，文灏点校《南村辍耕录》卷二五，文化艺术出版社1998年版，第346、348页。

心等。"①知教坊为宫廷演出的"本子"流入市井勾栏,在北宋崇宁、大观(1102—1110)以来的京瓦伎艺中就较为常见。王国维说:"曰'和曲院本'者,十有四本。其所著曲名,皆大曲、法曲,则'和曲'殆大曲、法曲之总名也。"②吕洪静认为:"这可看作是13世纪法曲音乐体段用于搬演'杂剧段数'的一个信息。"③所言甚是。

综上所述,法曲在宋代的演变和衍生,一方面促使它在民间的传播,另一方面又使它依托于其他曲艺载体获得"重生"的机遇。其中法曲由抒情到叙事的转型,学界不少人把它作为后世词曲音乐得以兴盛的一个契机。证以宋代"曲破"、"转踏"、"诸宫调"、"杂剧"及"金院本"等保留的"法曲"成分看,可知宋、金时期法曲仍在流行。所谓"法曲亡于宋"之说,并不可信。随着"音乐考古学"中"曲调考证"的进一步深入,"法曲"在宋代词曲音乐中的踪迹,将会越来越被人们揭示并得到认可,这一点是可以断言的。

第三节 "胡部燕乐"的形成及其发展过程

关于"胡部燕乐"在词乐中的地位和发展,宋人已有较深刻的认识。鲷阳居士《复雅歌词序略》:

> 五胡之乱,北方分裂。元魏、高齐、宇文氏之周,咸以戎狄强种雄据中夏,故其讴谣淆糅华夷,焦杀急促,鄙俚俗下,无复节奏,而古乐府之声律不传。周武帝时龟兹琵琶乐工苏祗婆者,始

---

① 孟元老撰,周峰点校《东京梦华录》卷五,文化艺术出版社1998年版,第32页。
② 王国维《宋元戏曲史》,华东师范大学出版社1995年版,第68页。
③ 吕洪静《宋时"法曲"音乐结构样式辨识及对人文关照的质疑》,《交响(西安音乐学院学报)》2004年第1期,第6—10页。

言七均，牛洪、郑译因而演之，八十四调始见萌芽，唐张文收、祖
孝孙讨论郊庙之歌，其数是乎大备。迄于开元、天宝间，君臣
相为淫乐，而明宗尤溺于夷音，天下熏然成俗。于时才士始依乐
工拍弹之声被之以辞句之长短，各随曲度，而愈失古之"声依永"
之理也。①

铜阳居士《复雅歌词序略》特别突出了"胡部燕乐"对词乐的作用。
什么是"胡部燕乐"？燕乐中的"胡部"成分究竟有多少？"胡部燕
乐"在词乐中究竟占据何种地位？铜阳居士《复雅歌词序略》其实对
此已经作了较为完整的解答：（一）"五胡之乱"后，"胡乐"入华，使得
"古乐府之声律不传"，这是"胡部燕乐"形成的萌芽阶段；（二）周武
帝时龟兹琵琶乐工苏祗婆"七均"，后演成"燕乐八十四调"，影响了
隋唐以来的雅俗乐并使得其宫调理论"大备"，这是"胡部燕乐"宫调
理论的形成阶段；（三）开元、天宝间，由于唐明皇"溺于夷音"，"胡部
燕乐"广为宫廷和民俗喜爱，文人"始依乐工拍弹之声被之以辞句"，
曲子词开始具备稳定的"长短"、"曲度"，这是"胡部燕乐"发展的完
备阶段。铜阳居士有关"胡部燕乐"对词乐形成的影响及其过程的论
述，代表了宋人的主流观点，较为清晰地阐发了"胡部燕乐"在词乐中
的地位和发展。

"胡部燕乐"，指含有"胡部"成分的燕乐。"燕乐"见于《周礼·
春官》，一作"讌乐"，又作"宴乐"。"燕乐"有广义与狭义二义。广义
之"燕乐"包括周、秦、汉、魏、六朝、隋、唐"燕乐"，其余波延及于宋、
元、明之"燕乐"；狭义之"燕乐"，则专指隋唐七、九、十部乐之乐部。
宋人所谓"合胡部者为宴乐"（《梦溪笔谈》卷五），即"胡部燕乐"，有

---

① 谢维新《古今合璧事类备要·外集》卷一一，文渊阁《四库全书》，第 941 册，
第 511 页。按："拍弹"，一本又作"拍旦"。

时候或为"燕乐"的代名词。本书论"胡部燕乐",则依宋人"胡乐"入华之说,以下依此分而述之。

一、"胡乐"入华——"胡部燕乐"的萌芽及其音乐特征

"胡乐"入华,无论从时间层面还是从空间层面都不始于"五胡乱华"时期;早在西周设"四夷乐"(《乐书》卷一五八)及汉张骞入西域,"中夏"之乐已受"胡乐"影响并形成专门的乐部①,此为学界共识。不过,追溯"胡部燕乐"的起源,宋人普遍都从五胡十六国时期算起。

《文献通考》卷一四八《乐考二十一·夷部乐》:

> 然观隋唐所谓"燕乐",则西戎之乐居其大半。……愚又以为,自晋氏南迁之后,戎狄乱华,如苻氏出于氐,姚氏出于羌,皆西戎也,亦既奄有中原,而以议礼制度自诡。及张氏据河右,独能得华夏之旧音。继以吕光、秃发、沮渠之属,又皆西戎也。盖华夏之乐流入于西戎,西戎之乐混入于华夏,自此始矣。②

马端临有关"隋唐燕乐"的论述尽管与铜阳居士"胡部燕乐"论并不完全一致,但两人都将源头推至于"晋氏南迁之后",这就是宋人所主"胡乐入华"说。

关于"西戎之乐混入于华夏"始于"晋南迁后"的观点,宋人之说又承自于唐。唐人在分析狭义之"燕乐"——隋唐七、九、十部乐之乐部时,分别对其起源及特点作了考述。

---

① 详见《晋书》卷二三《乐志下》,《唐六典》卷一四《太常寺》,《乐书》卷一三〇《胡部》,《文献通考》卷一四八《乐考二十一·夷部乐》。
② 马端临《文献通考》卷一四八《乐考二十一·夷部乐》,第1296页。

《隋书》卷一五《音乐志下》:

> 始开皇初定令,置七部乐:一曰国伎,二曰清商伎,三曰高丽伎,四曰天竺伎,五曰安国伎,六曰龟兹伎,七曰文康伎。又杂有疏勒、扶南、康国、百济、突厥、新罗、倭国等伎。……及大业中,炀帝乃定清乐、西凉、龟兹、天竺、康国、疏勒、安国、高丽、礼毕,以为九部。乐器工衣创造既成,大备于兹矣。……《西凉》者,起苻氏之末,吕光、沮渠蒙逊等,据有凉州,变龟兹声为之,号为"秦汉伎"。魏太武既平河西得之,谓之"西凉乐"。至魏、周之际,遂谓之"国伎"。……《龟兹》者,起自吕光灭龟兹,因得其声。吕氏亡,其乐分散。后魏平中原,复获之。其声后多变易。至隋有西国龟兹、齐朝龟兹、土龟兹等,凡三部。……《天竺》者,起自张重华据有凉州,重四译来贡男伎,《天竺》即其乐焉。……《康国》,起自周武帝娉北狄为后,得其所获西戎伎,因其声。……《疏勒》、《安国》、《高丽》,并起自后魏平冯氏及通西域,因得其伎。后渐繁会其声,以别于太乐。①

按:开皇初(581—583)"七部乐","胡乐"占了四部;大业(605—616)"九部乐","胡乐"占了六部。唐初(618—620)仍隋制"九部乐"(《新唐书·礼乐志十一》),贞观十四年(640)以后设"十部伎",仅添"高昌乐"(《旧唐书·太宗本纪下》,《通典·乐六》),"胡乐"占了七部。可见在隋唐七、九、十部乐之狭义"燕乐"中,"胡乐"占据了大部分的比例。知隋唐人所谓"燕乐",大部分即为"胡部燕乐"。

"胡部燕乐"源于何时,唐宋人无一不将其推索至"晋氏南迁"特别是北魏平凉、平中原及通西域之后。今考北魏平中原获"龟兹乐"

---

① 魏征等《隋书》卷一五《音乐志下》,第2册,第376—380页。

在天兴六年（403）以后，平沮渠氏得"西凉乐"在太延五年（439），通西域得"疏勒、安国伎"在太平真君四年（443）前后，又"天竺乐"传入中原在太和元年（477）前后①。此为唐宋人推定"胡部燕乐"之初成时期。北周武帝建德六年（577），"周师灭齐"，高丽、百济"献其乐，合西凉乐，凡七部，通谓之国伎"（《通典·乐六》）②，"七部乐"当置于此时稍后。《隋书·音乐志下》所论"七部乐"，其实始置于北周，隋开皇初"七部乐"当沿袭北周制度。此即唐宋人所称狭义之"燕乐"者。

《乐府诗集》卷七九：

> 隋自开皇初，文帝置七部乐：一曰西凉伎，二曰清商伎，三曰高丽伎，四曰天竺伎，五曰安国伎，六曰龟兹伎，七曰文康伎。至大业中，炀帝乃立清乐、西凉、龟兹、天竺、康国、疏勒、安国、高丽、礼毕，以为九部。乐器工衣于是大备。唐武德初，因隋旧制，用九部乐。太宗增高昌乐，又造讌乐，而去礼毕也。其著令者十部：一曰讌乐，二曰清商，三曰西凉，四曰天竺，五曰高丽，六曰龟兹，七曰安国，八曰疏勒，九曰高昌，十曰康国，而总谓之燕乐。③

黄翔鹏谓"隋唐燕乐"之称为宋人观点，当用"隋唐俗乐"取代其

---

① 按：杨荫浏系"天竺乐"传入中原在"张重华（346—353）据有凉州"期间，明确为永和六年（350）（《中国古代音乐史稿》，人民音乐出版社2004年版，第161页，第163页）；又系太元九年（384）"吕光破龟兹，因得其声"，神䴥四年（431）"后魏平河西得'西凉乐'"，太延二年（436）"后魏得疏勒、安国伎"（同上，第161页）。本书所考时间与此不同，考证从略，不再赘述。

② 杜佑撰、王文锦等点校《通典》卷一四六《乐六》，第4册，第3726页。

③ 郭茂倩《乐府诗集》，第4册，第1107页。

名①。黄先生的说法或许是对的,就唐宋人而论,狭义之"燕乐"在北周便已诞生,不待隋唐方谓之"燕乐"也。

在"胡部燕乐"的初始阶段,除了"七部乐"之外,尚有一些鼓吹乐或散乐,也有浓郁的"胡乐"成分。如北方箫鼓"《代北》"(《隋书·音乐志上》),"鼓吹羌胡伎"(《南齐书·东昏侯纪》,《南齐书·柳世隆传》),"城舞"(《通典·乐六》)等。这些"胡乐"对"胡部燕乐"的形成也有重要作用。

考察"胡乐"入华时期的音乐特征,至少有三点值得注意:

其一,在"淆糅华夷"的大融合趋势下,一种"胡乐"占主导地位的"混合型"新乐种开始形成。《旧唐书·音乐志二》:"周武帝聘虏女为后,西域诸国来媵,于是龟兹、疏勒、安国、康国之乐,大聚长安。胡儿令羯人白智通教习,颇杂以新声。"②"新声"云云,疑为"胡部燕乐"初始阶段的表征。特别是"从突厥皇后入国"的龟兹乐工苏祗婆,日后被称为"隋唐燕乐"核心理论的先驱,其"作五旦、七调,合八十四调"并传入中原(《隋书·音乐志中》),也是在这一时期。

其二,乐器的"胡部"气息浓郁。"七部乐"中,后被称为"隋唐燕乐"的大部分乐器,都已登上音乐舞台。如"龟兹乐"用竖箜篌、琵琶、五弦琵琶、笙、横笛、箫、筚篥、答腊鼓、腰鼓、羯鼓、毛员鼓、鸡娄鼓、铜钹、贝,"疏勒乐"用竖箜篌、琵琶、五弦琵琶、横笛、箫、筚篥、答腊鼓、腰鼓、羯鼓、鸡娄鼓,"康国乐"用笛鼓、正鼓、小鼓、和鼓、铜钹,"安国乐"用琵琶、五弦琵琶、竖箜篌、箫、横笛、大筚篥、双筚篥、正鼓、

① 黄翔鹏《中国古代音乐歌舞伎乐时期的有关新材料、新问题》,《文艺研究》1999年第4期。

② 刘昫《旧唐书》卷二九《乐志二》,第4册,第1069页。按:《通典·乐六》略同,唯"大聚长安"云云作"帝大聚长安胡儿,羯人白智通教习",多"帝"而少"令"字。疑《旧唐书》脱"帝"字,而标点当作"帝大聚长安胡儿,令羯人白智通教习"。

铜钹、箜篌,"天竺乐"用羯鼓、毛员鼓、都昙鼓、筚篥、横笛、凤首箜篌、琵琶、五弦琵琶、铜钹、贝(《通典·乐六》)。特别是所谓"隋唐燕乐"定音器的曲项琵琶、筚篥等,"七部乐"中均有突出的地位。

其三,"燕乐"的"胡部"杂曲繁多,"曲度"新鲜动荡,节拍繁碎急促。《旧唐书·音乐志二》:"自周、隋已来,管弦杂曲将数百曲,多用西凉乐,鼓舞曲多用龟兹乐,其曲度皆时俗所知也。"[①](《通典·乐六》、《唐会要》卷三三略同)铜阳居士《复雅歌词序略》:"其讴谣淆糅华夷,焦杀急促,鄙俚俗下,无复节奏,而古乐府之声律不传。"[②]所谓"其曲度皆时俗所知",说明了这种"淆糅华夷"的新型乐种流行之广;所谓"无复节奏,而古乐府之声律不传",则说明古乐府的"解拍"开始解体,"胡部燕乐"的"句拍"已初步形成。

自前凉"胡乐"入华"变龟兹声为之"(《通典·乐六》)算起,至周武帝天和三年(568)苏祗婆"从突厥皇后入国"、白智通教习"新声",特别是以建德六年(577)稍后设"七部乐"为标志,"胡部燕乐"由萌芽到初步形成,大约经历了一百八十余年(386—568)"淆糅华夷"的演变和融合,开始形成较为稳定的乐部式新型乐种。狭义之"燕乐",隋唐七、九、十部乐之乐部的大部分内涵,即首见于北周"七部乐"[③]。可见,把这一时期当作"胡部燕乐"的萌芽期,是可以说得通的。

──────────

① 刘昫《旧唐书》卷二九《乐志二》,第 4 册,第 1068 页。
② 谢维新《古今合璧事类备要·外集》卷一一,文渊阁《四库全书》本。
③ 隋朝统一南北之乐:开皇初(581—583),隋文帝"制七部乐";大业中(605—616),炀帝乃立"九部乐"。至此"燕乐"初成规模。唐武德初(618—620),"因隋旧制,用九部乐";太宗贞观十四年(640)以后增为"十部乐",而"总谓之燕乐"。可见"隋唐燕乐"这个名称最终确立是在唐太宗增为"十部乐"而"总谓之燕乐"时期。尽管"七部乐"首见于北周,而学界云其"始于隋"之说,亦契合于史籍所载。"隋唐燕乐"之称,与狭义"燕乐"之首见于北周的"七部乐",在内涵和外延方面都有一定区别,当另作别论,此处从略。

二、"开皇乐议"——郑译对苏祗婆"五旦七声"说的整合及"燕乐"理论的初步形成

"开皇乐议"不仅在理论上对"胡乐"入华的历史和现实作了全面的整合与接受,而且影响了"隋唐燕乐"①的整个发展进程,促成了"燕乐"理论的初步形成。其中最为重要的就是郑译对苏祗婆"五旦七声"说的整合及其对"燕乐"史的影响。

《隋书》卷一四《音乐志中》:

> (郑)译云:"考寻乐府钟石律吕,皆有宫、商、角、徵、羽、变宫、变徵之名,七声之内,三声乖应,每恒求访,终莫能通。先是周武帝时,有龟兹人曰苏祗婆,从突厥皇后入国,善胡琵琶。听其所奏,一均之中间有七声。因而问之,答云:'父在西域,称为知音。代相传习,调有七种。'以其七调,勘校七声,冥若合符。一曰'娑陁力',华言平声,即宫声也。二曰'鸡识',华言长声,即商声也。三曰'沙识',华言质直声,即角声也。四曰'沙侯加滥',华言应声,即变徵声也。五曰'沙腊',华言应和声,即徵声也。六曰'般赡',华言五声,即羽声也。七曰'俟利箑',华言斛牛声,即变宫声也。"译因习而弹之,始得七声之正。然其就此七调,又有五旦之名,旦作七调。以华言译之,旦者则谓"均"也。其声亦应黄钟、太簇、林钟、南吕、姑洗五均,已外七律,更无调声。译遂因其所捻琵琶,弦柱相饮为均,推演其声,更立七均,合成十二,以应十二律。律有七音,音立一调,故成七调十二律,合八十四调,旋转相交,尽皆和合。仍以其声考校太乐所奏,林钟之

---

① 尽管"隋燕乐"与"唐燕乐"名实有别,但前后一脉相承,渊源有自,总称为"隋唐燕乐"当无大误。

宫,应用林钟为宫,乃用黄钟为宫;应用南吕为商,乃用太簇为商;应用应钟为角,乃取姑洗为角。故林钟一宫七声,三声并戾。其十一宫七十七音,例皆乖越,莫有通者。又以编悬有八,因作八音之乐。七音之外,更立一声,谓之应声。译因作书二十余篇,以明其指。至是译以其书宣示朝廷,并立议正之。①

　　郑译依苏祇婆"五旦七声"之说推演出"带'应声'的八十四调","宣示朝廷,并立议正之",即为历史上著名的"开皇乐议"。

　　按:郑译上奏当在开皇九年(589)之后,时"诏求知音之士,集尚书参定音乐"(《隋书·音乐志中》),而苏祇婆从突厥皇后入国在周武帝天和三年(568)三月癸卯(《周书·武帝纪上》,《北史·周本纪下第十》,《资治通鉴·陈纪四》),郑译从苏祇婆问得"五旦七声"之说,即在周武帝天和三年(568)稍后。又经过二十余年的研究和改造,郑译终于推演出"带'应声'的八十四调"。

　　在"竞为异议,各立朋党"的"乐议"中,尽管"黄钟一宫"和"清商三调"取得了暂时的胜利,但郑译"带'应声'的八十四调"在燕乐史上的影响却更为深远。据考察,在燕乐宫调理论中占有举足轻重地位的唐"燕乐二十八调",其最终演变成形,即与郑译"带'应声'的八十四调"密切相关。今人郑祖襄云:"从音乐史发展的实际情况来看,南北朝以来,经过一段时期,外族音乐已经深深地融入了中国传统音乐之中。郑译带'应声'的八十四调,后来经过演变、筛选,形成了唐代最流行的'燕乐二十八调',它涉及隋唐以来大量的、各种体裁的音乐作品。随着音乐作品的流传,燕乐二十八调从唐,历经宋、元、明,尽管有了许多演变,却一直流传至清末。因此,郑译的理论在音乐史

---

① 魏征等《隋书》卷一四《音乐志中》,第 2 册,第 345—346 页。

中所起的重要作用是可以充分肯定的。而这一成果,就是产生在这场激烈、曲折而又复杂的'开皇乐议'上。"①即是对其影响和重要意义的深刻概括。

史籍对此亦有评价。《辽史·乐志》卷五四《乐志·大乐》:"自汉以来,因秦、楚之声置乐府。至隋高祖诏求知音者,郑译得西域苏祗婆七旦之声,求合七音八十四调之说,由是雅俗之乐,皆此声矣。用之朝廷,别于雅乐者,谓之大乐。……自隋以来,乐府取其声,四旦二十八调为大乐。"②《梦溪笔谈》卷五:"五音:宫、商、角为从声,徵、羽为变声。……隋柱国郑译始条具七均,展转相生,为八十四调,清浊混淆,纷乱无统,竟为新声。自后又有犯声、侧声、正杀、寄杀,偏字、傍字、双字、半字之法,从变之声,无复条理矣。"③铜阳居士《复雅歌词序略》:"周武帝时龟兹琵琶乐工苏祗婆者,始言七均,牛洪、郑译因而演之,八十四调始见萌芽。唐张文收、祖孝孙讨论郊庙之乐,其数于是乎大备。"④宋元人尽管基于"华夷之辨"的立场而有褒贬不一的评价,但都对"郑译得西域苏祗婆七旦之声"与"隋唐燕乐"的关系揭示无遗。"由是雅俗之乐,皆此声矣"云云,更是一语道破"燕乐"的玄机。

上述史籍对苏祗婆"五旦七声"与"燕乐"宫调理论的关系已有详尽的阐述,但燕乐中的"胡部"成分究竟有多少,学界对此亦颇多争议。目前,已取得基本共识的有以下几点:

---

① 郑祖襄《"开皇乐议"中的是是非非及其他》,《中国音乐学(季刊)》2001年第4期,第111—121页。按:不过,郑先生主"燕乐二十八调"在隋代就已形成,本书观点与之不同。详见下文,此处从略。
② 脱脱等《辽史》卷五四《乐志·大乐》,第3册,第885页,第888页。
③ 沈括撰,胡道静校证《梦溪笔谈校证》卷五《乐律一》,第191页。
④ 谢维新《古今合璧事类备要·外集》卷一一,文渊阁《四库全书》,第941册,第511页。

其一，"燕乐"宫调理论与苏祗婆"五旦七声"之说关系密切。史载郑译"七音八十四调"之说乃从龟兹苏祗婆"五旦七声"而来（《隋书·音乐志中》）；"由是雅俗之乐，皆此声矣"云云，基本是历史事实①。

其二，"燕乐"律调体系，是对苏祗婆"五旦七声"中"音立一调"乐调思维的继承和发展；其"淆糅华夷"而以"胡部"为主体的调式体系"七均四调"说，即源自苏祗婆理论②。

其三，"燕乐"的乐调，有些直接来自苏祗婆所传龟兹乐。据考，"娑陁力"衍生出"沙陀"调（宫调），"鸡识"衍生出"大食"和"小食"调（商调），"般瞻"衍生出"般涉"调（羽调）；又苏祗婆"五旦七声"中"音立一调"的乐调思维也为后来"五度相生调式体系的七均四调"说所继承和发展③。

---

① 详见林谦三《隋唐燕乐调研究》（黑龙江人民出版社 1986 年版，第 14 页），向达《龟兹苏祗婆琵琶七调考源》（《唐代长安与西域文明》，河北教育出版社 2001 年版，第 245 页）、《西域传来之画派与乐舞》（同上，第 55—56 页），潘怀素《隋唐燕乐的成立、递变和流传》（《人民音乐》1954 年第 1 期，第 29—30 页）。

② 详见吕冰《古龟兹音阶研究》（《中国音乐学（季刊）》1994 年第 1 期，第 32 页，第 36—37 页），刘崇德《燕乐新说》（修订本，第 83 页），李玫《燕乐二十八调与苏祗婆五旦七声的关系》（《中国音乐学（季刊）》2007 年第 3 期，第 10—11 页），赵为民《龟兹乐调理论探析——唐代二十八调理论体系研究》（《中国音乐学（季刊）》2005 年第 2 期，第 39—47 页）等。

③ 详见林谦三《隋唐燕乐调研究》（第 14 页），向达《龟兹苏祗婆琵琶七调考源》（《唐代长安与西域文明》，第 245 页）、《西域传来之画派与乐舞》（同上，第 55—56 页），赵为民《龟兹乐调理论探析——唐代二十八调理论体系研究》（《中国音乐学（季刊）》2005 年第 2 期，第 39—47 页），李玫《燕乐二十八调与苏祗婆五旦七声的关系》（《中国音乐学（季刊）》2007 年第 3 期，第 10—11 页）等。

三、"天宝乐奏"——以"胡部"为主体的"燕乐"律调体系的确立

以"胡部"为主体的"燕乐"律调体系的确立,是"胡部燕乐"在词乐中地位的集中体现。其中,"燕乐二十八调"是词乐的核心内涵。史载,"燕乐二十八调"其"曲出于胡部"(《新唐书·礼乐志十二》)、"实胡部所呼也"(《乐书》卷一五七)。《新唐书》卷二二《礼乐志十二》:

> 凡所谓俗乐者,二十有八调:正宫、高宫、中吕宫、道调宫、南吕宫、仙吕宫、黄钟宫为七宫;越调、大食调、高大食调、双调、小食调、歇指调、林钟商为七商;大食角、高大食角、双角、小食角、歇指角、林钟角、越角为七角;中吕调、正平调、高平调、仙吕调、黄钟羽、般涉调、高般涉为七羽。……而曲出于胡部。①

《乐书》卷一五七《曲调下》:

> 俗乐之调有七宫、七商、七角、七羽,合二十八调,而无徵调也。故正宫、高宫、中吕宫、道调宫、南吕宫、仙吕宫、黄钟宫,是谓七宫。越调、大石调、高大石调、双调、小石调、歇指调、林钟商,是谓七商。越角、大石角、高大石角、小石角、双调角、歇指角、林钟角,是谓七角。中吕调、正平调、高平调、仙吕调、般涉调、高般涉调、黄钟羽,是谓七羽。凡此俗乐异名,实胡部所呼也。②

---

① 欧阳修等《新唐书》卷二二《礼乐志十二》,第 2 册,第 473—474 页。
② 陈旸《乐书》,文渊阁《四库全书》,第 211 册,第 724 页。

宋人或直接以"胡部"指代"燕乐"。《乐书》卷一五九："讌设部乐……唐之胡部乐也。"《文献通考·乐考二十》："（元丰中）杨杰言：'……鼓吹之乐则曰正宫之类而已。若以律吕变易胡部宫调，则名混同而乐相紊乱矣。'"①《乐书》卷一五七："圣朝大乐，太蔟商，胡部大石调也；姑洗角，胡部小石调也；黄钟徵，胡部林钟徵也；南吕羽，胡部般涉调也；黄钟宫，胡部正宫调也；变宫、变角、姑洗角，亦胡部小石调也；变宫、黄钟宫，亦胡部正宫调也。"《曲洧旧闻》卷五："东坡云：今琵琶有独弹，不合胡部诸调，曰：某宫多不可晓。"②尽管"燕乐二十八调"并非全部"出于胡部"，但在唐宋人的"燕乐"观念中，"燕乐"和"胡部"在某种语境中是等同的。这一点不烦赘述。

关于以"胡部"为主体的"燕乐"律调体系的确立，史籍记录的时间"节点"颇为不同。《旧唐书·舆服志二十五》："开元来……太常乐尚胡曲。"又，《旧唐书·音乐志二》："自开元已来，歌者杂用胡夷里巷之曲。""又有新声河西至者，号胡音声，与《龟兹乐》、《散乐》俱为时重，诸乐咸为之少寝。"③（《通典·乐六》同）《唐会要》卷三三："龟兹乐……开元中，大盛于时。"皆以"开元已来"作为"胡音声""为时重"的起始时间。《新唐书·礼乐志十二》对此记载颇详，如：

> 开元二十四年，升胡部于堂上。而天宝乐曲，皆以边地名，若《凉州》、《伊州》、《甘州》之类。后又诏道调、法曲与胡部新声合作。明年，安禄山反，凉州、伊州、甘州皆陷吐蕃。④

---

① 马端临《文献通考》卷一四七《乐考二十》，第 1291 页。

② 朱弁撰，王根林校点《曲洧旧闻》，《宋元笔记小说大观》，上海古籍出版社 2007 年版，第 3 册，第 2992 页。

③ 刘昫《旧唐书》卷二九《乐志二》，第 4 册，第 1068 页，第 1071 页。

④ 欧阳修等《新唐书》卷二二《礼乐志十二》，第 2 册，第 476—477 页。

按："胡部"，一作"羌部"(《群书考索·续集》卷二七)，又作"胡音声"(详上)。尽管称谓小有不同，但作为"胡部燕乐"的内涵，是可以肯定的。正史既记录了"胡部燕乐"流行的时间，又突出了其在宫廷音乐中地位的提升。作为"胡部燕乐"律调体系逐步确立的"过程形态"，已经相当清晰。

今考史籍对"胡部"在开元、天宝年间的地位及其对"燕乐"律调体系的突出作用，都有较为详尽的记载(《旧唐书·音乐志二》，《新唐书·礼乐志十二》)。关于"胡部燕乐"在词乐中的地位，宋人观点尤其值得注意。其中天宝十三载(754)"法曲与胡部合奏"及"改诸乐名"两件历史大事尤其值得注意。《梦溪笔谈》卷五：

> 自唐天宝十三载，始诏法曲与胡部合奏，自此乐奏全失古法。以先王之乐为雅乐，前世新声为清乐，合胡部者为宴乐。①

沈括所述"合胡部者为宴乐"云云，与宋人把唐十部乐"总谓之燕乐"(《乐府诗集》卷七九)的内涵不同，侧重点在"自此乐奏全失古法"，而对"天宝乐奏"的历史意义有准确的概括。

按"天宝乐奏"及"改诸乐名"是"胡乐"入华自北周"七部乐"到唐"十部伎"兼容型的"淆糅华夷"形态的终结，是"乐奏全失古法"的新型"燕乐"创制完备的标志。不过，关于"始诏法曲与胡部合奏"云云，正史作"又诏道调、法曲与胡部新声合作"，多"道调"与"新声"四字。对于"胡部"与"胡部新声"的称谓，除个别学者之外，学界基本认为无不同蕴涵。对于"法曲"与"道调法曲"的称谓蕴涵是否有异，学界争议颇多，兹不赘述。结合正史资料，沈括所述尚有有几点值得注意：

---

① 沈括撰，胡道静校证《梦溪笔谈校证》卷五《乐律一》，第191页。

第一,沈氏所述"始诏法曲与胡部合奏"云云,不仅仅是一次"淆糅华夷"形态的音乐合奏,而是昭示着两种不同类型宫调理论的全面整合。

如上所述,隋代及唐代初期的法曲为"五调式",有"宫、商、角、徵、羽《燕乐》五调歌词五卷"。《通典·乐七》:"隋太常旧相传有《讌乐》五调歌词各一卷,或云贞观中侍中杨恭仁姜赵方等所诠集。"①开元二十五年(737)孙玄成整比为"《燕乐》五调歌词七卷"(《旧唐书·音乐志三》,《唐会要》卷三二)。据李石根考证,"法曲本有宫、商、角、徵、羽五调,这与所谓的燕乐二十八调不同"②。但是,"天宝十三载七月十日,改诸乐名"(《唐会要》卷三三),法曲被强行纳入了"燕乐二十八调"的宫调体系中。如:

林钟商,时号小食调:《破阵乐》、《五更转》、《圣明乐》、《泛龙舟》。

林钟羽,时号平调:《火凤》、《真火凤》、《急火凤》。

林钟角调:《赤白桃李花》、《堂堂》。

黄钟商,时号越调:《破阵乐》、《倾杯乐》,《婆罗门》改为《霓裳羽衣》。

黄钟羽,时号黄钟调:《火凤》、《急火凤》。

中吕商,时号双调:《破阵乐》、《倾杯乐》、《五更转》。

南吕商,时号水调:《破阵乐》、《五更转》。(《唐会要》卷三三)

① 杜佑撰,王文锦等点校《通典》卷一四七《乐七》,第4册,第3749页。按:《通典》点校本认为"隋"为"时"之误。乃为"他校"或"理校",于校勘学尚无不可,然于史学未必定论。此处姑从原版,尚需进一步详考。
② 李石根《法曲辩》,《交响(西安音乐学院学报)》2002年第2期,第24—25页。

可见,"天宝乐奏"及"改诸乐名"是前后相承的音乐政令,是以诏令形式进行燕乐改制的重大历史事件。"始诏法曲与胡部合奏"的前提是法曲和胡乐的改制(即"改诸乐名")。

第二,沈氏所述"始诏法曲与胡部合奏"云云,还体现在天宝十三载(754)"改诸乐名"的历史事件上。这次"改诸乐名"敕旨"立石刊于太常寺",涉及到很多"胡曲"改为"华名"。如:

《龟兹佛曲》改为《金华洞真》

《急龟兹佛曲》改为《急金华洞真》

《苏莫遮》改为《万宇清》

《乞婆婆》改为《仙云升》(以上沙陁调)

《优婆师》改为《泛金波》(太食调)

《俱伦朗》改为《日重轮》(般涉调)

《山刚》改为《神仙》(道调)

《讫陵加和歌》改《来宾引》(小食调)

《祇罗》改为《祥云飞》(平调)

《婆罗门》改为《霓裳羽衣》(越调)

《达菩提梵》改为《祠洞灵》(黄钟调)

《俱磨尼佛》改《紫府洞真》(双调)

《苏幕遮》改为《感皇恩》(金风调)　(《唐会要》卷三三)

据考,《唐会要》所记"改诸乐名"的曲名,既有"胡夷"乐曲也有法曲,沈氏所述"始诏法曲与胡部合奏","应理解为经改制了的胡乐(即少数民族者乐)、法曲合奏。'胡乐'在唐初即为宫廷所用,并非'始诏'于天宝十三年——这始诏于天宝十三年,正说明此时'始诏'改制法曲与'胡乐'之后而合奏……真正完成了汉族与少数民族(含外民族)音乐融合而形成了唐代的燕乐是始于天宝末年,沈括所谈的

'全失古法'，正说明民族音乐融合后形成了新型音乐"①。据此，知"天宝乐奏"与"改诸乐名"不是互不干连的孤立事件，而是前后相承、具有内涵意义的音乐政令。"天宝乐奏"及"改诸乐名"是"胡乐"入华自北周"七部乐"到唐"十部伎"兼容型的"淆糅华夷"形态的终结，是"乐奏全失古法"的新型"燕乐"创制完备的标志。

　　按："十部伎"时期的"燕乐"，尚属兼容型的"淆糅华夷"形态。唐"十部伎"仪式音乐特征明显，"凡大燕会，设十部之伎于庭，以备华夷"（《通典·乐四》，《旧唐书·音乐志二》）；除"燕乐伎"为唐代所造之外，其余全沿袭隋代"燕乐"之制，属于"典型的混融性乐府音声"而非"燕乐二十八调"体系的新型"燕乐"②。至天宝十三载（754）"诏法曲与胡部合奏"及"改诸乐名"，雅、胡、俗三种体系的音乐完全统一在传自龟兹的苏祇婆"胡乐律"之下③。据考，"隋唐以来所行胡部新乐为传自龟兹的古印度乐，乃商调乐式，即为主商（主太簇）的一种音乐体系，其体式属大调式乐。此乐成为隋唐以来太常九部、十部乐之主体"，"燕乐二十八调……律调体系反映出隋唐燕乐是以胡部新声为主体，华夷兼容的音乐艺术"④。尽管学界对作为词乐核心内涵的"燕乐二十八调"的确立时间尚有争议（详下），但均对"天宝乐奏"及"改诸乐名"对燕乐史的意义给予了充分的肯定。

　　可以说，"天宝乐奏"与"改诸乐名"既标志着以"胡部"为主体的"燕乐"律调体系开始确立，也昭示了经历三百六十八年（386—754）

---

① 周延良《隋唐"燕乐"与南北朝少数民族音乐关系考》，《中央民族大学学报》1995年第4期，第39—40页。

② 周延良《隋唐"燕乐"与南北朝少数民族音乐关系考》，《中央民族大学学报》1995年第4期，第38页。

③ 详见刘崇德《燕乐新说》（修订本，第83页）、周期政《唐代乐舞歌辞研究》（第120—138页）。

④ 刘崇德《燕乐新说》（修订本），第83页。

"淆糅华夷"进程的新型"燕乐",至此也结束了它漫长的"量的积累"而跨入了"质的飞跃"的阶段。"天宝乐奏"对"燕乐"的历史意义,也正在于此。

第四节　"胡部燕乐"在词乐中的地位

　　关于"胡部燕乐"在词乐中的地位,学界基本持肯定态度。如:"词是'胡夷里巷之曲',它所配合的音乐主要是燕乐。"[1]"词配燕乐歌唱,燕乐便是词的源头。"[2]这是学界较为权威的观点,代表了两代词学家的意见。目前除个别学者尚有异议外,基本已形成共识。不过,由于"燕乐"蕴涵十分丰富,前贤又有主张以"唐乐"之称取代"燕乐"者,如:"十部乐中的龟兹、康国、安国、疏勒诸乐,它们果然非'汉乐'而为'胡乐',但它们又都是'唐乐'……当时日本就名副其实地把这种兼容胡汉的音乐,称为'唐乐',作为统一的民族音乐来对待。到了宋代,高丽还称之为'唐乐'……'唐乐'这个名称,看来要比燕乐确切。"[3]按"十部乐"时期的"燕乐"尚在初唐,作为词乐核心内涵的"燕乐二十八调"尚未确立;又考初唐曲子词乐尚处于发展的初期,而日本所称"唐乐"实为"盛唐燕乐",它与"十部乐"并不是一回事;且宋代高丽所称"唐乐"实为以"大晟燕乐"为主的宋代曲子词乐。可见,就一"唐乐"而论,它也有初唐和盛唐之分,甚至还有"唐燕乐"和"宋燕乐"之分。以"唐乐"之称取代"燕乐",并不可取。

　　经过前辈数代学者的艰难考索,目前学界已基本理清了"胡部燕乐"在词乐中的比重及其所占地位,而在燕乐曲子词宫调、句拍、

① 夏承焘、吴熊和《读词常识》,中华书局1981年版,第1—2页。
② 王兆鹏、刘尊明《宋词大辞典·词学》,凤凰出版社2003年版,第10页。
③ 吴熊和《唐宋词通论》,第7页。

词调等方面都已得到印证并有集中体现。以下谨结合前贤观点略作申述。

一、"胡部燕乐"与曲子词宫调

据前贤统计,目前所见唐宋词学典籍中,注明曲子词宫调的,主要有:

> 正平调。(《教坊记》"天下乐"注)
>
> 御制《林钟商·内家娇》。(《全唐五代词》敦煌词"内家娇"二首注)
>
> 黄钟宫、羽调(即黄钟羽)、大石调、中吕宫、双调、中吕调、商调(即林钟商)。(《尊前集》)
>
> 黄钟宫、中吕宫、南吕宫、越调。(《金奁集》)
>
> 正宫、大石调、般涉调、中吕宫、双调、中吕调、道宫(林钟宫)、小石调、正平调、高平调(南吕调)、仙吕调、林钟商(即商调)、黄钟宫、越调、黄钟羽、歇指调、散水调。(《乐章集》)
>
> 正宫、大石调、般涉调、双调、中吕调、道调宫、小石调、仙吕调、林钟商、歇指调。(《张子野词》)
>
> 正宫、大石调、般涉调、双调、中吕调、道宫、小石调、正平调、商调、仙吕调、高平调、歇指调、黄钟宫、越调、林钟(或宫和商)。(《片玉集》)
>
> 正宫、大石调、般涉调、中吕宫、双调、中吕调、正平调、林钟商(即歇指调)、高平调、商调、仙吕调、黄钟宫、越调。(《于湖居士乐府》)
>
> 大石调、中吕宫、双调、正平调、高平调、仙吕宫、商调、仙吕犯双调、越调、黄钟角、黄钟徵。(《白石道人歌曲》)
>
> 正宫、大石调、中吕宫、双调(即夹钟商)、夹钟羽(即中吕

调)、小石调(即中吕商)、仙吕宫、高调、仙吕调(夷则羽)、歇指
调(林钟商)、高平调(林钟羽)、越调、羽调。(《梦窗词》)①

以上为唐宋曲子词宫调的大体情况,主要附载于各家词集及部
分词学典籍中;另见于唐宋古乐曲谱及域外唐乐古谱(或仿唐乐古
谱)、域外宋乐古谱(或仿宋乐古谱)不在统计之内。

从"胡部燕乐"在词乐中发展的角度看,有三点值得注意:

第一,以上对唐宋词宫调系统的考察,说明唐宋词的宫调不出
"燕乐二十八调"之外。按史载"燕乐二十八调"其"曲出于胡部"
(《新唐书·礼乐志十二》),"实胡部所呼也"(《乐书》卷一五七);宋
人或直接以"胡部"指代"燕乐"(详上)。上述唐宋词的宫调系统,充
分证明了"胡部燕乐"是构成"词的起源"的一个核心因素。与"清商
三调"和"法曲五调"②相比,"胡部燕乐"与唐宋词宫调系统的一致
性,不仅说明两者是"血亲"关系,而且显然比"清乐"和"法曲"更具
有"直系亲属"的表征。在"词的起源"多元化的源头中,"胡部燕乐"
是一个不能否定的主流源头,这是"清乐"与"法曲"所无法比拟的。

如前文所述,"清乐"在唐代逐渐衰退,或部分转化为"法曲"而
融入新"燕乐"中,作为"乐部"性质的"清乐"大约在盛唐业已解体;

① 以上详见刘崇德《燕乐新说》(修订本),第228—242页。参见胡遂、习毅《论
唐宋词与燕乐之关系》(《湖南大学学报(社会科学版)》2004年第6期,第
71—76页),洛地《宋宫调与宫调》(《西华师范大学学报(哲学社会科学版)》
2012年第1期,第1—15页),伍三土、王小盾《宋词宫调表解》(《中国音乐
学(季刊)》2013年第1期,第8—11页)等,不再一一注明。
② 清乐有平调、清调、瑟调三调,又有楚调、侧调(详上)。唐代法曲有贞观"宫、
商、角、徵、羽《燕乐》五调歌词五卷"、"《燕乐》五调歌词七卷"(《通典·乐
七》,《旧唐书·音乐志三》,《唐会要》卷三二)。据考,"法曲本有宫、商、角、
徵、羽五调,这与所谓的燕乐二十八调不同"(李石根《法曲辩》,《交响(西安
音乐学院学报)》2002年第2期,第24—25页)。

尽管它也是曲子词乐的重要源头,但显然已不占主流地位。与此相似,初唐法曲"《燕乐》五调歌词"到了盛唐"工人多不能通"(《旧唐书·音乐志三》)。"法曲"作为"燕乐"的一个重要组成部分,为什么到了盛唐"工人多不能通"? 其中很大的原因,就是"乐奏全失古法"(《梦溪笔谈》卷五),"胡部燕乐"逐渐渗入了"法曲"内部。史载,"自开元以来,歌者杂用胡夷里巷之曲"(《旧唐书·音乐志三》),"开元二十四年,升胡部于堂上","后又诏道调、法曲与胡部新声合作"(《新唐书·礼乐志十二》),天宝十三载(754),令"改诸乐名"并勒石太常寺(《唐会要》卷三三),"诏法曲与胡部合奏"而"乐奏全失古法"(《梦溪笔谈》卷五),这些都可能是导致初唐"《燕乐》五调歌词"至盛唐"多不能通"的主要原因。可以说,在"胡部燕乐"强大的发展势头下,"清乐"、"法曲"都已失去单独发展的时代依托;尽管在"乐种"方面尚有自己的一席之地,但在"乐部"方面,"清乐"、"法曲与胡部"不得不形成一种"合奏"的态势,这是一种历史的必然。

　　第二,作为词乐核心内涵的"燕乐二十八调",其律调体系是对苏祗婆"五旦七声"中"音立一调"乐调思维的继承和发展,这是唐宋词宫调系统源自"胡部燕乐"的突出表征。特别是天宝十三载(754)"法曲与胡部合奏"与"改诸乐名",是以"胡部"为主体的"燕乐"律调体系确立的重要阶段,同样也是词乐宫调系统形成的重要标志。

　　关于"燕乐二十八调"的确立时间,目前学界尚有争议①,揆之史实,"天宝十三载之后"说较为合理。据《燕乐探微》:"天宝十三载为止,当时流行的乐调,大约只有十四调左右……其余十四调,或不足

---

① 关于"燕乐二十八调"确立的时间,有"天宝十三载之前"(黄翔鹏、郑祖襄等)、"天宝十三载"(岸边成雄等)与"天宝十三载之后"(邱琼荪、陈应时、刘崇德等)诸说,文繁不述。

十四调,疑是天宝十三载以后所创或增添的了。"①邱琼荪并对"天宝十四调"深入考证,得出"胡调八,清调六"的结论:

　　1. 显然是外来调名:沙陁调、大食调、般涉调、小食调、越调、歇指调;

　　2. 疑为外来调名:平调、双调;

　　3. 显然是中国调名:道调、黄钟调、水调;

　　4. 显然是中国调名而不见时号:太簇角、林钟角、黄钟宫。②

　　除"平调"尚有争议外,所述均符合"天宝十四调"的实际。刘先生认为"天宝十四调"乃胡部大调式(商调式)与清乐小调式(羽调式)组合而成,实即天宝十三载(754)"诏法曲与胡部合奏"的"以胡部新声为主体,华夷兼容的音乐艺术","燕乐二十八调"即是"唐天宝以来宫廷俗乐(燕乐)各部当的结合体"③;"实际自此时(按:天宝十三载)起,燕乐以胡部新声为基础,逐渐吸收法曲代表的教坊清乐,形成二十八调为乐调规范的燕乐体系"④。刘先生在通盘考察"燕乐二十八调"后,得出了新的结论。如:

　　燕乐二十八调实质是两种乐调,或说是两种调式音乐的结合。

　　自汉魏以来宫廷俗乐源于楚声,乃羽调式,为典型的小调式,此即六朝沿用之清乐体系。而隋唐以来所行胡部乐为传自龟兹的古印度乐,乃商调式乐,即为主商(主太簇)的一种音乐体

<hr>

① 丘琼荪撰,隗芾辑补《燕乐探微》,258—259 页。
② 丘琼荪撰,隗芾辑补《燕乐探微》,259—260 页。
③ 刘崇德《燕乐新说》(修订本),第 83 页。
④ 刘崇德《燕乐新说》(修订本),第 73 页。

系,其大体属大调式乐。

　　燕乐二十八调属此商调乐者为苏祗婆七调五均体系之太簇均四调,沙陁(正宫)、大石、盘涉、大石角及双调、小石、歇指、越调所谓四商共计八调。属清乐之羽调乐者为南吕宫、仙吕宫、平调、高平调、商调、仙吕调、黄钟羽(即黄钟调)六调。①

　　认为"燕乐二十八调"中胡调八,清调六,律调三,新调一,清调用胡名一;而所谓"七角"中,太簇角、林钟角所列多为羽调曲,"其余五角亦徒有其名";又因清乐三调中的"正平调"不合宋大调之乐,故词乐只用十八调②。这不仅考述了从"天宝十四调"到"燕乐二十八调"的演变过程,印证了以"胡部"为主体的"燕乐"律调体系的确立是以"天宝乐奏"与"改诸乐名"为分界线的著名判断,而且勾勒了作为词乐核心内涵的"燕乐二十八调",其从"淆糅华夷"而以"胡部"为主体并参合"清乐小调式"的调式体系之形成,再到演变为宋代"词乐十八调"的完成形态"全过程"线路。至此,"燕乐二十八调"作为词乐的核心内涵,不仅从燕乐史的层面得到了印证,而且从唐宋词的宫调系统中有充分的体现。"胡部燕乐"作为词乐的一个主流源头,亦应得到理论层面的肯定。

　　第三,如上所述,前贤据《教坊记》、敦煌词、《尊前集》、《金奁集》所列曲子词宫调,均属唐玄宗天宝十三载(754)"改诸乐名"后的宫调系统,而《乐章集》、《张子野词》、《片玉集》所录宫调,则属宋代"词乐十八调"的宫调系统,两者"律高"亦有不同。其中《于湖居士乐府》、《白石道人歌曲》、《梦窗词》所录宫调,如《于湖居士乐府》"林钟商(即歇指调)",《白石道人歌曲》"黄钟角、黄钟徵",《梦窗词》

①　刘崇德《燕乐新说》(修订本),第83页。
②　刘崇德《燕乐新说》(修订本),第82—83页。

"双调(即夹钟商)、夹钟羽(即中吕调)、小石调(即中吕商)"、"仙吕调(夷则羽)、歇指调(林钟商)、高平调(林钟羽)"等,又属宋徽宗政和四年(1114)正月"以大晟律改定燕乐诸宫调"后的宫调系统,与前两者无论在宫调系统方面,还是在"律高"方面,都有较大不同。前者虽在教坊用"律"方面有唐宋词"律高"之差,然一例有"太常律"与"教坊律"的用"律"意识;后者则以"大晟律"统一雅、俗乐,从此"太常律"与"教坊律"合一,而成为"燕乐"曲子词宫调演变史上的一大"奇葩"。这一点详见下文《以"大晟乐"改造教坊乐——教坊词乐与宫廷雅乐的合流》,兹不赘述。

二、"胡部燕乐"与曲子词"句拍"

"胡乐"入华,大量具有"胡部"特征的管弦杂曲和鼓舞曲风行中原。《旧唐书·音乐志二》说:"自周、隋已来,管弦杂曲将数百曲,多用西凉乐;鼓舞曲多用龟兹乐,其曲度皆时俗所知也。"①(《通典·乐六》、《唐会要》卷三三略同)所谓"曲度",即"曲之节度"。《后汉书·马防传》李贤注:"曲度,谓曲之节度也。"②或谓"曲之节奏"。李白《自代内赠》:"曲度入紫云。"王琦注:"曲度,曲之节奏。"③这种具有"胡部"特征的杂曲和鼓舞曲在"曲度"方面与以往的乐府诗有很大不同。元稹《乐府古题序》:"备曲度者,总得谓之歌、曲、词、调。"④早期的曲子,或即源于此。

周、隋以来的"胡部燕乐"曲子的"曲度"究竟如何,史籍亦有所记载。如:

---

① 刘昫《旧唐书》卷二九《乐志二》,第4册,第1068页。
② 范晔撰,李贤等注《后汉书》卷二四《马防传》,中华书局1965年版,第3册,第857页。
③ 李白著,王琦注《李太白全集》卷二五,第579页。
④ 元稹著,冀勤点校《元稹集》卷二三,上册,第254页。

　　自宣武已后,始爱胡声……铿锵镗鞳,洪心骇耳……皆初声颇复闲缓,度曲转急躁。按此音所由,源出西域诸天诸佛韵调,娄罗胡语,直置难解。……是以感其声者,莫不奢淫躁竞,举止轻飙,或踊或跃,乍动乍息,蹻脚弹指,撼头弄目,情发于中,不能自止。(《通典·乐二》)①

　　后魏宣武以后,始好胡音……其声大抵初颇纾缓,而转躁急,盖其音源出西域……故感其声者,莫不奢淫躁竞,举止佻轻,或踊或跃,乍动乍息,蹻脚弹指,撼头弄目,情发于中而不能自止,此诚胡声之败华俗也。(《文献通考·乐考七》)②

　　所谓"度曲转急躁","度曲"当为"曲度"之误倒。而所谓"曲度",即宋人所云"焦杀急促"、"无复节奏"之意。铜阳居士《复雅歌词序略》:

　　　　五胡之乱,北方分裂。元魏、高齐、宇文氏之周,咸以戎狄强种雄据中夏,故其讴谣淆糅华夷,焦杀急促,鄙俚俗下,无复节奏,而古乐府之声律不传。③

　　铜阳居士认为正是这种具有特殊"曲度"的"胡部"杂曲和鼓舞曲,造成了"古乐府之声律不传"。其"曲度转急躁"、"焦杀急促",或许是曲子词乐诞生的初始特征。王昆吾认为:"曲子是隋唐燕乐的特有品种。由于胡乐传入后乐器、乐谱和各种节奏手段的广泛使用,由

---

① 杜佑撰,王文锦等点校《通典》卷一四二《乐二》,第 4 册,第 3614—3615 页。
② 马端临《文献通考》卷一三四《乐考七》,第 1195 页。
③ 谢维新《古今合璧事类备要·外集》卷一一,文渊阁《四库全书》,第 941 册,第 511 页。

于风俗活动中的集体踏歌形式的影响,曲子在曲度固定、节奏鲜明等方面,具有了明显区别于六朝乐府曲的一些特点。"①"胡部燕乐"杂曲和鼓舞曲与古乐府相比显得"无复节奏",古乐府之"声律"解体,或与此有关。

又,"胡部燕乐"曲子所谓"曲度",或以为即"乐句"。如:

> 拍板,长阔如手,重十余枚,以韦连之,击以代抃。(抃,击其节也。情发于中,手抃足蹈。抃者,因其声以节舞。龟兹伎人弹指为歌舞之节,亦抃之意也。)(《通典·乐四》)②

> 胡部夷乐有拍板以节乐句,盖亦无谱也。明皇令黄幡绰造谱乃于纸上画两耳进之。上问故,对曰:"聪听,则无失节奏矣。"韩文公目为乐句。(《乐书》卷一二五)

> 拍板长阔如手掌,大者九板,小者六板,以韦编之,胡部以为乐节,盖所以代抃也。唐人或用之为乐句。明皇尝令黄幡绰撰谱,幡绰乃画一耳进之。明皇问其故,对曰:"但能聪听,则无失节奏。"可谓善讽谏矣。(《乐书》卷一三二)

"胡部燕乐"杂曲和鼓舞曲以拍板节乐句,初始"无谱",与古乐府相比显得"无复节奏"。这种被称为"乐句"的"曲度"起源于何时,今亦颇难确考。《事物纪原》卷二《拍板》:"《乐府杂录》曰:'明皇令黄幡绰撰拍板谱,绰曰:但有耳道,则不失其节奏。'《通典》有'击以代抃,抃,击节也,因其声以节舞',拍板盖出于击节也。又晋魏之代,有宋识善击节,然以板拍之而代击节,是则拍板之始也。《邺城旧事》曰:'华林园,齐武成时穿池为北海,中有密作堂以船为脚,作木人七,

---

① 王昆吾《词的起源及其它》,第 110 页。
② 杜佑撰,王文锦等点校《通典》卷一四四《乐四》,第 4 册,第 3680—3681 页。

一拍板。'则此器已见于北齐矣。"《敬斋古今黈》卷四:"又《乐志》云:
'魏晋之世,有孙氏善弹旧曲,宋识善击节唱和。'盖节者,节奏、句读
也。击节,犹今节乐拍手及用拍板也,故乐家以拍板为乐句。"认为起
于"魏晋之世",乃以"宋识善击节"为其例。据考,魏晋为"古乐府之
声律"的演变期,先秦歌诗以"章"为节进化到汉魏晋以"解"为节,魏
晋是个关键时段,但仍属"古乐府之声律",尚不具备曲子词乐节奏
"句拍"的特征。"古乐府声律"的"解"演变为"乐句",大约是在南
北朝时期。刘崇德《燕乐新说》:

> 其乐节则以鼓,每章演唱之后击鼓以节乐。如春秋之际,射
> 礼与投壶,皆奏《狸首》一曲,每章之后视宾客身份或击鼓五,或
> 击鼓七,或击鼓九(见《礼记·大射》贾公彦疏)。《礼记》卷五八
> 尚存当时击节鲁鼓与薛鼓之谱,以一章为一节,此即所谓"节奏"
> 也。……两汉之节奏,每节或称篇章,或称阕、曲,犹周秦之制。
> 《三国志·魏志》所载之乐章,始出现"解",如武帝《对酒·短歌
> 行》一篇共六解;文帝《秋风·燕歌行》有七解,《别日·燕歌行》
> 为六解。解者,即小于乐章之乐段。故每解有两句、四句或数句
> 不等。"解"于南北朝时期又演变为乐句。[1]

　　刘先生在对大量史料做过充分比勘和考证的基础上,勾勒了中
国古代"歌诗"从以"章"为节到以"解"为节再到演变为"乐句"的清
晰线路,从而否定了宋元人所谓魏晋"击节"为"乐句之始"的说法。
从"古乐府之声律"的"解"到曲子词乐节拍"乐句"的演变,是考察
"词乐"诞生的关键节点。其中"句拍"是"词乐"诞生的重要标志之
一。所谓"句拍",一名"乐句",其依托之乐器则为"拍板"。如:

---

[1]　刘崇德《燕乐新说》(修订本),第219页。

韩文公、皇甫湜,贞元中名价籍甚,亦一代之龙门也。奇章
公始来自江黄间,置书囊于国东门,携所业先诣二公卜进,退偶
属二公从容,皆谒之,各袖一轴面贽,其首篇说乐。韩始见题而
掩卷,问之曰:"且以拍板为什么?"僧孺曰:"乐句。"二公因大称
赏之。(《唐摭言》卷六)①

奇章公始举进士,致琴书于灞浐间,先以所业谒韩文公、皇
甫员外。时首造退之,退之他适,第留卷而已。无何,退之访湜,
遇奇章亦及门。二贤见刺,欣然同契延接。询及所止,对曰:"某
方以薄技卜妍丑于崇匠,进退唯命。一囊犹置于国门之外。"二
公披卷,卷首有《说乐》一章。未阅其词,遽曰:"斯高文,且以拍
板为什么?"对曰:"谓之乐句。"二公相顾大喜,曰:"斯高文必
矣。"(《唐摭言》卷七)②

所谓"拍板为乐句",即"胡部燕乐"的重要特征。《乐书》所谓
"胡部夷乐有拍板以节乐句"(卷一二五),即指此而言。铜阳居士所
谓"无复节奏"者(《复雅歌词序略》),亦指"乐句"所依托的"拍板"
而言。段安节《乐府杂录》"拍板"条:"拍板本无谱。明皇遣黄幡绰
造谱,乃于纸上画两耳以进。上问其故,对曰:'但有耳道,则无失节
奏也。'韩文曰'乐句'。"③"节奏"云云,并非现代意义上的"节奏"或
"节拍",而是相对于"古乐府之声律"的"解"的"节奏"而言。"句
拍"显得"曲度躁急"、"焦杀急促",不像"古乐府之声律"的"解"那
样"闲缓"、"纾缓",故被视为"无节奏"。在宋人看来,"古乐府之声

---

① 文渊阁《四库全书》,第 1035 册,第 737 页。
② 文渊阁《四库全书》,第 1035 册,第 745 页。
③ 段安节撰《乐府杂录》,《中国古典戏曲论著集成》,中国戏剧出版社 1959 版,
第 1 册,第 58 页。

律不传"的关键,就在这种"无复节奏"的"句拍","此诚新声之败旧乐也。"(《文献通考·乐考七》))①

这种"无复节奏"的"句拍",宋人或谓为"拍弹"。鲖阳居士《复雅歌词序略》:

> 迄于开元、天宝间,君臣相与为淫乐,而明宗尤溺于夷音,天下薰然成俗。于时才士始依乐工拍弹之声被之以辞句,句之长短,各随曲度,而愈失古之"声依永"之理也。②

清人亦释"拍"为"拍弹",并举《胡笳十八拍》为证。《康熙字典》卷一一:"拍:《说文》本作'搏拊'也。《释名》:'搏也,以手搏其上也。'《唐书·曹确传》:'优人李可及能新声自度曲,少年争慕之,号为拍弹。'陈旸《乐书》:'九部乐有拍板,韩文公目为乐句。'琴集《大胡笳十八拍》、《小胡笳十九拍》,并蔡琰作。又拍,张手搏捽,胡之戏也。《南史·王敬则传》:'善拍张,宋帝使跳刀,接无不中,仍抚髀拍张。'"今人对"拍"字语源与《胡笳十八拍》之关系颇有考证。郭沫若氏以"拍"出于汉末蔡琰《胡笳十八拍》;刘大杰氏考"拍"始见于唐人,断《胡笳十八拍》为唐伪托之作。目前有关传为"蔡琰《胡笳十八拍》"属汉、属唐的讨论,迄无定论。不过,对于宋人以"拍"为"拍弹"并起于元魏、北周之说亦有认同。刘大杰考"拍"为"拍弹",出于波斯语;郭沫若考其出于突厥语③,皆明"拍"乃西域乐传入之语,非华乐也。则"拍"字确为西域乐语,其传入中土或在魏晋之交,而于北

---

① 马端临《文献通考》卷一三四《乐考七》,第 1195 页。
② 谢维新《古今合璧事类备要·外集》卷一一,文渊阁《四库全书》,第 941 册,第 511 页。
③ 详见郭沫若《为"拍"字进一解》,《文学评论》1960 年第 1 期,第 39—41 页。

魏"胡乐入华"时用于乐部。此为可断定者。刘先生据《古今乐录》
"伧歌以一句为一解"(《乐府诗集》卷二六引)断云:"然以《古今乐
录》所言,北朝之歌(或为胡曲)已出现小于乐段(解)之乐句,由以章
为节,到以解为节,又出现以句为节。以句为节,这成为隋唐燕乐以
至唐宋词乐的一个主要节奏特征。""然'拍'字作为乐节,起初亦由
乐章、乐段而演变为指乐句,唐李颀《听董大弹胡笳声兼寄语弄房给
事》所谓'蔡女昔造胡笳声,一弹一十有八拍',此十八拍指蔡氏(琰)
所造《胡笳》曲之有十八解,即十八个乐段。或自汉末以来已有以
'拍'代乐节(章、解)之用法。"①以"拍"代乐节之用法或起源于汉
末,北朝又演变为以句为节之"乐句",确为"胡乐入华"影响于"古乐
府之声律"而促使其产生"质变"的一个重要因素。

　　然今人对宋人释"拍"为"拍弹"的说法仍无确考②。按"拍弹"
始出唐人文献。《杜阳杂编》卷下:"(咸通九年)可及善转喉舌,对
至尊弄媚眼,作头脑,连声作词,唱新声曲,须臾即百数方休。时京
城不调少年相效,谓之'拍弹'。"③《卢氏杂说》:"一二十年来,绝不
闻善唱,盛以'拍弹'行于世。'拍弹'起于李可久(及)。懿宗朝恩
泽曲子,《别赵十》、《哭赵十》之名。"(《太平广记》卷二〇四引)④
新、旧《唐书》据之以入史。《旧唐书·曹确传》:"(太和中,李可
及)善音律,尤能转喉为新声,音辞曲折,听者忘倦。京师屠沽效

① 刘崇德《燕乐新说》(修订本),第219页,第220页。
② 详见郭沫若《为"拍"字进一解》(《文学评论》1960年第1期)、庄永平《论
　胡笳十八拍之"拍"》(《交响(西安音乐学院学报)》1993年第1期)、吕洪
　静《"拍弹"的结构样式及张力》(《交响(西安音乐学院学报)》2002年第1
　期)。
③ 苏鹗撰,阳羡生点校《杜阳杂编》卷下,上海古籍出版社2012年版,第131页。
④ 李昉等《太平广记》卷二〇四,中华书局1961年版,第5册,第1551页。

之,呼为'拍弹'。"①《新唐书·曹确传》:"时帝薄于德,昵宠优人李
可及。可及者,能新声,自度曲,辞调凄折,京师偷薄少年争慕之,
号为'拍弹'。"②李可及创"拍弹",宋人或又作"尉迟璋"。《南部
新书》卷二:"太和中,乐工尉迟璋左能啭喉为新声,京师屠沽效呼
为'拍弹'。"或别有所本,然均载"拍弹"始于晚唐,与铜阳居士所
谓开元、天宝间"乐工拍弹之声"释为"拍"者,又有不同。或"拍
弹"为"拍句"之始称,盛唐文士倚为曲度而别制新声,即"依曲拍
为句"之别义,与晚唐兼有"戏弄"性质之"拍弹"③,本为两物而冒
用一名。或后者为前者之增衍,疑以曲子声乐"拍弹"之技搬演"参
军戏",因"连声作词"、"百数方休"而成为新曲艺之别称,亦未
可知。

　　总之,源于"胡部燕乐"之"句拍",因其"焦杀急促"的新曲度而
促使"古乐府之声律"解体,并在漫长的演变过程中逐渐形成"歌有
定句,句有定声"的曲子声乐;且以"句拍"为曲度的新声曲子由于文
人的广泛参与而最终促成了"依曲拍为句"的唱和新风,这就是"胡
部燕乐"影响于曲子词乐并促使其诞生和发展的一个重要表征。其
中"句拍"与曲度固定、节奏鲜明的曲子词乐之关系,"胡语"之"拍"
或"拍弹"及其中的"胡乐"成分,都是考察曲子词乐得以形成和发展
的基本因素之一。否认这一点,实际就等于否认了曲子词乐得以发
生、发展的"过程形态"。

三、"胡部燕乐"与曲子词调

　　关于"胡部燕乐"在词乐中的地位,其中一个较为直观的表征,即

①　刘昫等《旧唐书》卷一七七《曹确传》,第14册,第4608页。
②　欧阳修等《新唐书》卷一八一《曹确传》,第17册,第5351页。
③　详见任中敏《唐戏弄》,凤凰出版社2013年版,上册,第10页。

"胡部燕乐"在曲子词调中的体现。据《教坊记笺订》考证,开元、天宝年间的教坊曲共 324 曲,其中胡曲 35 曲,如:

> 《菩萨蛮》、《八拍蛮》、《女王国》、《南天竺》、《望月婆罗门》、《西河师子》、《西河剑器》、《苏幕遮》、《胡渭州》、《杨下采桑》、《合罗缝》、《苏合香》、《胡相问》、《胡醉子》、《甘州子》、《穆护子》、《赞普子》、《蕃将子》、《毗沙子》、《胡攒子》、《西国朝天》、《伊州》、《甘州》、《胡僧破》、《突厥三台》、《穿心蛮》、《回波乐》、《龟兹乐》、《醉浑脱》、《春莺啭》、《达摩支》、《五天》、《阿辽》、《拂林》、《大渭州》①

除《教坊记笺订》考为胡曲 35 曲之外,经现代学者考证,《教坊记》中尚有可考定为胡曲或含有胡曲成分者 20 曲。如:

> 《献天花》、《破阵乐》、《破阵子》、《泛龙舟》、《泛龙舟》大曲、《二郎神》、《倾杯乐》、《古倾杯》、《倾杯》、《太平乐》、《狮子》、《霓裳羽衣曲》、《拂霓裳》、《柘枝》、《柘枝引》、《兰陵王》、《何满子》、《绿腰》、《凉州》、《天仙子》

除了《教坊记》之外,其他史籍尚有可考定为胡曲或含有胡曲成分者 18 曲,如:

> 《十二时》、《斗百草》、《圣明乐》、《火凤》、《合生》、《神白马》、《羊头浑脱》、《舍利弗》、《摩多楼子》、《五方狮子》、《石州》、《簇拍陆州》、《穆护砂》、《杨柳枝》、《瑞鹧鸪》、《减字木兰

---

① 任半塘《教坊记笺订》,第 57—180 页。

花》、《木兰花》、《天下乐》①

以上所列教坊曲与非教坊曲，两者相加共得 73 曲，其中演变为唐五代词调的有 32 曲。今略加整比数调如下：

（1）《兰陵王》。北齐胡戏，又称"大面"、"代面"。《教坊记》："大面出北齐，兰陵王长恭性胆勇，而貌若妇人。自嫌不足以威敌，乃刻木为假面，临阵著之。因为此戏，亦入歌曲。（《兰陵王》。）"②《乐府杂录·鼓架部》："戏有《代面》，始自北齐，神武弟有胆勇，善斗战。以其颜貌无威，每入阵，即著面具，后乃百战百胜。戏者衣紫，腰金，执鞭也。"③经现代学者考证，《兰陵王》由龟兹国武舞《龟兹大武》改编而来④。

（2）《泛龙舟》。出自隋曲。《隋书·音乐志下》："（炀帝）令乐正白明达造新声，创……《泛龙舟》、《还旧宫》、《长乐花》及《十二

---

① 详见林谦三《隋唐燕乐调研究》（第 216—223 页）、阴法鲁《敦煌曲子集序》（中华书局 2008 年版，第 209—210 页）、吴钊等《中国音乐史略》（人民音乐出版社 1983 年版）、王运熙《清乐考略》（《乐府诗述论》，第 219—220 页）、王昆吾《隋唐五代燕乐杂言歌辞研究》（第 227 页，第 195 页）、张锡厚《敦煌文学源流》（北京作家出版社 2000 年版，第 297 页）、黄翔鹏《大曲两种：唐宋遗音研究（下）》（《中国音乐学（季刊）》2011 年第 1 期）、钱伯泉《北朝流行的西域乐舞》（《新疆艺术》1992 年第 5 期）、黎国韬《傀儡戏四说》（《西域研究》2003 年第 4 期）、周菁葆《西域摩尼教的乐舞艺术》（同上 2005 年第 1 期）、高人雄《从〈教坊记〉曲目考察词调中的西域音乐因子》（同上 2005 年第 2 期）等。
② 任半塘《教坊记笺订》，第 172 页。
③ 段安节撰《乐府杂录》，《中国古典戏曲论著集成》，第 1 册，第 44 页。
④ 详见钱伯泉《北朝流行的西域乐舞》（《新疆艺术》1992 年第 5 期）、高人雄《从〈教坊记〉曲目考察词调中的西域音乐因子》（《西域研究》2005 年第 2 期，第 85 页）。

时》等曲。"①经现代学者考证,此曲乃清乐与龟兹乐的混合。王运熙《清乐考略》:"炀帝所制的《泛龙舟》,很可能跟《无愁曲》一样,是清乐与胡乐的混合产品。日人林谦三氏在《隋唐燕乐调研究》一书中说:'白明达当是龟兹人,龟兹王白姓,见《魏书·西域传》、《隋书·龟兹传》、《唐书·西域传》、《悟空入竺记》等书。'又说:'《泛龙舟》本来是清乐,它是白明达所造,恐与龟兹乐有关系。'其说颇可信。清乐与胡乐的混合,说明了胡乐势力的日趋强大,侵入清乐的范围,最后合胡部的新声,终于取清乐地位而代之。"②《泛龙舟》传词为七言八句齐言体,敦煌本《泛龙舟》与隋曲相同,中唐尚有《泛龙舟》乐谱③,"自当也视为词调"④。

(3)《十二时》。出自隋曲。《隋书·音乐志下》:"(炀帝)令乐正白明达造新声,创……《十二时》等曲。"⑤《唐会要》卷三三有《十二时》,属"林钟角";《乐府杂录·熊罴部》为鼓吹曲。经现代学者考证,此曲乃龟兹人白明达所创新声。唐宋传词较多,最早见于初唐善导和尚词,敦煌词《十二时》唐人抄卷约达 30 种;淳化四年(993)无德禅师作《十二时歌》,嘉祐四年(1059)沙门道镜等集《念佛镜》内载《修西方十二时》;又明州大梅山堂僧撰《十二时》,均属佛曲⑥。自开宝元年(968)和岘撰《十二时》后,宋鼓吹曲中习见(详后)。词人柳

---

① 魏征等《隋书》卷一五《音乐志下》,第 2 册,第 378—379 页。
② 王运熙《清乐考略》,《乐府诗述论》,第 219—220 页。
③ 乐谱有"日传唐乐"(或"仿唐乐"),详见《万乐和汉考》卷二《秦胡要录·水调》及卷五《笙谱部·黄钟调》。
④ 详见任中敏《敦煌曲研究》(第 215—216 页)、田玉琪《词调史研究》(第 95 页)。
⑤ 魏征等《隋书》卷一五《音乐志下》,第 2 册,第 378—379 页。
⑥ 参见任中敏《敦煌曲研究》(第 224—227 页)、吴钊等《中国音乐史略》、田玉琪《词调史研究》(第 94 页)、高人雄《从〈教坊记〉曲目考察词调中的西域音乐因子》(《西域研究》2005 年第 2 期,第 83 页)等。

永、朱雍、朱敦儒均有《十二时》词作。

(4)《凉州》，宋人考述甚详。《碧鸡漫志》卷三："《凉州曲》。《唐史》及《传》载称：'天宝乐曲皆以边地为名，若《凉州》、《伊州》、《甘州》之类，曲遍声繁名入破，又诏道调法曲与胡部新声合作。明年，安禄山反。凉、伊、甘皆陷吐蕃。'……今《凉州》见于世者，凡七宫曲，曰黄钟宫、道调宫、无射宫、中吕宫、南吕宫、仙吕宫、高宫，不知西凉所献何宫也？然七曲中知其三，是唐曲，黄钟、道调、高宫者是也。……大吕宫俗呼高宫，其商为高大石，其羽为高般涉，所谓高调，乃高宫也。《史》及《脞说》又云：'《凉州》有大遍、小遍，非也。'凡大曲有散序、靸、排遍、攧、正攧、入破、虚催、实催、衮遍、歇指、杀衮，始成一曲。此谓大遍，而《凉州》排遍，予曾见一本有二十四段。后世就大曲制词者，类从简省，而管弦家又不肯从首至尾吹弹，甚者学不能尽。元微之诗云：'逡巡大遍《梁州》彻。'又云：'梁州大遍最豪嘈。'及《脞说》谓'有大遍、小遍'，其误识此乎？"①《教坊记笺订》定为清乐。经现代学者考证，乃在清乐基础上吸收龟兹乐而成②。

(5)《绿腰》。宋人亦有详考。《碧鸡漫志》卷三："《六幺》。一名《绿腰》，一名《乐世》，一名《录要》。……今《六幺》行于世者四：曰黄钟羽，即俗呼般涉调；曰夹钟羽，即俗呼中吕调；曰林钟羽，即俗呼高平调；曰夷则羽，即俗呼仙吕调，皆羽调也。……欧阳永叔云：'贪看《六幺·花十八》。'此曲内一叠，名《花十八》，前后十八曲（拍），又四花拍，共二十二拍。乐家者流所谓'花拍'，盖非其正也。

---

① 王灼《碧鸡漫志》卷三，《词话丛编》，第 1 册，第 99—100 页。
② 高人雄《从〈教坊记〉曲目考察词调中的西域音乐因子》，《西域研究》2005 年第 2 期，第 83 页。

曲节抑扬可喜,舞亦随之,而舞《筑球六幺》,至《花十八》益奇。"①经现代学者考证,《绿腰》大曲出自西域,属摩尼教曲,《绿腰》和《六幺》是西域语言的译音②。

通过以上5调的考察,可以看出隋唐燕乐及其影响下的曲调,几乎很难说没有受到"胡部"音乐的渗透;原先为"清乐"或法曲的一些曲调,其实也不例外。对此,研究"清乐"的大家王运熙的意见较有说服力。王氏《清乐考略》云:"清乐与胡乐的混合,说明了胡乐势力的日趋强大,侵入清乐的范围,最后合胡部的新声,终于取清乐地位而代之。"③近来"音乐考古学"中较有成就的"曲调考证",也印证了这一点。黄翔鹏云:

> 通过宋代词牌的研究,方才得知此二曲(引者按:即【天下乐】、【木兰花】)出自《舞春风》大曲;不过,《教坊记》【天下乐】名下却注有"正平调"小字,这却可反求而知《舞春风》必与"平调"、"七羽"相关。这可是出自唐代著录的证据了。
>
> 宋代教坊乐无《舞春风》大曲著录,只有"中吕调"【瑞鹧鸪】一曲与《舞春风》有关,但为"因旧曲造新声者",既非全豹,亦异原曲。宋代有关词牌,柳永【瑞鹧鸪】作"南吕调",欧阳修【减字木兰花】见柳永《乐章集》注,该词牌应属"仙吕调";吴文英【木兰花】见陈元龙为《片玉集》所作注,属"南吕调";苏轼【瑞鹧鸪】(又一体),作"羽调";皆非教坊乐之作"中吕调"者。可见以上诸种词牌皆非出自教坊,而是另有途径,经前述钩容直、龟兹部

---

① 王灼《碧鸡漫志》卷三,《词话丛编》,第1册,第101—102页。

② 详见阴法鲁《敦煌曲子集序》(第209—210页)、周菁葆《西域摩尼教的乐舞艺术》(《西域研究》2005年第1期)。

③ 王运熙《清乐考略》,《乐府诗述论》,第219—220页。

再流之民间者。……但乐寿堂谱的乐调名记作"商调",除了从宋代乐制讲来或与上述【减字木兰花】的"仙吕调"同均可通外,与其他记载则皆不相应。可知其源既非教坊之因旧曲所作新声者,也难说是出于宋代帝都开封之"龟兹部"。多半却是另有来源,而可能是传自长安本地的龟兹乐之孑遗。①

　　宋人词调中填词较多的《瑞鹧鸪》、《木兰花》、《减字木兰花》诸曲,学界久以为"清乐"之遗;经现代学者考证,却发现源于唐龟兹乐大曲《舞春风》。又据学者考证,"《教坊记》所录曲名已经完全华化,与《唐会要》所录曲名那种胡夷化很明显的名称完全不同,从曲名中已很难看出胡乐的性质"②。即《教坊记笺订》原先标注为"清乐"的曲调,其是否确为"清乐",还需详加考证。其中不能避免还有"胡乐曲"或"胡化"成分浓郁的曲调,随着"曲调考证"的进一步深入而被重新"发现"。

　　综上所述,在"胡部燕乐"强大势力的影响下,"古乐府声律"逐渐解体,北朝及隋唐之交的一些曲调开始向"曲子"声乐发展;尽管有些曲调传词还留有汉魏乐府诗的痕迹,但作为词调音乐的基本形式,在词调的发展初期已经显现,这种现象本身有非常重要的启示意义③。自北魏、北周以来"淆糅华夷"的"胡部燕乐"开始萌芽,到隋统一南北乐("胡乐"与"清乐")的"九部伎",再到唐"诏法曲与胡部合奏"的"新燕乐",词体、词乐在漫长的演变过程中形成"歌有定句,句有定声"的稳定"声律"特征,并最终促成文人间"依

----

① 黄翔鹏《大曲两种:唐宋遗音研究(下)》,《中国音乐学(季刊)》2011年第1期,第6页。
② 周期政《唐代乐舞歌辞研究》,第120—138页。
③ 田玉琪:《词调史研究》,第96页。

曲拍为句"的填词风尚。可以说,"胡部燕乐"都起到了极为关键的作用。从这一层面看,"词源于燕乐"(特别是"胡部燕乐")的经典命题,尽管还存有质疑或容有进一步补证的必要,但基本判断仍属确定。

第三章　宋代宫廷鼓吹乐、大晟乐
及其对词乐的影响

　　宋代宫廷鼓吹词乐是唐宋词音乐史的重要一环,大晟乐对宋代词乐更有重大影响。宋代鼓吹乐属军乐范畴,而在殿庭鼓吹和卤簿鼓吹的功能及音乐特征方面,都明显因袭了"唐制",而与隋唐以前的鼓吹乐有很大不同。隋唐以前的鼓吹乐隶属于清乐系统,宋代鼓吹乐则属燕乐范畴。无论是在乐器、乐调还是曲调方面,宋代鼓吹乐都散发出教坊燕乐的气息。大晟乐是宋徽宗朝炮制的所谓"一代之乐",它实际上包含着两个阶段的音乐形态。政和三年(1113)以前的大晟乐完全属于宫廷雅乐的范畴,基本上与词乐无关;政和三年(1113)五月"以《大晟乐》播之教坊",特别是政和三年(1113)八月教坊隶属于大晟府后,雅、俗乐开始合流,大晟乐便成为一种教坊词乐与宫廷雅乐合一形态的"新乐"或"新燕乐"①。

第一节　宋代鼓吹乐的音乐特征

　　关于宋代鼓吹乐的音乐特征,清人颇有讨论。《钦定续通志》卷

---

① 政和三年(1113)以后的大晟乐仍然包含雅乐和燕乐两种形态,本书探讨的教坊词乐与宫廷雅乐合流之大晟乐,准确的名称应该是"大晟新燕乐"。以其名过繁,姑省称"大晟乐"。

一二七:"臣等谨案:自汉迄唐,鼓角横吹本于边徼所传,而用以为出入警严之节。盖取其声之激越震厉,多仍其旧曲,间或依仿彼调,别谱新词。然所述皆北方之事也。宋时旧曲失传,于是鼓吹一部所奏曲,命名乃大远古意。角声之变革,自此始矣。"①所述侧重于鼓吹乐曲调的"变革",所谓"角声之变革,自此始矣",则俨然将宋代鼓吹乐"角声之变革",说成是前无古人之举。其实,宋代鼓吹乐在音乐性质、乐器甚至曲调等方面,史籍都明确表明用"唐制"。《宋史·乐志十五》:"唐制,大驾、法驾、小驾及一品而下皆有焉。宋初因之,车驾前后部用金钲、节鼓、捆鼓、大鼓、小鼓、铙鼓、羽葆鼓、中鸣、大横吹、小横吹、觱栗、桃皮觱栗、箫、笳、笛,歌《导引》一曲。……奏严用金钲、大角、大鼓,乐用大小横吹、觱栗、箫、笳、笛,角手取于近畿诸州,乐工亦取于军中,或追府县乐工备数。歌《六州》、《十二时》,每更三奏之。"②所载宋代卤簿鼓吹的乐器、曲调及用乐制度,已明确体现了"宋承唐制"的特点。清儒所谓宋代鼓吹乐"乃大远古意"云云,则未明这种"大远古意"的音乐特征,乃是"宋承唐制"的结果。

宋代鼓吹乐在音乐系统和音乐特征方面,其实完全承袭"唐制",而主要体现在乐器、曲名和乐调三个方面。

一、宋代鼓吹乐的乐器

如上所述,宋代鼓吹乐所用乐器有金钲、节鼓、捆鼓、大鼓、小鼓、铙鼓、羽葆鼓、中鸣、大横吹、小横吹、觱栗、桃皮觱栗、箫、笳、笛

---

① 嵇璜、曹仁虎等撰《钦定续通志》卷一二七,文渊阁《四库全书》,第 394 册,第 121 页。
② 脱脱等《宋史》卷一四〇《乐志十五》,第 10 册,第 3301—3302 页。

等 15 种①,明显属隋唐以来的燕乐范畴而不同于隋唐以前的清乐系统。

　　按:鼓吹乐本为俗乐,在音乐机构的隶属方面,汉唐以来或"省大乐,并于鼓吹",或"省鼓吹,而存太乐",唐则"省清商,并于鼓吹"(《唐六典》卷一四)②,说明魏晋南北朝鼓吹乐的发展趋势,是日渐与清商乐合流的。

　　今考隋唐以前的鼓吹乐属于清乐系统,在乐器方面也不例外。《晋书·乐志下》所录"鼓角横吹曲",其中"鼓、角"与清乐"笛"、"筝"、"琵琶"并列③,说明魏晋鼓吹乐部分乐器虽传自西域,但基本融入了清商乐的范畴。《乐府诗集》卷一六:"梁又有鼓吹熊罴十二案,其乐器有龙头大棡鼓、中鼓、独揭小鼓,亦随品秩给赐焉。"④所述为殿庭鼓吹"熊罴十二案",其乐器仅有"龙头大棡鼓"、"中鼓"、"独揭小鼓"3 种,与宋鼓吹十二案"每案设大鼓、羽葆鼓、金錞各一,歌、箫、笳各二,又有叉手笛,名曰拱宸管"⑤不同。《隋书·音乐志上》:"(陈宣帝太建六年)其鼓吹杂伎,取晋、宋之旧,微更附益。……其

① 脱脱等《宋史》卷一四〇《乐志十五》,第 10 册,第 3303—3304 页。按:杨浩《中国古代"鼓吹"考略》云:"前代鼓吹乐都使用一种建鼓,而宋之际,建鼓被一种叫做'散鼓'的乐器所代替。""宋鼓吹中有……雷鼓。"(《南京艺术学院学报》1989 年第 1 期,第 32 页)考宋代鼓吹乐属燕乐范畴,并无"散鼓"、"雷鼓"这样属雅乐系统的乐器。
② 李林甫等撰,陈仲夫点校《唐六典》卷一四《鼓吹署》,第 406 页。
③ 房玄龄等《晋书》卷二三《乐志下》:"鼓角横吹曲:鼓,案《周礼》'以蕡鼓鼓军事'……胡角者,本以应胡笳之声,后渐用之横吹。有双角,即胡乐也。张博望入西域,传其法于西京。……案魏晋之世,有孙氏善弘旧曲,宋识善击节唱和,陈左善清歌,列和善吹笛,郝索善弹筝,朱生善琵琶,尤发新声。"(第 3 册,第 715—716 页)
④ 郭茂倩《乐府诗集》卷一六,第 1 册,第 225 页。
⑤ 脱脱等《宋史》卷一四〇《乐志十五》,第 10 册,第 3303—3304 页。

制,鼓吹一部十六人,则箫十三人,笳二人,鼓一人。"①所述为卤簿鼓
吹,其乐器仅有"箫"、"笳"、"鼓"3 种,与宋代卤簿鼓吹乐所用金钲
等 15 种乐器(《宋史·乐志十五》)并非同一系统。

从根源上看,宋代鼓吹乐所用乐器来自隋唐(《乐书》卷一三八、
卷一三九)。《乐府诗集》卷二一:

> 自隋已后,始以横吹用之卤簿,与鼓吹列为四部,总谓之鼓
> 吹,并以供大驾及皇太子、王公等。一曰棡鼓部,其乐器有棡鼓、
> 金钲、大鼓、小鼓、长鸣角、次鸣角、大角七种。棡鼓金钲一曲,夜
> 警用之。大鼓十五曲,小鼓九曲,大角七曲,其辞并本之鲜卑。
> 二曰铙鼓部,其乐器有歌、鼓、箫、笳四种,凡十二曲。三曰大横
> 吹部,其乐器有角、节鼓、笛、箫、筚篥、笳、桃皮筚篥七种,凡二十
> 九曲。四曰小横吹部,其乐器有角、笛、箫、筚篥、笳、桃皮筚篥六
> 种,凡十二曲。夜警亦用之。②

所述隋代鼓吹乐的乐器、乐部两点,已接近唐代。《新唐书·仪卫志
下》:

> 凡鼓吹五部:一鼓吹,二羽葆,三铙吹,四大横吹,五小横吹,
> 总七十五曲。鼓吹部有棡鼓、大鼓、金钲小鼓、长鸣、中鸣。
> 小横吹部有角、笛、箫、笳、觱篥、桃皮觱篥六种,曲名
> 失传。③

---

① 魏征等《隋书》卷一三《音乐志上》,第 2 册,第 309 页。
② 郭茂倩《乐府诗集》卷二一,第 2 册,第 310 页。
③ 欧阳修等《新唐书》卷二三下《仪卫志下》,第 2 册,第 508 页,第 509 页。

《乐府诗集》明确说到唐鼓吹乐"其乐器与隋同"[①]。比较隋、唐两代鼓吹乐的乐部、乐器，基本可以得出"唐承隋制"这样一个结论。如上所述，宋代鼓吹乐属燕乐范畴，不同于隋唐以前鼓吹乐的清乐系统。孙晓晖云："隋鼓吹器具已成定制，这正是唐大驾鼓吹乐具之制的先声。"[②]仅就乐器而论，这种说法是符合史实的。而在鼓吹乐乐器方面，"宋承唐制"的音乐特征是毋庸置疑的。

二、宋代鼓吹乐的曲名曲目

从曲名曲目看，汉至北周都用汉曲清商制度，隋唐以后则用燕乐新制。《宋史·乐志十五》："汉有《朱鹭》等十八曲，短箫铙歌序战伐之事，黄门鼓吹为享宴所用，又有骑吹二曲。说者谓列于殿庭者为鼓吹，从行者为骑吹。魏、晋而下，莫不沿尚，始有鼓吹之名。江左太常有鼓吹之乐，梁用十二曲，陈二十四曲，后周亦十五曲。"[③]今考《古今乐录》："汉鼓吹铙歌十八曲……：一曰《朱鹭》，二曰《思悲翁》，三曰《艾如张》，四曰《上之回》，五曰《拥离》，六曰《战城南》，七曰《巫山高》，八曰《上陵》，九曰《将进酒》，十曰《君马黄》，十一曰《芳树》，十二曰《有所思》，十三曰《雉子班》，十四曰《圣人出》，十五曰《上邪》，十六曰《临高台》，十七曰《远如期》，十八曰《石留》。"（《乐府诗集》

---

① 郭茂倩《乐府诗集》卷二一："唐制，太常鼓吹令掌鼓吹……以备卤簿之仪，而分五部。一曰鼓吹部，其乐器如隋棡鼓部而无大角。……二曰羽葆部，其乐器如隋铙鼓部而加錞于。……三曰铙吹部，其乐器与隋铙鼓部同……四曰大横吹部，其乐器与隋同……五曰小横吹部，其乐器与隋。"（第 2 册，第 310 页）

② 孙晓晖《唐代的卤簿鼓吹》，《黄钟（武汉音乐学院学报）》2001 年第 4 期，第 64 页。

③ 脱脱等《宋史》卷一四〇《乐志十五》，第 10 册，第 3301 页。

卷一六引)①据《晋书》、《宋书》、《魏书》、《隋书》等记载,魏、晋、宋、齐、梁及北魏、北齐、北周均用"汉鼓吹铙歌十八曲",只是在曲目、曲名方面小有调整。《乐府诗集》卷一六《鼓吹曲辞》:"宋、齐并用汉曲。又充庭十六曲,梁高祖乃去其四,留其十二,更制新歌,合四时也。北齐二十曲,皆改古名。其《黄爵》、《钓竿》,略而不用。后周宣帝革前代鼓吹,制为十五曲,并述功德受命以相代,大抵多言战阵之事。隋制,列鼓吹为四部。"②

鼓吹乐曲目用"汉曲清商制度"的情况,到了隋代有了彻底的改变。隋代鼓吹乐曲名今已难考③,唯曲目数量略见于载籍。《乐府诗集》卷二一:"自隋已后……总谓之鼓吹……一曰棡鼓部……棡鼓金钲一曲……大鼓十五曲,小鼓九曲,大角七曲,其辞并本之鲜卑。二曰铙鼓部……凡十二曲。三曰大横吹部……凡二十九曲。四曰小横吹部……凡十二曲。"④所述隋代鼓吹乐的曲目数量已和唐代相近。孙晓晖云:"以隋代为界,结束了晋宋南北朝在汉鼓吹铙歌的基础上

---

① 郭茂倩《乐府诗集》卷一六,第 1 册,第 225 页。

② 郭茂倩《乐府诗集》卷一六,第 1 册,第 224 页。

③《乐府杂录》"熊罴部":"奏唐《十二时》、《万宇清》、《月重轮》三曲,亦谓之'十二按乐'。"(段安节撰,亓娟莉校注《乐府杂录》,上海古籍出版社 2015 年版,第 24 页)《乐书》卷一五○:"熊罴案十二,悉高丈余,用木雕之,其上安板床焉。梁武帝始设十二案鼓吹,在乐县之外,以施殿庭,宴飨用之,图熊罴以为饰故也。隋炀帝更于案下为熊罴狻豹腾倚之状,象百兽之舞。又施宝幰于上,用金彩饰之,奏〔十二时〕(按:曲名原脱,据补)《万宇清》、《月重轮》等三曲,亦谓之十二案乐。非古人朴素之意也。"据此,殿庭鼓吹曲《十二时》、《万宇清》、《月重轮》"似为隋曲,然又称"唐《十二时》、《万宇清》、《月重轮》",仍待进一步考定。又,鼓吹乐的套曲形式,一般认为始于宋代。王国维《宋元戏曲史》:"至合数曲而成一乐者,唯宋鼓吹曲中有之。……合曲之体例,始于鼓吹见之。"(第 50—51 页)今考隋唐"鼓吹十二案"三曲,似已有"套曲"的特点。

④ 郭茂倩《乐府诗集》卷二一,第 2 册,第 310 页。

'更制新歌'、'各述本朝功业'的局面。"①也就是说,进入隋代以后,鼓吹乐不再使用"汉鼓吹铙歌十八曲"系统,而在曲目甚至音乐系统方面,隋所用乃为"燕乐新制"。今隋代鼓吹乐曲目、曲名虽不可确考,然亦略存旧制于唐鼓吹乐部,是可以肯定的。据此推论,唐代鼓吹乐"总七十五曲"的曲目,恐怕很大程度上是在隋代的基础上增衍其繁。

《新唐书·仪卫志下》:

> 凡鼓吹五部:一鼓吹,二羽葆,三铙吹,四大横吹,五小横吹,总七十五曲。……掆鼓十曲:一《警雷震》,二《猛兽骇》,三《鸷鸟击》,四《龙媒蹀》,五《灵夔吼》,六《雕鹗争》,七《壮士怒》,八《熊罴吼》,九《石坠崖》,十《波荡壑》。
>
> 大鼓十五曲:严用三曲:一《元驎合逻》,二《元驎他固夜》,三《元驎跋至虑》。警用十二曲:一《元咳大至游》,二《阿列乾》,三《破达析利纯》,四《贺羽真》,五《鸣都路跋》,六《他勃鸣路跋》,七《相雷析追》,八《元咳赤赖》,九《赤咳赤赖》,十《吐咳乞物真》,十一《贪大讦》,十二《贺粟胡真》。
>
> 小鼓九曲:一《渔阳》,二《鸡子》,三《警鼓》,四《三鸣》,五《合节》,六《覆参》,七《步鼓》,八《南阳会星》,九《单摇》。皆以为严、警,其一上马用之。长鸣一曲三声:一《龙吟声》,二《彪吼声》,三《河声》。中鸣一曲三声:一《荡声》,二《牙声》,三《送声》。
>
> 羽葆部十八曲:一《太和》,二《休和》,三《七德》,四《驺虞》,五《基王化》,六《纂唐风》,七《厌炎精》,八《肇皇运》,九

---

① 孙晓晖《唐代的卤簿鼓吹》,《黄钟(武汉音乐学院学报)》2001 年第 4 期,第63 页。

《跃龙飞》,十《殄马邑》,十一《兴晋阳》,十二《济渭险》,十三《应圣期》,十四《御宸极》,十五《宁兆庶》,十六《服退荒》,十七《龙池》,十八《破阵乐》。

铙吹部七曲:一《破阵乐》,二《上车》,三《行车》,四《向城》,五《平安》,六《欢乐》,七《太平》。

大横吹部有节鼓二十四曲:一《悲风》,二《游弦》,三《间弦明君》,四《吴明君》,五《古明君》,六《长乐声》,七《五调声》,八《乌夜啼》,九《望乡》,十《跨鞍》,十一《间君》,十二《瑟调》,十三《止息》,十四《天女怨》,十五《楚客》,十六《楚妃叹》,十七《霜鸿引》,十八《楚歌》,十九《胡笳声》,二十《辞汉》,二十一《对月》,二十二《胡笳明君》,二十三《湘妃怨》,二十四《沉湘》。

小横吹部……曲名失传。①

以上为唐代鼓吹乐的曲目。唐代鼓吹乐"总七十五曲",有云当为"八十五曲"者。从其名目看,大部分属燕乐范畴,少部分则属清乐系统。其中"大横吹部""节鼓二十四曲",乃为琴乐而非鼓吹曲,有学者认为是误窜入正史②。然从《唐六典》"皇朝因省清商,并于鼓吹"③看,清商乐并于燕乐鼓吹,在唐代是一个大趋势④,鼓吹曲中包含一些琴乐曲目,或许并非正史误载。

宋代鼓吹乐用"唐制",其曲自传于唐代。关于这一点,宋人已有说明。姜夔《圣宋铙歌鼓吹曲十四首》序:"臣又惟宋因唐度,古曲坠逸,鼓吹所录,惟存三篇,谱文乖讹,因事制辞,曰《导引曲》、《十二

---

① 欧阳修等《新唐书》卷二三下《仪卫志下》,第2册,第508—509页。
② 王立增《唐代鼓吹乐大横吹部用乐考》,《乐府学》2006年第1辑,第30页。
③ 李林甫等撰,陈仲夫点校《唐六典》卷一四《鼓吹署》,中华书局1992年版,第406页。
④ 关于清商乐"燕乐化"的论述,详见上文,兹不赘述。

时》、《六州歌头》,皆用羽调,音节悲促。"①所谓"宋因唐度",则与正
史所载"宋承唐制"相合。唯云"古曲坠逸,鼓吹所录,惟存三篇",则
史籍所载各有不同。《宋会要辑稿·舆服》三之一七:

> 鼓吹五曲。(御制《奉禋歌》,旧曲《六州》、《十二时》、《导
> 引》、《降仙台》。真宗崇奉真圣,亦设仪卫,故别有《导引》二曲
> 也。)其余大小鼓、横吹曲悉不传。唐末大乱,旧声皆尽,国朝惟
> 大角传三曲而已,其鼓吹四曲,悉有(用)教坊新声。车驾出入奏
> 《导引》及《降仙台》,警严奏《六州》、《十二时》,皆随月用宫。②

关于宋代鼓吹曲的曲目,或云"鼓吹四曲",或云"鼓吹五曲"。
"三篇"者,为"《导引曲》、《十二时》、《六州歌头》";"四曲"者,为
"《六州》、《十二时》、《导引》、《降仙台》";"五曲"者,为"《六州》、
《十二时》、《导引》、《降仙台》、《奉禋歌》"。虽曲目不同,但大体相
差不大。惟"宋因唐度"值得注意,其含义有二:

其一,宋代鼓吹曲曲目来源于唐。据李驯之研究,《六州》、《十
二时》、《导引》"三曲皆来源于唐代遗声"、"其中可考而论之者,《十
二时》乃源于隋唐熊罴部同名鼓吹曲,《六州》乃采自唐大曲《陆州》
之歌头部分"③,极是。唯云《降仙台》熙宁间(1068—1077)所增,而
以《文献通考》为误,则略有可商。四库馆臣云:"《乐志十五》悉用正
宫《导引》、《六州》、《十二时》凡四曲。○(臣酉)按《通考》有《降仙

---

① 夏承焘《姜白石词编年笺校》,上海古籍出版社 1981 年版,第 107 页。
② 徐松辑《宋会要辑稿·舆服》三之一七,第 2 册,第 1790 页。按:《太常因革
礼》卷二一《舆服一·警场》、《文献通考》卷一四七《乐考二十·鼓吹》、《玉
海》卷一○六《乾德鼓吹曲》略同。
③ 李驯之《两宋鼓吹歌曲考述》,《乐府学》2009 年第 4 辑,第 93 页。

台》,无正宫。"(《宋史》卷一四〇《考证》)又,据《宋会要辑稿·舆服》三之一八:"熙宁亲郊,导引还青城,增《降仙台》曲。"《文献通考·乐考二十》:"熙宁亲郊,导引还青城,增《降仙台》曲。"①然《太常因革礼》卷二一已载"《降仙台》"曲②。考《太常因革礼》成书于治平二年(1065)九月辛酉(《长编》卷二〇六),而所引出自"《国朝会要》"。疑"熙宁亲郊……增《降仙台》曲"者,或仅为撰写乐章而言,其曲则治平二年(1065)之前已有。宋人新增者,尚有《奉裸歌》、《合宫歌》、《虞神歌》(或《虞主歌》)、《昭陵歌》(或《永裕陵歌》,或《祔陵歌》),李驯之考述甚详,文繁不引。

其二,宋代鼓吹乐"悉用教坊新声"。所谓"教坊新声",非指"鼓吹五曲"全为宋代新创,当指其用教坊乐律,均属燕乐范畴而言。姜夔《圣宋铙歌鼓吹曲十四首》序"惟宋因唐度,古曲坠逸,鼓吹所录,惟存三篇,谱文乖讹,因事制辞,曰《导引曲》、《十二时》、《六州歌头》,皆用羽调"云云③,虽"皆用羽调"之论与史料未全合,却已指明"宋因唐度"的燕乐性质,这一点非常重要。以上从宋代鼓吹曲及用乐制度看,均用"唐制"且为"燕乐新制";其中曲目传自唐代者应还有数十曲之多,非止"三篇"(或"四曲"),此处以文繁,姑从略不论。

---

① 马端临《文献通考》卷一四七《乐考二十》,第1291页。
② 欧阳修、李柬之、吕公著等《太常因革礼》卷二一《舆服一·警场》:"《国朝会要》:'凡大角三曲,警严用之。(《大梅花》、《小梅花》、《可以□》。)鼓吹五曲。(御制《奉裸歌》,旧曲《六州》、《十二时》、《导引》、《降仙台》。真宗崇奉真圣,亦设仪卫,故刱【有】引导而(二)曲。)其余大小鼓、横吹曲悉不传。唐末大乱,旧声皆尽,国朝推(惟)大角搏(传)三曲而已,其鼓吹四面(曲),悉用教坊新声。车驾出入奏《导引》及《降仙台》,警严奏《六州》、《十二时》,皆随月用官(宫)。"(《续修四库全书》,第821册,第431页)按:"引导'而曲",当为"《导引》二曲",其余衍字、脱字、误字,皆据《宋会要辑稿·舆服》三之一七校正。
③ 夏承焘《姜白石词编年笺校》,第107页。

三、宋代鼓吹乐的宫调

从宫调方面看,宋代鼓吹乐"悉用教坊新声"。如上所述,宋代鼓吹乐既不同于隋唐以前鼓吹乐的清乐系统,也不同于秦汉以前的雅乐系统,故所谓"教坊新声"乃指用教坊乐律及其燕乐属性而言。对此,宋人有清醒的认识。

《宋史·乐志十五》:

> 元丰中,言者以鼓吹害雅乐,欲调治之,令与正声相得。杨杰言:"正乐者,先王之德音,所以感召和气、格降上神、移变风俗,而鼓吹者,军旅之乐耳。盖鼓角横吹,起于西域,圣人存四夷之乐,所以一天下也……今大祀,车驾所在,则鼓吹与武严之乐陈于门而更奏之,以备警严。大朝会则鼓吹列于宫架之外,其器既异先代之器,而施设概与正乐不同。国初以来,奏大乐则鼓吹备而不作,同名为乐,而用实异。虽其音声间有符合,而宫调称谓不可淆混。故大乐以十二律吕名之,鼓吹之乐则曰正宫之类而已。(乾德中,设鼓吹十二案……编之令式。)若以律吕变易夷部宫调,则名混同而乐相紊乱矣。"遂不复行。①

杨杰从乐器和乐调("宫调")两个方面揭示了宋代殿庭鼓吹的燕乐性质。所谓"以鼓吹害雅乐",虽然是针对宋代殿庭鼓吹("鼓吹十二案")而言,其实也适用于宋代卤簿鼓吹。而这两个方面的特点也是"宋承唐制"的体现,除乐器用"唐制"不烦列举之外,乐调("宫调")也不例外。《乐府诗集》卷二一:"唐制……分五部。……四曰大横吹部,其乐器与隋同,凡二十四曲。黄钟角八曲,中吕宫二曲,中

---

① 脱脱等《宋史》卷一四〇《乐志十五》,第 10 册,第 3303—3304 页。

吕徵一曲,中吕商三曲,中吕羽四曲,中吕角四曲,无射二曲。五曰小横吹部,其乐器与隋同,其曲不见,疑同用大横吹曲也。"①除"中吕徵"外,亦在"燕乐二十八调"范围内。有关宋代鼓吹乐的宫调,据李驯之研究,"宋鼓吹歌曲所用宫调共计 8 调,即宫声中的正宫、中吕宫、道宫、黄钟宫,商声中的大石调、双调,羽声中的正平调、黄钟羽。所有 8 个宫调,皆不出宋燕乐二十八调之外……这一事实雄辩地说明,宋鼓吹歌曲所用的宫调确属燕乐二十八调乐调系统。"②所述甚确。

关于宋代鼓吹乐的音乐性质,王伟说得好:"宋辽金宫廷音乐大体仍遵汉唐旧制,可分为燕乐、鼓吹乐和雅乐三类。……燕乐和鼓吹比较接近于民间俗乐,雅乐则经常处于和民间音乐隔绝的状态。……鼓吹乐仍用于朝会,在《雅乐》的宫架外面排列着十二张台——所谓'鼓吹十二案'上演奏。"③上引《宋史·乐志十五》杨杰所论"鼓吹害雅乐",正是针对"鼓吹十二案"而言。因此,宋代鼓吹乐到了宋徽宗崇宁年间(1102—1106),有了一定的变化。史载:

> (崇宁四年)八月,大司乐刘昺言:"大朝会宫架,旧用十二熊罴案,金錞、箫、鼓、鬐篥等与大乐合奏。今所造大乐,远稽古制,不应杂以郑、卫。"诏罢之。④
> 《大晟乐书》曰:"前此宫架之外,列熊罴案,所奏皆夷乐也,岂容淆杂大乐!乃奏罢之。然古鞮鞻氏掌四夷乐,鞮师、旄人各有所掌,以承祭祀,以供宴享。盖中天下而立,得四海之欢心,使

---

① 郭茂倩《乐府诗集》卷二一,第 2 册,第 310 页。
② 李驯之《两宋鼓吹歌曲考述》,《乐府学》2009 年第 4 辑,第 88 页。
③ 王伟《鼓吹乐小史》,《音乐学刊》1998 年第 3 期,第 43 页。
④ 脱脱等《宋史》卷一二九《乐志四》,第 9 册,第 3001 页。

鼓舞焉,先王之所不废也。《汉律》①曰:'每大朝会宜设于殿门
之外。'天子御楼,则宫架之外列于道侧,岂可施于广庭,与大乐
并奏哉!"②

　　元丰中(1078—1085)杨杰所论"鼓吹害雅乐"的情况,至宋徽宗
年间(1102—1106)得到了彻底的解决:崇宁四年(1105)八月,诏罢
"鼓吹十二案"(《宋史·乐志四》,《宋史·乐志十七》);政和七年
(1117)十二月,以"大晟律"改定鼓吹乐并乐曲名(《宋会要辑稿·舆
服》三之二〇,《文献通考·乐考二十》)。宋代鼓吹乐一方面纯化了
它的燕乐性质,另一方面,则又为"大晟律"所改造,被纳入大晟府
"新燕乐"的范畴。这一点详见下论。

第二节　宋代鼓吹乐对词乐的影响

　　宋代鼓吹乐虽属军乐范畴,但在很多方面都与传统鼓吹乐不同。
一方面,宋代鼓吹曲属燕乐范畴,不同于汉魏六朝的清乐系统。宋代
鼓吹乐全用"教坊新声",尽管"宋承唐制",但在宫调、律高方面都与
唐代鼓吹乐不同(唐代鼓吹乐属燕乐范畴,但仍有"大横吹部""节鼓
二十四曲"为清乐系统的琴乐)。另一方面,宋代鼓吹曲的歌词与音
乐的配合方式,与汉魏六朝及隋唐鼓吹曲的歌词配合方式不同,为先
乐后词、"依调填词"的方式,因此,现存宋代鼓吹乐曲调都为词调③,
并全部为长短句形式。

---

① 按:"《汉律》"云云,今本《汉书·律历志》、《汉书·礼乐志》均无此语;"汉
　　律"当为"汉津"之误。详见张春义《大晟府及其乐词通考》,第161页。
② 脱脱等《宋史》卷一四二《乐志十七》,第10册,第3362页。
③ 详见田玉琪《词调史研究》,第132页。

关于宋代鼓吹乐对词乐的影响，学界亦有较为全面的探讨。《两
宋鼓吹歌曲考述》从"宋鼓吹歌曲对文人词创作的推动作用"、"宋鼓
吹歌曲对民间俗唱艺术缠令、缠达和唱赚体式特征的影响"以及"宋
鼓吹套曲和元套数的起源问题"三个方面，论述了宋代鼓吹曲对文人
词、俗唱艺术及元套数的影响①。所述甚为详实。《词调史研究》认
为宋代鼓吹曲在宋代词调发生发展史上都有重要意义，表现有四：一
是"显明教坊新声即俗乐的重大影响力"；二是"体现皇家对依调填
词之重视与倡导"；三是"从官方角度看，实开宋代慢词之先声"；四
是"有利于宋一代词之发展繁荣，对宋词的雅化有潜移默化的引导作
用"②。从宋词发展史和词调史的角度切入，所述更为完整。本书在
此基础上，再拟补充以下几点。

一、宋代鼓吹词乐的"依月用律"

宋代鼓吹曲尽管属于教坊燕乐，但多用于郊祀、宗庙等五礼仪卫
警严场合（卤簿鼓吹），部分也设于雅乐宫架之外（殿庭鼓吹）。正因
为在部分使用场合与雅乐同设，故使用方式上有类似于雅乐的某些
特征，"随月用宫"（即"依月用律"）便是其例证之一。

据《文献通考·乐考二十》：

> 鼓吹五曲。（御制《奉禋歌》，旧有《六州》、《十二时》、《导
> 引》、《降仙台》。真宗崇奉真圣，亦设仪卫，故别有《导引》二曲
> 也。）其余大小鼓、横吹曲，悉不传。唐末大乱，旧声皆尽。国朝
> 惟大角传三曲而已。其鼓吹四曲，悉用教坊新声。车驾出入，奏

① 李驯之《两宋鼓吹歌曲考述》，《乐府学》2009年第4辑，第95—115页。
② 田玉琪《词调史研究》，第133页。

《导引》及《降仙台》,警严奏《六州》、《十二时》,皆随月用宫。①

　　所谓"随月用宫",据考即为"依月用律"(详下)。今略加补证。
《宋史·乐志十五》:

　　　　自天圣已来,帝郊祀、躬耕籍田,皇太后恭谢宗庙,悉用正宫
　　《降仙台》、《导引》、《六州》、《十二时》凡四曲。景祐二年,郊祀
　　减《导引》第二曲,增《奉禋歌》。初,李照等撰警严曲,请以《振
　　容》为名,帝以其义无取,故更曰《奉禋》。其后祫享太庙亦用
　　之。大享明堂用黄钟宫,增《合宫歌》。凡山陵导引灵驾,章献、
　　章懿皇后用正平调,仁宗用黄钟羽,增《昭陵歌》;神主还宫,用大
　　石调,增《虞神歌》。凡迎奉祖宗御容赴宫观、寺院并神主祔庙,
　　悉用正宫,惟仁宗御容赴景灵宫改用道调,皆止一曲。②

　　按:"大享明堂用黄钟宫"云云,在皇祐二年(1050)九月辛亥。
《宋史·仁宗本纪四》:"(皇祐二年)九月丁亥,阅雅乐。……辛亥,
大飨天地于明堂,以太祖、太宗、真宗配,如圜丘。"又,"《合宫歌》"为
皇祐二年(1050)九月大享明堂所增,属黄钟宫,正名为无射之宫。
《景祐乐髓新经》:"无射之宫为黄钟宫。"《补笔谈》:"无射宫,今为黄
钟宫。"此为九月之律,正是"享明堂"之月律。

　　又,《宋史·乐志十五》:

　　　　熙宁中,亲祠南郊,曲五奏,正宫《导引》、《奉禋》、《降仙

----

① 马端临《文献通考》卷一四七《乐考二十》,第1291页。按:《宋会要辑稿·舆
　服》三之一七、《太常因革礼》卷二一《舆服一·警场》略同。
② 脱脱等《宋史》卷一四〇《乐志十五》,第10册,第3302—3303页。

台》；祠明堂，曲四奏，黄钟宫《导引》、《合宫歌》：皆以《六州》、《十二时》。永厚陵导引、警场及神主还宫，皆四曲，虞主祔庙、奉安慈圣光献皇后山陵亦如之。诸后告迁、升祔，上仁宗、英宗徽号，迎太一宫神像，亦以一曲导引，率因事随时定所属宫调，以律和之。①

"亲祠南郊"在十一月，十一月律中黄钟，《词源》："黄钟宫，俗名正黄钟宫。"②《仪礼经传通解》卷一四："黄钟清宫（俗呼"正宫"）。"③"正黄钟宫"即"正宫"，故调须用正宫。"祠明堂"在九月，故须用黄钟宫，此乃为"随月用宫"之佐证。所谓"率因事随时定所属宫调，以律和之"，亦与之相合。据此，宋代鼓吹词乐的"依月用律"，可以考定。

又，宋初宫廷鼓吹词乐"依月用律"可能源于唐代。《通典·礼九十三》："前一日，太乐令设宫悬之乐、鼓吹令设十二案于射殿之庭，以当月之调，登歌各以其合。"④（《大唐开元礼》卷八六同）此为所谓"鼓吹十二案"用"当月之调"，疑即"依月用律"。"依月用律"，亦即"随月用宫"。《旧唐书·音乐志一》："以十二律各顺其月，旋相为宫"、"随月用律为宫"⑤。陈克秀《唐俗乐调与随月用律》："唐律无雅俗之分，'随月用律'实为'旋宫转调'。"⑥可见唐代鼓吹乐亦曾

① 脱脱等《宋史》卷一四〇《乐志十五》，第 10 册，第 3303 页。
② 张炎《词源》卷上，《词话丛编》，第 1 册，第 246 页。
③ 朱熹《仪礼经传通解》卷一四《学礼七·诗乐》，文渊阁《四库全书》，第 131 册，第 250—254 页。
④ 杜佑撰，王文锦等点校《通典》卷一三三《礼九十三》，第 3 册，第 3406 页。
⑤ 刘昫《旧唐书》卷二八《音乐志一》，第 4 册，第 1041 页。
⑥ 陈克秀《唐俗乐调与随月用律》，《中国音乐学（季刊）》2002 年第 3 期。

"依月用律"①,具体情况尚需进一步详考。

又,宋代鼓吹词乐自"大晟律"统一雅、俗乐以后,所谓"依月用律"之"律",也与北宋前期至中期有很大的不同。这一点详见后文《以"大晟乐"改造教坊乐——教坊词乐与宫廷雅乐的合流》,兹不赘述。

需要说明的是,宋代鼓吹词乐的"依月用律",所用之"律"在北宋前期至中期以及北宋后期宋徽宗政和七年(1117)三月以后,情况也有很大的不同。

关于宋代鼓吹乐的用"律",史籍亦有记载。《宋史·乐志十五》:"元丰中,言者以鼓吹害雅乐,欲调治之,令与正声相得。杨杰言:'正乐者,先王之德音……故大乐以十二律吕名之,鼓吹之乐则曰正宫之类而已。'"②则"大乐"用"雅乐律",鼓吹乐用"燕乐律"。《宋史·律历志四》:"(皇祐间,房庶)又言:'《尚书》"同律、度、量、衡",所以齐一风俗。今太常、教坊、钧容及天下州县,各自为律,非《书》同律之义……'"③所谓"太常、教坊、钧容及天下州县,各自为律",说明了北宋自开国初(960)至皇祐间(1049—1053)用"律"的混乱情况。同样一个"太常"(太常寺),大乐局用"雅乐律",而鼓吹局则

---

① 按:唐代"鼓吹十二案"用"以当月之调"明载礼书(《大唐开元礼》卷八六,《通典·礼九十三》),确凿可据。但燕乐的"依月用律",为什么会在鼓吹乐中有集中体现,这可能和鼓吹乐与雅乐并奏的用乐场合有关。特别是殿庭鼓吹乐("鼓吹十二案"),或设于"宫悬"建鼓之外(《隋书·音乐志下》,《宋史·乐志三》,《文献通考·乐考三》),或设于"宫悬"间(《隋书·音乐志中》),用乐时与雅乐并奏。古人"临轩朝会,并用当月之律","食举之乐",亦取"殿庭月调之义"(《隋书·音乐志下》,《文献通考·乐考二》)。因此,为元正朝会、燕飨而设的"鼓吹十二案",与古食举、朝会"殿庭月调之义"相合,其始设之初即含"依月用律"之义。唐代鼓吹乐"依月用律",其原因或在于此。
② 脱脱等《宋史》卷一四〇《乐志十五》,第10册,第3303—3304页。
③ 脱脱等《宋史》卷七一《律历志四》,第5册,第1612页。

用"燕乐律"。即使是用"燕乐律",也是"教坊、钧容及天下州县,各自为律"。

宋徽宗朝制定大晟乐以后,以"大晟律"统一雅、俗乐的音乐政令也波及到鼓吹乐领域。《宋史·乐志十五》:

> 政和七年三月,议礼局言:"古者,铙歌、鼓吹曲各易其名,以纪功烈。今所设鼓吹,唯备警卫而已,未有铙歌之曲,非所以彰休德、扬伟绩也。乞诏儒臣讨论撰述,因事命名,审协声律,播之鼓吹,俾工师习之。凡王师大献则令鼓吹具奏,以耸群听。"从之。①

按:《宋会要辑稿·舆服》三之二〇、《玉海》卷一〇六、《文献通考·乐考二十》略同,而作"政和七年三月一日"。"议礼局"当为"礼制局"之误②。又,所谓"审协声律,播之鼓吹",当以"大晟律"审按校订鼓吹乐用"律"。

这次用"大晟律"审协鼓吹乐"声律"的工作至政和七年(1117)十二月二十九日即已完成。《宋会要辑稿·舆服》三之二〇:"(政和七年)十二月二十九日,诏:'《六州》改名《崇明祀》,《十二时》改名《称吉礼》,《导引》改名《熙事备成》。六引内者,备而不足(作)。'"③(《宋史·乐志十五》、《玉海》卷一〇六、《文献通考·乐考二十》略同)这看起来仅仅是宋代鼓吹乐曲名的改动,但从上文"审协声律,播之鼓吹"看,其实也包含鼓吹乐用"律"的更换。据此,北宋"各自为律"以及"鼓吹害雅乐"的情况,至宋徽宗政和七年(1117)才被彻底

---

① 脱脱等《宋史》卷一四〇《乐志十五》,第10册,第3304页。
② 详见张春义《大晟府及其乐词通考》,第550页。
③ 徐松辑《宋会要辑稿·舆服》三之二〇,第2册,第1791页。

改正。

　　不过，南宋以后似乎没有承续政和七年（1117）鼓吹曲改名的闹剧。姜夔《圣宋铙歌鼓吹曲十四首》序："铙部……逸典未举。乃政和七年，臣工以请上诏制用，中更否扰，声文罔传。中兴文儒，荐有拟述，不丽于乐，厥谊不昭。"①"中更否扰，声文罔传"云云，但南宋鼓吹乐统一用"大晟律"的情况，似乎并没有因此而否定。

二、宋代鼓吹词乐的"和声"

　　宋代鼓吹词乐仍然存在着"和声"。《宋会要辑稿·乐》八之一、二《南郊鼓吹歌曲三曲》：

　　　　《导引》　气和玉烛，睿化著鸿明，缇管一阳生。……皇图大业超前古，垂象泰阶平。（和声）　岁时丰衍，九土乐升平……兢兢夕惕持谦德，未许禅云亭。
　　　　《六州》　严夜警，铜更（莲）漏迟迟。……群材乐育，诸侯述职，盛德服蛮夷。（和声）　殊祥萃，九包（苞）丹凤来仪。……销金偃革，蹈咏庆昌期。
　　　　《十二时》　承宝运，驯致隆平，鸿庆被寰瀛。……动苍冥，神降飨精诚。（和声）　燔柴半，万乘移天仗，肃銮辂旋衡。……万邦宁，景贶福千龄。②

　　按：《宋会要辑稿》所载《导引》、《六州》、《十二时》"和声"二字，《宋史·乐志十五》均已删除不存，仅《宋朝事实》卷一一载《六州》、《十二时》仍有"原注：和声"字样。据《中兴礼书》卷二八："（绍兴十

---

① 夏承焘《姜白石词编年笺校》，上海古籍出版社1981年版，第107页。
② 徐松辑《宋会要辑稿·乐八》之一、二，第1册，第382页。

三年)六月二十三日,礼部、太常寺言:‘……合用《导引》、《六州》、《十二时》、《奉禋歌》、《降仙台》词曲应奉。……所用合用词章,乞从太常寺具谱申学士院修撰,及鼓吹局本院按弹腔谱……’诏依。”知鼓吹歌曲原附“腔谱”,今亦不存。

从“腔谱”源头看,宋代鼓吹词乐《导引》、《六州》、《十二时》的“和声”,应该是唐凯乐“和声”的一种遗存。这与宋代鼓吹乐用“唐制”的制度,是前后吻合的。

考唐凯乐自太和三年(829)八月以后“迭奏《破阵乐》等四曲”。《旧唐书·音乐志一》:

> 太和三年八月,太常礼院奏:“谨按《凯乐》,鼓吹之歌曲也。……谨检《贞观》、《显庆》、《开元礼》书,并无仪注。今参酌今古,备其陈设及奏歌曲之仪如后。……将入都门,鼓吹振作,迭奏《破阵乐》等四曲。《破阵乐》、《应圣期》两曲。太常旧有辞。《贺朝欢》、《君臣同庆乐》,今撰补之。《破阵乐》:‘受律辞元首(词略)。’《应圣期》:‘圣德期昌运(词略)。’《贺朝欢》:‘四海皇风被(词略)。’《君臣同庆乐》:‘主圣开昌历(词略)。’……请宣付当司,编入新礼,仍令乐工教习。”依奏。① (《唐会要》卷三三略同)

据《通典·乐六》:“《破阵乐》……凡为三变,每变为四阵,有来往疾徐击刺之象,以应歌节。数日而就。发扬蹈厉,声韵慷慨。歌和云:‘秦王破阵乐。’飨宴奏之。”②今虽《旧唐书·音乐志一》、《唐会要》卷三三所载《破阵乐》、《应圣期》、《贺朝欢》、《君臣同庆乐》“和

---

① 刘昫《旧唐书》卷二八《音乐志一》,第4册,第1053—1054页。
② 杜佑撰,王文锦等点校《通典》卷一四六《乐六》,第4册,第3718—3719页。

声"亦佚,正如上文所言,此乃史臣录"文"而删其"声"的一贯传统,也是音乐文学文本流传的特殊表征。

"和声"的存在,是唐宋鼓吹歌曲作为"腔谱"流传未被史臣删尽的一种文本形式。以往认为,有无"和声",是区别唱"诗"与唱"词"的一个条件。李之仪《跋吴师道小词》:"唐人但以诗句,而下用和声抑扬以就之,若今之歌《阳关》是也。至唐末,遂因其诗之长短句,而以意填之,始一变以成音律。"①《蔡宽夫诗话》云:"大抵唐人歌曲,本不随声为长短句,多是五言或七言诗歌者,取其辞与和声相迭成音耳。"(《苕溪渔隐丛话·前集》卷二一)《碧鸡漫志》卷五:"今黄钟商有《杨柳枝曲》,仍是七字四句诗……但每句下各增三字一句,此乃唐时和声。如《竹枝》、《渔父》,今皆有和声也。"②今既知唐宋鼓吹歌曲均存在"和声",而唐鼓吹歌曲为"诗"唱,宋鼓吹歌曲为"词"唱;"诗"唱与"词"唱加"和声"后,其文本形式均为长短句。可知唱"诗"与唱"词"均可以有"和声"。这种现象的存在,本身即是对"和声词源说"逻辑判断的一个反证。

据此可以得出结论,宋代鼓吹歌曲作为"腔谱"的"和声",既非区别唱"诗"与唱"词"的一个条件,也非"和声词源说"的例证。宋代鼓吹词乐存有"和声"的现象,不过是唐凯乐"和声"的一种遗存,和词的起源并无直接关系。

第三节　"以《大晟乐》播之教坊"——教坊 与大晟府的合作

大晟乐起初是典型的"宫廷雅乐",并不属于燕乐的范畴。《宋

---

① 李之仪《姑溪居士前集》卷四〇,文渊阁《四库全书》,第1120册,第580页。
② 王灼《碧鸡漫志》卷五,《词话丛编》,第1册,第117页。

史·乐志四》载徽宗诏书云：

> 礼乐之兴，百年于此。然去圣愈远，遗声弗存。乃者，得隐逸之士于草茅之贱，获《英》《茎》之器于受命之邦。适时之宜，以身为度，铸鼎以起律，因律以制器，按协于庭，八音克谐。昔尧有《大章》，舜有《大韶》，三代之王亦各异名。今追千载而成一代之制，宜赐新乐之名曰《大晟》，朕将荐郊庙、享鬼神、和万邦，与天下共之。①

此诏有几层含义：首先，所谓"礼乐之兴，百年于此"，乃指"自建隆迄崇宁"一百余年间"凡六改作"的宋乐，至徽宗崇宁四年（1105）方得以告成，其"集大成"功绩不言而喻；其次，"以身为度，铸鼎以起律，因律以制器"，则刻意指明了它的"指律"特征和"鼎乐"性质，乃不同于北宋诸儒的"黍律"，可追配千载前尧舜且有"指律神授"意味的"一代之制"；再次，所谓"朕将荐郊庙、享鬼神、和万邦"，则表明它是一种"复古气味浓重"的宫廷雅乐，自然应当承担仪式音乐的诸种神圣职责。

从官制史的角度看，此时的大晟府与教坊为并列机构，前者统管雅乐，后者则仍为燕乐。《宋会要辑稿·职官》二二之二五："国朝礼乐掌于奉常。崇宁初，置局议大乐。乐成，置府建官以司之，礼乐始分为二。府在宣德门外天街之东，隶礼部。序列与寺监同，在太常寺之次。"②对大晟府统管雅乐的职能阐述甚详，大晟府管乐，太常寺管礼，礼、乐自此始分为二。在隶属关系方面，大晟府"隶礼部"，而教坊仍隶太常寺，二者互不统属。

---

① 脱脱等《宋史》卷一二九《乐志四》，第 9 册，第 3001—3002 页。
② 徐松辑《宋会要辑稿·职官》二二之二五《大晟府》，第 3 册，第 2872 页。

一、刘诜"补徵调"入燕乐的乐理完成

随着大晟乐的不断推广,特别是大观元年(1107)初,刘诜任大晟府典乐并提出"补徵调"后,大晟府雅乐的性质开始发生变化。《宋史·刘诜传》:

> (刘)诜通音律……故委以乐事。又言:"《周官·大司乐》禁淫声、慢声,盖孔子所谓'放郑声'者。今燕乐之音,失于高急,曲调之词,至于鄙俚,恐不足以召和气。宋,火德也,音尚徵,徵调不可阙。臣按古制,旋十二宫以七声,得正徵一调,惟陛下财取。"徽宗曰:"卿言是也,五声阙一不可。《徵招》《角招》为'君臣相说之乐',此朕所欲闻而无言者。卿宜为朕典司之。"①

按:"徵调"本属雅乐,宋仁宗皇祐年间(1049—1053)已有议补者,崇宁年间(1102—1106)议补"徵调"的呼声更高。可考的就有彭几、李复等人。史载:

> 初,进士彭几进《乐书》,论五音,言:"本朝以火德王,而羽音不禁,徵调尚阙。"礼部员外郎吴时善其说,建言乞召几至乐府,朝廷从之。②
>
> (大观二年三月三十日)先是,进士彭几进《乐书》,论五音云:"本朝以火德王,而羽音不禁,徵调尚阙。"时礼部员外郎吴时善其说,建言乞召几至乐府,朝廷从之。③

---

① 脱脱等《宋史》卷四四四《刘诜传》,第 37 册,第 13124 页。
② 脱脱等《宋史》卷一二九《乐志四》,第 9 册,第 3002 页。
③ 徐松辑《宋会要辑稿·乐》五之二〇,第 1 册,第 342 页。

　　臣闻治定制礼,功成作乐。……朝廷昔尝定乐矣,陛下以为未尽美善,亦不能形容祖宗之功业。而又本朝运膺火德,独徵音未明,此固当重为考定也。……徵音火,南方之音也。火性炎上,音当象之,乃欲就其下而抑之,恐非也。臣愿诏天下广求天性自能知音者,敦遣令赴议乐所,多方以试之,是诚不谬,共为讲论,庶几其可矣!①

　　据考,彭几进《乐书》议补"徵调",在崇宁年间(1102—1106)②。李复《议乐》"又本朝运膺火德,独徵音未明,此固当重为考定也。……徵音火,南方之音也"云云,《历代名臣奏议》卷一二八载"徽宗时李复上《议乐疏》"③,可见李复议补"徵调",亦在崇宁年间(1102—1106)。此时的"徵调"尚属雅乐,为宋朝历代"大乐"所缺。《避暑录话》卷上:"崇宁初,大乐阙徵调,有献议请补者。"④《拙轩词话》:"崇宁中,大乐阙徵调,议者请补之。"⑤所谓"大乐",即雅乐的别名。《文献通考·经籍考十三》:

　　石林叶氏曰:元(皇)祐中,昭陵命胡瑗、阮逸更造新乐。将成,宋景文得蜀人房庶所作《乐书补亡》三卷,上之以为知乐。庶自言:"尝得古文《汉书·律历志》……所谓一为一分者,黄钟九十分之一,而非一黍之一也。"又言:"乐有五音,今无正徵音。国

① 李复《潏水集》卷一《议乐》,文渊阁《四库全书》,第 1121 册,第 3—4 页。
② 张春义《大晟府及其乐词通考》,第 148—149 页,第 387 页。
③ 杨士奇等《历代名臣奏议》卷一二八《礼乐(统言乐)》,文渊阁《四库全书》,第 436 册,第 572—573 页。
④ 叶梦得《避暑录话》卷上,《全宋笔记》,大象出版社 2013 年版,第 2 编,第 10 册,第 256 页。
⑤ 张侃《拙轩词话》,《词话丛编》,第 1 册,第 190 页。

家以火德王,而亡本音,尤非是。"范景仁(镇)力主其说,时方用累黍尺,故庶但报闻罢。崇宁中,更定大晟乐,始申景仁(范镇)之说,而增徵音。①

可见"大乐阙徵调",宋仁宗皇祐年间(1049—1053)即有房庶提出增补者,范镇力主其说,因其时胡瑗、阮逸制乐已定而房庶报罢。崇宁年间(1102—1106)彭几、李复等人议补"徵调",不过是重申房庶之说而已。

在议补"徵调"并以之入燕乐的音乐更制中,起关键作用的是时任大晟府典乐的刘诜。原属雅乐范畴的"徵调",在刘诜任典乐并主持大晟府日常工作时,被直接补入燕乐,其中明确提出"补徵调"入燕乐的即为刘诜,已见上文所引《宋史·刘诜传》。

史籍对刘诜主持下补"徵调"入燕乐的记载颇为详实。《宋史·乐志四》:

> 大观二年,诏曰:"自唐以来,正声全失,无徵、角之音,五声不备,岂足以道和而化俗哉?刘诜所上徵声,可令大晟府同教坊依谱按习,仍增徵、角二谱,候习熟来上。"初,进士彭几进《乐书》……至是,诜亦上徵声,乃降是诏。②

《宋会要辑稿·乐》五之二〇:

> (大观)二年三月三十日,诏:"乐久不作,自唐以来正声全失,世无徵、角之音,五声不备,岂足以适(导)和而化俗哉?刘诜

① 马端临《文献通考》卷一八六《经籍考十三》,第1592页。
② 脱脱等《宋史》卷一二九《乐志四》,第9册,第3002页。

所上徵声,可令大晟府同教坊依谱按习,仍增徵、角二谱,候习熟
取旨进呈。"先是,进士彭几进《乐书》……至是,诜亦上徵声。①

《玉海》卷一〇五:

> 刘诜亦上徵声。大观二年三月三十日,诏:"自唐以来世无
> 徵、角之音,刘诜所上徵声,令大晟府同教坊依谱按习,仍增徵、
> 角二谱。"②

需要说明的是,刘诜所上"徵声",当是取彭几、李复乐议综合而
成,乃为乐律理论,而非曲谱本身。史载"刘诜所上徵声,可令大晟府
同教坊依谱按习",又云"仍增徵、角二谱,候习熟来上",前后矛盾。
《避暑录话》《拙轩词话》亦云徵调曲谱"《黄河清》之类",乃教坊"次
乐工为之",而非刘诜所为。今史籍所见徵调曲谱,均命名为"政和徵、
角二调曲谱"(《宋史·乐志四》)。《宋史·艺文志一》、《玉海》(卷七
及卷二八)均载"徽宗黄钟徵、角调二卷"③,不云刘诜所制。考刘诜大
观四年(1110)二月已离大晟府而担任太常寺少卿修撰《续因革礼》,不
再管理燕乐之事,政和二年(1112)七月已卒④。又大晟燕乐至政和三
年(1113)方告完成(《宋史·乐志四》),时刘诜卒已久,不及见"政和

---

① 徐松辑《宋会要辑稿·乐》五之二〇,第 1 册,第 342 页。
② 王应麟《玉海》卷一〇五,文渊阁《四库全书》,第 945 册,第 778 页。
③ 详见《宋史·艺文志一》(第 15 册,第 5054 页)、《玉海》卷七及卷二八(文渊阁
 《四库全书》,第 943 册,第 198 页,第 691 页)。
④ 考刘诜卒年当在政和二年(1112)七月前。《宋会要辑稿·仪制》一一之一
 三:"太中大夫、太常少卿刘诜,政和二年七月,特赠龙图阁直学士,以尝造燕
 乐故也。"(第 2 册,第 2031 页)知刘诜官终太中大夫、太常寺少卿,又因为其
 "造燕乐"有劳而"特赠龙图阁直学士"。

徵、角二调曲谱"的完工。知刘诜所上"徵声"属乐律理论而非徵调曲谱本身,可以考定。详见《大晟府及其乐词通考》①,兹不赘述。

二、大晟府与教坊合作创作"徵调"曲谱

今按史籍所载"刘诜所上徵声,可令大晟府同教坊依谱按习,仍增徵、角二谱,候习熟来上"云云,其中蕴含着两条重要的信息,颇值得注意:

第一,据考,"刘诜所上徵声"乃为乐律理论,"可令大晟府同教坊依谱按习"之"谱"疑非指"曲谱"而言,或许属于"乐图"、"乐律图谱"一类的理论文字;而由大晟府同教坊合作,共同创制大晟燕乐"徵调"曲谱。这一推测亦有史料可为佐证。《避暑录话》卷上:

> 崇宁初,大乐阙徵调,有献议请补者,并以命教坊燕乐同为之。大使丁仙现云:"音已久亡,非乐工所能为,不可以意妄增,徒为后人笑。"蔡鲁公亦不喜。蹇授之尝语予云:见元长屡使度曲,皆辞不能。遂使以次乐工为之。逾旬,献数曲,即今《黄河清》之类。而终声不谐,末音寄杀他调。鲁公本不通声律,但果于必为。大喜,亟召众工,按试尚书省庭,使仙现在旁听之。乐阕,有得色。问仙现:"何如?"仙现徐前,环顾坐中曰:"曲甚好,只是落韵。"坐客不觉失笑。②

又,《拙轩词话》:

> 崇宁中,大乐阙徵调,议者请补之。丁仙现曰:"音久亡,非

---

① 详见张春义《大晟府及其乐词通考》,第148—151页,第378—380页。
② 叶梦得《避暑录话》卷上,《全宋笔记》,第2编,第10册,第256页。

乐工所能为,不可以妄意增。"蔡鲁公使次乐工为之,末音寄杀他
调。召众工按试尚书省庭,仙现曰:"曲甚好,只是落韵。"①

上述"并以命教坊燕乐同为之"、"使以次乐工为之"云云,明确
说到是大晟府与教坊燕乐"同为之",即朝廷以行政命令的方式,令大
晟府与教坊合作共同创制大晟燕乐。据此可知,作为大晟府典乐的
刘诜当为"补徵调"入燕乐工作的主持者,而参与工作的教坊乐工是
实质的创制者。尽管教坊大使丁仙现没有参与,但教坊"次乐工"
(或许是教坊副使、教坊部头、色长之类)均参与其中。

第二,"仍增徵、角二谱,候习熟来上"云云,则明确说到是由大晟
府与教坊共同增补"徵、角二调"曲谱,直到增补曲谱完善、肄习成熟
无误方才进呈上奏。

据考,自大观二年(1108)三月三十日诏"补徵调"到政和三年
(1113)五月大晟府"徵、角二调"曲谱出炉,前后五年多的增补工作
方告一段落。此期间主持大晟燕乐创制的人员颇有更动。沈与求
《朝请大夫盛公行状》:

> 政和二年……方朝廷考正徵、角二声为燕乐,以厘革郑、卫
> 淫哇之习。公上所著《乐书》数万言,论辨古乐,所以析用中、正
> 之法甚悉。上嘉用之。改仪曹,兼大晟府制造官。三年……九
> 月,燕乐成,上命辅臣覆视,唯公所制精妙一时,特恩迁朝奉大
> 夫。逾月,赐服三品,皆异数也。②

按:"方朝廷考正徵、角二声为燕乐",即指大晟府与教坊合作增

---

① 张侃《拙轩词话》,《词话丛编》,第1册,第190页。
② 沈与求《龟溪集》卷一二,文渊阁《四库全书》,第1133册,第246—247页。

徵、角二谱事。其时刘诜已卒（详上），朝廷遂以盛允升负责大晟新燕乐具体的制造工作。盛允升的官职是"仪曹，兼大晟府制造官"，其"上所著《乐书》数万言，论辨古乐，所以析用中、正之法甚悉"，当为乐律理论而非曲谱本身，创制"徵、角二调"曲谱工作的实质人员仍为教坊乐工。这一点无须再论。

"补徵调"入燕乐的工作进行得很快。政和三年（1113）五月，大晟新燕乐创制成功。据《宋史·乐志四》：

> （政和三年）五月，帝御崇政殿，亲按宴乐，召侍从以上侍立。诏曰："《大晟之乐》已荐之郊庙，而未施于宴飨。比诏有司，以《大晟乐》播之教坊，试于殿庭，五声既具，无淟瀳焦急之声，嘉与天下共之，可以所进乐颁之天下，其旧乐悉禁。"于是令尚书省立法，新徵、角二调曲谱已经按试者，并令大晟府刊行，后续有谱，依此。其宫、商、羽调曲谱自从旧，新乐器五声、八音方全。埙、篪、匏笙、石磬之类已经按试者，大晟府画图疏说颁行，教坊、钧容直、开封府各颁降二副。开封府用所颁乐器，明示依式造粥，教坊、钧容直及中外不得违。今辄高下其声，或别为他声，或移改增损乐器，旧来淫哇之声，如打断、哨笛、呀鼓、十般舞、小鼓腔、小笛之类与其曲名，悉行禁止，违者与听者悉坐罪。①

《宋大诏令集》卷一四九《行大晟新乐御笔手诏（政和三年五月三十日）》②所载略同。关于"新徵、角二调曲谱"的音乐特征，其他史料亦有记载。《铁围山丛谈》卷二："及政和间作燕乐，求徵、角调二均韵，亦不可得。有独以黄钟宫调均韵中为曲，而但以林钟律卒

---

① 脱脱等《宋史》卷一二九《乐志四》，第 9 册，第 3017—3018 页。
② 无名氏《宋大诏令集》卷一四九，中华书局 1962 年校勘本，第 551—552 页。

之。是黄钟视林钟为徵,虽号徵调,然自是黄钟宫之均韵,非犹有黄钟以林钟为徵之均韵也。"①姜夔《徵招》序:"《徵招》、《角招》者,政和间大晟府尝制数十曲,音节驳矣。……故大晟府徵调兼母声,一句似黄钟均,一句似林钟均,所以当时有'落韵'之语。"②知徵、角二调曲谱虽有"落韵"的特征,但"其曲谱颇和美"③、"音调极韶美"④。

由大晟府与教坊共同合作创制大晟燕乐完工之后,主要官员都得到了嘉奖。《宋会要辑稿·乐》三之二七载"新燕乐进讫"后转官的名单:

> (政和三年)六月二十八日,中书省言:"大晟府新燕乐进讫。"诏:"提举官刘炳(按即刘昺)特转两官,内一官转行,一官回授有服亲属;杨戬落通仕大夫,除正任观察留后;黄冕阶官上转一官;马贲等五人各转行前官;王昭等三人各转一官,减一年磨勘;张苑转一官。"⑤

"转官"名单中,刘昺为"大晟府提举官",杨戬为"大晟府同提举官",马贲为"大晟府大司乐",均为大晟府"长贰"。其中没有刘诜、盛允升,也没有教坊乐工的名字。前者尚有特殊原因未能上榜,后者则因身份卑微,没有上榜的资格,或许有银绢之类的物质赏赐,亦未见有史料记载。因而大晟燕乐创制的全部功劳,亦为大晟府独家包

---

① 蔡絛撰,冯惠民、沈锡麟点校《铁围山丛谈》卷二,中华书局1983年版,第23—24页。
② 唐圭璋编《全宋词》,第3册,第2183页。
③ 脱脱等《宋史》卷一二九《乐志四》,第9册,第3026页。
④ 蔡絛撰,冯惠民、沈锡麟点校《铁围山丛谈》卷二,第28页。
⑤ 徐松辑《宋会要辑稿·乐》三之二七,第1册,第320页。

揽,而实质从事创制工作的教坊,则完全被各种史料所冷落或遗忘,以至于湮没无闻了。

第四节　以"大晟律"改造教坊乐——教坊词乐与宫廷雅乐的合流

如果说,"以《大晟乐》播之教坊",还属于大晟燕乐创制层面的话,那么,"以大晟府十有二月所定声律,令教坊阅习",则属于教坊词乐与宫廷雅乐合流之纵深层面。这里涉及两个方面的问题:其一,大晟燕乐"拨归教坊"——教坊与大晟府的合并;其二,以大晟律"阅习"教坊乐——教坊词乐与宫廷雅乐的合流。以下分而论之。

一、"以雅乐中声播于燕乐"——教坊词乐与宫廷雅乐"调"和"器"的统一

教坊词乐与宫廷雅乐之合流,其实包含着两个阶段。在大晟燕乐的创制阶段,也就是教坊同大晟府合作,而教坊尚未隶属大晟府的阶段,教坊词乐与宫廷雅乐之合流主要体现在"调"和"器"的统一;在大晟燕乐的颁行阶段,也就是教坊隶属大晟府的阶段,教坊词乐与宫廷雅乐之合流主要体现在"律"的统一。

在大晟燕乐的创制阶段,也就是教坊同大晟府合作而教坊尚未隶属大晟府的阶段,教坊词乐与宫廷雅乐就开始合流,它的一个重要表征是"调"和"器"的统一。《宋史·乐志四》:

> (政和三年)八月,大晟府奏:"以雅乐中声播于宴乐,旧阙徵、角二调,及无土、石、匏三音,今乐并已增入。"诏颁降天下。①

---

① 脱脱等《宋史》卷一二九《乐志四》,第 9 册,第 3018 页。

《宋会要辑稿·乐》三之二六：

> （政和三年八月）二十三日，大晟府奏："以雅乐中声播于燕乐，旧阙徵、角二调，及无土、石、匏三首（音），今乐并已增入。崇政殿按试，八音克谐。"诏颁降天下。①

《宋史全文》卷一四：

> （政和三年）八月辛未，太师、楚国公蔡京等言："伏睹大晟府以雅乐中声播于燕乐，旧阙徵、角二调，及无土、石、匏三音。今乐并已增入，五声、八音于是始备。按试克谐，颁降天下。"上《表》称贺。②

这段史料在记时方面采用"联书体"，而在内容方面，则包含了两个重要信息：

第一，"乐调"的填补。大晟燕乐以"徵、角二调"为标志，上述"旧阙徵、角二调"云云，则体现了大晟燕乐对旧燕乐"乐调"的填补。其他史料亦有佐证。《宋史·刘诜传》载刘诜言"今燕乐之音失于高急，曲调之词至于鄙俚"，又载徽宗言"《徵招》、《角招》为君臣相说之乐……卿宜为朕典司之"③，则刘诜所造《徵招》、《角招》即为大晟燕乐（主要为乐律理论，并非曲谱本身，见上文所述）。史载政和二年（1112）七月，刘诜特赠龙图阁直学士，"以尝造燕乐故也"④。即指

---

① 徐松辑《宋会要辑稿·乐》三之二六，第 1 册，第 320—321 页。
② 无名氏《宋史全文》卷一四，文渊阁《四库全书》，第 330 册，第 544 页。
③ 脱脱等《宋史》卷四四四《刘诜传》，第 37 册，第 13124 页。
④ 徐松辑《宋会要辑稿·仪制》一一之一三，第 2 册，第 2031 页。

《徵招》《角招》而言。又史籍亦有明指"徵、角二调"为大晟燕乐者。《皇朝编年纲目备要》卷二八："（政和三年）秋七月，颁新燕乐。此乐乃古徵、角招，君臣相悦之乐也。"①《宋大事记讲义》卷二二"小人窃复古之名"条："崇宁四年，作大晟乐。旧制礼乐掌乎奉常，至是置大司乐、典乐，礼乐始分而为二。……（政和）三年……颂（颁）新燕乐，乃古《徵招》《角招》，君臣相悦之乐。……人非复古之人，治非复古之治，徒以窃虚名，饰美观耳。"②"徵、角二调"曲谱的创制是教坊同大晟府合作的成果，这一点已见上论。

按：宋代雅、俗乐并缺"徵调"。《避暑录话》卷上："大乐阙徵调。"③《拙轩词话》："大乐阙徵调。"④《朱子语类》卷九二："问：温公论本朝乐无徵音，如何？曰：其中不能无徵音，只是无徵调。""俗乐中无徵声，盖没安排处。"⑤宋仁宗皇祐年间（1049—1053）即有房庶提出增补，但直到宋徽宗大观元年（1107）初，才由刘诜提出"补徵调"的具体意见；大观二年（1108）三月到政和三年（1113）五月，经过教坊与大晟府长达五年的合作，原属雅乐范畴的"徵调"，被直接补入燕乐（详上）。因此，大晟燕乐不同于以往燕乐的地方，就在于"以雅乐中声播于燕乐"（《宋会要·乐》三之二七），其中一个重要表征就是"乐调"的填补。

第二，"乐器"的填补。上述"及无土、石、匏三音"云云，则体现了大晟燕乐对旧燕乐"乐器"的填补。《避暑录话》卷下："大乐旧无

① 陈均《皇朝编年纲目备要》卷二八，中华书局2006年版，第709页。
② 吕中《类编皇朝大事记讲义》卷二二"小人窃复古之名"条，上海人民出版社2014年版，第373页。
③ 叶梦得《避暑录话》卷上，《全宋笔记》，第2编，第10册，第256页。
④ 张侃《拙轩词话》，《词话丛编》，第1册，第190页。
⑤ 黎靖德编，王星贤点校《朱子语类》卷九二，中华书局1994年版，第6册，第2345页。

匏、土二音,笙竽但如今世俗所用笙,以木刻其本而不用匏,埙亦木为之,是八音而为木者三也。元丰末,范蜀公献《乐书》以为言,而未及行。至崇宁,更定大乐,始具之。旧又无籈,至是亦备,虽燕乐皆行用。"①《铁围山丛谈》卷二:"八音谓金、石、土、革、丝、木、匏、竹。土则陶也。后世率不能令其克谐,至政和诏加讨论焉,乃作《徵招》、《角招》而补八音所阙者,曰石、曰陶、曰匏三焉。匏则加匏而为笙,陶乃埙也。遂埙、籈皆入用,而石则以玉或石为响,配故铁方响。普奏之,亦甚韶美。谓之燕乐部八音,盖自政和始。"②据考,大晟燕乐共有铁方响(金部)、石磬、石(或玉)方响(石部)、埙(土部)、大鼓、杖鼓、羯鼓(革部)、琵琶、箜篌、五弦、双弦、筝(丝部)、拍板(木部)、匏笙(匏部)、觱篥、笛、箫、籈(竹部)等18种乐器,全部模仿"雅乐部八音"而成,故又被称为"燕乐部八音";除"以雅乐中声"改造旧有燕乐乐器外,大晟燕乐还多出"埙"、"石磬"、"匏笙"、"籈"等4种雅乐乐器③。这些乐器的制造当在崇宁年间(1102—1106)即已开始,但施之燕乐却是在政和三年(1113)。《宋会要辑稿·乐》三之二七:"(政和三年)七月十三日,开封府尹王诏奏:'伏蒙颁降到新乐二副,臣今教习到本府衙前乐埙、籈、匏笙、石磬之类,于大晟府按试,并已精熟。'"④《皇朝编年纲目备要》卷二八:"(政和三年秋七月)先是,并制匏笙、埙、籈,八声始备。诏颁焉。"⑤大晟燕乐填补了以往大乐缺少"匏、土二音"的空白,增加了一些原属雅乐范畴的新式乐器。故大晟燕乐也"八音"齐备,与旧燕乐完全不同。

综上所述,大晟燕乐的创制是以大晟府同教坊紧密合作为基础

---

① 叶梦得《避暑录话》卷下,《全宋笔记》,第 2 编,第 10 册,第 302—303 页。

② 蔡絛撰,冯惠民、沈锡麟点校《铁围山丛谈》卷二,第 24 页。

③ 张春义《大晟府及其乐词通考》,第 135—139 页。

④ 徐松辑《宋会要辑稿·乐》三之二七,第 1 册,第 320 页。

⑤ 陈均《皇朝编年纲目备要》卷二八,中华书局 2006 年版,第 709 页。

的,具有雅、俗乐开始"合流"的音乐特征。不同于以往燕乐之处,大晟燕乐的创制是以徽宗"指律"为尺度,"以《大晟乐》播之教坊"并"依谱按习"为制作原则的。它的制作不是像唐代燕乐以"道调、法曲与胡部新声合作"(《新唐书·礼乐志十二》)①、"唐律无雅俗之分"②的充分融合,而是以极度强势的"指律"干预、改造旧行燕乐,是以"雅律"强行统一"俗律"的方式进行的。其曲谱以"徵、角二调"为标志,其乐器则填补了"匏、土二音",其形态则雅、俗合一,是一种充分雅乐化并体现官方意识形态的新燕乐体系。

二、大晟燕乐"拨归教坊"——教坊与大晟府的合并

随着大晟新燕乐的创制成功,原先分属不同机构的教坊(隶太常寺)与大晟府(隶礼部),也因为大观二年(1108)三月到政和三年(1113)五月长达五年的合作,而被提升到机构合并的层面上来。

按教坊自北宋初原隶宣徽院,迄元丰五年(1082)官制行乃隶属太常寺(《宋史·乐志十七》)。关于教坊隶属大晟府的时间,学界多有不同意见。一些较权威的工具书(如《中国音乐词典》、《宋代官制辞典》)均言教坊崇宁四年(1105)隶大晟府③。《宋代官制辞典》:"教坊……崇宁四年隶大晟府(《宋史·乐志》17、《宋会要辑稿·职官》22之25)。"④云据《宋史·乐志十七》及《宋会要辑稿·职官》二二之二五。今检原文如下:

　　(政和三年)八月,尚书省言:"大晟府宴乐已拨归教坊,所

---

① 欧阳修等《新唐书》卷二二《礼乐志十二》,第2册,第476页。
② 陈克秀《唐俗乐调与随月用律》,《中国音乐学(季刊)》2002年第3期。
③ 详见《中国音乐词典》(第378页)、《宋代官制辞典》(中华书局1997年版,第279页)。
④ 龚延明《宋代官制辞典》,第279页。

有诸府从来习学之人,元降指挥,令就大晟府教习,今当并就教
坊习学。"从之。①

    国朝礼乐掌于奉常。崇宁初,置局议大乐。乐成,置府建
官以司之,礼乐始分为二。府在宣德门外天街之东,隶礼部。
序列与寺监同,在太常寺之次。……其所辖则钤辖教坊所及
教坊。②

细考《宋会要辑稿·职官》二二之二五原文,虽提及"其所辖则
钤辖教坊所及教坊",但属"联书体",并未指明教坊隶大晟府的准确
时间。《宋史·乐志十七》所载政和三年(1113)八月"大晟府宴乐已
拨归教坊"云云,则已证明隶大晟府的时间并非"崇宁四年"。

如上所述,崇宁四年(1105)九月大晟府设立伊始,其机构职能只
统管雅乐而与燕乐无关,其时燕乐仍为教坊管辖。从职官系统方面
看,教坊隶太常寺而大晟府隶礼部,两者机构归属完全不同,而音乐
性质也有雅、俗之别,属二水分流,互不统属。有史料可以印证。《宋
史·乐志四》:

    (大观)二年诏曰:"……刘诜所上徵声,可令大晟府同教坊
依谱按习,仍增徵、角二谱,候习熟来上。"③

    (政和三年五月)新乐器……已经按试者,大晟府画图疏说
颁行。教坊、钧容直、开封府各颁降二副。开封府……明示依式
造粥,教坊、钧容直及中外不得违。④

---

① 脱脱等《宋史》卷一四二《乐志十七》,第 10 册,第 3359 页。
② 徐松辑《宋会要辑稿·职官》二二之二五《大晟府》,第 3 册,第 2872 页。
③ 脱脱等《宋史》卷一二九《乐志四》,第 9 册,第 3002 页。
④ 脱脱等《宋史》卷一二九《乐志四》,第 9 册,第 3018 页。

以上亦见《宋会要辑稿·乐》五之二〇及三之二六、二七,《玉海》卷
一〇五,《文献通考·乐考三》。可见直到大观二年(1108)三月至政
和三年(1113)五月,教坊仍不属大晟府管辖。如果其时教坊隶属大
晟府,则不必特别申明"可令大晟府同教坊依谱按习"或"大晟府画
图疏说颁行。教坊、钧容直、开封府各颁降二副",知政和三年
(1113)五月教坊与大晟府仍为两个互不统属的机构。

今据相关史料,考得教坊隶属大晟府的时间乃在政和三年(1113)
八月。《宋会要辑稿·乐》五之三六:

> (政和三年)八月,尚书省言:"大晟府宴乐已拨归教坊,所
> 有诸府从来习学之人,元降指挥令就大晟府教习,今当并就教坊
> 习学。"从之。①

《宋会要辑稿·乐》三之二七:

> (大观二年)八月九日,尚书省言:"大晟府燕乐已拨归教
> 坊,所有诸路从来习学之人,元降指挥令就大晟府教习,今当并
> 就教坊习学。"②

《文献通考·乐考十九》:

> 政和三年,诏以大晟乐播之教坊,颁行天下。尚书省言:"大
> 晟燕乐已拨归教坊,所有习学之人,元隶大晟府教习,今当并令

---

① 徐松辑《宋会要辑稿·乐》五之三六,第1册,第350页。
② 徐松辑《宋会要辑稿·乐》三之二七,第1册,第320页。

就教坊习学。"从之。①

此三条资料已见于《宋史·乐志十七》。不过,《宋会要辑稿·乐》三之二七系于"大观二年八月九日",乃属错简,当为"政和三年八月九日"之误②。

　　按:"大晟燕乐已拨归教坊"云云,明确表明大晟燕乐归教坊管辖,而"元降指挥令就大晟府教习,今当并就教坊习学"云云,则表明原先统管雅乐的大晟府此时已与分管燕乐的教坊合并为一,故肄习大晟燕乐者可一并就教坊习学。据此可断定,教坊隶属大晟府当在政和三年(1113)八月九日前后。

　　关于教坊隶属大晟府的准确时间,也可从用"律"与"制谱"两个方面加以考察。按崇宁四年(1105)八月至政和四年(1114)正月,大晟府"置府建官"已近十年,而教坊尚未用"大晟律"③;只是在教坊隶大晟府四个多月后,礼部方将教坊袭用原"律"的情况加以纠正,故有以大晟律改造教坊声律事。又史载:"政和初,命大晟府改用大晟律,其声下唐乐已两律。……至于《徵招》、《角招》……其曲谱颇和美,故一时盛行于天下,然教坊乐工嫉之如仇。其后,蔡攸复与教坊用事乐工附会,又上唐谱徵、角二声,遂再命教坊制曲谱。"④因政和初(1111)教坊尚不隶属大晟府,故大晟府"以雅乐中声播于宴乐",教坊乐工"嫉之如仇"。但等到政和七年(1117)三月后蔡攸提举大晟府时,"教坊用事乐工"非但不加反对,反而与蔡攸一起"附会"上《唐

①　马端临《文献通考》卷一四六《乐考十九》,第 1285 页。

②　详见张春义《大晟府及其乐词通考》,第 38—42 页。

③　未有"大晟律"之前,教坊、钧容直及天下州县各自用"律"(《宋史·律历志四》,第 5 册,第 1612 页)。

④　脱脱等《宋史》卷一二九《乐志四》,第 9 册,第 3026 页。

谱徵、角二声》并制曲谱。因此时教坊隶属大晟府已达四年之久，无需对越出教坊"旧行一十七调"的《徵招》《角招》加以排斥。

三、以大晟律"阅习"教坊乐——教坊词乐与宫廷雅乐 "律"的统一

以上所述"以雅乐中声播于燕乐"（教坊词乐与宫廷雅乐"调"和"器"的统一）、大晟燕乐"拨归教坊"（教坊与大晟府的合并），还只是教坊词乐与宫廷雅乐在外在层面的统一，它集中体现在教坊与大晟府"乐调"、"乐器"和机构方面的合一。大晟燕乐的真正成熟表现在内在层面——也就是说，教坊词乐与宫廷雅乐在内涵层面的合流，乃在政和四年（1114）正月以后。前此教坊词乐与宫廷雅乐尚二水分流，虽偶有杂用，然大体各成系统；政和四年（1114）正月以大晟律"阅习"教坊乐，是教坊词乐与宫廷雅乐合流的实质内容，也是大晟乐演变为词乐的关键环节。因此，教坊词乐与宫廷雅乐的完全合流，最主要的是体现在用"律"方面。

"律高"的问题，一直是北宋音乐改制最为纠结的问题之一。北宋雅乐凡六次改作，多以"黍律"为准，或下王朴乐三律，或下二律，或下一律，互相非议，无有一定，直到徽宗朝方士魏汉津假借"帝指"以塞群儒之口，"律高"之争方才告一段落。其实，燕乐领域的"律高"不一也是客观存在的。据《宋史·律历志四》，皇祐间房庶言："今太常、教坊、钧容及天下州县，各自为律，非《书》同律之义。"[1]《宋史·乐志十七》："熙宁九年，教坊副使花日新言：'乐声高，歌者难继。方响部器不中度，丝竹从之。宜去噍杀之急，归啴缓之易。请下一律，改造方响，以为乐准。丝竹悉从其声，则音律谐协，以导中和之气。'诏从之。十一月，奏新乐于化成殿。帝谕近臣曰：'乐声第降一律，已

---

[1] 脱脱等《宋史》卷七一《律历志四》，第 5 册，第 1612 页。

得宽和之节矣。'增赐方响为架三十,命太常下法驾卤部乐一律,如教坊云。"①其中熙宁九年(1076)教坊副使花日新对宋代教坊律高标准的校正,对北宋后期的教坊乐产生了重大的影响②。但是,随着"以《大晟乐》播之教坊"的燕乐改制的进一步深入,"律高"不一的问题又出现在大晟府乐官面前。

上述"新乐器五声、八音方全……大晟府画图疏说颁行,教坊、钧容直、开封府各颁降二副。开封府用所颁乐器,明示依式造粥,教坊、钧容直及中外不得违。今辄高下其声,或别为他声,或移改增损乐器……悉行禁止,违者与听者,悉坐罪"(《宋史·乐志四》)云云,还主要是表现在乐器的"律高"方面。在统治者看来,统一乐器的"律高",一纸行政命令便可了事。《宋会要辑稿·乐》三之二六、二七:

　　大观二年八月,新乐成,诏令大晟府置图颁降:
　　一、新乐颁降后,在京限两季,在外限三季,川、广、福建又展一季,其更(旧)乐更不得作。所有旧来乐器不合行用者,如委是前代古器,免申纳外,余并纳所在官司毁讫申礼部,即限满用旧乐并听之者,并徒一年。旧乐器应纳不纳者,依此。
　　一、应教坊、钧镕(容)及中外,不依今乐,辄高下其声,或别为他声,或移改增损乐器者,徒二年。许人告,赏钱一百贯。
　　一、人户有造到新乐器,仰赴州呈验,用所颁乐按协一次,声

---

① 脱脱等《宋史》卷一四二《乐志十七》,第 10 册,第 3358 页。
② 杨荫浏(《中国音乐史纲》,万叶书店 1953 年版,第 181 页)、李幼平(《大晟钟与宋代黄钟标准音高研究》,上海音乐学院出版社 2004 年版)、张国强(《宋代教坊乐制研究》,中国艺术研究院博士学位论文 2004 年油印本,第 45—46页)及田玉琪等(田玉琪、赵树旺《刘几与花日新的郊游——兼论北宋中期教坊乐和雅乐之改革》,《河北大学学报(哲学社会科学版)》2006 年第 3 期)均有详细考证,兹不赘述。

同不异,即听行用。

一、诸路州军习乐人,如愿赴大成(晟)府按协习学,或赍乐器赴府开声,或愿收买者,并听从便。①

按:"大观二年",当为"政和三年"之误。据考,这道诏书颁降的时间在政和三年(1113)八月二十三日②。看来这道统一乐器"律高"的诏书还没有完全解决问题,政和三年(1113)九月又严格申令大晟燕乐乐器必须镌刻"大晟新律"字样。《宋会要辑稿·乐》三之二八:

(政和三年)九月九日,提举大晟府言:"诸州差到买新燕乐人,例多村野,其卖乐人并各将旧格材,管作令(今)来新格乐器出卖。乞令卖乐器人并于乐器上各镌'大晟新律某人造',如敢伪冒,立罪赏,许人告。"从之。③

据此可知,在推行大晟燕乐乐器的过程中,统治者不惜以法律的强制手段严格统一"律高",并限定岁月。所谓"在京限两季,在外限三季,川、广、福建又展一季",说明在一年之后,也就是政和四年(1114)八月后,全国各地基本上都在使用镌刻"大晟新律"字样的燕乐乐器。

如上所述,乐器"律高"的统一,一纸或两纸行政命令足可了事。但在"曲谱"的改制方面,问题则更要复杂得多。以往学界多以"徵、角二调"为大晟燕乐曲谱之全部,并非完全准确。其实,在教坊隶属大晟府之后,大晟府"燕乐所"与教坊一起,还在从事燕乐曲谱的改制

---

① 徐松辑《宋会要辑稿·乐》三之二六、二七,第 1 册,第 320 页。
② 详见张春义《大晟府及其乐词通考》,第 535—537 页。
③ 徐松辑《宋会要辑稿·乐》三之二八,第 1 册,第 321 页。

工作。不过,不再是从事"徵、角二调"曲谱的创制,而是对"自从旧"的宫、商、羽调曲谱进行新的改制,以使宫、商、羽调旧行曲谱纳入大晟燕乐的范畴。《宋会要辑稿·乐》四之一:

> (政和八年)九月二十日,宣和殿大学士、上清宝箓宫使兼神霄玉清万寿宫副使兼侍读编修蔡攸言:"昨承诏教坊、均(钧)容、衙前及天下州县燕乐旧行一十七调大小曲谱,声韵各有不同。令编修《燕乐》书所审按校定,依月律次序添入新补撰诸调曲谱,令有司颁降。今撰均度,正其过差,合于正声,悉皆谐协。时燕乐一十七调看详到大小曲三百二十三首,各依月律次序,谨以进呈,如得允当,欲望大晟府镂板颁行。"从之。①

所谓"昨承……依月律次序添入新补撰诸调曲谱,令有司颁降",乃指政和四年(1114)正月后大晟府依"月律"次序改定燕乐之事,这次"改定"工作约于政和六年(1116)十月前完成(《宋会要辑稿·礼》六二之五二,《玉海》卷一〇五,《宋史·乐志四》),并有曲谱"令有司颁降"。又所谓"今撰均度……时燕乐一十七调看详到大小曲三百二十三首,各依月律次序,谨以进呈,如得允当,欲望大晟府镂板颁行",乃指政和六年(1116)十月后大晟府以"今撰均度"依"月律"次序改定燕乐之事,这次"改定"工作约于政和八年(1118)九月之前完成,并有"大晟府镂板颁行"燕乐曲谱(《宋史·艺文志一》)。可以说,自政和四年(1114)正月以后至政和八年(1118)九月之前先后两次完成的燕乐曲谱,均为"依月律次序"改定而成。

如果说,"以雅乐中声播于燕乐"集中体现在教坊词乐与宫廷雅乐"调"和"器"的统一,那么,以大晟律"阅习"教坊乐则集中体现在

---

① 徐松辑《宋会要辑稿·乐》四之一,第 1 册,第 322 页。

教坊词乐与宫廷雅乐"律"的统一。乐器"律高"的统一可用行政命令解决,其内涵较为单一;"调"的问题则更为复杂,它不仅是"律高"的问题,还牵涉到"依月用律"的问题。《宋史·乐志四》:"(政和)四年正月,大晟府言:'宴乐诸宫调多不正,如以无射为黄钟宫,以夹钟为中吕宫,以夷则为仙吕宫之类。又加越调、双调、大食、小食,皆俚俗所传。今依月律改定。'诏可。"①《宋史·乐志十七》:"(政和)四年正月,礼部奏:'教坊乐,春或用商声,孟或用季律,甚失四时之序。乞以大晟府十二月所定声律,令教坊阅习,仍令秘书省撰词。'"②《宋会要辑稿·乐》五之三六、三七,《文献通考·乐考十九》略同。以上史料所述"教坊乐春或用商声,孟或用季律",亦即"宴乐诸宫调多不正"。"礼部奏"云云,指"以大晟府十二月所定声律"改定教坊乐;"大晟府言"云云,则为依"月律"改定"宴(燕)乐诸宫调",其实质是以"大晟律"改造教坊乐。改造的方式即是用大晟雅乐理论、黄钟音高、宫调系统、宫调名称以及"依月用律"乐法强行"阅习"教坊乐。可见,政和三年(1113)《大晟乐》播之教坊"之后,特别是政和四年(1114)正月以后除了用大晟"雅乐律"强行统一"教坊乐"("燕乐")之后,大晟府雅俗乐无论是在黄钟音高、宫调系统、宫调名称以及"依月用律"理论方面,都得到了音乐政令及演奏实践上的统一。

需要指出的是,以大晟律"阅习"教坊乐,除标志着教坊词乐与宫廷雅乐"律"的统一之外,还涉及到"依月用律"的乐法问题。"依月用律"本为雅乐理论,其是否适用于大晟燕乐,过去学界曾有争议。今据上述史料,考得所谓"教坊乐春或用商声,孟或用季律,甚失四时之序。乞以大晟府十二月所定声律,令教坊阅习",正指"依月律"改造"教坊乐"("燕乐")而言,其理论依据正好是"依月用律"的雅乐

---

① 脱脱等《宋史》卷一二九《乐志四》,第 9 册,第 3019 页。
② 脱脱等《宋史》卷一四二《乐志十七》,第 10 册,第 3359 页。

理论。又后来"燕乐所"改造教坊等燕乐曲谱,即为"依月律次序添入新补撰诸调曲谱",可确考为以"依月用律"理论编辑教坊等燕乐曲谱集,"正其过差,合于正声",所用正为大晟府"月律"①。

大晟乐改制教坊乐,此后唐宋词乐宫调名称的变化亦颇值得注意。唐宋词人言词乐宫调,有三种说法:一为俗名,二为律名,三为律名与俗名兼用。律名即以十二律名称名宫商角羽者,俗名为长期以来,民间与宫廷约定俗成的非律名称呼。在唐宋词史上,对宫调的称呼明显可以分两个阶段,具体即以徽宗政和四年(1114)为界,政和四年(1114)之前通常皆称俗名,《金奁集》《尊前集》《乐章集》及《宋史·乐志》所载北宋初教坊大曲及太宗"制曲",通常皆用俗名。政和四年(1114)大晟乐改制是一个转折点。此后词人称词乐宫调有时只称律名,有时律名俗名并称,有时还是只称俗名。王灼《碧鸡漫志》为大晟府词乐改制之后作(南宋初作品),其称宫调常常律名、俗名兼有,如:

> 大吕宫俗呼高宫②
> 黄钟羽俗呼般涉调③
> 唐所谓南吕商则今俗呼中管林钟商④
> 夹钟商俗呼双调⑤

---

① 按:大晟府依"月律"改定燕乐的专门机构为"编修《燕乐》书所"(简称"燕乐所"),"燕乐所"依"月律"改定燕乐的直接成果为"《燕乐》三十四册",详见《宋史·艺文志一》、《宋会要辑稿·乐》四之一、《宋会要辑稿·职官》六九之四、《玉海》卷七、卷二八,兹不赘述。
② 王灼《碧鸡漫志》卷三,《词话丛编》,第 1 册,第 99 页。
③ 王灼《碧鸡漫志》卷三,《词话丛编》,第 1 册,第 102 页。
④ 王灼《碧鸡漫志》卷三,《词话丛编》,第 1 册,第 105 页。
⑤ 王灼《碧鸡漫志》卷三,《词话丛编》,第 1 册,第 110 页。

"林钟羽时号平调"今俗呼高平调①

　　王灼以上所言宫调的律名、俗名非常清晰，所用正是大晟府词乐，有的还谈及了与唐代词乐的对应。下面，我们参考刘崇德先生的《燕乐新说》②以大晟府词乐改制为节点，将词乐宫调前后律名与俗名列表如下：

均	改制前	太簇均			夹钟均		仲吕均			林钟均			南吕均			无射均			黄钟均		
	改制后	黄钟均			大吕均		夹钟均			仲吕均			林钟均			夷则均			无射均		
俗名与律名	俗名	正宫	大石调	般涉调	高宫		中吕宫	双调	中吕调	道宫	小石调	平调	南吕宫	歇指调	高平调	仙吕宫	商调	仙吕调	黄钟宫	越调	羽调
	律名	黄钟宫	黄钟商	黄钟羽	大吕宫		夹钟宫	夹钟商	夹钟羽	仲吕宫	仲吕商	仲吕羽	林钟宫	林钟商	林钟羽	夷则宫	夷则商	夷则羽	无射宫	无射商	无射羽

　　从上表中，我们可以清楚地理解王灼在《碧鸡漫志》中所说的律名与俗名，也能清楚地理解其"唐所谓南吕商则今俗呼中管林钟商"的含义（唐南吕商俗名即歇指调，于大晟乐改制后律名为林钟商，王灼加"中管"即所谓俗乎也）。但王灼在《碧鸡漫志》中，还是有将"黄钟宫"和"正宫"混乱的情况。其所用术语何者为改制之前，何者为改制之后，尚需进行具体的考察。

　　综上所述，大晟燕乐的创制是以大晟府同教坊紧密合作为基础的，具有雅、俗乐开始"合流"的音乐特征。不同于以往燕乐之处，大

---

① 王灼《碧鸡漫志》卷三，《词话丛编》，第1册，第116页。按：此条断句当依岳珍《碧鸡漫志校正》，"今俗呼高平调"为王灼之语（人民文学出版社2015年版，第107页）。

② 刘崇德《燕乐新说》（修订本），第243页。

晟燕乐的创制是以徽宗"指律"为尺度,"以《大晟乐》播之教坊"并
"依谱按习"为制作原则的。它的制作不是像唐代燕乐以"道调、法
曲与胡部新声合作"(《新唐书·礼乐志十二》)[1]、"唐律无雅俗之
分"[2]的充分融合,而是以极度强势的"指律"干预、改造旧行燕乐,是
以"雅律"强行统一"俗律"的方式进行的。其曲谱以"徵、角二调"为
标志,其乐器则填补了"匏、土二音",其形态则雅、俗合一,是一种充
分雅乐化并体现官方意识形态的新燕乐体系,对后世产生了很大
影响。

---

① 欧阳修等《新唐书》卷二二《礼乐志十二》,第 2 册,第 476 页。
② 陈克秀《唐俗乐调与随月用律》,《中国音乐学(季刊)》2002 年第 3 期。

第四章　唐宋词重章复沓的文体
结构和音乐结构

关于唐宋词的文体结构,最基本的特点是前后片字数、句法、用韵、字声的完全重复和局部重复,表现在音乐上就是重章复沓的音乐旋律和节奏。南宋词人姜夔有不少自度曲,其中《长亭怨慢》小序说:"予颇喜自制曲。初率意为长短句,然后协以律,故前后阕多不同。"其中所说"多不同",既指文体结构,也指乐体结构,而"多有不同"的反面正是"多相同",也正是姜夔之前词与乐配合的共性所在。今试结合舞谱《掌中要录》、敦煌琵琶谱及《白石道人歌曲》对唐宋词文体结构之具体音乐原因做一些分析。

第一节　唐宋词文体结构的基本形态

从文体的角度看唐宋词体,分片、字数、用韵、句法、字声是基本要素,分片是整体的,统领字数、用韵、句法、字声诸要素。总观唐宋词体,双片结构是一种基本形态,纯单片词调唐五代较多,在两宋创作甚少。而在词体的双片结构当中,前后片相同或局部相同是词体结构的普遍规律,具体表现就是字数、用韵、句法包括字声都是前后一致的。关于词体前后片整体对应这一点,万树在《词律》的订谱过程中多有运用,发明甚多①。

一、唐五代双片令词调的重头、换头

在唐五代词体创作中,双片令词调在初盛唐已有不少,如《菩萨蛮》、《清平乐》、《忆秦娥》、《谒金门》、《献忠心》、《定风波》等。在这些词调中,如《献忠心》、《定风波》等已是前后片重复或主体重复的词体结构。如《献忠心》二首:

> 臣远涉山水,来慕当今。到丹阙,御龙楼。弃毡帐与弓剑,不归边地。学唐化,礼仪同,沐恩深。　　见中华好,与舜日同。垂衣理,教花隆。臣退方无珍宝,愿公千秋住。感皇泽,垂珠泪,献忠心。②

> 暮却多少云水,直至如今。陟历山阻,意难任。早晚得到唐国里,朝圣明主。望丹阙,步步泪,满衣襟。　　生死大唐好,喜难任。齐拍手,奏乡音。各将向本国里,呈歌舞。愿皇寿,千万岁,献忠心。③

任二北《敦煌曲初探》认为"此调创始之早,甚至在武后以后,玄宗以前"④。它们作为词体创作的早期产物,在词体结构上已有明显特点,就是两词上片和下片在字数、句法上是基本相同的。个别不同之处,如第一首上下片一二句分别作"臣远涉山水,来慕当今"、"见中华好,与舜日同",可看作早期词作的衬字添加现象,是词体创作尚不

---

① 万树著《词律》,上海古籍出版社 1984 年版。
② 曾昭岷等编著《全唐五代词》,下册,第 883 页。
③ 曾昭岷等编著《全唐五代词》,下册,第 883 页。
④ 见任中敏著《敦煌曲研究》,第 201 页。

严谨规范的产物①。

如《感皇恩》这样的词调结构,正是后世词体重头结构的先声。所谓重头,就是词调的上下片在字数、句法、用韵上的相同一致②。在唐五代令词调中,如《长相思》、《更漏子》、《虞美人》、《采桑子》、《生查子》、《望江南》、《浣溪沙》、《天仙子》、《竹枝子》等都是上下片相同的重头结构。

所谓换头,即词调上下片相比较,除首句不同,其他均同的词体结构③。不妨看无名氏《定风波》二首:

> 攻书学剑能几何。争如沙塞骋偻㑢。手执六寻枪似铁。明月。龙泉三尺斩新磨。　　堪羡昔时军伍,谩夸儒士德能多。四塞忽闻狼烟起。问儒士。谁人敢去定风波。④
>
> 征后偻㑢未是功,儒士偻㑢转更加。三尺张良非奭弱。谋略。汉兴楚灭本由他。　　项羽翘楚无路,酒后难消一曲歌。霸王虞姬皆自刎。当本。便知儒士定风波。⑤

这两首词与《献忠心》二词作者当为西域人士不同,是中原作者所作,句法、用法、字声都很严谨,仅"攻书学剑"一首下片的"问儒士"多出

---

① 谢桃坊在《唐宋词的定体问题》认为《献忠心》二词"个别句子字数略异,但字声平仄存在规律:应是最早的律词",《文学遗产》2017 年第 3 期。
② 关于重头的说法,于乐谱最早见敦煌琵琶谱。于歌词结构说明则见张邦基《墨庄漫录》所载《桂花明》词调。见施蛰存《词学名词释义》,中华书局 1988 年版。
③ 施蛰存先生《词学名词释义》据《文镜秘府论》"论调声"一章,以为"换头这个名词,起于唐人诗律,大概是相对于八病中的平头而言"。
④ 曾昭岷等编著《全唐五代词》,下册,第 922 页。
⑤ 曾昭岷等编著《全唐五代词》,下册,第 922 页。

一字,当理解为"问"为衬字。我们分别看这两首词的上下片,则仅上下片的首句,即"攻书学剑能几何"、"堪羡昔时军伍"和"征后偻偁未是功"、"项羽翘楚无路"不一样,其他全同。在唐五代词调中,如《清商怨》、《一斛珠》、《望远行》、《乌夜啼》等都是这样的换头结构。

重头、换头不仅是唐五代词调也是两宋新生令词调的主要结构模式,并且这两种结构方式,对两宋慢词调的文体结构也产生了直接影响。

二、两宋双片引近、慢词调的重头、换头及其他结构

相较令词调的结构方式,引近、慢词调的情况比较复杂,主要有下面几种情形:

（一）重头、换头、添头形式

（1）重头、换头并不是小令才有的结构特点,宋词中引近、慢词调皆用。其中上下片完全相同者,亦当称为"重头",如柳永《安公子》,张先《山亭宴慢》、《谢池春慢》等调皆是(举例略)。(2)除第二片首句外,上下片其他句子完全相同,如《下水船》、《小镇西》、《碧牡丹》、《孟家蝉》、《白雪》等调,这种情况可称之为"添头"。我们看黄庭坚词《下水船》(除"真游处"一句外,上下片其他均同,"真游处"即为添头):

> 总领神仙侣。齐到青云岐路。丹禁风微,咫尺谛闻天语。尽荣遇。看即如龙变化,一掷灵梭风雨。　　真游处。上苑寻春去。芳草芊芊迎步。几曲笙歌,樱桃艳里欢聚。瑶觞举。回祝尧龄万万,端的君恩难负。①

---

① 唐圭璋编《全宋词》,第1册,第411页。

"添头"这种情况与换头不同,万树《词律》中未发现,如《词律》卷一一中将晏几道《碧牡丹》词中"事何限"一句就视为换头,显然不妥①。(3)上下片首句不同,其他均同,亦可称换头,如《木兰花慢》、《采桑子慢》、《汉宫春》等调。如柳永《木兰花慢》"拆桐花烂漫"词(除上片的"拆桐花烂漫"和下片的"盈盈。斗草踏青"不同外,其他均同,词略)。

(二)两宋双片慢词调上下片的其他对应方式

除重头、换头、添头结构外,慢词调中还有大量的上下片局部对应的方式。主要有:(1)上下片前半部分不同,后半部分同,如《满江红》、《满庭芳》、《东风第一枝》、《金盏子》等调。(2)上下片前后不同,中间相同,如《齐天乐》、《凤池吟》、《解连环》、《声声慢》、《清风满桂楼》等调。(3)上下片中间不同,首尾相同,如《垂丝钓近》等调。(4)只是结拍相同。

和双片慢词相比,两宋三片慢词的对称结构,主要有两种情况。第一即双拽头,前两片如同重头小令的形式,如《双头莲》、《瑞龙吟》、《秋宵吟》等调。第二种就是前两片为换头,第三片与一、二片不相关,如《塞翁吟》等调。四片慢词的对应结构也比较简单,主要是一二片对应,三四片对应。如《泛青波摘遍》、《莺啼序》等调。其中晏几道《泛青波摘遍》四片,一、二片中除"长安道"一句外,其余全同,属于典型的"添头"形式;三、四片则完全相同,又属于重头形式②。

总的来看,唐宋词双片词调上下片结构较多使用的是重头、换头和添头,双片令词和四片慢词结构比较简单,双片的引近、慢情况相对比较复杂,但基本规律还是相当清晰。了解词调的这种对称结构,

---

① 田玉琪《词调史研究》,第47页。
② 具体请见田玉琪《词调史研究》,第46—50页。

对于研究、欣赏和创作都有重要意义,而就创作而言,唐宋词人正是遵循着词调的这种结构特点,并运用在具体的词调体式规范演进过程中(具体见第五章相关内容)。而这种对称的前后结构,据我们考察,为唐宋百分之八十左右词调所具有,它产生的机制如果不从音乐歌唱的角度考察,不从词乐具体配合的角度观照,便很难说得清楚。

第二节　舞谱《掌中要录》与词调的文体结构

关于唐宋词的音乐文献,中国本土流传下来的太少。而邻国日本留存的唐代音乐文献甚多,其中多有和词乐相关者,亟待整理。今试对日存舞谱《掌中要录》和词调音乐、词体结构关系做一些说明。

《掌中要录》是日本奈良时期雅乐舞蹈表演家狛朝葛所撰的一部以文字记录舞蹈为主的舞谱集,共收录了唐代乐舞三十五首。该书内容主要涉及五个方面,即舞谱的用调、结构、帖数、用拍和舞蹈动作情况。其中舞蹈的运动方向、肢体和指向性的动作详尽地记录了其乐曲舞蹈的表现状态。其结构按序——破——急——乱的顺序,记载了其段落帖数和节拍情况,每一帖中的拍节则用“.”表示。该书是目前发现的第一部以文字记载舞蹈动作的舞谱集。

一、《掌中要录》的曲调及来源

据《乐家录》记载,现传舞谱的记载形式是由日本奈良时期左舞御前表演家狛光时①生前所创,而现今发现的《掌中要录》则是由狛光时的五世孙狛朝葛在公元 1263 年所撰写的唐舞之谱,今《现存日

---

① 安倍季尚《乐家录》卷一六,日本现代思潮新社 1935 年版,第 573 页。《乐家录》载狛光时死于平治元年,享年六十岁,可推出其生于 1099 年。

本唐乐古谱十种》收录①。

《掌中要录》全书由上、下、入绫和秘曲四部分构成,排列顺序按乐曲用调分类,如下表所示:

平调曲	《三台》、《万岁乐》、《裹头乐》、《甘州》、《五常乐》
黄钟调	《喜春乐》、《感城乐》、《央宫乐》
双调	《春庭乐》
太食调	《太平乐》、《打球乐》、《散手》、《倾杯乐》、《贺王恩》
乞食调	《秦王》
般涉调	《苏合》、《万秋乐》、《青海波》、《秋风乐》
入绫	《贺殿》、《三台》、《甘州》、《倾杯乐》、《太平乐》、《苏合》、《承和乐》、《喜春乐》
秘曲	《皇阵乐》、《后帝乐》、《宝寿乐》、《苏合香》、《万秋乐》、《罗龙王》、《罗陵王》

《掌中要录》所载乐曲名二十四个共含舞谱三十五首。其中上下册共十九首、入绫八首、秘曲七首。其中上册中《桃李花》虽有目录,但舞谱已经遗失,《轮台》和《青海波》虽记为两首,但《轮台》部分并未有舞谱记录。

我们依据国内文献和日本文献两个方面选择其中十八个曲名的历史渊源作一扼要考察,主要对其是否源于唐乐做一探讨(曲名的前后顺序按《掌中要录》排序)。

1.《三台》

又称三台盐,《续教训抄》认为"盐"字是"近来绝毕,盐字常不呼

---

① 刘崇德《现存日本唐乐古谱十种》(第六册),黄山书社 2013 年版。

之"①。国内史料关于"三台盐"的内容最早见于宋代王溥所著《唐会
要》卷三三太乐署供奉曲名:"林钟羽,时号平调:《火凤》、《真火凤》、
《急火凤舞》、《媚娘长命》、《西河》、《三台盐》……"②宋代陈旸《乐
书》中也曾提到《三台盐》:"疏勒之乐其器有竖箜篌、琵琶五弦、横
笛、箫觱、篥、答腊鼓、腰鼓、羯鼓、提鼓、鸡娄鼓……解曲有盐
曲……曲调有昔昔盐、三台盐之类。"③认为《三台盐》属疏勒曲调。
唐代段安节《羯鼓录》中载有四首以"盐"结尾的乐曲:《鲍岭盐》、
《要杀盐》、《大秋秋盐》、《突厥盐》,单从名称上看,它们都不像是
中原内陆所作乐曲,尤其是《突厥盐》应属突厥音乐。日本文献对
《三台》之曲的创作主要有四种说法:(1)唐高宗与武则天所作。
载自《教训抄》卷第三④,称《醉乡日月》中载《三台》是武则天所造。
但由于《醉乡日月》全书三十篇现只见十四篇,其余十六篇皆失传,无
法对《教训抄》中之说考证。另,《续教训抄》中也载有武则天作该曲
之事,认为是武则天在尼姑庵中所作⑤。(2)太宗所作。载自《续教
训抄》⑥,《乐家录》中也有相同内容的记载。(3)张文成所作。《教
训抄》与《乐家录》中记载。其内容主要叙述张文成因思慕武则天
之美貌,后作《三台盐》来抒发对其感情。(4)蔡邕所作。载自《大
日本史》:"按事物纪原、蔡邕作此曲。"⑦关于《三台》宫调,《掌中要

---

① 狛朝葛《续教训抄》,日本现代思潮新社 2007 年版,第 2 册,第 62 页。
② 王溥《唐会要》卷三三《雅乐下》,第 617 页。
③ 陈旸《乐书》卷一五八,文渊阁《四库全书》,第 211 册,第 730 页。
④ 狛近真《教训抄》卷三:"此曲唐国ノ物ナリ、醉乡日月曰高宗ノ后则天皇后
　所造也。"[日本]狛近真《教训抄》,日本国文学研究资料馆藏本。
⑤ 狛朝葛《续教训抄》:"此曲ハ殊胜ノ乐ナリ、则天皇后尼寺ト云トコロニ废
　セラレテ作之。"武则天在尼姑寺中所作曲。第 2 册,第 70 页。
⑥ 狛朝葛《续教训抄》载:"大唐ノ乐也、三月内宴日、帝王妃女储君三台君、以
　此舞曲始合、故号'三台盐'、太宗所作也。"第 2 册,第 70 页。
⑦ 《大日本史》三三八卷礼乐五。

录》所载平调曲,与《唐会要》中记载相同,则两者很可能为同一曲。

2.《万岁乐》

国内史料记载有两首不同的《万岁乐》,一首为隋代白明达所作《万岁乐》,另一首则为唐武则天作的《鸟歌万岁乐》。魏征《隋书》、杜佑《通典》、刘昫《旧唐书》等皆有对这两首《万岁乐》的相同记载。王灼《碧鸡漫志》:"按《理道要诀》,唐时太簇商乐曲有《万岁乐》,或曰即《鸟歌万岁乐》也。又《旧唐史》:元和八年十月,汴州刘宏撰《圣朝万岁乐》谱三百首以进。今黄钟宫亦有《万岁乐》,不知起前曲或后曲。"①日本史料中《续教训抄》载:"万岁乐,新乐中曲,片肩袒舞,又名鸟歌万岁乐,万岁通用之。"②将两首《万岁乐》亦相提并论。而在《乐家录》中除引用《通典》的说法之外,另有两种说法提及:(1)根据凤凰来仪时唱"圣王万岁"制此曲,其说法引自《教训抄》③。(2)根据汉武帝登嵩山时所听见的"万岁"之声作,此说法载自《乐家录》,《旧唐书》亦载。

3.《裹头乐》

《教训抄》、《续教训抄》、《体源抄》和《乐家录》中皆认为《裹头乐》是唐乐。其主要有两种说法:(1)唐玄宗所造。该说主要载自《教训抄》和《乐家录》④。(2)李德祐所造,同出自《教训抄》。"李德祐"当为"李德裕"之讹误。李德裕是中唐著名文人,知音律,

---

① 王灼《碧鸡漫志》卷三,《词话丛编》,第 1 册,第 106—107 页。

② 狛朝葛《续教训抄》,第 2 册,第 70 页。

③ 《教训抄》卷一载:"是ハモロコシニ隋ノ炀帝卜申ス御門ノ御作セ给ヒタルン唐国ニハ贤王ノ世ヲ治メサセ给フ时ニ凤凰卜云フ鸟必ス出来テ贤王万岁万岁卜啭ル。"

④ 《乐家录》卷三一载:"裹头乐曲,明帝所造也。大唐百年一度自'金沙国'□多来损害人,其时以锦罗绢绫等裹头拂之,时奏此曲。则彼□悉皆死毕,故名裹头乐。"第 930 页。

《乐府杂录》载《望江南》一调,原名《谢秋娘》,即认为是李德裕作。

4.《甘州》

国内文献《甘州》曲调记载甚多,如《乐府杂录》:"软舞曲有《凉州》、《绿腰》、《苏合香》、《屈柘》、《团圆旋》、《甘州》等。"①《新五代史》中有王衍制作《甘州》的故事:王衍常游"青城山",自作"甘州曲"述其山之仙人之状②。该内容在《乐家录》一书中,将王衍记为唐玄宗,应是讹误。另外《续教训抄》中有该曲为汉代霍去病打匈奴时经过甘州所得的说法。

5.《五常乐》

国内除清代黄遵宪《日本国志》以外,尚未发现提及《五常乐》的史料。而无论是《教训抄》、《续教训抄》还是《体源抄》、《乐家录》,都用了较大篇幅来记述《五常乐》,认为《五常乐》是"唐太宗朝贞观末天观初",由皇帝所作③。但需要注意是贞观之后的年号为永徽,而并不是所谓的"天观"(很可能是误抄、多抄)。黄遵宪《日本国志》:"……五常乐物徂徕谓即五行舞,即周大武、汉谓之五行舞。平调曲有五常乐。《和名类聚抄》作五圣。《南齐书·乐志》曰:凯容舞本舜韶舞,汉改曰文始,魏复曰大韶,又造咸熙为文舞,晋傅元六代舞有虞韶舞,宋以凯容继韶为文舞。即此五常乐也。"④认为《五常乐》

---

① 中国戏曲研究院编《中国古典戏曲论著集成》,第1册,第48页。

② 欧阳修《新五代史》,中华书局1974年版,第792页。

③ 《教训抄》卷三:"唐太宗朝贞观末天观初帝制五常乐曲图,五常公作之。仁义礼智信谓之五常。五常,人可常行也。五常即配五音,此曲能备五音之和云云。"《续教训抄》载:"抑此曲、唐大宗朝、贞观ノ末、天观ノ初、帝五常乐ノ曲ノ图ヲ制ス、五常之作之。或记云、仁义礼智信ヲモテ乐ノ体トス、故二五常乐卜名夕、彼仁义礼智信八五常卜イフ、五常八人ノ常二行スベキモノナリ、五常即五音ニアツ、此曲ヨク五音ノ和ヲ备ヘタリ、又云、礼义公ガ所作也。"第2册,第110页。

④ 黄遵宪《日本国志》卷三六,《续修四库全书》,第745册,第366页。

为古韶乐曲。无独有偶,在《教训抄》五常乐一曲介绍中引用了《周礼·春官》和《礼记·乐记》的部分内容,其主要论述的是舞的种类以及每一种舞的所用范围以及乐舞时的顺序。《乐家录》载《五常乐》二说,除依《教训抄》所载外,还有"秦始皇制作"说。当均源自唐代存留相关文献记载。

6.《喜春乐》

国内文献中未发现该曲记载。《乐家录》认为其为中华曲。《教训抄》亦认为中华曲,由"陈肃与公"所作。《古事类苑》中写作"陈书与公"。然而无论是"陈肃与公"还是"陈书与公",国内文献都尚未发现相关记载。

7.《春庭乐》

国内文献中未发现该曲记载。据《教训抄》等书,《春庭乐》来源主要有三说,其中与中国史料相关的有两说:一是遣唐使久礼真茂(或真藏)所传;二是和迩部大田麿所作①。我们认为无论是久礼真茂还是大田麿,他们都受过唐乐的熏习,所以有很大可能是其中一位创作的,并非唐传日本的乐曲。

8.《太平乐》

《教训抄》载有中曲《武将太平乐》:"又称武昌乐(或号内舞门曲),又谓'项庄鸿门曲、常太平乐云'。"②该内容引自《唐会要》和《通典》中《五方狮子舞》内容,认为其与《武将太平乐》属同一首曲。《教训抄》同载:"项庄剑舞,项伯以袖隔之,便不得害。高帝又云,嵇康被诛之日,叹曰:太平引曲绝。《后汉书》写曰《合欢之乐》。"在《乐

---

① 和迩部大田麿(798—865),日本平安时期雅乐家遣唐使之一,善吹笛,在日本天长年间(824—834)担任笛师。
② 狛近真《教训抄》卷一,嫡家相传舞曲物语。

家录》中也同样提到:"……急者奏'合欢盐'曲以为之一具。"①同样内容在《古事类苑》中也有提及,认为《太平乐》急称之为《合欢盐》②。另外关于《太平乐》还有另外一种说法,即周隋遗音。《新唐书》:"……《安舞》、《太平乐》,周隋遗音也。"③

9.《打球乐》

《羯鼓录》中诸宫调曲"太簇宫"有此曲。日本《乐家录》载有二说:(1)打球时所用曲④。(2)皇帝依兵势所作。这两种说法皆认为此曲应是唐乐。

10.《散手》

国内并没有《散手》的相关记载。《乐家录》载有二说:(1)模仿率川明神而舞⑤。(2)阿罗国乐⑥。另《教训抄》认为该曲也可能为日本自造曲。此曲当非唐乐。

11.《倾杯乐》

国内有关《倾杯乐》的文献,包括唐代《通典》、《乐府杂录》、《羯鼓录》等,兹不赘述。日本《教训抄》载:"此曲モ大唐ノ物ナリ,《醉乡日月》云此曲贞观元年(627)中ノ内宴长孙无忌所作也。"《乐家录》内容相近:"倾杯乐,曲大唐曲也。醉乡日月曰贞观元年中内宴长珍元急所造也。"⑦很明显,《乐家录》将"长孙无忌"误写成了"长珍

---

① 安倍季尚《乐家录》卷三一,第 935 页.
② 明治政府《古事类苑》,吉川弘文馆 1989 年版,洋卷一,第 440 页。
③ 欧阳修、宋祁等《新唐书》卷二二《礼乐志十二》,第 2 册,第 475 页。
④ 安倍季尚《乐家录》卷三一:"五月五日武德殿骑射之后,著唐装束骑马走球子,谓之'打球'也。其时用此曲,因名之打球乐。"第 936 页。
⑤ 安倍季尚《乐家录》卷三一:"率川明神平新罗之军,欢喜之余,向新罗之方指麾而舞,其形见船舳,时人见此姿摸之,今宝冠散手是也。"第 934 页。
⑥ 安倍季尚《乐家录》卷三一:"释迦诞生之时,师子喔王作舞。笛说曰:阳班子,破敌阵形也。与阳作声乐中天竺阿罗国乐也。"第 935 页。
⑦ 安倍季尚《乐家录》卷三一,第 935 页。

元急"。

12.《贺王》

该曲与《掌中要录》入缕《贺王恩》应为同曲。《教训抄》认为"贺
王恩"又名"感皇恩"。国内未见有《贺王恩》的记载。同时,据国内
文献,《感皇恩》也并非《贺王恩》。《续通志》认为《感皇恩》旧名《苏
莫遮》①。《大日本史》认为《贺王恩》与《贺皇恩》为同一曲②。其引
用《文献通考》中太祖造《宇宙贺皇恩》之说。然而在《文献通考》中
并未有《贺皇恩》即《贺王恩》之语。《掌中要录》中所载《贺王恩》为
太食调(大食调),《古事类苑》则记为乞食调曲③。而无论是乞食调
还是太食调,两者应都不属于同一曲调。《教训抄》和《续教训抄》又
载有其为日本曲的说法,认为其为嵯峨天皇御时大石峰良所作。我
们认为后者的可能性更大,即非唐曲。

13.《秦王》

即《秦王破陈乐》,国内文献记述甚多。如杜佑《通典》:"《破阵
乐》大唐所造也。太宗为秦王时征伐四方,人间歌谣有秦王破阵乐之
曲,及即位,贞观七年制破阵乐舞图,左圆右方……歌和云《秦王破阵
乐》。"④《唐会要》中也有相似记载,并称:"其后令魏征、虞世南、褚
亮、李百药改制歌词,更名《七德》之舞。"⑤这段内容被日本《教训
抄》所引用。日本文献除《教训抄》外,《续教训抄》也谈及《秦王》曲,
内容与国内相关文献记载基本一致。

14.《苏合》

《乐府杂录》软舞曲中有《苏合香》。《掌中要录》上册载有《苏

---

① 嵇璜《续通志》卷一二七,文渊阁《四库全书》,第 394 册,第 125 页。
② 德川光圀《大日本史》卷三三八《礼乐五》,吉川弘文馆 1918 年版。
③ 明治政府《古事类苑》乐舞部七,吉川弘文馆 1989 年版,第 458 页。
④ 杜佑《通典》卷一四六,第 3718 页。
⑤ 王溥《唐会要》卷三三《雅乐下》,第 612 页。

合》一曲,秘曲部分又载有《苏合香》一曲。两者在结构上几乎完全相同,应为同曲。《教训抄》载《苏合香》:"此曲陈后主所作欤,一名《古唐急》。"①认为是陈后主所作,又称《古唐急》。后又引天竺阿育大王生病一说,《苏合香》是以草药苏合香而命名。《御游部类记》:"其日有苏合四贴,只拍子说一人光季舞之。为罢入云,被仰付与光季时,以今《古唐急》为入绫入绫可仕之由。"②显然,《古唐急》作为入绫部分,可能是和《苏合香》分开的。

15.《万秋乐》

国内文献中并未见《万秋乐》之记载。日本《教训抄》、《续教训抄》和《乐家录》皆认为其来自天竺。《乐家录》载:"万秋乐曲,天竺之曲也。彼土诸佛出世时,于菩提树下奏此曲而遂正觉,因名之菩提树下乐也。……当曲传于中华也,后汉明帝时摩腾竺法兰驮佛经于白马,来朝时奏音乐为先导,万秋乐为其最一。"③在日本,《万秋乐》被放入了"林邑八乐"之中。

16.《轮台》和《青海波》

清代黄遵宪撰《日本国志》在"由唐时传授乐曲"中提及《轮台》,提及《青海波》指其"未详,或伶人谬记,或华夏失传,均未可知"④。《教训抄》:"大唐乐云云作者酒醋作之云ツマヒラカナラス可寻。"认为其属唐乐,是作者在喝酒时所作,但已不可考。同时根据《教训抄》所载,《轮台》和《青海波》或为一首,《轮台》为序,《青海波》为破⑤。具体尚待进一步考察。

17.《秋风乐》

---

① 狛近真《教训抄》卷二。
② 塙保己一《续群书类丛·管弦部·御游部类记》,第165页。
③ 安倍季尚《乐家录》卷之三一,第950页。
④ 黄遵宪《日本国志》,《续修四库全书》本。
⑤ 狛近真《教训抄》卷三,现代思潮新社2007年版。

日本《古事类苑》称其又名《长殿乐》、《弄春月》①。然而在国内文献中并未发现对该曲的记载。《教训抄》与《体源抄》皆认为该曲为日本曲,是由常世乙鱼所作②。《乐家录》载二说,除与《教训抄》等相同叙述外,还载有唐曲一说,然是谁所作,不可考③。此曲应为日本曲调。

18.《罗龙王》与《罗陵王》

国内文献关于《兰陵王》者,内容颇多,兹不赘述。《掌中要录》秘曲载:"谓之兰陵王入阵曲,就舞有二说。"④《教训抄》载《罗陵王》:"此曲沙门佛哲传へ渡ス唐招提寺留置也。"⑤文中提及歌舞名为"末日还午乐"。此名与《罗龙王》载名相似。又《掌中要录》说此曲"就舞有二说",我们推测是否另一首即《罗龙王》曲。《古事类苑》有《新罗陵王》一曲:"无舞。"⑥可见《新罗陵王》并非是《罗陵王》。

通过以上考察分析,可以得出《掌中要录》中舞曲,确定来自唐(及五代)者,计有《三台》、《万岁乐》、《裹头乐》、《甘州》、《五常乐》、《太平乐》、《打球乐》、《倾杯乐》、《苏合香》、《秦王》、《罗陵王》(《兰陵王》)等十一曲。

二、《掌中要录》舞曲结构、节拍与唐宋词的分片、句拍

如前文所述,唐宋词调的文体结构最突出的特点是前后片相同的对应结构,句法、用韵、字数相同。这些特点和音乐之间的关系,我们从舞谱《掌中要录》中似可得到一些线索帮助考察。

---

① 明治政府《古事类苑》洋卷第一卷,第516页。
② 狛近真《教训抄》卷三载:"此曲弘仁行幸南池院之时,常世乙鱼依敕作此曲。"
③ 安倍季尚《乐家录》卷三一,第954页。
④ 刘崇德《现存日本唐乐古谱十种》,第6册,第3187页。
⑤ 狛近真《教训抄》卷一。
⑥ 明治政府《古事类苑》洋卷第一卷,第381页。

（一）《掌中要录》舞曲结构与词调文体结构

《掌中要录》所载舞曲结构，有"大曲"、"中曲"、"小曲"，是按每帖的节拍多少来分类的。从所载曲目标记拍数来看，每帖十四拍以下为小曲，十四拍以上为中曲或大曲。

考察唐宋词调之渊源，与舞曲、大曲关系密切。与大曲相关，通常皆为摘遍的形式。但是如何摘遍，摘遍后如何分片，具体音乐文献罕见。《掌中要录》所记舞谱或可供音乐之参考。我们不妨看一下"小曲"《甘州》。《甘州》曲共五帖，每帖十四拍。非常有意思的是，我们在《甘州》五帖曲中，发现了前后对称的乐曲结构形式，比如第二帖：

就此舞曲结构来看，明显可分两段，画圈一处为后段起舞之拍。而前后画线部分的舞蹈动作，非常明显，只是左右方向不同而已，动作完全一致。我们可以判定它们的音乐形式应是完全一致的。我们不妨将这两段中相同的部分誊录一下("拍"处统一用句号)：

> 前段：左足振天右违肘。右足振天左违肘。左足右足踏。左足踏又右足踏右手披左手面系。
>
> 后段：右足振天左违肘。左足振天右违肘。右足左足踏。右足踏又左足踏左手披右手面系。

类似的情况在《甘州》五帖之第四帖中同样存在。这种前后对称的情况，如上文所说，在唐宋词调的前后段中普遍存在。这样的舞曲是不是为我们提供了词调结构生成的参照？而同一《甘州曲》的五帖舞曲中每一节拍，前后长短皆不一致，也或是唐宋词长短句拍的另一个很好说明。从具体句拍上看，《甘州遍》一调，《词谱》卷一四定前段六句、后段八句。毛文锡词如下：

> 春光好，公子爱闲游。足风流。金鞍白马，雕弓宝剑，红缨锦襜出长楸。　　花蔽膝，玉衔头。寻芳逐胜欢宴，丝竹不曾休。美人唱、揭调是甘州，醉红楼。尧年舜日，乐圣永无忧。①

我们推测毛文锡《甘州遍》很可能来自舞谱《甘州》之摘遍，其十四句拍的特征，也与《掌中要录》中所载五帖之曲有密切关系。而毛文锡这首词，与通常词调相比，也有一个很大特点，就是前后片的不对称。《掌中要录》中所载五帖舞曲，除第二、四帖外，第一、三、五帖皆无前后对称特点，或摘自一、三、五帖中之一帖。

作为只记舞步未记乐谱的《掌中要录》，和日存其他乐谱如《三五要录》《仁智要录》等相比，与唐宋词调关系似更加密切。一是其

---

① 王奕清等《词谱》卷一四，第 2 册，第 941—942 页。

中调名多有与唐宋词调名称相同者：如《三台》、《甘州》、《打球乐》（当即《抛球乐》）、《倾杯乐》、《罗陵王》（即《兰陵王》）。二是其所记句拍数量与现存唐宋词调作品句拍数量多有相同或相近者，如上文所举《甘州》，《掌中要录》云"每帖十四拍"，《词谱》所定毛文锡全词正是十四句。再如《三台》曲，《掌中要录》云"破曲二帖，各十六拍"，北宋万俟咏词，《词谱》所定为十七句。而万俟咏《三台》词，依万树《词律》，当为三段，每段八句，共二十四句。这是否说明，舞谱《三台》十六帖实际上是两叠？翻看日本文献，在《教训抄》与《续教训抄》中发现对《三台》记述为"拍子八以一返为一帖时十六拍子物ニテ存ケル"①和"序二帖（拍子各八）、乐二反ウモテ、舞一帖トス、仍十六拍子ノモノナリ、破（拍子各十六）、有唤头（八拍子、秘之）"②。指出《三台》序以八拍为一段，重复两次，舞一帖，仍用十六拍子。这实际上说明舞谱《三台》与上文举例的词调《三台》在句拍上是完全相同的。除该文中提及的万俟咏《三台》之外，我们发现，赵师侠《伊州三台》③与杨韶父《伊州三台令》④，虽与万俟咏《三台》不同，但同样为八句拍，正好是拍子十六之一半。而在词调的文体结构的前后片对应中，句法的对应是其中重要方面，《掌中要录》于此显然也为我们提供了重要参考⑤。

　　需要特别指出的是，《掌中要录》所记舞步节拍与唐宋词调句拍相近、相合的情形，应该不是简单的巧合。张炎《词源》中谈到：

---

① 狛近真《教训抄》卷三。
② 狛朝葛《续教训抄》，第 63 页。
③ 唐圭璋编《全宋词》，第 3 册，第 2096 页。
④ 唐圭璋编《全宋词》，第 5 册，第 3169 页。
⑤ 不过，我们仔细比对《掌中要录》中《三台》舞谱前后的动作、节拍，并不是明显的重头结构，具体情况尚待进一步考察。

按拍二字,其来亦古。所以舞法曲大曲者,必须以指尖应节,俟拍然后转步,欲合均数也。①

张炎文中所说"合均数"即是合拍,其以舞步之法论乐曲之拍,我们在唐宋相关文献中一直苦于找不到实证,而日存唐乐舞谱《掌中要录》的舞步节拍实为目前最好的明证。

(二)舞谱《掌中要录》试译

最后我们试对《甘州》曲第一帖作一试译,聊供词乐配合研究作一辅助参照。第一帖如果分段的话,当为前五拍一段,后九拍一段:

(1)原文:

① 唐圭璋编《词话丛编》,第 1 册,第 257 页。

（2）译谱①：

平调《甘州·一帖》：

《甘州》虽记为平调，但其在日本所用的音阶形式却已不同于唐代，依据《乐家录》记载，平调所表示的是以黄钟当 D 时，主音以 E 开始向上构成的一个"全半全全全半全"的音阶形式，即下图所示的平调音阶形式：

用 $\frac{2}{4}$ 拍的节奏形式，每四小节击打一次太鼓。

下面是舞者以拍为单位的舞步动作试译：

首先，四名舞者双脚并拢正直站立面向北，双手握拳放置腰部。

（全乐起，初五文）面向北，双臂向前合拢，双腿弯曲，直立，右腿弯曲九十度抬起，落下。

（二拍）右转，面向东，右脚向右前方伸出，成弓型，双手向下，左脚向前贴右脚，双手置于胸前，左脚尖向左前方翘起，脚跟着地，身体向右前方倾斜。

（三拍）左转，面向西，左脚向前脚尖翘起，脚跟着地，身体向左前方倾斜。

（四拍）双手从腰部快速向下移动至大腿，双手向前合，面向下，左脚滑回右脚，双手放置腰上。

---

① 所译舞谱试译标准共有三点：1. 舞谱中相同动作形式用相同文字进行表述；2. 舞谱译谱按拍分段；3. 太鼓部分只标明右桴部分，置于文字下方，即表示该动作时击打太鼓。关于《甘州》需要注意的事项有两点：1.《甘州》曲一帖整帖舞蹈保持双手握拳；2.《甘州》为四人舞，四人在全乐起之前，还有一部分舞蹈动作并未在舞谱中记载。译谱除按《掌中要录》记载之外，同时参考了日本六华苑多度雅乐会演出版本。

（五拍）右脚向前一步,双手合伸出,左脚向前贴右脚,双臂展开成披状,身体直立。

（六拍）面向西,双手放置腰上。

（七拍）右脚向前迈出一步,左脚向前贴右脚,双臂成披状,左手放置于右腰,右手臂折。

（八拍）左脚向身后滑出一步,右脚贴左脚,双臂展开成披状,向右转,面向东,双手置于腰上。

（九拍）左脚向前迈出一步,右脚贴左脚,双臂向上抬起置于肩部,后成披状,右手放置于左腰,左手臂折。

（十拍）右脚打落地,双手成披状,向左转,面向西,双手置于腰上。

（十一拍）左脚向前贴右脚,双臂成披状,左手伏腰,右臂卷曲向内,后向右后方甩出停于腰后,向前手臂内折。

（十二拍）右脚向前一步,左脚贴右脚,双臂向前展开后成披状,向右转,面向东,身体直立,双手合后置于腰部。左脚向后滑出,右脚贴左脚,双臂向前展开后成披状,右手伏腰,左臂卷曲向内,后向左后方甩出停于腰后,向前手臂内折。

（十三拍）左脚向前一步,右脚贴左脚,双臂向前展开后成披状,向右转,面向北,左手臂置于面前,右手从腰部伸出后与左手合,左脚向前一步,双手置于腰部。

（十四拍）（终）

《掌中要录》是目前所见国内外惟一一部记录唐代舞曲之舞容、节拍的舞谱著作,也是我们今天见到的在胡部燕乐舞曲中,最早的可据其乐曲的结构、节拍特点分析探讨词调之上下片结构、篇有定句特点的音乐文献。但由于其为"要录",所记并不详细,词体如"句有定字"的特点等,在其中尚未发现基本线索。

第三节　敦煌琵琶谱、《白石道人歌曲》
与词体前后对应结构

除了舞谱《掌中要录》外，国内现存音乐文献中有无能够解释唐宋词文体结构前后片对应特点的呢？敦煌琵琶谱和《白石道人歌曲》带十七首乐谱的词作皆可说明。

一、敦煌琵琶谱与词调文体结构

唐代敦煌琵琶谱是指在二十世纪初在敦煌莫高窟藏经洞发现的编号为法 Pel. chin. 3808 号长卷背面所抄二十五首乐谱①。这二十五首敦煌琵琶谱中有多处标记音乐反复符号，如"重头"、"重尾"、"重头尾"、"重"、"尾"、"第二遍"、"今"、"住"等共二十余处。它们多体现了乐曲弹奏时对音乐旋律的重复。关于这些文字符号，叶栋解释说：

> 重——即重复。
>
> 重头——即反复前段。
>
> 尾——即后段。
>
> 重头至住字煞——即反复前段到"住"字止紧接结束的琵音。
>
> 第二遍——即这段反复。
>
> 第二遍至王字末——即这段反复到"王"字终了紧接下一分曲。

---

① 法国国家图书馆编《法国国家图书馆藏敦煌西域文献》，上海古籍出版社2004 年版。

却从头至王字末——即从头开始反复到"王"字终了紧接下一分曲。

重头至王字——即反复前段到"王"字紧接［换头］一段。

重尾至今字住——即反复［换头］一段到"今"字止紧接最后一段。

同今字下作至合字——即从"今"字开始反复到"合"字紧接结束的琶音。①

而这些曲子，虽然没有相应的歌词流传下来，但显然皆属词调音乐体系，它们作为单个曲子出现的形式与《掌中要录》舞谱又明显不同，或者可以径称为词调音乐。而其弹奏的旋律重复特点，不难让我们联想到上文提到的词调文体结构的前后片字数、用韵、句法的重复：词调文体结构的重复，体现的正是燕乐乐曲旋律的重复。

在这二十五曲中，有十三曲具有重头的结构，当是众多词调重头结构的来源。而类似三遍曲子《又慢曲子西江月》、《又慢曲子心事子》、《又慢曲子伊州》前两遍重复、后一遍单独弹奏的情况，当是三片词调双拽头的来源。而类似《长沙女引》四遍曲子前两遍重头、后两遍重尾的结构，当是四片词调一二片对应、三四片对应的来源。至于词调的换头、添头以及词调内部多种不同的对应形式，均可从燕乐乐曲弹奏的重头、重尾中得出端倪，是音乐重复的不同内容表现罢了。不过，当燕乐曲子转变为词调音乐时，音乐内容会根据歌唱特点做一些增损，词调音乐结构也会比原曲子结构变得更加简明和实用②。

---

① 叶栋《唐乐古谱译读》，上海音乐出版社 2001 年版，第 7 页。
② 田玉琪《词调史研究》，第 51—52 页。

二、《白石道人歌曲》乐谱与词体的文体结构

　　如果说《掌中要录》、敦煌琵琶谱还不够直观清晰的话,南宋词人姜夔《白石道人歌曲》中的十七首旁谱①的具体声乐配合方式,更直接说明词体文体结构的前后对应是和乐体的前后对应完全一致的。长期以来,对姜夔声乐配合的理解多有分歧,如认为姜夔的自制曲已与唐宋的依乐填词没有关系,其声乐配合无助于唐宋词乐配合的研究,其声乐配合只是大致的声乐配合,不能"机械"地看待,等等,都是值得商榷的。

　　姜夔在自制曲《长亭怨慢》小序说:"予颇喜自制曲。初率意为长短句,然后协以律,故前后阕多不同。"这一段话包含的信息量其实很大。姜夔直接明说的是:自己的"自制曲"先作词,后配乐,故前后阕多不同;未明说的一点是:前人歌词多先乐后词,故前后阕多相同。而无论是相同还是不相同,在姜夔而言,都是既指歌词又指音乐,是具体的创作方式不同而造成。因为"率意为长短句",所以前后片文体的字数、句法、用韵、字声不一样,所配的音乐也前后不一;而前人词,显然是不能"率意"作词,所以会在字数、用韵、句法上前后片相同一致,其原因是前后片音乐旋律节奏的相同所限制。后者正是我们前文谈及的词调文体结构的重头、换头、添头及上下片内部多种对应的创作方式,用姜夔的解释,这种前后阕多相同正是先乐后词的结果。有人不愿意承认这个问题,不赞成词体具体的字数、句法、声韵与音乐形式密切结合这一点。这里我们不妨从姜夔具体的乐谱和歌词配合再看一看。

---

① 姜夔《白石道人歌曲》十七首旁谱,主要用张奕枢本,鲍廷博手校、夏承焘题,四川人民出版社1987年版。并参考沈曾植本、知不足斋本、倪鸿本、《榆园丛刻》本,均见刘崇德主编《唐宋乐古谱类存》,第3册,黄山书社2016年版。

首先，还是要再说明一下，就是姜夔的十七首乐谱不都是自制曲，其中有五首是依乐填词。刘崇德在《燕乐新说》中指出："实则十七首旁谱中有当时流行词调《鬲溪梅令》与《杏花天影》两首，又有翻译唐代乐曲《醉吟商小品》与《霓裳中序第一》两首，及范成大所谱有曲无词之《玉梅令》。……此在《四库全书总目》是书提要及夏承焘先生《姜夔的词风》中皆有明言。"①

在这五首依乐填词的声乐作品中，自然不会是如姜夔所说自制曲的前后阕多有不同，而是多有相同。具体来说，《鬲溪梅令》前后阕文体的字数、句法、声韵相同，乐谱形式也几乎完全一致②，这是词调文体重头结构与乐体重头结构相同的例子；《杏花天》前后阕除首句外，其他字数、句法、声韵相同，乐谱形式完全相同，这是词调文体结构与乐体结构换头的例子；《玉梅令》前后阕除一二句和尾句外，句法声韵相同，乐谱形式也几乎完全相同③，这是词调内部结构局部相同和乐谱相同的例子。不妨看一下换头的《杏花天》上下片相同的歌词和乐谱形态，为方便起见，先看全词，画线部分为不相同者，其他全同：

<u>绿丝低拂鸳鸯浦</u>。想桃叶、当时唤渡。又将愁眼与春风，待去。倚兰桡、更少驻。　<u>金陵路</u>。莺吟燕舞。算潮水、知人最苦。满汀芳草不成归，日暮。更移舟、向甚处。

① 刘崇德《燕乐新说》（修订本），第 256 页。
② 上下片中仅首句的"殢香"与下片首句的"梦中"二字乐音不同。夏承焘认为前后二处必有一处错误（夏承焘《姜白石词谱校理》，《夏承焘集》，第 2 册，第 101 页）。另此词上下片最后一句的"处"、"一"二字，张奕枢本乐音前后不一，知不足斋本、倪鸿本前后皆相同，当从后者。
③ 仅上下片的"梅"、"春"一字的乐音前后不一致。另上片"怨"字有延长音，下片"作"无延长音，"作"的延长音显为漏抄。

再看相同部分的文字和乐音的对应：

上片：想桃叶、当时唤渡。又将愁眼与春风，待去。倚兰桡、更少驻。

下片：算潮水、知人最苦。满汀芳草不成归，日暮。更移舟、向甚处。

《杏花天》为越调之曲，为下文说明方便，将其所用谱字列出①：五（）、六（）、下凡（）、工（）、尺（）、上（）、一（）、四（）、合（）。

而关于《杏花天》图片中文体上下片的字数、句法、声韵与乐谱形式的完全相同，尚有两处需说明一下。

一是上片"桃"字乐音，诸本多不一致，张奕枢本作"高五"，知不足斋本、倪鸿本、《榆园丛刻》本皆作"凡"，即"下凡"②。诸本作"下凡"不知何据？这里我们认为张本最为可靠，但因在越调中不可出现"高五"谱字，据下片相应的"潮"字的"五"（谱字），应是"五"字的误抄，因五和高五在字形相近导致的抄写错误，这里我们径更为"五"字。

二是上片第二句最后一字"风"，和下片第二句最后一字"归"，张奕枢原本，"风"字延长音为"六"字，"归"字延长音为"凡"字，前后不一，沈曾植本、知不足斋本与张本相同。但通览姜夔十七首乐谱，并无延长音作"六"字者，就是"风"字延长音应有误。在当代翻译、整理《白石道人歌曲》的著作中，对"风"字乐音的解读，诸家多有

---

① 刘崇德《燕乐新说》（修订本），第 273 页。
② 按：诸本"凡"字，即为"下凡"。"下凡"完整标法应画圆圈以示与"凡"字区别，但在同一宫调中，不可能同时出现"凡"和"下凡"二字，越调只能用下凡，故"下凡"无须圆圈表示。类似如下四、下工、低五等在姜夔谱中皆无圆圈。

异同,夏承焘译稿、刘崇德译谱都将上片"风"字的延长音更正为"凡"字①,今从。

而在姜夔的自制曲中,确实多有"前后阕多不同"的情况,以《长亭怨慢》为例,它的乐谱形式和字数、声韵、句法,前后片都无相同之处,正是作者"初率意为长短句,然后协以律"的结果。其他再如《扬州慢》、《淡黄柳》、《石湖仙》、《惜红衣》、《角招》、《秋宵吟》、《凄凉犯》,也是前后阕"多不同",作者在自度曲中主要采用的是先词后乐的方式,并且"率意为长短句",这是可以确定的。这样的作品,确实是词乐配合上的特殊创作,完全不适用于讨论前后片相同的词体结构问题。

但是,类似《长亭怨慢》的创作方式并不能概括姜夔现存十二首自度曲,因为就前后阕的字数、句法、声韵和乐谱具体形式来看,还是有"多有相同"的情况。如《翠楼吟》词调,上片自"新翻胡部曲"至结句与下片自"玉梯凝望久"至结句,字数、句法、声韵与乐谱表现形式都是完全相同的②。这样的情况,在姜夔其他自制曲中,如《徵招》、《暗香》、《疏影》三调,也有类似的情形。这说明,即使姜夔以一种新的创作方式制作歌曲,也还是受到了传统词调音乐结构的自然影响,依然有着词调前后片相同的对应结构。而姜夔这种自制曲的前后对应的结构方式,如果和北宋大量新生词调的结构前后对应联系起来,则这些曲调当有很多不是摘自大曲、舞曲,本是词人的自制曲。由燕乐曲调的重章复沓,到词调文体重头、换头、添头的结构,再到文人自度曲创作的前后阕一致,当是一个较为合理的发展过程。

而从词乐配合的演进角度,姜夔自制曲中"前后阕多不同"的情

---

① 夏承焘《夏承焘集》,第 2 册,第 118 页;刘崇德《燕乐新说》(修订本),第 277 页。
② 详见夏承焘《夏承焘集》,第 2 册,第 127—128 页。

况,并不代表宋词自度曲的发展方向。如之后吴文英词,也有十几首自度曲,从文体的结构形态来看,它们不同于姜夔的《长亭怨慢》等词,而与《翠楼吟》等词相类,就是前后片多有相同,如《江南春》、《梦芙蓉》、《高山流水》、《霜花腴》、《澡兰香》、《玉京谣》、《探芳讯》、《凤池吟》、《古香慢》、《花上月令》、《惜秋华》等,这种结构几乎存在于他所有的自度曲之中。不妨看《江南春》,上下片画线部分为相同部分:

> 风响牙签,云寒古砚,芳铭犹在棠笏。秋床听雨,妙谢庭、春草吟笔。城市喧鸣辙。清溪上、小山秀洁。便向此、搜松访石,葺屋营花,红尘远避风月。　　瞿塘路,随汉节。记羽扇纶巾,气凌诸葛。青天万里,料漫忆、莼丝鲈雪。车马从休歇。荣华事、醉歌耳热。天与此翁,芳芷嘉名,纫兰佩兮琼玦。[1]

也就是说,吴文英的自度曲,与姜夔"前后阕多不同"的创作不同,他使用的正是传统自度曲方式,体现了唐宋词乐配合的基本特点[2]。

本章中我们讨论了词体在文体结构上的前后相同特征,并特别从舞谱《掌中要录》、敦煌琵琶谱、《白石道人歌曲》十七首旁谱具体说明这种文体上的结构特点,正是和词体的音乐结构形式紧密地联系在一起,是词调音乐重章复沓方式的表现。虽然可供说明的音乐文献有限,但问题应该比较清晰。并且这种词乐的配合,通过我们上面的具体分析,就文体而言,字数、句法、用韵、字声都不能轻易变化,

---

① 唐圭璋编《全宋词》,第4册,第2900页。
② 田玉琪《徘徊于七宝楼台——吴文英词研究》,中华书局2004年版,第141—142页。

对应的乐谱形式也一样。它是非常具体的、精细的配合,并不是较粗放的、灵活的配合。这是我们特别强调的一点。唐宋词的创作及发展,不仅新生词调是新生乐曲的产物,即使是同一词调,当其文学体式发生这样那样的变化时,都应和词调自身音乐的具体变化密不可分。

第五章　唐宋词用韵的发展演进

"韵"本指和谐的声音,既包括人声,也包括乐音,古代常与"均"混用。"均"原指古代校正乐器音律的器具,也是乐律的专用术语①。北宋丁仙现评崇宁中献徵调曲,"曲甚好,只是落韵"②,"韵"即指乐律。我们这里所说的"韵",主要指词调在语文形式上的押韵,即押韵的韵脚。韵文学是中国文学之精华。先有韵文,后有散文,"韵"是中国韵文学之根,然而当前对韵文学之"韵"的研究,于文学界十分苍白。从文体形式、声情及风格等诸多方面对韵文学的用韵进行系统研究,十分必要。词调用韵即是词体在语文形式上的核心要素,体现着音乐歌唱的节奏、节拍,也关涉韵部与词调体式、文学声情间的具体关系。唐宋词调的用韵,从四声的角度概括来说即分平仄韵,仄韵又可分为上去韵和入声韵。平韵、上去韵、入声韵又皆分若干部类。在以往的词韵研究成果中,多以"平赅上去"的方式进行,也不尽符合词体平押平声、上去押上去的创作原则,且较少从历史发展的角度进行分析比较。今试从词体用韵的发展演进角度,分别对唐宋词平声、上去声和入声用韵及与词体特征、文学声情的关系做一探讨。

---

① 参考洛地《词调三类:令、破、慢——释均(韵断)》,《文艺研究》2000年第5期。
② 唐圭璋《词话丛编》,第1册,第190页。

第一节　唐五代词平声、上去声的用韵

　　历来研究唐宋词用韵,从明清至今,都主要以"平赅上去"的方法进行。这在清代主要表现为,目次中以一个平声和上声字为代表,韵内先列平声,再列上声和去声,如沈谦的《词韵略》、仲恒的《词韵》目录就为"东董"、"江讲"、"支纸"、"鱼语"等①。关于如此编排的理由,上去声和平声通押当是一个重要方面,如毛先舒在《词韵括略》解释沈谦分部就说:

　　　　按填词之韵大略平声独押,上去通押,然间有三声通押者,如《西江月》、《少年游》、《换巢鸾凤》之类,故沈氏于每部韵俱总统三声,而中又明分平仄,凡十四部。②

现当代则主要以"韵摄"为统领,以平声韵和上去声韵混合方式列韵部,只列平声韵,并且在具体研讨过程中多以"平上去"总体使用情况进行考察,这种方式固然有很多科学合理之处,但于词体用韵也有明显的不足。

　　由于唐宋词用韵基本遵循的是中古音系统,上去声和平声并不通押,二者界域分明,如果和具体的词调相联系,表现也大不一样。再者就韵部的具体使用情况来看,平声韵部和与之对应的上去声韵部在唐宋词体创作中的表现又常有迥异的情况,比如平声"鱼虞"韵使用在《全宋词》平声韵使用中仅占3%多一点,而与之对应的上去声"语御"等韵,则在《全宋词》上去声韵中使用比例排第一,占到27%;相反的情

① 沈谦《词韵略》,第1册,国家图书馆出版社2020年版;仲恒《词韵》,《丛书集成》三编本,第64册。
② 江合友主编《清代词谱丛刊》,国家图书馆出版社2020年版,第1册,第7页。

况如平声"江阳"韵,《全宋词》中使用占比 12%,而与之对应的上去声"养漾"韵,在上去声韵段的占例很低,只有 1.8%。也就是说,当用平赅上去的方式将平声和上去声一起看待的时候,说"鱼虞"韵,实际主要指的是与之相对应的上去韵,当说"阳唐"韵的时候,主要即指平声韵。"平赅上去"的研究方式,显然就词韵而言,有一些不够科学合理的因素。而从声调、韵部的文学声情来看,也应该分开来探讨,以"平赅上去"的方式也无法进行。当然,前人分辨词韵并不是皆用"平赅上去"之法,如清人吴宁《榕园词韵》①就是将平声、上去声单独列部的,但又主要以诗部用韵来做词韵,相当粗糙。为了方便和节省篇幅起见,我们虽然使用平声韵、上去声韵分开的研究方式,但无论是唐五代词还是两宋词,依然将平声、上去声的用韵情况置于一个总表中体现,在具体的词调、词人的用韵分析中,平声和上去声韵则通常分开说明。

一、唐五代词平声韵、上去声韵使用的基本情况

关于唐五代词平声韵、上去声韵的使用情况,这里我们依据《全唐五代词》②进行统计分析。其正编部分共收 1963 首,但易静《兵要望江南》720 首不作为统计对象,具体请见本节第二部分分析。在其他 1243 首词作中,含平声韵的词作共 1094 首,平声韵段 1168 个;含上去声韵的词作共 394 首,上去声韵段共 490 个③;我们依《广韵》206 韵分部的独用与同用的情况,对这些平声和上去声韵段分别进

---

① 吴宁《榕园词韵》,江合友主编《清代词谱丛刊》,第 30 册。

② 曾昭岷、曹济平、王兆鹏、刘尊明编著《全唐五代词》,中华书局 1999 年版。

③ 对一首作品的韵段统计原则如下:1. 通篇用平声、上去声不换韵的视为一个韵段,次次、三次换韵的视为两个、三个韵段;2. 平仄换韵的词调,如《菩萨蛮》,上片两仄韵、两平韵,下片两仄韵、两平韵,如上下片两仄韵、两平韵各韵部相同,则视为一个韵段,用不同韵部则视为各两个韵段。无论平韵和上去韵,残缺词皆不计。

行统计,具体情况请见下表:

表一:唐五代词平声、上去声韵使用一览表①

韵摄	《广韵》平韵		唐五代词平韵使用	《广韵》上去韵				唐五代词上去韵使用
	平声	独同		上声	独同	去声	独同	
通	东	独	(1)东独用 59 (2)东冬混用 36	董	独	送	独	(1)送独用 7 (2)送用混用 8 (3)送肿混用 5 (4)送肿用混用 1
通 通	冬 钟	同	(1)钟同用 10 *另见东部(2)	肿	独	宋 用	同	(1)肿韵独用 1 *另见送部(3)(4)
江	江	独	(1)江独用 2 (2)江阳混用 2	讲	独	绛	独	
止 止 止	支 脂 之	同	(1)支同用 79 (2)支微混用 55 (3)支齐混用 3 (4)支微齐混用 19	纸 止 旨	同	寘 至 志	同	(1)纸韵同用 20 (2)寘韵同用 29 (3)纸寘混用 23 (4)纸未混用 3

① 其中平声韵有 14 首词作因韵有残缺,不予统计。本表韵目顺序依《广韵》(《大宋重修广韵》,华东师范大学出版社 2017 年版,并参胡安顺《音韵学通论》第 43—47 页,中华书局 2002 年版。下同)韵目排列,先左后右。为省简方便起见,参考平水韵韵字,除佳皆、元痕魂二部外,将《广韵》中同用者以一韵字并称,冬钟二部省称为"冬",支脂之三部省称为"支",虞模二部省称为"虞",灰咍二部省称为"咍",真谆臻三部省称为"真",元部仍称为"元",痕魂省称为"魂",寒桓省称为"寒",删山省称为"删",先仙省称为"先",阳唐省称为"阳",庚耕清省称为"庚",蒸登省称为"蒸",尤侯幽三部省称为"尤",覃谈二部省称为"覃",盐添二部省称为"盐",咸衔二部省称为"咸",严凡二部省称为"严"。上去声韵部亦合并,依次类推,如纸止旨并称"纸",纸止旨与寘至志混用简称"纸寘混用",不再另注。

韵摄	《广韵》平韵		唐五代词平韵使用	《广韵》上去韵				唐五代词上去韵使用
	平声	独同		上声	独同	去声	独同	
								(5)纸寘未混用2
								(6)寘纸霁混用6
								(7)寘纸未混用3
								(8)纸队、寘御、纸寘未、
								纸寘霁队、寘纸霁芥、
								纸寘未霁、纸寘废、纸
								霁暮、纸映寘径霁、纸
								寘霁泰贿各混用1
止	微	独	(1)微独用34 (2)微齐混用4 *另见支部(2)(4)	尾		未		见纸寘部(4)(5)(8)
遇	鱼	鱼	(1)鱼韵独用8 (2)鱼虞混用6	语	独	御	独	(1)语韵独用13 (2)语麌混用30 (3)语麌御混用15 (4)语麌御遇混用5 (5)语遇混用3 (6)御遇混用10 (7)御韵独用1 (8)语御遇、语麌遇、语有、 语遇有、御霁各混用1
遇	虞	同	(1)虞同用14 (2)虞尤混用1 *另见鱼部(2)	麌		遇		(1)麌同用7 (2)麌遇混用13 (3)遇同用2 *另见支部(8)、鱼部(2) (3)(4)(8)
遇	模			姥		暮		

韵摄	《广韵》平韵		唐五代词 平韵使用	《广韵》上去韵				唐五代词 上去韵使用
	平声	独同		上声	独同	去声	独同	
蟹	齐	独	齐韵独用26 *另见支部(3)(4)、微部(2)	荠	独	霁	同	霁韵同用9 *另见纸寘部(8)
蟹						祭		
蟹						泰	独	(1)泰海队混用1 (2)泰海卦混用1 (3)泰队混用3 *另见纸寘部(8)
蟹	佳	同	(1)佳独用3 (2)佳灰混用2	蟹		卦		(1)蟹海混用1
蟹	皆			骇		怪		(2)蟹祃混用2
蟹						夬		(3)蟹卦祃混用2 (4)蟹马祃混用2 (5)卦祃混用2 (6)蟹马卦、蟹马祃卦、卦马各混用1
蟹	灰	同	咍同用46 *另见佳皆部(2)	贿	同	队	同	(1)队同用2 (2)贿队混用1 *另见纸寘部(8)、泰部(1)(3)
蟹	咍			海		代		
蟹						废	独	见纸寘部(8)
臻	真	同	(1)真同用41 (2)真文混用16 (3)真魂痕混用6 (4)真侵混用1	轸	同	震	同	(1)震问恨混用1 (2)轸震混用2 (3)震恩恨混用1 (4)轸恩混用1
臻	谆			准		稕		
臻	臻							

韵摄	《广韵》平韵 平声	独同	唐五代词 平韵使用	《广韵》上去韵 上声	独同	去声	独同	唐五代词 上去韵使用
			(5)真庚侵混用1 (6)真庚混用3 (7)真青混用2 (8)真魂痕文混用1 (9)真文侵混用1 (10)真文蒸混用1					(5)轸震隐恨焮隐混用1
臻	文	独	(1)文独用7 (2)文魂痕混用2 ＊另见真部(2) (8)(9)	吻	独	问	独	(1)吻恨混用2 (2)吻混混用1 (3)吻焮混用1 ＊另见震部(1)
臻	欣	独		隐	独	焮	独	见吻部
山	元	同	(1)元寒删混用2 (2)元先混用1 (3)魂痕同用11 (4)魂痕庚混用1 ＊另见真部(3) (8)	阮	同	愿	同	(1)阮独用1 (2)阮愿旱翰潸谏铣霰混用18 (3)阮铣琰混用1 (4)愿旱翰潸谏铣霰混用17 ＊另见震部(3)(4)(5)、吻部(1)(2)
臻	魂			混		慁		
臻	痕			很		恨		

韵摄	《广韵》平韵		唐五代词平韵使用	《广韵》上去韵				唐五代词上去韵使用
	平声	独同		上声	独同	去声	独同	
山	寒		(1)寒同用35	旱		翰		(1)旱同用6
山	桓	同	(2)寒删混用11 (3)寒先混用9 (4)寒删先混用3	缓	同	换	同	(2)旱翰潸谏铣霰混用9 (3)翰同用15 (4)翰潸谏铣霰混用10 ＊另见阮愿部(2)(4)
山	删		(1)删独用13	潸		谏		(1)谏潸铣霰混用3
山	山	同	(2)删先混用7 ＊另见元魂痕部(3)、寒部(2)(4)	产	同	裥	同	(2)谏槛混用1 ＊另见阮愿部(2)(4)、旱翰部(2)(4)
山	先		(1)先同用86	铣		霰		(1)铣同用2
山	仙	同	(2)先盐混用1 ＊另见元部(2)、寒部(3)(4)、删部(2)	狝	同	线	同	(2)霰同用16 (3)霰梵混用1 ＊另见阮愿部(2)(4)、旱翰部(2)(4)、潸谏部(1)
效	萧		(1)萧同用41	筱		啸		(1)筱同用10
效	宵	同	(2)萧豪混用1 (3)萧肴豪混用1	小	同	笑	同	(2)筱啸巧效皓号混用12 (3)啸同用1 (4)啸皓混用1
效	肴	独	见萧部(3)	巧	独	效	独	见筱啸部(3)
效	豪	独	(1)豪韵独用3 ＊另见萧部(2)(3)	皓	独	号	独	(1)皓独用14 ＊另见筱啸部(3)

续表

韵摄	《广韵》平韵		唐五代词平韵使用	《广韵》上去韵				唐五代词上去韵使用
	平声	独同		上声	独同	去声	独同	
果果	歌戈	同	歌同用 42	哿果	同	箇过	同	（1）哿（果）同用 3 （2）哿箇混用 4 （3）箇（过）同用 3
假	麻	独	麻韵独用 42	马	独	祃	独	（1）马独用 3 （2）祃独用 3 ＊另见蟹卦部（3）
宕宕	阳唐	同	阳唐同用 113 ＊另见江部（2）	养荡	同	漾宕	同	（1）养独用 5 （2）漾同用 11 （3）养漾混用 4
梗梗 梗	庚耕 清	同	（1）庚同用 72 （2）庚青混用 32 （3）庚蒸混用 1 （4）庚侵混用 1	梗耿 静	同	映诤 劲	同	（1）梗韵同用 11 （2）映韵独用 1 （3）梗映、梗径、梗映径各混用 2 （4）梗迥、梗映迥径各混用 1
梗	青	独	（1）青独用 8 （2）青侵混用 1 ＊另见真部（7）、庚部（2）	迥	独	径	独	（1）径独用 1 ＊另见梗映部（3）（4）
曾曾	蒸登	同	蒸独用 1 ＊另见庚部（3）、真部（10）	拯等	同	证嶝	同	见真部（10）

韵摄	《广韵》平韵		唐五代词 平韵使用	《广韵》上去韵				唐五代词 上去韵使用
	平声	独同		上声	独同	去声	独同	
流	尤		尤独用70 *另见虞模部(2)	有		宥		(1)有同用6
流	侯	同		厚	同	候	同	(2)宥同用3
流	幽			黝		幼		(3)有宥混用5 *另见语御部(8)
深	侵	独	侵独用62 *另见庚部(4)、青部(2)	寝	独	沁	独	寝韵独用7
咸	覃	同	(1)覃同用2 (2)覃咸混用1	感	同	勘	同	(1)感艳混用1
咸	谈			敢		阚		(2)勘艳混用1
咸	盐	同	盐添同用7 *另见先部(2)	琰	同	艳	同	(1)琰同用2
咸	添			忝		㮇		(2)琰㮇混用8 (3)琰㮇艳混用1
咸	咸	同		豏	同	陷	同	见潜谏部(2)、琰艳部(3)
咸	衔			槛		鉴		
咸	严	同		俨	同	酽	同	见铣霰部(3)
咸	凡			范		梵		

前人对唐五代词韵部的研究,以沈祥源《唐五代词韵字表》①最为全面,主要依据《花间集》、《敦煌曲子词集》和《唐五代词》三书所收录的词作编成,平声、上去声韵合并为部,共分阴声八部,阳声八部。阴声八部为:支微、鱼模、齐祭、灰咍、萧豪、歌戈、麻家、尤侯;阳声八部为:东钟、江阳、真文、寒仙、庚青、蒸登、侵寻、谈添。除"齐祭"

————————

① 沈祥源《唐五代词韵字表》,《固原师专学报》1981年第2期。

一部"祭"用去声外，皆用平声统领。另有关于敦煌歌辞及单个词人如韦庄、温庭筠、冯延巳用韵研究等。就曾昭岷等编著的《全唐五代词》而言，未见有全面系统的用韵整理成果。下面我们依据《全唐五代词》平声韵和上去声韵段的具体情况，结合沈祥源《唐五代词韵字表》及敦煌变文、邈真赞的研究成果，对唐五代词平声韵部和上去声韵作一划分，并作简要说明：

（一）平声阴声韵七部

1. 支微部（支脂之微齐）：沈祥源以支微混用，齐祭独用。虽然一览表中"齐"部独用有 26 次，但与支脂之、微合用总计则达到 19 次，"齐"部与支微混押在唐五代词中已经完成，应与支微合为一部。都兴宙在《敦煌变文韵部研究》①、江学旺在《敦煌邈真赞用韵考》②皆将支微与齐部合并。2. 鱼模部（鱼虞模）：虽然鱼部、虞模部各有独用情况，但鱼与虞模混用的数量接近鱼部独用的数量，应视为二部已经通押。此部诸家无异议（诸家指沈祥源、都兴宙、江学旺三位学者，下同）。3. 灰咍部（灰咍）：此部独用达 46 次，与佳皆混用仅 2 次。而佳皆韵例太少，尚不能确定如何分部。灰咍独立为部可以确定，与佳皆尚未建立固定关系。其中《广韵》佳部的"涯"、"娃"字唐诗中已入麻韵，唐五代词亦然，不看作是佳麻韵的混用。4. 萧豪部（萧宵肴豪）：虽然豪韵独用有 3，但混用也有 2。并且从敦煌变文和敦煌邈真赞的用韵情况来看，豪韵均与萧宵肴通押（均参见上文所引都兴宙、江学旺论文）。5. 歌戈部：此韵于诗韵是一个纯韵，不与他韵混押，无论是唐五代词还是两宋词亦皆是这样。6. 麻家部：此韵也是一个纯韵，诸家无异议。7. 尤侯部（尤侯幽）：此韵也是一个纯韵，诸家无异议。

① 都兴宙《敦煌变文韵部研究》，《敦煌学辑刊》1985 年第 1 期。
② 江学旺《敦煌邈真赞用韵考》，《浙江大学学报》2004 年第 1 期。

(二)平声阳声韵七部

1. 东钟部(东冬钟):此韵无论在唐五代还是两宋,都是一个非常稳定的韵部,不与他韵混押,是一个纯韵。在"冬钟"二部中,由于"冬"韵字使用较少,主要以"钟"韵为主,此韵部名称以"东钟"命名为妥。2. 江阳部:江部独用 2 次,与阳唐韵混押 2 次,阳唐韵独用 113 次。虽然江部韵例很少,但此期江阳开始混用,特别是在词曲、变文等俗体文学中。江阳二部应予合并为一部。江阳韵在唐五代和两宋都是一个很纯的韵,不与他韵混押。3. 真文部(真谆臻文欣魂痕):这一部涉及了《广韵》韵部 4 部,和诗韵相比较,是一个典型的杂韵,并且此部在两宋时期还有相当数量与庚青侵等部混押的情况。4. 寒先部(元寒桓删山先仙):此部中虽然元痕魂、寒桓、删山、先仙各自独用较多,但元、寒桓、删山、先仙四部混押也相当不少,总计达 32 次,应视为四部在实际语音中已完成了混用。"元"部中《全唐五代词》韵字如萱、翻、言、蕃、园、轩和寒删先部混用。5. 庚青部(庚耕清青):从一览表上看,庚耕青同用达 72 次,庚耕清与青部混押达 32 次,青部独用仅 8 次,庚青二部并为一部。此韵分部诸家无异议。6. 侵寻部:此韵独用 62 次,与他部混押 4 次。7. 盐添部:此韵尚不与覃谈、咸衔二部混押,更不能与寒删先混押。而覃谈、咸衔韵例太少,不足立部,严凡部亦无韵例,不论。

(三)上去声阴声韵六部

1. 纸真部(《广韵》上声纸止旨尾,去声寘至志未霁祭):上声荠字未见使用,去声泰与霁、蟹、队分别混押 3 次,泰部韵字正处于分化阶段,尚不能确定归入任何韵部之中。2. 语御(上声语姥虞,去声御遇暮):此部用韵数量远超平声鱼虞模的用韵数量。3. 筱啸(上声筱小巧晧,去声啸笑效号)。4. 哿箇(上声哿果,去声箇过):此韵无论是平声还是上去声都与他韵无任何瓜葛,是一个纯韵。5. 马祃部(上声马蟹祃卦):在唐五代词中,上去韵马祃与蟹卦韵已经通押。6. 有宥部(上声有厚黝,去声宥候幼):此部上声黝、去声幼皆未见使用。

（四）上去声阳声韵七部

1. 董送部（《广韵》上声董肿，去声送宋用）：此部与其平声韵东钟一样，也是一个纯韵。2. 养漾部（上声养荡，去声漾宕）：此部未见绛韵与之混用，不列绛韵。3. 轸震部（上声轸准吻隐混很，去声震稕问炘恨）：此部虽然韵字较多，但韵例很少，在上去韵的使用中尚处于初始阶段，与宋词用韵不同。4. 旱翰（上声阮旱缓潸产铣狝阮，去声愿翰换谏裥霰线愿）：与平声寒先混押相比，上去声混押更多。5. 梗映（上声梗耿静迥，去声映净劲径）：蒸登于平声尚不能归入庚青部，上去声拯证等韵未见使用，亦不能归入梗映部。6. 寝部（上声寝）：去声沁部未见使用，七个韵例皆为上声独用。7. 盐添（上声琰忝豏槛，去声艳㮇陷鉴）：和平声相比，上去韵除豏琰韵外，韵例较多。

我们将平声韵 14 部和上去声韵 13 部综合对比来看，除了一些具体细微的区别外，最主要差异有两点，一是上去声的"贿海队代"四韵使用很少且混乱，没有规律，不足立部；二是就平声和上去声各自的使用数量来看，也有明显差异，平声韵使用排名前五的是：支微 213，寒先 128，江阳 117，庚青 114，东冬 105；而上去声韵排名前五的是：旱翰 108，语御 101，纸寘 81，筱啸 38，董送 22。也就是说，平声韵和上去韵各自的使用情况，在唐五代词中，是大不一样的（两宋词也是这样），如果以平赅上去方式进行分析的话，这种区别将不能看到，而两宋词上去韵中轸震、梗映、侵三部的合并也是因为与其对应的平声使用差异甚大。这与各韵部常用字多少有关，也与韵部的不同情感特点密切相关（具体内容请见第二节）。

以上对唐五代词平声、上去声的韵部划分只是就总体情况而论。如果我们具体看这一时期词人的韵部使用，与《广韵》的独用、同用（如冬钟部同用、支脂之部同用，简称钟同用、支同用）相比，会发现还是有一个明显的变化阶段。这个变化阶段就是在南唐时期。我们不妨看唐五代主要词人平声、上去声用韵的独用、混押基本情况：

表二:唐五代十大词人平声韵独用、混用情况表

	刘禹锡	白居易	温庭筠	韦庄	欧阳炯	牛峤	顾敻	孙光宪	冯延巳	李煜
	39	25	86	58	46	38	57	76	86	39
独用	33	21	85	53	38	34	52	73	59	26
混用	6	4	4	5	8	4	5	3	27	13
混用比	15%	16%	5%	9%	17%	11%	9%	4%	31%	33%

表三:唐五代十大词人上去声韵独用、混用情况表①

	刘禹锡	白居易	温庭筠	韦庄	欧阳炯	牛峤	顾敻	孙光宪	冯延巳	李煜
	0	3	39	33	13	22	32	42	65	18
独用	0	0	25	12	4	12	15	15	11	7
混用	0	3	14	21	9	10	17	27	54	11
混用比	0	不计	36%	64%	70%	46%	53%	64%	83%	61%

　　从表二可以看到,从中唐刘禹锡到西蜀孙光宪,都主要使用《广韵》规定的平声韵同用或独用的韵部,不同用的韵部之间很少混押,特别是温庭筠,在其86个平声韵段中,只有4次混押,混押比仅占5%,就平声韵而言,可以说温词是严格依从《广韵》韵部的,而与唐诗用韵相比,具体就是近体诗的韵部,应该说这是非常严格的用韵。这一情况到南唐有一个质的变化,冯延巳词的韵部混押比达到了31%,李煜词混押比也达到了33.3%,这就与中晚唐及花间词人有根本的不同。如果说平声词韵至南唐而真正开始形成,应该并不过分。

　　从表三看,由于刘禹锡无上去韵词及白居易词太少不统计,温庭筠词依然是一个重要参考指标,其上去韵依然多从《广韵》,他是唐五代词人中混押比最低的词人。温庭筠,无论平声、上去声都严遵诗韵。而

---

① 这里依从《广韵》分部,不仅分韵部,亦分声调,韵部不同(同用除外)、声调不同,皆不能称为独用。

上去韵部的混押情况,到南唐的冯延巳也是有非常明显变化,他的上去韵混押比达到了83%,与温庭筠相比,可以说完全摆脱了《广韵》上去声韵各自"独用"的影响,词韵的上去韵部至南唐冯延巳亦已大成。

　　从唐五代词韵部混用的发展角度来看,最值得注意是"齐"部韵,此部于晚唐诗中尚未独立,词体则在五代基本完成混押。然其混押的时间也主要在南唐,其中冯延巳词就有六首与之部、微部混押的作品,如其《采桑子》一首:

> 画堂昨夜愁无睡,风雨凄凄。林鹊争栖。落尽灯花鸡未啼。
> 年光往事如流水,休说情迷。玉箸双垂。只是金笼鹦鹉知。①

其中"凄"、"栖"、"啼"、"迷"为齐部韵,"垂"、"知"为支部韵。当然,就此例而言,也可以看作是作者前四韵为齐部韵,后二韵换了韵,这样就不是混押(虽然《采桑子》词调要求一韵到底,但不能完全排除词人会有换韵的情况),但是我们再看再下面二首:

> 深院空帏。廊下风帘惊宿燕。香印灰,兰烛小,觉来时。
> 月明人自捣寒衣。刚爱无端惆怅。阶前行,阑畔立,欲鸡啼。
> (《酒泉子》)②

> 晓月坠,宿云披。银烛锦屏帏。建章钟动玉绳低。宫漏出花迟。　春态浅。来双燕。红日初长一线。严妆欲罢啭黄鹂。飞上万年枝。(《鹤冲天》)③

前一首尾韵"啼"字齐韵,其他皆用支微韵,第二首上片第二韵"低"

---

① 曾昭岷等编著《全唐五代词》,上册,第663页。
② 曾昭岷等编著《全唐五代词》,上册,第667页。
③ 曾昭岷等编著《全唐五代词》,上册,第693页。

用齐韵,其他平声韵字亦皆用支微韵,自然前面所举"画堂昨夜"一首也不能看作换韵,是支齐混押。也就是说在冯延巳的创作中,支微齐完全可以通押。这在词韵发展史上有着重要意义。进入两宋,北宋早期的晏殊、欧阳修等人词,支微齐普遍混押。

而如果我们将唐五代词平声韵和宋词平声韵比较的话,最大不同是山摄的"寒桓删山先仙",不与咸摄的"覃谈盐添咸衔严凡"混押(见后文相关论述)。但是山摄与咸摄的混押,却已见南唐冯延巳《金错刀》:

> 日融融,草芊芊。黄莺求友啼林前。柳条袅袅拖金线,花蕊茸茸簇锦毡。　鸠逐妇,燕穿帘。狂蜂浪蝶相翩翩。春光堪赏还堪玩,恼煞东风误少年。(《金错刀》)①

全词用韵中,"帘"字属盐部,咸摄,其他韵字皆属山摄。虽然在冯词中这是特例,但毕竟已开山咸二摄混押之端倪。

二、易静《兵要望江南》用韵复杂特点及时代属性再探

《全唐五代词》正编部分,收录了易静的《兵要望江南》词共720首,除残缺一首,共719个平声韵段。研究唐五代词的用韵,不能回避这些作品。对于《兵要望江南》是否为唐五代作品,有人从用韵的角度认为易静词所属时代应推到宋代,"易词,江阳唐紧密结合,江韵未见一例独用。萧宵肴豪四韵界限已经打通,皆灰咍也已明显合流,寒桓与山删亦合部,臻深二摄,山咸二摄混押韵例多"②。也有人从"歌诀词"文本变异机制及歌诀词的发生发展,结合古典文学的"世代层累"说,认

---

① 曾昭岷等编著《全唐五代词》,上册,第708页。
② 蒋雯《从〈兵要望江南〉的押韵特征看作者所属时代》,《合肥师范学院学报》2010年第5期。

为"如果我们将《兵要望江南》的属性,从绝对的唐词,变为由唐至明的层累作品,视为若干相对独立的子集删并而成的,则歌诀词的发展史将变得更合理",并认为"用世代层累的角度去看《兵要望江南》的不断生成,则语言学方法的尝试将变得更有效"①。我们赞同后者的观点,即《兵要望江南》词属无名氏之作,为由唐至明,不断积累形成,而对语言学的分析方法及结论也认为有诸多合理的因素。鉴于从语言学的角度分析《兵要望江南》词,尚且不够充分,这里试对《兵要望江南》的用韵复杂特征及时代属性再作探讨。

我们主要以《全唐五代词》的用韵情况作参考坐标,并参考宋词平声韵的使用情况,考察易静《兵要望江南》词的用韵特点并对其创作时代作一些蠡测。首先,我们还是对《兵要望江南》719 个平声韵段的具体使用情况列表显示:

表四:《兵要望江南》用韵情况一览表

广韵韵目	独用同用	唐五代词使用情况	广韵韵目	独用同用	唐五代词使用情况
东	独	(1)东钟混用 62②	先	同	(1)先部同用 28
冬		(2)东钟、庚青混用 12			(2)先盐混用 4
		(3)东魂混用 2	仙		*另见元魂痕部(2)
		(4)东青、东真、东真文、			(4)
钟	同	东文庚、东钟魂、东钟			
		文、钟文、钟青庚、钟	萧	同	(1)萧部同用 5
		庚、钟侵混押各 1			(2)萧肴混用 2
					(3)萧豪肴混用 1
江	独	江阳混用 2	宵		

---

① 叶晔《第三条道路:词乐式微与格律词的日用之道》,《苏州大学学报》2018 年第 1 期。
② 由于唐五代词东冬钟已合为一部,此处东冬钟混用含东部独用、钟冬同用及东与冬、钟混用的多种情况。

广韵韵目	独用同用	唐五代词使用情况	广韵韵目	独用同用	唐五代词使用情况
支		(1)支部同用 40	肴	独	见萧宵部
脂	同	(2)支微混用 8 (3)支灰咍混用 11 (4)支微灰混用 2 (5)微文清混用 2	豪	独	(1)豪韵独用 3 (2)豪尤混用 1 ＊另见萧宵部(3)
之		(6)支仙混用 2	歌		
微	独	(7)微独用 1 (8)支真、支清、支尤、支鱼、支虞模、支齐、支阳、微灰、微庚、微庚真混用各 1	戈	同	(1)歌部同用 14 (2)歌虞、歌鱼、歌麻各混用 1
鱼	独	(1)鱼虞混用 9	麻	独	麻部独用 16 ＊另见歌部(2)
虞	同	(2)鱼歌混用 2 ＊另见支微部(8)	阳	同	阳部同用 96
模			唐		＊另见支微部(8)、寒删部(7)
齐	独	齐与灰咍混用 1 ＊另见支微部(8)	庚		(1)庚部同用 101 (2)庚青混用 54
佳			耕		(3)庚蒸混用 6 (4)庚青蒸混用 2 (5)庚侵混用 2
皆	同	(1)皆咍混用 1 (2)佳咍混用 1 ＊另见齐部	清	同	(6)庚青侵、庚蒸侵、庚欣、庚青蒸混用各 1 ＊另见东钟部(4)、支微部(8)、文部(3)(4)、欣部(1)(2)(3)

广韵韵目	独用同用	唐五代词使用情况	广韵韵目	独用同用	唐五代词使用情况
灰 咍	同	（1）咍部同用 20 （2）咍庚混用 1 ＊另见佳皆、齐部	青	独	青蒸、青侵蒸混押各 1 ＊另见东钟部（4）， 　庚、文等部
真 谆		（1）真部同用 10 （2）真庚青混用 14	蒸 登	同	见庚部（4）（6）及 青部
		（3）真文混用 10	尤		
		（4）真侵混用 3			
		（5）真庚侵混用 3			
臻	同	（6）真庚魂混用 4			
		（7）真文清、真文魂、真元 　仙、真文青各混用 2	侯		
		（8）真欣、真青欣、真文 　侵、真庚文混用各 1		同	尤侯同用 13 ＊另见支部（8）、文 　部（4）及豪部
文	独	（1）文独用 3 （2）文庚混用 10 （3）文魂痕混用 12 （4）文庚青、文庚魂、文侵 　各混用 2 （5）文尤、文庚侵、文庚 　欣、文微庚混用各 1 ＊另见东、支、真部	幽		
欣	独	（1）欣庚青混用 1 （2）欣庚混用 1 （3）欣庚魂混用 2 ＊另见真部（8）、文部（4）	侵		侵部独用 5 ＊另见东钟部（4）、真部 　（4）（8）、文部（4）、庚 　部（6）及青部

广韵韵目	独用同用	唐五代词使用情况	广韵韵目	独用同用	唐五代词使用情况
元		(1)元寒混用3	覃		
魂		(2)元先混用13	谈	同	见寒部(7)
		(3)魂庚混用8			
痕		(4)元删先、元盐寒、魂青蒸各混用1	盐	同	见寒部（7）、先部（2）
寒		(1)寒部同用8	添		
桓	同	(2)寒删混用9	咸		
删		(3)寒先混用6	衔	同	未见使用
		(4)寒阳混用2			
		(5)删部同用14	严		
山	同	(6)删先混用7			
		(7)寒严、寒凡删、寒元盐、寒覃、寒删先、删先、寒阳混用各1	凡	同	见寒删部(7)
		*另见元魂痕部(1)(4)			

我们从唐五代词用韵情况总表中可以清晰看到,如东钟、麻、阳唐、歌戈等部,都属于纯韵,不与他韵混押。而在易静《兵要望江南》词中,无一部是纯韵,并且大多韵部与韵部之间呈现错综混押的情况。不仅不同韵部可以混押,不同摄可以混押,甚至阴声韵和阳声韵也可以混押。具体来看,有五种混押特别值得注意,我们将这些混押情况与唐五代词韵系统包括宋词词韵系统比较,则呈现出诸多不一致或纷乱之处,其创作时代不能均断为唐五代甚或宋代,当是合理的推断。

第一,"东钟"部与其他韵部的杂用,其中与庚青部混用最多,达

12 次。如：

　　占蒙气,郁郁绕城营(庚)。其气周回如帛绕,分毫不入此城中(东)。休击此般城(庚)。①

　　天忽响,鸣闹在苍穹(东)。多是子忧当父感,天鸣臣怒鉴君同(东)。君主可宽刑(青)。②

　　前一首东庚混押,后一首东青混押。而推究东钟与庚青相押原理,当皆用后鼻音韵母之故。此种使用虽然并不让人十分惊怪,但最主要的是"东钟"在词韵中作为一个纯韵,在唐五代词未见与他韵混押,在两宋词平声韵中与他韵混押也同样未见。而在《兵要望江南》的东钟韵使用中,又与真、真文、侵、文庚、魂多部混押,虽然就个体而言,各只有一次,但是如果我们考虑到真、文、侵、庚、魂本身又可以构成一个小的音韵系统(见下文),在唐五代民间词中就偶有通押,于两宋相押之例更有不少,则"东钟"部与这些韵部的混押就可以看成一个整体,这样,东钟与文真庚青侵魂混押,总计就达 24 次,混押比占到了 28%,实为一种创作常态了。这类作品或当属宋代及宋代之后,应该是民间俗体词繁荣阶段的产物。

　　第二,支(支脂之省称"支")微韵部与灰哈韵部的混押达到 11 次。这也是一个较特殊的现象,如：

　　庚辛日,前忌赤云来(哈)。势紧迫吾须大战,彼军得胜我军摧(灰)。守险固颠危(支)。③

────────

① 曾昭岷等编著《全唐五代词》,上册,第 229 页。
② 曾昭岷等编著《全唐五代词》,上册,第 260 页。
③ 曾昭岷等编著《全唐五代词》,上册,第 219 页。

将军众,蓦地一声雷(灰)。次后并无雷附矣,将军兵众必行之(支)。举处可先为(支)。①

日旁晕,状若死蛇围(微)。其兆主灾先举将,师徒半出不能回(灰)。宜改拥师归(微)。②

在这三首词中,前两首支咍灰混押,后一首支灰混押。这种混押,确实有语音学上的某种规律在,应是现实口语或方言的体现。考察支微与灰咍的混用,唐五代无论是词,还是变文、邈真赞,都未发现类似的情况,倒是两宋词中有一些之微与灰咍相押的作品,如柳永、黄庭坚、朱敦儒等人作品中,又集中于"摧"、"回"等字,可看作"摧""回"既入灰韵,又入支韵,这样就不算混押。但《兵要望江南》中"危"与灰咍韵混押,"雷"与支微韵混押等情况,与宋词的混押还不一样。查检《全宋词》中"雷"字用韵,无一处与"微"部混用,"危"字也无一处与"灰咍"韵混押。检"雷"字,《广韵》、《集韵》、《五音集韵》、《洪武正韵》皆入灰部,《中原音韵》才入齐微部,而"危"字,《广韵》、《集韵》、《五音集韵》皆入支部,《中原音韵》入"齐微"部,至明代《洪武正韵》"危"字才入"灰"部。由此或者可以判断,《兵要望江南》支微与灰咍混押的作品,虽有两宋产生的可能性,但推到金元甚至明代或更合理。当然这还应结合金元明韵文资料特别是俗体韵文资料进行辨析。

第三,真庚侵的混押。从总体上看,唐五代词不混押,两宋词有相当数量的混押。《兵要望江南》中混押之例很多,下面略举三例:

真庚混押:

---

① 曾昭岷等编著《全唐五代词》,上册,第235页。
② 曾昭岷等编著《全唐五代词》,上册,第268页。

统军帅,不可妄行刑(庚)。莫以军威行杀戮,人生一失永无生(庚)。误损命天嗔(真)。①

真侵混押:

参彼将,德性好攻心(侵)。仔细究情随彼好,中行离反诡相亲(真)。设利诱前擒(侵)。②

文庚侵混押:

军营内,无雨及无云(文)。营上忽然雷霹雳,主军大败急移营(庚)。不尔祸来侵(侵)。③

在《兵要望江南》中,真庚可通押,真侵可通押,文庚侵可通押,则真文庚侵皆可通押。而从词韵的真文通用、真文欣通用、真文魂通用、庚青登通用的角度来系联的话,这一部分就包括真(谆臻)文欣魂(痕)庚(耕清)青蒸(登)侵各种混押的情况,这样的混押在《兵要望江南》中总计达到40次。这涉及《广韵》的七大韵部,从摄的角度看涉及臻、梗、曾、深四摄。总体上相当混乱。而"侵"部,在唐五代词韵中,独用62次,与其他部混押仅4次,"侵"部是一个非常独立的韵部。在《兵要望江南》中,"侵"独用仅5次,与其他部混押则达8次之多,显示其独立地位不再。我们考察这一大类混押的主体"真庚侵"混押的历史,虽然《云谣集杂曲子》中已有一首真庚侵相押,散见

① 曾昭岷等编著《全唐五代词》,上册,第195页。
② 曾昭岷等编著《全唐五代词》,上册,第192页。
③ 曾昭岷等编著《全唐五代词》,上册,第257页。

各卷曲子词中有一首真文侵混押①，但韵例皆罕见，属特例。而在两宋现存词作中，真庚侵相押的数量则颇有一些，特别是在南宋词中，数量较多，如周密、张炎词就完全将"真文魂痕庚青侵"视为一部，屡屡混押②。虽然像周密这种情况于两宋整体来看，仍然属于少数，但毕竟体现出了相当的用韵环境和气氛。《兵要望江南》真侵庚等部混押的作品，或有相当一部分属于两宋特别是南宋作品。而如上文所说，涉及的七大韵部除其中"蒸"韵外，又皆见与东钟韵混押，则又表现出一个小的用韵体系的存在。但毕竟这种创作相当随意，也是作者缺少基本声韵训练的表现。

　　第四，元寒删先与谈盐严混用。这也是判断《兵要望江南》创作时代的一个重要指标。元寒删先四部韵是开口音，谈盐严为闭口音（由于咸衔二部字未用，不论），二者虽然于唐诗、唐五代词可以各自混押，但两大韵部各自独立，十分明显，在唐诗、唐五代词、唐五代变文、唐五代邈真赞中皆然（均见前引相关论文）③。但是在《兵要望江南》词中，所有涉及闭口音的韵字，全与开口音混押了，共用9例，如：

　　　　霞与气，二件或相兼（盐）。气若色黄赤白好，霞如黑色亦同占（盐）。仿佛在良贤（先）。④

———————

① 《云谣集杂曲子》中《凤归云》"儿家本是"词以"缨臣深明；征程心贞"相押，《全唐五代词》，下册，第802页。"散见各卷曲子词"中收录一首失调名词，以"金心新纻金秦邻"相押，《全唐五代词》，下册，第855页。

② 如周密词中使用"真文魂痕庚青侵登"平声韵的共计25个韵段，只有三例与宋词韵的基本韵部相合，分别是庚独用、庚青同用、庚登同用，其他22例都属真庚侵混押的情况。

③ 山摄与咸摄混押，在唐五代词中，一首见前引冯延巳词，一首见敦煌词，皆属特例。

④ 曾昭岷等编著《全唐五代词》，上册，第239页。

天雨毛,主将信邪奸(寒)。急宜谨廉须固守,莫将轻慢事非凡(严)。天意报君颜(删)。①

兵行次,鹊雁尽同占(盐)。雁不避鹊鹊不搦,两军通好守盟言(元)。各拥士回还(寒)。②

这些混押,当然不能看作是一个偶然的现象,而是应看作闭口的覃谈等韵在《兵要望江南》中也已不再独立,与开口的寒删等部混为一体了。关于这两大部在宋词中分合,学界颇有不同意见。清人除吴烺《学宋斋词韵》外,其他韵书如沈谦《词韵略》、仲恒《词韵》、李渔《笠翁词韵》、戈载《词林正韵》皆将二部分开。当代鲁国尧等人认为二者应单独立部③,魏慧斌等人认为二部应为一部④。我们赞同二部合为一部的意见。在两宋词韵韵例中,二大部混用的比例远高于独用的比例,实在系统性混押。但是,二部在元杂剧、元散曲中却又各自独用,甚至寒删山分出寒山、先天二部,覃盐咸分出临咸、廉纤二部⑤,似显示二部合用或是两宋比较特殊的情况⑥。则《兵要望江南》二部合押之作,不应产生于唐五代,属两宋作品似更妥。

---

① 曾昭岷等编著《全唐五代词》,上册,第248页。
② 曾昭岷等编著《全唐五代词》,上册,第346页。
③ 鲁国尧《鲁国尧自选集·论宋词韵及其与金元词韵的比较》,河南教育出版社1994年版,第140页。
④ 魏慧斌《宋词用韵研究》,陕西人民教育出版社2009年版,第71页。
⑤ 参见赵变亲著《元杂剧用韵研究》,中国社会科学出版社2014年版,第84—130页;李蕊著《元曲用韵研究》,社会科学文献出版社2015年版。
⑥ 鲁国尧在《论宋词韵及其与金元词韵的比较》中以两宋金元11家词用韵作了比较,显示除元好问"廉纤"与"寒桓"偶叶外,白朴、张可久、张翥词"廉纤"、"寒桓"各自独立不通押,与两宋柳永、苏轼等词人大不相同(《鲁国尧自选集》,第168页)。

　　第五，阴声韵和阳声韵混押。除了上面几种情况外，《兵要望江南》词，还出现不少阴声韵与阳声韵混押的韵例，又集中在阴声支微部与阳声韵的混押，包括支先、支真、支庚、支阳、微庚、微庚真、微文庚等混押共 8 例，如：

　　　　日出现，便若似臙脂（支）。映地满天如血染，此为天杀苦军权（先）。七日雨平川（先）。①
　　　　安营讫，分布已周围（微）。碎石或生无数目，将军不久罢兵权（先）。天地应昭然（先）。②

　　关于第二首词的首韵"围"字，《全唐五代词》注云："周围，东北本、京本作'依圆'。"乍读"围"字，第一判断是失韵，则"周围"当依东北本、京本作"依圆"为妥。然而仔细分析，"周围"既于文意无误，且为最早版本之貌，更体现的作品的原始形态。而"依圆"二字，声韵极为拗口，当为后人变改。也有人会说，这些韵例都不能成立，是创作偶然失韵的表现，这固然可以说得通。但是一来《望江南》词调创作已经如此熟烂，失韵不应该出现，二来这八例的阴声韵全部集中在支微部，则本身也体现出了一个小的系统的存在，不是偶然现象③。解释这种情况，或是当这些支微部字与阳声韵相押时，都出现了变读，而向阳声韵的发音转向。当然这更是极端随意的用韵情况了。
　　总之，从《兵要望江南》诸多韵例的复杂特点来看，虽然不能完全

---

① 曾昭岷等编著《全唐五代词》，上册，第 281 页。
② 曾昭岷等编著《全唐五代词》，上册，第 377 页。
③ 李蕊《元曲用韵研究》中列阴声韵和阳声混押之例，未见之微部与阳声混押（第 171—172 页）。在赵变亲的《元杂剧用韵研究》中，只见一次"侵寻"部的"音"字杂入"支思"部（第 141 页）。以上这些都与《兵要望江南》的情况不同。

排除唐五代不同地区作者的创作可能性(这样的话,汇集本身也是一个庞大工程),但将其产生的时代定为世代累积,更加合理,即由不同时代的多个无名作者积累创作完成。而创作者的文化水平参差不齐,有相当一部分作者并未受过基本的声韵训练。既不把它全部视为唐五代词,也不全部视为两宋词,则其具体韵部的归并结果,就不能体现在唐五代词、两宋词用韵的总体分析之中。

三、唐五代平声、上去声韵部与词调、词人关系

词调的用韵和词人的用韵是两个问题,虽然词调的用韵归根结底是词人的用韵。我们这里的词调用韵是指众多词人对同一词调的用韵选择,而词人用韵则是指同一词人对其所用词调的总体用韵选择。二者既有联系又有差异,差异是主要的方面。

唐五代词作为一种新兴的声乐配合的歌词,一开始就是以具体词调形式出现的,而每一词调的用韵是用平声韵还是仄声韵,往往从开始就确定了,它们和词韵韵部有没有关系?有多大关系?由于上去韵词总体数量偏少,同一词调的作品更少,这里我们用平声韵词调做一个说明。从表一唐五代词用韵情况表来看,唐五代词所用平声韵部最多的前五部分别是(合并相加):支微213,寒先128,江阳117,庚青114,东钟105。我们将它们与唐五代平声韵最流行的七个词调即《浣溪沙》(96)、《杨柳枝》(82)、《临江仙》(34)、《望江南》(33)、《渔父》(29)、《南歌子》(27)、《竹枝》(26)①作一对比,具体情况如下:

---

① 参考刘尊明、王兆鹏著《唐宋词的定量分析》(北京大学出版社2012年版),并据《唐五代词》正编统计。由于将《兵要望江南》720首词排除,故《望江南》词只有33首;而释德诚的《拨棹歌》虽然数量有39首,排名靠前,但属一人创作,谈不上流行词调,故不于此表中考量。

表五:唐五代平声韵流行词调与韵部使用

韵部使用＼词调	浣溪沙 96	杨柳枝 82	临江仙 34	望江南 33	渔父 29	南歌子 27	竹枝 26
支微	17	23	4	3	3	1	7
	18%	28%	12%	9%	10%	4%	27%
寒先	11	4	7	6	6	4	2
	12%	5%	21%	18%	21%	15%	8%
江阳	14	1	3	1	0	3	1
	15%	1%	9%	3%	0	11%	4%
庚青	7	6	6	2	4	4	3
	7%	7%	17%	6%	14%	15%	12%
东钟	6	4	5	3	2	4	1
	6%	5%	15%	9%	7%	15%	4%
总量和比例	55	38	25	15	15	16	14
	57%	46%	74%	45%	52%	59%	54%

应该说,虽然算是唐五代流行词调,但如《临江仙》、《望江南》、《渔父》、《南歌子》、《竹枝》各自的总数量还是太少,统计结果并不能完全说明问题,词调与韵部间的关系还要到两宋才能看得更加清楚。但我们这里至少可以看到一个大致的对应,七个词调除《南歌子》外各自对应韵部最多的是:《浣溪沙》、《杨柳枝》、《竹枝》三调,用支微韵最多,特别是《杨柳枝》,占到了 28%,而《临江仙》、《望江南》、《渔父》三调,用寒先韵最多。而我们再换一个相反的角度看,就是在七大词调不喜用的五个韵部中,《浣溪沙》以东钟部为最,《杨柳枝》、《临江仙》、《望江南》、《渔父》皆以江阳部为最,《南歌子》则以支微

部为最。而江阳韵在唐五代词中是排名第三的韵部,在流行词调中
有六调不喜用,非常特殊①。这种关系首先应该缘于词调本身的音
乐特征及韵部的文学情感②,而作家的唱和在其中也扮演了重要角
色,如张志和的《渔父》、刘禹锡的《竹枝》,在中唐甚至五代就有多人
唱和,其适宜表现的题材和文学情感基本定型③。

　　为探明词人创作和韵部之间的关系,这里我们也以平声韵部为
主,仍以刘禹锡、白居易、温庭筠等词人为考察对象,以平声韵部使用
的前五部即支微、寒先、江阳、庚青、东冬作为参照。下面是唐五代平
声韵主要韵部与词人具体使用情况(词人之下为平声韵段总量):

表六:平声主要韵部在唐五代十大词人作品中情况分布表

词人 韵部 使用	刘禹锡 39	白居易 25	温庭筠 86	韦庄 58	欧阳炯 46	牛峤 38	顾敻 57	孙光宪 76	冯延巳 86	李煜 39
支微	10	9	20	12	6	8	6	15	15	4
	26%	36%	23%	21%	13%	21%	11%	20%	17%	10%
寒先	3	1	2	4	7	4	7	8	17	5
	8%	4%	2%	7%	15%	11%	12%	11%	20%	13%
江阳	0	0	11	4	4	4	7	6	11	2
	0	0	13%	7%	9%	11%	12%	8%	13%	5%
庚青	5	3	5	2	9	3	9	9	6	4
	13%	12%	6%	3%	20%	8%	16%	12%	7%	10%

————————

① 考察江阳韵在唐五代词中的具体使用,虽然数量较多,但由于词调较分散,还
　没有形成韵部的自身特色。
② 相关内容请见第二节"两宋词平声、上去声的用韵"。
③ 参见田玉琪《词调史研究》,第 322、326 页。

续表

词人 韵部 使用	刘禹锡 39	白居易 25	温庭筠 86	韦庄 58	欧阳炯 46	牛峤 38	顾夐 57	孙光宪 76	冯延巳 86	李煜 39
东冬	1	1	3	8	5	2	6	4	15	8
	3%	4%	3%	14%	11%	5%	11%	5%	17%	21%
总量 和比例	19	14	41	30	31	21	35	42	64	23
	49%	56%	48%	52%	67%	55%	61%	55%	74%	59%

从表中我们可以看出,从中晚唐、花间到南唐词人选声择韵的一些发展变化。中唐刘禹锡、白居易韵部选择尚十分单调,较多集中于支微部,至温庭筠、韦庄选韵虽然也主要用支微部,但总体已经变得丰富一些,而欧阳炯、顾夐五部用韵的情况则较为均衡。从韵部的具体选择,更可以看到从中唐到南唐的重要变化。如果我们让每位词人各选两韵的话,则刘禹锡、白居易为支微、庚青,温庭筠为支微、江阳,韦庄为支微、东冬,顾夐为庚青、寒先(与江阳并列),孙光宪为支微、庚青,冯延巳为寒先、东冬(与支微并列),李煜则为东冬、寒先。显然,南唐冯延巳、李煜的用韵非常有特点,与温韦相比,就是较多使用东冬、寒先二韵。由支微而至东钟,这当是晚唐词韵到南唐词韵的一个发展变化,东钟韵成为两宋平声韵的主要用韵,也当与受南唐词韵的影响有关。词韵的选择,与作家的情感表现和风格特征有密切关系,如南唐词特别是李煜词的风格特点,王国维《人间词话》言"词至李后主而眼界始大,感慨遂深,遂变伶工之词而为士大夫之词",东冬韵的使用也在其中扮演了重要角色。

四、平、上去声韵的使用与唐五代词调发展变化

从平韵、上去韵的声调角度看,平声、上去声和唐五代词调的关系,

也有一个明显的发展过程。这个过程大体可以归纳为:盛中唐时期以押平声韵为主;晚唐以温庭筠为代表,以平、上去(包括入声)换押为主;南唐以冯延巳为代表,以纯平、纯上去声用韵为主。下面试分别作一分析。

1. 盛唐、中唐以平声韵为主的开创期

关于盛唐中唐词调,据《全唐五代词》收录,就有平声韵词调近三十个:

> 《好时光》、《清平调》、《谪仙怨》、《渔父》、《宫中三台》、《拨棹歌》、《杨柳枝》、《竹枝》、《纥那曲》、《忆江南》、《浪淘沙》、《潇湘神》、《抛球乐》、《长相思》、《广谪仙怨》、《步虚词》、《凤归云》、《宫怨春》、《望远行》、《赞普子》、《感皇恩》、《献忠心》、《望月婆罗门》、《内家娇》、《阿曹婆词》、《斗百草》、《柘枝词》、《拜新月》①

虽然在盛唐、中唐也有平仄韵转换的词调,如《菩萨蛮》调,但多以纯平声韵为主还是基本可以确定,并且如《杨柳枝》、《渔父》、《竹枝》、《浪淘沙》等,还成为唐五代的流行词调。而这些平声韵词调还有一个鲜明的特点,就是以齐言为主,只有《好时光》、《忆江南》、《凤归云》、《献忠心》等数调用长短句形式。关于早期词调主要用平声韵、齐言句的特点,当与词调声乐承清商乐有关,大量的清商曲辞皆用齐言,且多用平韵,词调的早期用韵形态正是这样。刘崇德在《燕乐新说》中将我国声乐歌词分为两种情况,一为诗赞体,一为曲牌体,前者特点是以“言”即字为基础,齐言是其基本特征,后者的特点是以长短句为主②。而清商曲辞,原本大量都是平声齐言的诗赞体。另

---

① 其中如《凤归云》、《赞普子》、《献忠心》、《望月婆罗门》、《内家娇》等于《云谣集杂曲子》及敦煌其他写卷的时代属性,参考任二北《敦煌曲初探》相关考证,属盛唐作品。

② 刘崇德著《燕乐新说》(修订本),第220—221页。

外就是在新兴燕乐的背景下,文人选声择调的避难求易心理在起作用,毕竟齐言平声,大家在创作近体诗时,已用得十分熟烂,再用于创作歌词,自然方便轻松。当然这一时期的平声韵长短句词调如《好时光》、《望江南》、《献忠心》等也应重视,体现了燕乐声词配合特征。不过和齐言的词调相比,除《忆江南》外,大都创作数量太少且于后世没有流行。

2. 晚唐以温庭筠为代表的平、上去换韵的新变期

平、上去(入)声换韵的词调创作,是唐五代词坛的一个靓丽风景,虽然盛唐已有这样的词调,但其大量的创作还是在晚唐温庭筠手中完成。温庭筠词新调有 14 调,分别是:

> 《更漏子》、《归国谣》、《酒泉子》、《定西番》、《南歌子》、《河渎神》、《女冠子》、《玉蝴蝶》、《遐方怨》、《诉衷情》、《思帝乡》、《河传》、《蕃女怨》、《荷叶杯》

在这些词调中,《更漏子》、《酒泉子》、《定西番》、《河渎神》、《女冠子》、《诉衷情》、《河传》、《蕃女怨》、《荷叶杯》九调都是平、上去(入)声韵转换的词调,并且其换韵方式多种多样。略举三例:

> 玉炉香,红蜡泪。偏照画堂秋思。眉翠薄,鬓云残。夜长衾枕寒。　梧桐树。三更雨。不道离情正苦。一叶叶,一声声。空阶滴到明。(《更漏子》)①

---

① 曾昭岷等编著《全唐五代词》,上册,第 107 页。由于唐五代词调在仄声的使用上,上去声和入声统为仄声,同一个词调用仄韵时,用上去声还是入声并不确定,而在换韵词调中,经常也是有时用上去声,有时用入声。具体请见本章第三节"唐宋词入声的用韵"相关论述。这里为不引起混乱,只举温氏平、上去声换韵之例。

楚女不归。楼枕小河春水。月孤明，风又起。杏花稀。

玉钗斜篸，云鬟重。裙上金缕凤。八行书，千里梦。雁南飞。（《酒泉子》）①

海燕欲飞调羽。萱草绿，杏花红。隔帘栊。　　双鬟翠霞金缕。一枝春艳浓。楼上月明三五。琐窗中。（《定西番》）②

《更漏子》词为重头曲，上下片同为两上去韵、两平韵；《酒泉子》词，全首主用平声韵，即"归"、"稀"、"飞"，上片中间用上声"水"、"起"变换，下片先用去声"重"、"凤"、"梦"三韵另起，最后一句再以平声"飞"结，比《更漏子》要复杂得多。而《定西番》词，平声、上去声更为错综交织，表现在上声"羽"、"缕"、"五"交错安排于平声"红"、"栊"、"浓"、"中"之间，属于隔韵相押。这种平声、上去声（或入声）交错搭配的用韵特点，是温庭筠的重要发明创造。王卫星用"大珠小珠落玉盘"来形容温词用调特点，十分生动准确③。

而我们如果对温庭筠的全部词作一起考察，会发现在现存的69首词中，有47首都是平、上去（或入）换韵的作品，占68%，并且这些词作皆为长短句的形式。则温庭筠的创作与盛唐、中唐的创作相比便有一个全新的变化，体现了词体在用韵上的一个根本变化。

那么为什么温庭筠会有这样的用韵方式呢？这种用韵方式在词体的声乐配合上有着怎样的意义？洛地在《辩说"和声"》一文中从和乐及词乐配合的角度，认为这样的换韵作品，是由两部分人交错递

---

① 曾昭岷等著《全唐五代词》，上册，第110页。按："云鬟重"原作"云鬟髻"，从《金奁集》。

② 曾昭岷等著《全唐五代词》，上册，第111页。

③ 王卫星《大珠小珠落玉盘——温庭筠词调赏析》，《古典文学知识》2019年第3期。

接歌唱合成的①,这显然是一种较为合理的解释。问题是,为什么这样的词调在两宋新生词调中,无论是令词还是慢词调,都十分罕见,甚至在温庭筠之后的五代新生词调中也较为少见? 是这种交错递接的歌唱方式不流行了吗? 似还有继续探讨的必要。而最直接原因应该是,这种声乐的配合过于复杂,远不如纯平、纯上去韵使用方便简捷。从唐宋词体声韵使用的发展史来看,以温庭筠为代表的这种平、上去(入)声交错变换的词调创作,与盛唐、中唐的词调用韵相比,明显是对词乐配合的崭新探索,这种探索,虽然个别换韵的词调如《菩萨蛮》、《虞美人》等成为后世的流行词调,但是大多于后世并未流行,其表现的只是唐宋词声乐配合从齐言体向杂言体的过渡阶段。从这个角度上说,温词的这种频繁换韵创作,虽然很美甚至绚丽,但于词体的用韵还并不成熟。

3. 南唐以冯延巳为代表的纯平、纯上去声用韵的成熟期

词体用韵方式的真正成熟,是在南唐冯延巳笔下完成的。冯延巳也有新创词调十四调,分别是:

> 《鹊踏枝》、《醉花间》、《舞春风》、《忆秦娥》、《芳草渡》、《阮郎归》、《点绛唇》、《贺圣朝》、《金错刀》、《寿山曲》、《捣练子》、《忆江南》、《归国谣》、《上行杯》

在这十四调中,从是否换韵的角度看,只有《芳草渡》、《忆江南》、《上行杯》三调是平、上去(入)换韵的词调,其他全是纯平、纯上去(入)的词调,除《舞春风》外全用长短句,这与盛中晚唐词体用韵相比都明显有一个重要变化。在这些词调中,纯用平声的有《舞春风》、《阮郎

---

① 洛地《辩说"和声"》,《江西师范大学学报(哲学社会科学版)》2003 年第2 期。

归》、《金错刀》、《寿山曲》、《捣练子》,其他则用纯上去(入)声,仍各举一例:

　　　　南园春半踏青时。风和闻马嘶。青梅如豆柳如眉。　　日长蝴蝶飞。花露重,草烟低。人家帘幕垂。秋千慵困解罗衣。画梁双燕栖。(《阮郎归》、《醉桃源》)①

　　　　谁道闲情抛掷久。每到春来,惆怅还依旧。日日花前常病酒。敢辞镜里朱颜瘦。　　河畔青芜堤上柳。为问新愁,何事年年有。独上小楼风满袖。平林新月人归后。(《鹊踏枝》)②

　　如果我们将冯延巳词,就平、上去(入)声单押、混押的情况作总体考察,则发现在其112首词作中,纯平韵的有44首,纯上去(入)韵的有35首,合计79首,而平、上去(入)换押的仅有33首,仅占全部词作的29%。除都用长短句外,冯词的用韵方式便与温词有了根本性的变化。

　　而从词调具体体式发展角度亦能看到冯词这种有意的变化。如前引温词创调《酒泉子》,平、上去(入)换韵,后为唐五代流行词调,此调冯词创作六首,四首用前人换韵体,二首用不换韵体,如:

　　　　深院空帏。廊下风帘惊宿燕,香印灰,兰烛小,觉来时。月明人自捣寒衣。刚爱无端惆怅,阶前行,阑畔立,欲鸡啼。③

此调常体,通常于上片第二、四句,下片第二句,用上去(入)韵。冯词这首全用平韵,别首"庭树霜凋"词也是这样一平到底。这二首不换韵体词,为唐五代现存《酒泉子》词中仅见,应该是冯词有意的改变。

前面提到,一韵到底的方式相较平、上去(入)换韵的方式于词人创作而言,更加方便简捷,两宋词的新调便基本都是这样。则冯延巳用韵方式的新变无疑在词体声律发展史上有重要意义,其新调也与温词新调在两宋很少使用不同(《菩萨蛮》非温氏创调),如《鹊踏枝》、《阮郎归》、《点绛唇》等都成为两宋及后世的流行金曲。

五、唐五代词上、去声用韵的单押与混押

在唐宋词的四声用韵中,通常认为上去二声是可以通押的,但通押的原因是什么,唐五代词与两宋词相比又有怎样的变化,尚无专门讨论。通过对唐五代词的上去二声做全面考察,我们发现虽有上去通押的情况,但总的比例和两宋相比明显较小。并且从唐五代词的总体创作背景来看,不少字的读音也不能仅依《广韵》(包括《集韵》),还应参考诗歌特别是唐诗的"时音"押韵资料及留存至今的方言口语等来综合考察。这不仅涉及全浊上声字变去声,也有全清等上声字读去声的问题。就唐五代词而言,上去声通常并不通押,而是各自单押。

1. 上去声各自单押、通押与全浊上声字

首先,我们依据《全唐五代词》正编,参照《广韵》对唐五代词的上去声用韵的单押、通押情况进行统计分析。如前文所言,《全唐五代词》正编共收含上去韵的词作 394 首词作,包含韵段共 490 个。下面是这些上去声韵段单押、通押的基本情况①:

---

① 本表统计充分考虑了唐五代词中韵字语义相同但兼有上去二读的多音现象。此种情况依唐诗上去用韵音读之例,据前后文韵字有时读上声,有时读去声,有时上去二声兼读。详见文后附"依《广韵》唐五代词韵字上去二读情况简表"。

表七：唐五代词上去声单押、通押情况表

单押通押 数量比例	上声 单押	去声 单押	上去声通押	总计
数量	180	149	161	490
比例	37%	30%	33%	100%

　　有学者曾对全宋词上去通押情况做过全面统计，可以得出的结论是宋词上去通押占宋词上去声总韵段的72%，大大超过了三分之二，上去通押显然在两宋是极为普遍的现象①。而我们看唐五代词，上去通押的比例只占到全部韵段三分之一，而上去声各自单押则是更普遍的现象。

　　这仅仅是我们依照《广韵》对唐五代词上去声调使用的统计结果。考虑到语音变化是一个长期、动态、缓慢的过程，《广韵》虽然总体上体现的是中古音系，但终究是一本"死书"，在具体字音的处理上，由于当时多种条件的限制，不可能非常完善。我们在解读唐五代词或宋词的过程中，如果仅仅参照《广韵》之书做出判断，很可能会出现一些失误。而《集韵》、《中原音韵》等韵书，特别是唐诗、宋诗甚至今天留存的口语方言等，都应是我们解读唐宋词语音的重要资料。如果我们把多种因素考量进去，唐五代词上去通押的比例还会减少很多。

　　首先以"浊上变去"韵字为例，《广韵》包括后来的《集韵》便尚存在诸多不足。全浊上声变去声，是我国声调变化的一条重要规律。通常认为，"浊上变去"在周德清的《中原音韵》时代已经完成。但它本身有一个发展、变化的过程，具体情况较为复杂。"'浊

---

① 参见魏慧斌、程邦雄《词韵"上去通押"与"浊上变去"》（《古汉语研究》2005年第4期），文中"表1"指出宋词中上声自押1416，去声自押1263，上去通押6943。原文没有提供百分比，这里依上去单押及通押数据得出。

上变去'的起始、发展和形成,是一个渐变过程,时间是悠久的,它可上溯到宋、五代、唐末、中唐,还可上溯到盛唐时代。"①"浊上变去"的具体来源,也有学者从三国、魏晋的韵文情况进行了梳理研究②。

　　唐五代词中的全浊上声韵字在《广韵》中的注音情况,可分两种:一是全浊上声字已经变为去声或正在变为去声,这表现为韵字的上去二声兼读兼存,即有上去二音;二是依《广韵》全浊上声字尚未变去仍读上声,但根据唐诗等押韵资料实际语音已经有去声者,应补去声之音。前者如"过"、"下"、"在"、"被"、"断"等③,后者如"动"、"似"、"道"、"限"、"样"、"撼"等。在这两种情况中,前一种《广韵》注出了上去二音,问题不大,我们只需依据词作的上下文韵字判断韵字的读音即可。而后一种情况,由于《广韵》只注出了上声一读,对这部分韵字,如果我们仅依《广韵》只读上声来解读唐五代词,那便很多都是上去通押的韵例。下面试对几个全浊上声韵字在唐五代词中当读去声的情况作些辨析:

　　(1)动

　　动,《广韵》、《集韵》皆只注"董"部,上声,定母,全浊上声字。唐五代词中"动"字共用韵六次(仍依《广韵》用小字注韵部,下同),都是与去声相押:

---

①　马重奇《从杜甫诗用韵看"浊上变去"问题》,《福建师范大学学报》1982年第3期。

②　参见范新干《浊上变去发端于三国时代考》(《汉语史研究集刊》1999年)、《略论西晋时代的浊上变去》(《人文论丛》1999年卷)。

③　请参见文后附"依《广韵》唐五代词韵字上去二读情况简表"中的上声字"全浊"情况。

　　韦庄《酒泉子》：梦送动董重用①。170

　　魏承班《菩萨蛮》：动董凤送。482

　　牛峤《西溪子》：凤送动董。513

　　李珣《西溪子》：动董梦送。606

　　孙光宪《上行杯》：动董送送共用捧用。634

　　李煜《菩萨蛮》：动董梦送。756

　　"动"字作为全浊上声字，唐诗中已有不少和去声相押之例。如白居易《自咏五首》（其一）以"动"、"用"、"弄"、"梦"相押，司马扎《道中早发》诗以"动"、"送"、"重"、"梦"、"用"、"洞"相押。知唐代"动"字已有浊上变去情况，可读上去二声。而以上六处唐五代词中"动"字用韵，皆应读作去声，已入"送"部，不应视为与前后去声字上去通押。

　　（2）限

　　《广韵》、《集韵》皆只注"产"部，上声，匣母，全浊上声字。此字唐诗中已有去声一读。其中与去声韵相押者，如白居易《陵园妾》以"换"、"限"、"慢"相押，郑谷《牡丹》诗以"宴"、"限"、"绽"相押。宋诗中与去声相押者就更多。此字唐五代词中共用韵六次，其中三次与去声相押：

　　李白《菩萨蛮》：雁谏限产。13

　　顾敻《醉公子》：慢艳限产。568

　　冯延巳《鹊踏枝》：片霰转线散翰限产。649

---

① 为省简起见，一首词通常只选取上片或下片的韵字。后数字为该词在《全唐五代词》中的具体页码，下同。

以上三例中"限"字皆读作去声,韵部已入裥部。

(3)似

《广韵》、《集韵》皆只注"止"部,上声,斜母,全浊上声字。此字唐诗读去声者,如韩翃《赠别崔司直赴江东兼简常州独孤使君》以"似"、"吏"、"醉"、"饵"、"地"、"鼻"、"骑"、"贵"相押,是通篇押去声,庞蕴《诗偈》(其五十一)以"二"、"智"、"类"、"异"、"似"、"地"、"利"、"二"、"地"、"施"、"智"相押,亦是通篇押去声。"似"于中晚唐已有浊上变去情况,可兼读二声。

唐五代词中"似"用韵四次,两次与上声相押,两次与去声相押。两次与去声相押者为:

> 牛峤《更漏子》:字志事志似止。508
> 许岷《木兰花》:字志似止事志。778

上两例"似"字,皆当作去声读,已入"志"部,不当视为上去通押。

(4)是

《广韵》、《集韵》皆注上声,纸韵,禅母,全浊上声字。唐五代词中无名氏词与去声相押:

> 无名氏《谒金门》:戏寘醉至贵未是纸。920

按"是"字于中晚唐已开始浊上变去,已有上去两音。白居易《春日闲居三首》(其三)"是"与"赐"相押,皮日休《奉和鲁望渔具十五咏》(其十四)以"是"与"饵"、"睡"、"事"相押。无名氏词中"是"当读去声,已入"寘"部。

(5)尽

《广韵》、《集韵》皆注上声,纸韵,禅母,全浊上声字。唐五代词中一处与去声相押：

　　　顾夐《荷叶杯》：信震尽轸。566

唐张祜《登香炉峰寄远人》诗以"尽"与"郡"、"镇"、"振"、"韵"、"愦"、"烬"、"顺"、"信"、"磷"相押，是全押去声，元结《舂陵引》诗亦以"尽"字全与去声相押，是中唐"尽"字已浊上变去，已入"震"部，有上去二读。顾词当读去声，实为"震"部独押。

　　（6）待

　　《广韵》、《集韵》皆注上声，海部，定母，全浊上声字。唐五代词中一例与去声相押：

　　　白居易《宴桃源》：会泰杀怪黛泰奈泰奈泰待海。74

按"待"字唐人刘驾《兰昌宫》以"待"与"在"、"晦"、"岁"相押，李端《杂诗·五言绝句》以"待"与"会"相押，都是"待"作去声之例。而在北宋诗歌中与去声相押者更多，如冯山《谢夔守贾昌言礼宾》诗，以"待"与"外"、"败"等16个去声字相押，王令《对竹》以"待"与"籁"、"佩"等9个去声字相押，等等。"待"字唐宋时期已有上去二读，已入"代"部，白词中"待"字应读去声。

　　（7）样

　　《广韵》注养部，上声，邪母，全浊上声字；《集韵》注有上去二声。此字可读去声，盛唐杜甫诗中已见，如《杨监又出画鹰十二扇》诗，韵字依次为"样"、"状"、"向"、"将"、"仗"、"王"、"壮"、"怅"、"嶂"、"上"，当视为通篇押去声韵。唐五代词中"样"字共用韵三次，两处与去声相押：

　　欧阳炯《更漏子》:向漾望漾样养。463
　　牛峤《酒泉子》:望漾样养上漾。512

以上两处"样"字,皆当依从《集韵》,入"漾"部,作去声读。
　　在"全浊上声"字中,还有一部分字,依《广韵》、《集韵》貌似已经
完成"全浊上声变去",不再有上声之音,然而在实际诗词创作中依然
保留上声读音,如:
　　(1)住
　　《广韵》、《集韵》皆用去声,澄母,全浊去声字。唐五代词中"住"
字用韵共六次,两处与上声相押:

　　　　孙光宪《河传》:女语雨麌住遇。619
　　　　无名氏《菩萨蛮》:住遇主麌。845

按"住"字,魏晋至唐代诗歌中不乏上声之韵例,如陈琳《饮马长城窟
行》以"住"与上声"妇"相押,沈约《八咏诗·夕行闻夜鹤》以"住"与
"楚"、"侣"、"屿"、"渚"相押,亦皆上声,唐人于濆《山村晓思》以
"住"与"雨"、"渚"、"去"相押,亦皆上声。"住"字当为全浊上声变
去之字,上声读音仍存,上列唐五代词两例中"住"字当读上声为宜,
为"麌"部韵。
　　(2)袖
　　《广韵》、《集韵》皆注去声,宥部,邪母,全浊去声字。唐五代词
中共四次用韵,完全与上声相押者一例:

　　　　孙光宪《应天长》:有有九有柳有酒有;手有偶厚首有袖
宥。642

按"袖"字,如"袖子"之"袖",今天普通话读去声,但大量的北方方言区仍读上声。而"袖"字在宋代诗歌中,当作上声者也很多,如谢枋得《乞醯》诗,以"袖"与"斗"、"丑"等十三个上声字相押。从"浊上变去"的发展规律看,"袖"读上声不应是后起读音,或比去声更加古老。唐宋诗词中,"袖"字应有上去二读,分别入"有"、"宥"二部。孙光宪词中"袖"字当读上声,全词应是上声单押,而不是上去通押。

(3)地

《广韵》、《集韵》皆注去声,至部,定母,全浊去声字。"地"字在唐五代词中共用韵12次,其中4次与上声相押:

> 孙光宪《思越人》:起止死旨地至子止。635
> 孙光宪《生查子》:蕊纸地至。643
> 文珏《虞美人》:里(止)地(至)。779
> 无名氏《鱼歌子》:起止被纸是纸地至。939

按"地"字,唐诗中有不少和上声相押之例。如畅当《自平阳馆赴郡》以"地"与"水"、"起"、"鄙"、"吏"、"里"、"矣"、"齿"相押,苏拯《金谷园》诗以"地"与"址"、"似"、"市"、"死"相押等,皆当读作上声。"地"字亦本浊上变去之字,有上去二读,分别入"止"、"至"二部。上列唐五代词"地"字皆当读作上声,非上去通押。

2. 单押、通押与全清上声字等

除全浊上声字外,"全清上声字"包括一些次清、次浊声母的上去异读也会影响单押、通押的判断。在文后所附"依《广韵》唐五代词韵字上去二读情况简表"中,"全清上声字"有上去二读音的就有"去"、"倚"、"断"、"转"、"散"等,还有一小部分次浊、次清声母字也有上去异读音。这些有异读的全清、次清以及次浊的韵字,读音不同,有的意义并无差异,如"去"在表达"离开"、"往"的意思时,完全可以读上去二声,这在唐诗中比比皆是。有的意义虽然在《广韵》中有差别,但诗人在使用时,很多时候并不拘于这种差异,往往会出现"借音"的现象。如"处"字,《广韵》作上声读为动词:"居也,止也……"作去声读为名词:"处所也。"然今存唐诗中,作名词时读上声亦不少,如皮日休《太湖诗圣姑庙》:

> 洛神有灵逸,古庙临空渚。暴雨驳丹青,荒萝绕梁栭。
> 野风旋芝盖,饥乌衔椒糈。寂寂落枫花,时时斗鼯鼠。
> 常云三五夕,尽会妍神侣。月下留紫姑,霜中召青女。
> 俄然响环佩,倏尔鸣机杼。乐至有闻时,香来无定处。
> 目瞪如有待,魂断空无语。云雨竟不生,留情在何处。

"香来无定处"、"留情在何处",为作者有意安排。孤立看,前者读上声,后者读去声,然从全篇看,后者也必读上声,通篇押的是上声"语"韵。而诗词中最常用的词语"何处"之"处"亦有两音,"处"作名词,为偏正结构,"处"作动词,为倒装的动宾结构,而无论怎么理解,二者也都是有相近相通之处的。再如"树"字,上声为动词,去声为名词,但中晚唐及宋代诗歌中以名词读如上声也有很多。

　　以上我们考察了唐五代词中一些韵字不能尽依《广韵》包括《集韵》的注音情况,或可考虑不将相关韵段视为上去通押。这样,唐五代词中实际上去通押的比例就只有 20%左右了。当然,我们这里的主要结论还是唐五代词与两宋词不同,在上去二声的声调使用上,总体还是相当严谨。不过,关于上去通押与否的判断标准,无论唐宋,都有很多字为上去两读,需要辨别。这本身并不是什么问题,需具体阅读辨析。下面是唐五代词韵字上去二读的简明情况,聊供参考:

表八:依《广韵》唐五代词韵字上去二读情况简表①

用韵情况 韵摄 韵字		广韵	韵部	声母	清浊	《全唐五代词》中具体韵例情况
果	过	上	果	匣	全浊	(1)上声:无名氏《菩萨蛮》颗果过果。87
		去	过	见	全清	(2)上去二声兼读:冯延巳《更漏子》坐果或过 过果或过。688
假	下	上	马	匣	全浊	(1)上声:韦应物《调笑令》:马马马马下马。22
		去	祃	匣	全浊	(2)去声:韦庄《荷叶杯》:下祃夜祃。158
遇	处	上	语	穿	次清	(1)上声:韦庄《清平乐》雨麌缕麌语语处处。173
		去	御	穿	次清	(2)去声:冯延巳《应天长》故暮处暮去御路暮。674
	去	上	语	见	全清	(1)上声:韦庄《应天长》处语去御雨麌否旨。156
						(2)去声:顾复《酒泉子》意至去御。560
		去	御	溪	次清	(3)上去声兼读:李晔《菩萨蛮》:树麌或遇去语或御。181
	苦	上	姥	溪	次清	(1)上声:顾复《荷叶杯》苦姥否旨。565
		去	暮	溪	次清	(2)去声:无名氏《菩萨蛮》苦暮路暮。907
	树	上	麌	禅	全浊	(1)上声:冯延巳《鹊踏枝》树麌缕麌柱麌去语。658
						(2)去声:牛希济《谒金门》暮暮路暮去御树遇。546
		去	遇	禅	全浊	(3)上去声兼读:见"去"韵例(3)。

① 为省简起见,同一首词韵段只取与本韵字相关者之上片或下片韵字,用小字注出《广韵》韵部,后注《全唐五代词》页码。此表只是依《广韵》列出可能影响单押、通押分歧的韵字韵例,并非列出唐五代词中所有意义基本相同且有上去二读之例,如"里"字,作"里外"之"里"意义时,有上去二读,但唐五代词中相关韵例并不存在单押、通押的分歧,不列。

续表

用韵情况 韵摄 韵字		广韵	韵部	声母	清浊	《全唐五代词》中具体韵例情况
蟹	在	上	海	从	全浊	(1)上声:李煜《虞美人》在海改海。741 (2)去声:孙光宪《菩萨蛮》态代在代。621 (3)上去声兼读:无名氏《苏莫遮》会泰海海退队在海或代。916
		去	代	从	全浊	
止	被	上	纸	并	全浊	(1)上声:孙光宪《更漏子》旎纸被纸。644 (2)去声:李白《连理枝》闭霁翠至倚被寘。8 (3)上去声兼读:无名氏《洞仙歌》醋暮堉霁倚寘被纸或寘泥荠。805
		去	寘	并	全浊	
	帔	上	纸	并	全浊	(1)上声:牛峤《女冠子》帔纸里止。505 (2)上去声兼读:李白《连理枝》帔纸泪至里止至至。8
		去	寘	并	全浊	
	倚	上	纸	影	全清	(1)上声:皇甫松《天仙子》水纸嘴纸里止倚纸以止。90 (2)上去声兼读:例见"被"(3)。
		去	寘	影	全清	
	已	上	止	喻	次浊	(1)去声:冯延巳《醉花间》畜寘悴至已至悔队。672 (2)上去声兼读:魏承班《玉楼春》已止或志醉至旎纸。484
		去	志	喻	次浊	
山	断	上	缓	定	全浊	(1)上声:王建《宫中调笑》管缓管缓断缓。36 (2)去声:白居易《宴桃源》院线见霰散翰断换乱换。73 (3)上去兼读:冯延巳《鹊踏枝》怨愿懒旱满缓断缓或换。654
		去	换	端	全清	

续表

用韵情况 韵摄　韵字		广韵	韵部	声母	清浊	《全唐五代词》中具体韵例情况
山	转	上	狝	知	全清	(1)上声:牛峤《更漏子》转狝怨愿。508
		去	线	知	全清	(2)上去兼读:欧阳炯《贺明朝》面线转线或狝 　　撚铣线线。454
	散	上	旱	心	全清	(1)上声:冯延巳《更漏子》晚阮散缓。687
		去	翰	心	全清	(2)去声:李煜《喜迁莺》散翰乱换院线。748
臻	近	上	隐	溪	次清	(1)上声:冯延巳《上行杯》粉吻近隐。703
		去	焮	群	全浊	(2)去声可兼读:冯延巳《鹊踏枝》近焮或隐信 　　震隐隐鬓震。657
宕	上	上	养	禅	全浊	(1)上声:牛峤《菩萨蛮》想养上养。510
		去	漾	禅	全浊	(2)去声:温庭筠《更漏子》上漾望漾帐漾。105
通	重	上	肿	澄	全浊	(1)上去:李存勖《阳台梦》缝乱重用凤送。444
		去	用	澄	全浊	(2)去声:毛熙震《酒泉子》宠肿重肿。592

　　虽然唐五代词上去声混押比例较小,但毕竟还是有相当的数量。这个数量总体看也是随着词体创作的发展而逐渐增多。其中,盛唐的李白词明显是一个较为特殊的现象,《全唐五代词》所收李白词,涉及上去声韵的有七个韵段,不仅全为韵部混用,且在声调上也有 6 个为上去通押,这实在是一个不小的创举。而在上去声通押与否的词人创作中,温庭筠和冯延巳也明显是两个重要的标杆。温词上去声总韵段有 42 个,全为上声单押和去声单押,没有上去通押的情况,严格依从《广韵》声调安排。而冯延巳词上去声共有 65 个韵段,上去声韵段通押的有 26 个,通押占比已达 40%,一定意义上说,已开两宋词上去声通押的先河。而词体为何最终选择了上去通押,似不能用“浊上变去”的原因来解释(具体请见第二节两宋词上去声韵通押的分析)。

第二节　两宋词平声、上去声的用韵

关于两宋词用韵的研究,已有丰富的成果。这主要集中在对韵部的划分上,清代的词韵著作有沈谦《词韵略》、李渔《笠翁词韵》、仲恒《词韵》、吴烺《学宋斋词韵》、吴宁《榕园词韵》、戈载《词林正韵》等,就词韵分部诸家各有差异。目前学界通常以戈载的《词林正韵》为词韵之集大成者,研究词韵往往以戈氏韵书作为参照。当代学者如鲁国尧、魏慧斌等人对宋词韵部也皆有详细研究,使用材料更为全面。不过总体看清代至今的词韵研究,如前文所述,除了吴宁的《榕园词韵》外,皆以平赅上去的方式进行。这里我们仍然采用平声、上去声分开的方式对两宋词韵各自独立研究,并作总体观照,对词人的韵部选择、词调与韵部之间的关系及韵部声情、上去通押等问题,结合历史发展进行讨论。

一、平声、上去声使用的基本情况与韵部划分

我们首先对两宋词的韵部使用情况,依据唐圭璋编《全宋词》[1]和孔凡礼《全宋词补辑》[2],除存目词、残缺词、《全宋词》附录小说中词外,进行基本的统计。其中涉及平声韵词作共 10742 首,韵段共 11761 个;上去声词作共 8493 首,韵段共 9074 个。下面是两宋平、上去声用韵基本情况[3]:

---

[1] 唐圭璋编《全宋词》,中华书局 1965 年版。

[2] 孔凡礼《全宋词补辑》,中华书局 1981 年版。

[3] 由于两宋平声韵韵部除山摄与咸摄混押外,其他与唐五代词相比均无根本变化,在两宋词平声韵使用一栏中,为简明方便,直接使用两宋词韵的韵部简称以说明,如东冬钟简称东冬、支脂之微齐简称支微、鱼虞模简称鱼模、佳皆灰咍简称灰咍、真文欣魂痕简称真文、元寒桓删山先仙简称寒先、(转下页注)

表一：两宋词平声、上去韵使用一览表

韵摄	《广韵》平韵		宋词韵	两宋词使用情况	《广韵》上去韵				宋词韵	两宋词使用情况
	平声	独同			上声	独同	去声	独同		
通	东	独	东冬	东冬同用 1262	董	独	送	独	董送	董送 155
通	冬	同					宋	同		
通	钟				肿		用			
江	江	独		见阳部	讲	独	绛	独		
止	支	同	支微齐	(1) 支微同用 1740	纸	同	寘	同	纸寘	纸寘 1711
止	脂			(2) 支微、灰咍混用 8①	止		至			
止	之				旨		志			
止	微	独			尾		未			
遇	鱼	同	鱼虞模	鱼虞同用 346	语	独	御	独	语御	语御 2344
遇	虞				麌		遇			
遇	模				姥		暮			
蟹	齐	独		见支微部	荠	独	霁	同		
蟹							祭			

（接上页注）萧宵肴豪简称萧豪、庚耕清青蒸登简称庚青、覃谈盐添咸衔严凡简称覃盐，等等，并且在统计表不再称东钟"混用"，而称东冬"同用"，依次类推，上去声韵亦然。而上去通协者如《西江月》、《渡江云》仍以平声为主，按平声韵段统计，仄韵字不计，个别词调如《合宫歌》全词平上去通协，则整体不计。

① 支微、灰咍的相押，大部分不视为混用，依据韵段主体视为支微韵或灰咍韵，具体见正文分析。此处混用具体指黄庭坚《南乡子》二首、黄叔达《南乡子》一首、洪皓《忆江梅》五首，之所以称为混用，是依韵段本身无法判断属支微还是灰咍部，如黄氏词韵字依次为回、开、咍、谁、徊、吹、来、衰，依《广韵》，支微部三韵字，灰咍部四韵字。

续表

韵摄	《广韵》平韵		宋词韵	两宋词使用情况	《广韵》上去韵				宋词韵	两宋词使用情况
	平声	独同			上声	独同	去声	独同		
蟹							泰	独		
蟹	佳	同	佳皆灰咍	灰咍同用593	蟹	同	卦	同	贿泰	贿泰144（治、画、话偶入马祃韵，泰、贵、对、悔偶入纸寘部）
蟹	皆				骇		怪			
蟹							夬			
蟹	灰	同			贿	同	队	同		
蟹	哈				海		代			
蟹							废	独		"废"入纸寘部
臻	真	同	真文欣元魂痕	（1）真文同用808	轸	同	震	同	轸震	（1）轸震194
臻	谆			（2）真文、庚青混用311	准		稕			（2）轸震、梗映混用275
臻	臻			（3）真文、侵混用65						（3）轸震、寝沁混用25
臻	文	独		（4）真文、庚青、侵混用107	吻	独	问	独		（4）轸震、梗映、寝沁混用30
臻	欣	独		（5）元寒先同用97	隐	独	焮	独		
山	元	同		（6）元寒先、覃盐咸严混用6	阮		愿			
臻	魂				混	同	恩	同		
臻	痕				很		恨			

续表

韵摄	《广韵》平韵		宋词韵	两宋词使用情况	《广韵》上去韵				宋词韵	两宋词使用情况
	平声	独同			上声	独同	去声	独同		
山 山 山 山 山 山	寒 桓 删 山 先 仙	同 同 同	寒删先	(1)寒先同用1649 (2)寒先、覃盐咸凡混用110 *另见真文部	旱 缓 潸 产 铣 狝	同 同 同	翰 换 谏 裥 霰 线	同 同 同	旱翰	(1)旱翰(含阮愿部)同用1162 (2)旱翰、琰艳混用207
效 效 效 效	萧 宵 肴 豪	同 独 独	萧肴豪	萧豪同用346	筱 小 巧 皓	同 独 独	啸 笑 效 号	同 独 独	筱啸	筱啸1142
果 果	歌 戈	同		歌戈同用283	哿 果	同	箇 过	同	哿箇	哿箇164
假	麻	独		麻独用477	马	独	祃	独	马祃	马祃224
宕 宕	阳 唐	同		江阳同用1269	养 荡	同	漾 宕	同	养漾	养漾169
梗 梗 梗 梗 曾 曾	庚 耕 清 青 蒸 登	同 独 同	庚青	(1)庚青同用996 (2)庚青、侵混用34	梗 耿 静 迥 拯 等	同 独 同	映 净 劲 径 证 嶝	同 独 同	梗映	(1)梗映251 (2)梗映、寝沁混用20 *另见轸震部

续表

韵摄	《广韵》平韵		宋词韵	两宋词使用情况	《广韵》上去韵				宋词韵	两宋词使用情况
	平声	独同			上声	独同	去声	独同		
流流流	尤侯幽	同	尤侯	尤侯同用 995	有厚黝	同	宥候幼	同	有宥	有宥 890
深	侵	独	侵	侵独用 237	寝	独	沁	独	寝沁	寝沁 11
咸咸	覃谈	同	覃咸	覃咸同用 80	感敢	同	勘阚	同	感勘	感勘同用 37 *另见旱翰(2)
咸咸	盐添	同			琰忝	同	艳㮇	同		
咸咸	咸衔	同			豏槛	同	陷鉴	同		
咸咸	严凡	同			俨范	同	酽梵	同		

关于两宋词平声、上去声韵部的划分,清人吴烺的《学宋斋词韵》以平赅上去方式分十一部①,吴宁的《榕园词韵》分平声十四部、上去声十四部,共二十八部②,戈载《词林正韵》以平赅上去方式分平、上

---

① 吴烺辑《学宋斋词韵》,清乾隆三十年(1765)刻本,江合友主编《清代词谱丛刊》,第 29 册。
② 吴宁撰《榕园词韵》,清乾隆四十九年(1784)冬青山馆刻本,江合友主编《清代词谱丛刊》,第 30 册。

去韵共十四部①。当代鲁国尧、魏慧斌亦皆以平赅上去方式立部，鲁国尧分平、上去共十四部，魏慧斌分平、上去声共十三部。综合以上各家观点，其中平声"东钟"、"江阳"、"鱼虞"、"萧豪"、"歌戈"、"麻"、"尤侯"七部，及与其对应的上去声"董送"、"养漾"、"语御"、"筱笑"、"哿箇"、"马祃"、"有宥"七部，诸家分部皆无异议，从使用情况表上来看，这些韵部的使用在两宋也皆为同用，没有与他部混用者（个别偶用方音者，依然计入所押韵例之内，不视为混押），体现出韵部的高度纯洁性。这些韵部体现出宋词用韵严谨一致的特点，以及民族共同语根深蒂固的影响。这些平声和上去声韵部，在分部问题上没有必要再继续讨论。这里我们试结合前贤观点，重点探讨有分歧或争议较大的韵部归属。

（1）支微与灰咍部。这关键在于"灰"部字的处理上。清代主要有两种观点，一是以吴宁的《榕园词韵》、戈载的《词林正韵》为代表，将"灰"部归属于支微齐部（上去声字亦然）；二是以沈谦《词韵略》、仲恒《词韵》②为代表，将"灰"部字分为两部分，一部分入"支纸"部，一部分入"佳蟹"部。当代鲁国尧在阴声韵七部中，分皆来部和支微部，将灰韵的多数字归入皆来部，少数字归入支微部③，因篇幅所限，未列具体韵字；魏慧斌则在阴声韵七部中分灰咍部和支微部，将灰部字归入灰咍部。以上可谓众说纷纭，但对"灰"部字的归并，应是越来越合理的。这里，我们同意魏慧斌对"灰"部的归属，就是灰部韵不入支微韵，且应以主干身份入主"灰咍"韵。

---

① 戈载撰《词林正韵》，清道光元年（1821）翠薇花馆刻本，江合友主编《清代词谱丛刊》，第 30 册。

② 仲恒编《词韵》，查继超辑、吴熊和点校《词学全书》本，书目文献出版社 1986年版。

③ 鲁国尧《论宋词韵及其与金元词韵的比较》，《鲁国尧自选集》，第 139—140 页。

　　但是也有一点需要说明，就是从《广韵》的角度看，也确实有"灰"（咍）部字和支微韵相押的情况，并且有一定的数量，这些韵字集中于杯、梅、回、摧、雷、煤、开、怀、徊等字，虽然它们的身份仍然主要是灰（咍）韵字，但显然不能看成是偶然和支微部相押，而是带有系统性的相押，如"回"字，共用韵253次，有27次明确押入支微部。于宋词韵中，灰（咍）部部分韵字显然应分属两部，一为灰咍部，一为支微部，《广韵》《集韵》的注音，应予补正。这样看来，清人将灰部归入支微、或部分归入支微，并非全无道理，只是过于简单和泛化罢了，而其泛化的处理，更多的应是受了时人创作的影响（这一点有待进一步考察）。再有一点需要补充的是，不仅灰部部分韵字可以分属两部，支微部一些韵字也出现了和灰韵混押的情况，这些韵字有谁、枝、归、为、衰、颐等。结合灰（咍）部字入支微韵的情况，应可以说明，两宋时期，现实语音已经开启了"支微齐"和"灰咍"部的重新整合的音变期（当然主要还是灰部向微部的转移分化），不过，这种音变于两宋似并无明显的发展演进，也远没有完成①。

　　（2）平声真文、侵与庚青部，上去声轸震、梗映和寝沁部。在唐五代词韵中，真文、侵和庚青三部是各自独立为部的，并不混押，但是在两宋词中，它们的具体使用较为复杂。对它们的韵部归属，总的来看，观点一致的多，如清人仲恒《词韵》、吴宁《榕园词韵》、戈载《词林正韵》等书，以及今人鲁国尧、魏慧斌的研究，皆将三部各自独立。惟清人吴烺的《学宋斋词韵》特立独行，将三部合并为一部。应该说，这与之前的词韵韵书相比是一个全新的创举。吴烺在《例言》中说："词韵最宽，如真庚相通，不必言矣，侵韵亦与真庚同用，张玉田词历

①　鲁国尧在《论宋词韵及其与金元词韵的比较》中认为，"事实上，《广韵》灰韵字及泰韵合口字在宋词韵中，入皆来部较多，入支微部较少，有若干字兼入2部。这表示正处在音变的过程中，至元代方完成"，《鲁国尧自选集》，第139页。

历可证,本书并为一部,非泛滥也。"①对于吴烺这种做法,江合友评论说,"因其适用,又以《广韵》、'学宋'为标榜,故影响甚巨"②。但这种分法,后人批驳的多,承继的无。反驳的以戈载所言最有代表性:

> 今填词家所奉为圭臬信之不疑者,则莫如吴烺、程名世诸人所著之《学宋斋词韵》。其书以学宋为名,宜其是矣,乃所学者,皆宋人误处,真谆臻文欣魂痕庚耕清青蒸登侵皆同用……便骄驳不堪。试取宋人名作读之,果尽若是之宽者乎?③

戈载的批评似很有力量,说"学宋"皆"宋人误处"。但是戈载的批评于宋词用韵的实际情况并不相符。我们从两宋词平声、上去声使用情况一览表中,只看平声真文、庚青、侵各自独用、混押情况:真文同用有 808 次,庚青同用有 996 次,真文、庚青混用有 311 次,混押比分别为 28%、24%。而侵部独用 237,其与真文、庚青的混押总数达到 206 次(含真文侵、真庚侵、真文庚侵),混押占比达到 47%。从基本的统计数据来看,吴烺的《学宋斋词韵》将真文、庚青、侵三部并为一部,并不是很大的问题,作者应是在对两宋词进行比较全面考察基础上做的归纳总结,观点值得充分的尊重。

但是,如果完全依照《学宋斋词韵》对平声真文、庚青、侵三部进行合并,也有问题,就是真文、庚青各自同用的数量很大,二者混押总比只占 15% [即 311÷(311+808+996)],混押还是一个少数

---

① 吴烺辑《学宋斋词韵》,江合友主编《清代词谱丛刊》,第 29 册,第 487 页。

② 江合友《吴烺学宋斋词韵提要》,江合友主编《清代词谱丛刊》,第 29 册,第 474 页。

③ 戈载撰《词林正韵·发凡》,江合友主编《清代词谱丛刊》,第 30 册,第 284 页。

派。真文和庚青还是各自独立更为合适。而"侵"部的混用，占比已达47%，和唐五代词相比，其在两宋深摄的独立地位已不复存在，这是非常重要的变化。但是如果取消"侵"部韵，"侵"韵字是归入真文还是归入庚青，从两宋词用韵的基本情况来看，因没有规律也无法确定。在这样的情况下，我们仍将平声"侵"韵独自立部，实为无奈之举①。

　　而真文、庚青、侵三部对应的上去声如何分部，便应该完全依从《学宋斋词韵》的处理，即合为一部。我们从情况表中看，"寝沁"部，两宋词共使用86个韵段(寝沁11+轸震寝沁25+轸震梗映寝沁30+梗映寝沁20)，独用仅11个韵段，75个韵段都是和"轸震"、"梗映"混押的，混押占到了87%。这足以说明在两宋词的上去韵使用中，是不存在有"寝沁"一部的。而与"寝沁"混押的另外两个韵部"轸震"、"梗映"，分别使用194、251(不含与"寝沁"混押)，而二部混押也有275次，混押比分别占到59%、52%，总比也达到了38%。这也应该说明，两宋词上去声"轸震"、"梗映"也是不能独立立部的，是成系统地混押在一起，应予合并。这样，两宋词的上去声"轸震"、"寝沁"、"梗映"，不能和相应平声韵对应而各自立部，而应该合为一部。此部用"轸震"命名的话，包含了《广韵》中的上声轸、准、吻、隐、很、混、梗、耿、静、迥、拯、等、寝，去声震、谆、问、焮、恨、映、净、劲、径、证、嶝、宥、候、幼、沁。这种合并，是两宋词运用的实际情况的合并，实为原本的宋词创作情况。吴烺韵书取名《学宋斋词韵》，于此实为妥帖，"学宋"二字并不虚

───────────

① 魏慧斌在《宋词用韵研究》中，通过比对"侵"韵的具体用字在韵段中的表现，认为侵韵自押的数量，远超过通押的数量，有理由认为，宋代深摄m尾的变化只是刚刚开始，大多数字的韵尾还是比较稳固的(第134页)。这个观点于平声侵韵或为可行，但于上去声寝、沁则明显不合，寝沁已完全与轸震、梗映混押。

言。历代研究宋词用韵的,绝大部分在上去声中,和平声对应而分出"轸震"、"梗映"、"寝沁"三部,这与平赅上去的研究方法有关,因为用平赅上去的方式,便不会留意到其上去声的使用与相应平声的使用有着重大差别,当然,这也与根深蒂固的诗韵影响有关系。而这种将"轸震"、"梗映"、"寝沁"各自独立为部的归纳分析,长期以来影响着学术界,产生了诸多混乱。

考察平声真文、庚青、侵三部的混用,在两宋有一个明显的发展历程。北宋前期张先、杜安世偶有混用,后期陈师道、毛滂、朱敦儒为多,其中朱敦儒用韵涉及三部的共 30 个韵段,混押共 21 次,朱氏基本上是把三部看作一部的,朱氏家为北方洛阳,这也可排除真文、庚青、侵三部混押纯属南方方音的情况。至南宋,三部混押越来越多,赵长卿、辛弃疾、韩淲等人多有混押,周密、张炎则完全将三部视为一部。混押于宋末达到高峰,如周密词涉及三部的共 27 次,除两次庚部独用外,其他全为混押①。不过,毕竟如前文所说,三部于宋词中还是各自独用为妥。考察上去声"轸震"、"寝沁"、"梗映"三部的混押,北宋欧阳修已多有混押,晁补之、朱敦儒亦多有之,南宋前期如吕渭老、康与之、李流谦、陆游、张孝祥、赵长卿、辛弃疾亦多有之,其中辛弃疾词涉及"轸震"、"寝沁"、"梗映"的韵段共 15 个,只有四处独用("轸震"、"梗映"各独用两次),另十一处皆为混用,具体为:轸震梗映混用 7 次,轸震寝沁梗映混用 2 次,寝沁梗映混用 2 次。这说明,"轸震"、"寝沁"、"梗映"的混用在南宋前期已经完成,代表词人就是辛弃疾。

(3)平声寒先、覃盐二部。此二部各涉及《广韵》多个韵部,分别为山摄和咸摄,是分是合,意见分歧较大。清代除吴烺《学宋斋词韵》

① 但南宋末依然有像吴文英那样基本不混押的词人。吴文英词涉及真文、庚青、侵三部的有 32 个韵段,仅有 1 次混押。

主张合为一部外,所见其他韵书皆是各自立部。当代鲁国尧也主张各自立部,魏慧斌则主张合为一部。关于不同意二部合为一部,鲁国尧指出了两点原因,一是监廉部字少,作韵脚的字更少,二是从汉语语音史的角度看,宋时 m 尾韵(按指监廉韵尾)仍旧独立存在,《中原音韵》闭口三韵依然保存,现当代方言保存 m 尾的仍很多①。对此,魏慧斌提出了不同意见,一是认为已经发生音变,与韵字多少无关,二是认为《中原音韵》是归纳元曲的韵书,与当时的实际语音可能有一些差异②。我们基本同意后者的意见,从用韵情况表中也可以看到,无论是平声还是上去声,覃盐与寒先混押(通押)的数量都超过了覃盐独自使用的数量,完全应予合并。汉语史的角度固然可作参考,但宋词韵系只能由宋词创作本身来决定。

　　检两宋词平声及上去声寒先覃盐、旱翰琰艳的混押情况,也有一个明显的发展历程。北宋前期晏殊、杜安世偶有混押,混押渐多始自北宋后期的黄庭坚(3 次)、毛滂(14 次)、周邦彦(10 次)③,于朱敦儒(14 次)益多,而如毛滂、朱敦儒显然已将覃盐与寒先、琰艳与旱翰完全混押,视为同部。南宋张孝祥、辛弃疾、姜夔、史达祖、吴文英、周密、王沂孙、张炎等人将二部混押都更普遍。而从地区上看,两部混押者涉及到的词人来自今江西、江苏、浙江、河南、山东、湖北等地,区域广大,远非方音可比。

　　综上所述,宋词韵部共分二十四部:

　　平声十三部,其中阴声七部:支微、灰咍、鱼虞、萧豪、歌戈、麻家、尤侯;阳声六部:东钟、江阳、真文、庚青、侵寻、寒覃。

―――――――――

① 鲁国尧《鲁国尧自选集》,第 147 页。
② 魏慧斌《宋词用韵研究》,第 135—136 页。
③ 周邦彦 10 次混押皆为上去声韵段,平声韵段无一次混押,尚不能看作周邦彦将二部完全视为同用。

上去声十一部,其中阴声七部:纸寘、贿泰、语御、皓笑、哿箇、马祃、养漾;阳声四部:肿送、养漾、轸震(含梗映寝沁)、旱翰(含感勘琰艳)。

二、平声韵与词调、词人关系及韵型变化

和唐五代令词调的发展相比,两宋是慢词调大发展时期,特别是在北宋,慢词调得到了蓬勃发展,后世流行的慢词调也大都于此期产生,柳永、张先、欧阳修、苏轼、黄庭坚、贺铸、周邦彦都做出了重要贡献,又以柳永、周邦彦为最。同时,两宋词人对唐五代词调继承并发展,如《浣溪沙》、《临江仙》等词调都成为两宋流行金曲。

考察两宋平声韵与词调之间关系,我们试用两宋最盛行的七大韵部和两宋最流行的十大平声韵词调的韵部选择,作一个基本对比,从宏观角度作一些考察。从表一来看,两宋最盛行的七大韵部依次是寒覃部 1942①、支微部 1740、东钟部 1262、江阳部 1269、庚青部 996、尤侯部 995、真文部 808。参考《唐宋词的定量分析》②,两宋流行词调中的平声韵十大词调依次为:《浣溪沙》(847)、《水调歌头》(771)、《鹧鸪天》(703)、《临江仙》(486)、《沁园春》(441)、《满庭芳》(352)、《南歌子》(260)、《朝中措》(259)、《南乡子》(205)、《江城子》(191)。在这些词调中,《浣溪沙》、《临江仙》、《南歌子》、《南乡子》、《江城子》皆为唐五代令词调,《鹧鸪天》、《朝中措》为北宋令词调,《水调歌头》、《沁园春》、《满庭芳》为北宋慢词调。下面是两宋流行的平声韵词调与流行韵部情况对照表:

---

① 此包含表中元寒先同用、元寒先与覃盐混用、寒先同用、寒先与覃盐混用、覃盐独用等数种情况。

② 刘尊明、王兆鹏著《唐宋词的定量分析》,第 118 页。

表二：两宋平声韵十大词调与流行韵部对照表①

词调 韵部 使用	浣溪沙 847	水调 歌头 771	鹧鸪天 703	临江仙 486	沁园春 441	满庭芳 352	南歌子 260	朝中措 259	南乡子 205	江城子 191
寒覃	114	137	111	55	60	62	32	37	33	37
	13%	18%	16%	11%	14%	18%	12%	14%	16%	19%
支微	99	47	95	54	63	46	21	21	29	21
	12%	6%	14%	11%	14%	13%	8%	8%	14%	11%
东钟	67	78	63	46	20	33	20	48	8	27
	8%	10%	9%	9%	5%	9%	8%	19%	4%	14%
江阳	98	48	73	33	38	40	29	26	17	20
	12%	6%	10%	7%	9%	11%	11%	10%	8%	11%
庚青	61	54	47	58	24	27	34	18	11	25
	7%	7%	7%	12%	5%	8%	13%	7%	5%	13%
尤侯	49	150	38	31	37	25	19	18	44	11
	6%	19%	5%	6%	8%	7%	7%	7%	21%	6%
真文	75	26	53	58	18	15	15	17	15	6
	9%	3%	8%	12%	4%	4%	6%	7%	7%	3%
总量	563	540	480	335	260	248	170	185	157	147
和比例	66%	70%	68%	69%	59%	70%	65%	71%	77%	77%

　　唐五代词调和韵部的对比，由于作品数量较少，只能说明一些基本情况。就两宋而言，词韵已经定型（真文、侵、庚青三部除外），词调也得到充分发展，词调与韵部的对应关系越发明显。

　　首先需要指出的是，说韵部数量少，而词调数量多，可供词调选

---

① 平声、上去换韵的词调如《菩萨蛮》、《虞美人》、《西江月》、《清平乐》既不计入平声韵十大词调，亦不计入上去声韵十大词调。

择的韵部有限,这就难免使相当一些词调在韵部选择上有共同性。而寒覃、支微二部作为两宋词的流行词韵在十大流行词调中都占有相当高的比例,这也是正常的现象。但我们不能因此否定词调用韵的个性所在,很多词调的韵部身份是相当突出或比较突出的。在上述十大流行词调中,我们如果划定三部为词调所喜用,则依次为:

1.《浣溪沙》:寒覃、支微、江阳

2.《水调歌头》:尤侯、寒覃、东钟

3.《鹧鸪天》:寒覃、支微、江阳

4.《临江仙》:真文、庚青、寒覃

5.《沁园春》:支微、寒覃、江阳

6.《满庭芳》:寒覃、支微、江阳

7.《南歌子》:庚青、寒覃、支微

8.《朝中措》:东钟、寒覃、江阳

9.《南乡子》:尤侯、寒覃、支微

10.《江城子》:寒覃、东钟、庚青

从这些词调用韵的排列中,我们一方面看到寒覃、支微两大韵部在《浣溪沙》、《鹧鸪天》、《满庭芳》中的使用,与这两大韵部自身使用的高频率相近,体现出词调韵部选择的共同性,但另一方面,我们也可以看到词调韵部选择有着自己较为鲜明的特征,其中最突出的就是对寒覃、支微二韵使用高频率的"超越",比如《水调歌头》、《南乡子》皆首选尤侯韵,《朝中措》首选东钟韵,《临江仙》首选真文韵等,都典型体现出了词调的用韵特征,这种特征,我们或可称之"韵部身份"。而考虑到使用寒覃、支微是宋词平声韵普遍特征的话,大量的使用寒覃、支微也并不是丧失了词调本身的韵部特征,而是在总体上体现词体声律固有特点。并且通常一个词调,并不是只能表达一种声情,随着该词调的发展,会出现多种声情的表达,韵部使用往往不会是单一的情况。在唐宋词体的发展过程中,韵部的使用随着个体词调的发展而丰富变化,个体词调因韵部的选择而呈现出独特性及变化性。

下面我们再通过两宋重要词人的韵部选择,看一看词人的用韵特点及韵部在词人使用中的变化。我们仍以流行的七大韵部为参考指标,以两宋十大词人柳永、张先、苏轼、黄庭坚、周邦彦、辛弃疾、姜夔、刘克庄、吴文英、张炎为考察对象,看一看韵部和词人之间的具体关系。请看下表(人名之下为平声韵总韵段):

表三:两宋十大词人用韵与流行韵部对照表

词人 韵部 使用	柳永 71	张先 110	苏轼 293	黄庭坚 118	周邦彦 75	辛弃疾 405	姜夔 35	刘克庄 111	吴文英 132	张炎 168
寒覃	10	9	50	24	8	46	2	17	19	30
	14%	8%	17%	20%	11%	11%	6%	15%	14%	18%
支微	4	29	30	25	12	62	16	16	18	17
	6%	26%	10%	21%	16%	15%	46%	14%	14%	10%
东钟	4	9	22	2	5	37	2	9	18	10
	6%	8%	8%	2%	7%	9%	6%	8%	14%	6%
江阳	7	6	36	13	12	29	0	26	16	8
	10%	5%	12%	11%	16%	7%	0%	23%	12%	5%
庚青	7	11	33	4	11	30	2	4	17	44
	10%	10%	11%	3%	15%	7%	6%	4%	13%	26%
尤侯	9	3	25	8	6	34	0	9	12	10
	13%	3%	9%	7%	8%	8%	0%	8%	9%	6%
真文	4	16	21	5	3	26	2	6	12	见庚青
	6%	15%	7%	4%	4%	6%	6%	5%	9%	见庚青

词人 韵部 使用	柳永 71	张先 110	苏轼 293	黄庭坚 118	周邦彦 75	辛弃疾 405	姜夔 35	刘克庄 111	吴文英 132	张炎 168
总量 和比例	45 63%	83 75%	217 74%	81 69%	57 76%	264 65%	24 69%	87 78%	112 85%	119 71%

从表三总体来看,十大词人使用七大部的总体比例大都在 65%
以上,如张先、周邦彦、刘克庄、吴文英皆在 75% 以上,又以吴文英的
比例最高,达到 85%,说明两宋词人使用七大韵部的高度集中。而从
柳永到张炎,各韵部的使用数量并没一个明显发展变化,如张先、苏
轼总量比已分别达到 75%、74%,这说明在北宋时期,七大韵部在词
人的使用中便已基本定型,南宋并无根本的变化,当然,如果有更多
词人加入到考察对象中,结论可能会更为可靠。

而就词人韵部选择的情况来看,既有共性又有个性。其中一些
词人明显中规中矩,使用韵部的频次与七大韵部的频次顺序基本保
持一致,如苏轼、周邦彦、辛弃疾、吴文英四人,从他们对七大韵部的
使用情况来看,也没有明显的个性特点(周邦彦、辛弃疾支微韵使用
略多一些)。或者可以说,作为两宋词坛杰出的代表作家,分别代表
着豪放、婉约风格最高成就的苏轼、辛弃疾和周邦彦、吴文英,他们于
平声韵的使用,体现更多的是典型性特征(具体运用的情况还应结合
词调来看,本文不讨论)。而这种典型性特征,同样具有十分重要的
意义:正是因为如苏轼、周邦彦等词人的这种典型特征,成就了宋词
平声韵七大韵部,在韵部的选择方面成就了宋词的声律。而抛开韵
部选择的共性特点,十大词人的韵部选择也显然有不少个性特征,值
得我们重视。如张先词,七大韵部中,独喜支微韵,达 26%;黄庭坚用
韵则集中于寒覃、支微二韵,二者加在一起达到 41%,其不喜用东钟、
庚青、真文三韵十分明显;姜夔用韵则主要集中于支微部,达到 46%,

其他韵部皆属偶然使用;刘克庄则在诸韵部中独喜江阳,达到23%,不喜庚青、真文二部;至于宋末张炎,则于真文庚青侵部独钟,达到26%①,如前文所说,真文、庚青、侵于宋词平声韵中各自独立,张炎又属于特殊的情况。

三、平声及上去声韵部之声情

而无论是词调、词人的用韵选择特点,还是唐宋词平声韵部的总体特征,不考虑音乐歌唱因素的话,韵部的声情都在起着重要作用。我国韵文的声情研究,是一个重要课题,韵部的声情显然又是其中重要方面。但是长期以来,在韵文的研究中,对用韵和情感表达、作品风格的关系研究一直很薄弱,对韵部的声情缺乏系统的梳理研究。就词曲韵部的声情,前人以王骥德《曲律》、王易《词曲史》为多。王骥德《曲律》云:

> 至各韵为声,亦各不同。如东钟之洪,江阳、皆来、萧豪之响,歌戈、家麻之和,韵之最美听者。寒山、桓欢、先天之雅,庚青之清,尤侯之幽,次之。齐微之弱,鱼模之混,真文之缓,车遮之用杂入声,又次之。支思之萎而不振,听之令人不爽。至侵寻、监咸、廉纤,开之则非其字,闭之则不宜口吻,勿多用可也。②

王易《词曲史》云:

> 东董宽洪,江讲爽朗,支纸缜密,鱼语幽咽,佳蟹开展,真轸凝重,元阮清新,萧筱飘洒,歌哿端庄,麻马放纵,庚梗振厉,尤有

---

① 《全宋词》中张炎词真文庚青侵已完全混押,视为一部,具体情况为:真文独用7、庚青独用11、侵独用3、真文庚青混押4、真文侵混押3、庚侵混押2、真文庚青侵混押13,以系联法来看,真文庚青侵完全混为一部。

② 王骥德《曲律》,见《中国古典戏曲论著集成》,第4册,第153—154页。

盘旋,侵寝沈静,罩感萧瑟……①

当代也有结合发音的物理属性探讨韵部声情的,如张红星在《论韵辙的情感属性与物理属性》一文中,提出"宽阴亮、宽阳亮、宽阴柔、窄阴柔、宽阴细、窄阴细"的分类法,认为当代十三辙的情感属性依次为:1.发花:活泼;2.梭波:欢快;3.乜斜:微弱;4.姑苏:柔和;5.一七:低沉;6.怀来:轻快;7.灰堆:窄细;8.遥条:豪放;9.油求:悠扬;10.言前:宽广;11.人辰:清畅;12.江阳:响亮;13.中东:高昂②。

以上研究都值得参考,但均以平赅上去方式进行(当代韵辙研究似只能这样),有的我们认为也不尽妥当。下面我们结合前人成果特别是自己的一些理解,试对两宋词韵部的声情作一初步归纳,每韵用四字概括③:

1. 平声东钟:宽洪开放	10. 平声歌戈:活泼清新
2. 平声支微:细腻深沉	11. 平声真文:温馨明媚
3. 平声江阳:欢快悠扬	12. 平声侵寻:冷清细微
4. 平声鱼虞:低沉清幽	13. 平声庚青:清静柔和
5. 平声灰咍:清脆明丽	14. 上去声董送:凝重劲健
6. 平声尤侯:清新绵长	15. 上去声纸寘:绵远宁静
7. 平声寒覃:欢快明亮	16. 上去声养漾:爽朗激沲
8. 平声萧豪:潇洒飘逸	17. 上去声语御:感叹悲伤
9. 平声麻家:温暖和畅	18. 上去声贿泰:开阔怪异

---

① 王易《词曲史》,第246页,东方出版社1996年版。
② 张红星《论韵辙的情感属性与物理属性》,《渤海大学学报(哲学社会科学版)》2012年第4期。
③ 需要说明的是,对韵部声情的研究,涉及中国韵文发生、发展的一系列问题,这里只是对宋词韵部结合《广韵》读音作一点归纳。

19.上去声有宥:柔美深厚　22.上去声马祃:放纵跳跃

20.上去声旱翰:缠绵妩媚　23.上去声哿箇:生硬滞涩

21.上去声筱啸:柔美奔放　24.上去声轸震:恍惚飘荡

如前文所统计分析,十大词调中寒覃、支微韵使用普遍较多,十大词人于此二部也都有普遍使用,这与寒覃韵欢快明亮、支微韵细腻深沉的声情格调有密切关系。从表现的情感和风格角度来看,宋词固然是丰富多彩的,但就主体风格而言,平声韵还是以表现欢快明亮、细腻深沉者居多。而从表现的内容和情感来看,这两部韵则更偏重宋人对人生的享乐和思考两个方面。不妨以柳永《看花回》二首为例:

> 屈指劳生百岁期。荣瘁相随。利牵名惹逿巡过,奈两轮、玉走金飞。红颜成白发,极品何为。　尘事常多雅会稀。忍不开眉。画堂歌管深深处,难忘酒盏花枝。醉乡风景好,携手同归。
>
> 玉墀金阶舞舜干。朝野多欢。九衢三市风光丽,正万家、急管繁弦。凤楼临绮陌,嘉气非烟。　雅俗熙熙物态妍。忍负芳年。笑筵歌席连昏昼,任旗亭、斗酒十千。赏心何处好,惟有尊前。①

而南宋姜夔平声词调以支微韵为主,更表现了词人在特定时代对自然、社会、人生的广泛忧思(这里不做具体论述)。当然,这是概括性的分析,如果说寒覃韵只能表现欢快情绪,不能表现悲伤的情感,显

---

① 唐圭璋编《全宋词》,第1册,第18页。

然也是不正确的。

而从个体词调的角度来看,《水调歌头》为什么偏好尤侯韵,主要在于清新绵长是《水调歌头》声情的主基调,《朝中措》为什么首选东钟韵,宽洪开放则是该调的主体风格。或者我们也可以反过来说,尤侯韵助就了《水调歌头》词调本身应有的清新绵长,东钟韵助就了《朝中措》词调本身的宽洪开放。

四、两宋平声韵词调的韵型变化

两宋词平声韵的韵型变化,与唐五代词相比最突出特点,是于慢词调中增加了二字短韵。短韵,又称短柱,即二字独立押一韵。唐五代词调,有限的慢词调中均无短韵,令词调仅《归国遥》、《诉衷情》、《河传》、《定风波》中有短韵,但除《定风波》外,其他皆属偶然使用,没有定型。我们看阎选《定风波》一词:

> 江水沈沈帆影过。游鱼到晚透寒波。渡口双双飞白鸟。烟袅。芦花深处隐渔歌。　　扁舟短棹归兰浦。人去。萧萧竹径透青莎。深夜无风新雨歇。凉月。露迎珠颗入圆荷。①

其中"烟袅"、"人去"、"凉月"皆为短韵。不过,类似《定风波》调中的短韵尚属齐言歌词"和声"的遗存,并且全用仄声,与宋代慢词中的短韵并不相同。

宋人慢词中大量使用短韵始自柳永,且柳永用短韵的情况颇为丰富,也奠定宋代慢词短韵的基本形式。柳永词短韵主要分三种情况:用于换头处的最多,有《黄莺儿》、《雪梅香》、《笛家弄》、《定风波》、《浪淘沙》、《破阵乐》、《彩云归》、《玉蝴蝶》、《望远行》、《郭郎儿

---

① 曾昭岷等编著《全唐五代词》,上册,第575页。

近拍》、《洞仙歌》、《倾杯》(鹜落霜洲)、《二郎神》等调;用于上下片中间的有《送征衣》;既用于上下片中间又用于换头处的有《引驾行》、《临江仙》、《木兰花慢》等。如《木兰花慢》调,柳永共三词,用短韵情况三首完全一致。我们看其中一首:

> 拆桐花烂漫,乍疏雨、洗清明。正艳杏烧林,缃桃绣野,芳景如屏。倾城。尽寻胜去,骤雕鞍绀幰出郊坰。风暖繁弦脆管,万家竞奏新声。　　盈盈。斗草踏青。人艳冶、递逢迎。向路傍往往,遗簪坠珥,珠翠纵横。欢情。对佳丽地,信金罍罄竭玉山倾。拼却明朝永日,画堂一枕春醒。①

词中有三个短韵:倾城、盈盈、欢情。短韵的使用,显然增加了全调的柔婉和谐。短韵,属于张源《词源》"歌诀"中"大顿小住当韵住"的小住。于乐曲的缓拍慢奏之中,歌词的起承转折之际,增加二字短韵,颇富流畅变化之美。

柳永在平声韵慢词调的创制中使用短韵,为后来词人如周邦彦、姜夔、史达祖、吴文英等所继承,也成为两宋词人创作慢词调时用韵的重要方式。不过,就《木兰花慢》调而言,宋人在使用该调时,大多将上下片中间的短韵省略了,仅于换头处使用。这后来受到沈义父的批评。到吴文英之后,此调的短韵在创作上得以完全恢复。

五、上去声韵与词调、词人关系及词调韵型变化

上去声韵部使用与词调、词人间的关系如何呢? 这里我们依然从宏观的角度对上去韵盛行的五大韵部和两宋流行的上去声十大词

---

① 唐圭璋编《全宋词》,第1册,第48页。

调,作一对比考察。通过表一可以看到,两宋词上去用韵的主要韵部选择四个的话,依次是语御 2344、纸寘 1711、旱翰 1162、筱啸 1142,其他除有宥、轸震外,使用就都很少了。如果从上去声和平声的对应角度考察,明显这些上去韵的使用和相对应的平声韵使用情况大不相同。在上去韵四大部中,只有纸寘、旱翰二韵与相对应的平声韵皆进入前五,其他都属于新生力量,特别是语御韵,使用遥遥领先,而与之对应的平声鱼模韵在两宋词中使用甚少,排名在平声韵中是倒数的。两宋词上去声的四大韵也充分显示了宋词上去用韵的主体风格。而两宋上去韵的十大词调,参考《唐宋词的定量分析》[1],删除其中含入声韵的作品,依次为:《蝶恋花》(483)、《贺新郎》(352)、《点绛唇》(374)、《玉楼春》(287)、《水龙吟》(295)、《渔家傲》(279)、《卜算子》(219)、《踏莎行》(188)、《如梦令》(180)、《蓦山溪》(181),其中《蝶恋花》、《点绛唇》、《玉楼春》、《渔家傲》、《如梦令》是唐五代词调,其他为北宋词调;《贺新郎》、《水龙吟》、《蓦山溪》为慢词调,其他均为令词调。下面是两宋上去声四大韵部与十大词调使用的对比情况:

表四:两宋四大上去韵部与十大词调使用对照表

词调 韵部情况	蝶恋花 483	贺新郎 352	点绛唇 374	玉楼春 287	水龙吟 295	渔家傲 279	卜算子 219	踏莎行 188	如梦令 180	蓦山溪 181
语御	137	117	94	49	57	40	54	40	48	41
	28%	33%	25%	17%	19%	14%	25%	21%	27%	23%
纸寘	61	54	48	27	84	35	22	34	29	39
	13%	15%	13%	9%	28%	13%	10%	18%	16%	22%

---

[1] 刘尊明、王兆鹏著《唐宋词的定量分析》,第 118 页。

续表

词调 韵部 情况	蝶恋花 483	贺新郎 352	点绛唇 374	玉楼春 287	水龙吟 295	渔家傲 279	卜算子 219	踏莎行 188	如梦令 180	蓦山溪 181
旱翰	92	21	67	28	21	31	23	33	28	26
	19%	6%	18%	10%	7%	11%	11%	18%	16%	14%
筱啸	40	27	37	20	23	44	24	19	12	21
	8%	8%	10%	7%	8%	16%	11%	10%	7%	12%
总量 和比例	330	219	246	124	185	150	123	126	117	127
	68%	62%	66%	43%	63%	54%	56%	67%	65%	70%

　　通过四大韵部和十大上去声词调使用的对比情况,我们可以发现,它们又明显和平声韵与平声词调的对比有显著差异:两宋词的上去韵更多地集中于一个韵部,即语御部,除《玉楼春》、《水龙吟》、《渔家傲》三调外,其他词调使用语御部都达到了20%以上,最多的《贺新郎》达到33%。前面谈到声情时提到感叹伤悲是这一韵部的声情特点,两宋词上去声的众多词调选择语御部,正体现了两宋词主体用韵风格除了平声寒覃韵的欢快明亮、支微韵的细腻深沉,更有感叹伤悲的特性。两宋词上去韵的诸多名篇如晏殊的《蝶恋花》"槛菊愁烟兰泣露"、贺铸的《青玉案》"凌波不过横塘路"、李清照的《永遇乐》"落日熔金"、辛弃疾的《摸鱼儿》"更能消几番风雨"、吴文英的《莺啼序》"残寒正欺病酒"等词,皆为语御韵,都有感叹伤悲的情感属性。

　　而从两宋词的发展来看,南宋词人用"语御"韵比北宋明显偏多。下面是北宋五大词人和南宋五大词人用"语御"韵的基本情况:

表五：两宋十大词人上去用韵与语御韵对照表

	柳永	张先	苏轼	黄庭坚	周邦彦	辛弃疾	姜夔	刘克庄	吴文英	张炎
总韵段	125	111	189	109	97	234	41	120	165	116
语御	31	19	31	27	28	66	17	18	37	40
占比	25%	17%	16%	25%	29%	28%	41%	15%	22%	34%

北宋五位词人用"语御"韵占每人使用上去韵之比，除周邦彦外都较低，南宋除刘克庄外则都较高，姜夔达到了41%。这说明南宋的社会政治情况确实影响了词人用韵的选择，与北宋相比，南宋词更多地增加了词作的感伤怨叹情怀，表现在用韵上，就是更多地选择了语御韵。这里我们不妨以张炎词为例，略作说明。张炎词上去韵段共116个，使用语御韵达40次，韵段比达到34%。在这些韵段中，涉及《三姝媚》、《锁窗寒》、《水龙吟》、《祝英台近》、《月下笛》、《绮罗香》、《还京乐》等诸多词调，有的是流行词调，有的是非流行词调，悲凉感伤是其主基调，这也直接助就了张炎词整体情感表达和风格呈现特点。如龙榆生《唐五代宋词选》评价说：

（张炎）感怀兴废，发而为词，往往激楚苍凉，使人下泪。[1]

而在十大人词中，北宋张先、苏轼和南宋刘克庄，相较其他词人，使用语御韵的比例明显偏低，或可说明，在三人词的总体风格中，怨叹感伤的格调相对要少一些，其中又以苏轼使用最低。

从上去声用韵的韵型来看，两宋词上去用韵，分上声单押、去声单押、上去通押，又绝大部分是上去通押的用韵方式，如前文所述，达

---

[1] 转引自吴熊和主编《唐宋词汇评·两宋卷》，第4160页，浙江教育出版社2004年版。

到 72%。这与唐五代词上去用韵的方式就有明显的不同。虽然在唐五代,冯延巳词上去韵通押已达到 40%以上,但与宋词的上去通押还是相差较远。以北宋五大词人为例,柳永词上去韵段 125 个,上去通押 106 次,占比 85%;张先总韵段 111 个,通押 61 次,占比 55%;苏轼韵段 189 个,通押 97 次,占比 51%;黄庭坚韵段 109 个,通押 74 次,占比 68%;周邦彦韵段 97 个,通押 86 次,占比 89%。从柳永到周邦彦,北宋五大词人上去韵的通押明显走出了一个马鞍形。但虽然有一些起伏,通押又均在 50%以上,特别是在慢词调的创作中,上去韵通押更成为一种惯例。而北宋前期柳永词的大量混押,显然在两宋词上去韵的混押史上,有着突出的创新地位。

那么宋词上去用韵为什么主要选择了上去通押,而不是上声单押或去声单押呢? 魏慧斌将之归结为"浊上变去"的因素:

> 比之唐诗用韵,宋诗特别是宋词"上去通押"的韵段的确大大增加了,宋代诗词用韵"上去通押"是通例。除了宋人没有词韵书可以遵循,用韵比较自由外,另一个重要原因就是宋代全浊上声字已经大量变去,而上声旧读又未消失,连带影响了其他非全浊上声字也与去声通押。①

在唐五代词的上去韵通押中,我们特别讨论了"浊上变去"可能导致上去声通押情况变得更少这一现象。而宋词的上去通押以"浊上变去"作为一种原因,固然是一种解释,但是如柳永、周邦彦通押比例如此之高,只用"浊上变去"似乎解释不通,并且柳永是北宋前期词人,上去通押比已达 85%,说明上去通押在两宋基本没有演进过程,而是

---

① 魏慧斌、程邦雄《词韵"上去通押"与"浊上变去"》,《古汉语研究》2005 年第 4 期。

突兀而起的。关于宋诗的上去通押我们没有全面研究,不能下总体结论,但我们可对代表诗人苏轼、黄庭坚的诗作作一考察。据《全宋诗》所载苏轼诗统计①,其共用上去声韵段 339 个,依《广韵》并参考《集韵》注音,其中上去通押仅有 45 次,占 13%,上声独用和去声独用有 294 次,占比 87%;黄庭坚诗②共用上去韵段 280 个,上去通押 58 次,占 21%,上去各自单押共 222 次,占比 79%。这说明在苏轼、黄庭坚的诗歌创作中,最主要的是上声和去声的各自单押,不是上去通押。通过柳永等人词作及苏、黄诗作的具体考察,或大体可以说明,词体上去通押与"浊上变去"没有关系,而在上去通押的用韵方式上,词与诗在北宋应已分道扬镳。

那么宋词为什么会在用韵方式上选择上去通押呢? 王力在《汉语语音史》中解释唐诗上去通押原因时说:"唐代上声调值和去声调值相似,可以通押。"③这种解释,或更可适用两宋词的上去通押,即上去声调值相近。另一方面的原因,或是作为歌唱的声乐作品,词人主动放弃了上去声的差异,以便于更好更快捷地应歌创作。如柳永的词,很多都是歌场即席创作,用字要用常见字,且因是慢词,韵字较多,更方便快捷的方式,就是上去声通押了。

那么在上去用韵通押之后,宋词上去用韵,还有无具体的上去声搭配规则呢? 关于上去声搭配的问题,万树在《词律》中所说颇有代表性:"盖上声舒徐和软,其腔低,去声激厉劲远,其腔高,相配用之,方能抑扬有致。"万树并非说用韵问题,而是讲句中字声,特别是尾句字声。不过类似观点还是影响到上去用韵的搭配方式问题。王易在

---

① 《全宋诗》,北京大学出版社 1999 年版,第 14 册,第 9083—9639 页。
② 《全宋诗》,第 17 册,第 11329—11745 页,其中卷四五至四八颂赞类诗不计。
③ 王力《汉语语音史》,商务印书馆 2018 年版,第 293 页。

《词曲史》中就说:"用上去韵者当上去相调。"①刘永济《宋词声律探源大纲》也支持这种观点,在对史达祖《双双燕》词的解释就说:"此词多用上去声叶韵,上声由低而高,去声由高而低,配合使用,故能轻俊。十二韵中有六上声字,六去声字。"②我们认为,既然宋词用韵上去声已经通押,应该就不存在上去韵相调而配置的问题。不妨看一下守律甚严的周邦彦词上去通押之例。周邦彦上去用韵共 97 个韵段,其中上去通押有 86 个韵段。综合考察周词这些韵段,上声的配合可分三种情况,一是在一片之中可以全用上声,或全用去声,如《一落索》等;二是在一片中以上声或去声为主,配以去声或上声,如《玲珑四犯》以去声为主配以上声,《隔浦莲》以上声为主配以去声;三是上声和去声基本均衡分布,如《还京乐》等。这三种情况应可以说明,上去韵的搭配可以有多种,并没有特别固定法则。而关于上去韵和乐音的配合,我们可以考察姜夔 17 首带旁谱词的上去韵和乐音的关系。姜夔这 17 首词中用上去声韵的共 9 首:《杏花天》《醉吟商小品》《玉梅令》《长亭怨慢》《石湖仙》《角招》《徵招》《秋宵吟》《翠楼吟》,共用上去韵字 88 个,相对应的乐音也是 88 个。考察其具体乐音和上去声字的配合,也完全没有规律可循,也就不存在上去韵相互搭配的原则。

在两宋词中,也确实有一些词作包括慢词有独用上声、去声的情况,有的是词人有意为之,但这终属个别现象,可作为词人特有的声律特点而分析。我们或者可以在具体的词作中分析上去韵配合的自然之美,但不能反过来,首先强调上去韵的配合对于词人创作的约束,在柳永、周邦彦词中,这种约束就已经基本不存在了。

---

① 王易《词曲史》,第 246 页。
② 刘永济《宋词声律探源大纲》,中华书局 2010 年版,第 180 页。

第三节　唐宋词入声的用韵

　　唐宋词体入声用韵与诗韵相关联,也是词曲用韵区别的一个重要标志。从唐五代、北宋到南宋词,入声韵的使用既有相当稳定的成分,也一直在悄然地变化着,从具体创作的入声韵部来看,它既与《广韵》诗韵韵部渊源有自,也与实际方言口语有千丝万缕的联系,其与词调体式及文学声情的关系,也随着时代的发展、词人认识的深入在不断变化。唐五代词入声韵部与《广韵》相比,其分合与诗歌用韵基本一致,从词体特征角度来看,入声韵的使用还明显处在摸索、尝试的阶段。北宋词坛与唐五代相比有明显的发展变化,入声韵部的大体分类初步定型,入声韵与词调体式之间也建立了较为密切的关系,其特有的文学声情已经清晰体现。从南宋词入声韵的基本使用来看,"质术栉物迄"部当并入"陌麦昔锡职德"部,而"叶帖"及"缉"部皆不能独立成部。受南宋时代特点影响,南宋词坛入声用韵表现出了新的文学特性,而以姜夔、吴文英、杨瓒等人为代表,对词调入声韵的使用也作了新的探讨。

一、唐五代词入声韵分部及词调使用特征

　　金周生在《宋词音系入声韵部考》中,对胡文焕《会文堂词韵》、沈谦《词韵略》、李渔《笠翁词韵》、许昂霄《词韵考略》、戈载《词林正韵》、吴梅《词学通论》中入声的分部情况作了分析介绍①。他在对《全宋词》入声韵例全面考察基础上对宋词入声韵部进行了重新划分。大约同时,鲁国尧对《全宋词》的入声韵例也作了全面考究、归

---

① 参见金周生著《宋词音系入声韵部考》,台北文史哲出版社1985年版,第2—5页。

纳。为后文论述方便起见,我们先将清人戈载,今人金周生、鲁国尧
对词韵入声韵部的分类扼要列举如下:

戈载《词林正韵》将入声分为五部(用《广韵》韵部,金周生、鲁国
尧亦同):

> (原)第十五部:屋沃烛;第十六部:觉药铎;第十七部:质术
> 栉陌麦昔锡职德缉;第十八部:物迄月没曷末黠鎋屑薛叶帖;第
> 十九部:合盍业洽狎乏。

金周生认为宋词入声韵应分为九部:

> 一、屋部——广韵"屋、沃、烛"三韵。二、觉部——广韵
> "觉、药、铎"三韵。三、质部——广韵"质、术、栉、物、迄、没"六
> 韵。四、月部——广韵"月、屑、薛"三韵;五、曷部——广韵"曷、
> 末、黠、鎋"四韵;六、陌部——广韵"陌、麦、昔、锡、职、德"六韵;
> 七、缉部——广韵"缉"韵;八、合部——广韵"合、盍、洽、狎、乏"
> 五韵;九、叶部——广韵"叶、帖、业"三韵。①

鲁国尧在其《论宋词韵及其与金元词韵的比较》一文中认为宋词
韵当分十八部,其中入声韵当分四部:

> 一、铎觉部(铎觉药韵);二、屋烛部(屋沃烛韵);三、德质部
> (缉没栉质术迄物德职陌麦昔锡韵);四、月帖部(合盍洽狎叶业

---

① 金周生著《宋词音系入声韵部考》,第348—372页。

乏帖曷末黠鎋薛月屑韵）。①

　　三人的共同点，是"屋沃烛"、"觉药铎"二部完全一致。不同点是，金周生认为宋词音系依然比较完整地保留了入声尾音-p、-t、-k，除"屋沃烛"和"觉药铎"外，其他各部分韵较严，分出"质"、"月"、"曷"、"陌"、"缉"、"合"、"叶"七部。鲁国尧和金周生二位先生的主要区别，是前者在"德质"部中将金氏所列的"缉"、"陌麦昔锡职德"、"质术栉物迄没"三部视为"德质"一部，又将"叶帖业"、"合盍洽狎乏"、"曷末黠鎋"视为"月帖"一部。鲁国尧与戈载相比，主要是将戈载第十八部"物迄月没曷末黠鎋屑薛叶帖"中的"物迄"归于"德质"部，并将"合盍业洽狎乏"并入"月帖"部。在下文的讨论中，我们将重点参照戈载、金周生、鲁国尧对词体入声韵部的分析判断，对唐宋词入声用韵的韵部分类作一个历时性的探讨。当代如张金泉《敦煌曲子词用韵考》②、陶贞安《敦煌歌辞用韵研究》③、于浩淼《温庭筠词的用韵》④、肖霞等《冯延巳词用韵考》⑤、曾文峰等《韦庄词用韵考》⑥等论文，也都有涉及唐五代词入声韵的分析讨论，但多就局部或仅就唐五代而言。

　　我们首先依据曾昭岷等编撰《全唐五代词》正编部分，对唐五代词所有入声韵韵段作一个基本的统计、分类，然后结合前人研究作一讨论。《全唐五代词》正编共收押入声韵的词作（包括平仄韵转换）

①　鲁国尧《论宋词韵及其与金元词韵的比较》，《鲁国尧自选集》，河南教育出版社1994年版，第140页。

②　张金泉《敦煌曲子词用韵考》，《杭州大学学报》1981年第3期。

③　陶贞安《敦煌歌辞用韵研究》，广西师范大学2004年硕士论文。

④　于浩淼《温庭筠词的用韵》，《南阳师范学院学报》2003年第5期。

⑤　肖霞等《冯延巳词用韵考》，《延边教育学院学报》2010年第6期。

⑥　曾文峰等《韦庄词用韵考》，《华中师范大学研究生学报》2010年第1期。

165 首,入声韵段共计 182 个(一首词用入声韵如果换韵则分开另计)。我们仍以《广韵》韵部作参照依据(后文亦同),下面是这 182 个韵段的具体使用情况(仍依《广韵》韵部独用、同用情况,下同)①:

表一:唐五代词入声用韵情况表

《广韵》韵部	独用同用	唐五代词使用情况	《广韵》韵部	独用同用	唐五代词使用情况
屋	独	独用 1(通押见烛部)	药	同	(1)铎独用 15
沃	同	(1)屋烛通押 22 (2)烛独用 7 (3)职屋通押 1 (4)职烛通押 1 (5)屋烛德职通押 1	铎		(2)药铎通押 7 (3)药独用 2 ＊另见月部
烛			陌	同	(1)陌麦通押 7 (2)锡麦职陌通押 5 (3)职昔陌锡通押 4 (4)职陌通押 4 (5)陌独用 3 (6)陌昔职通押 2 (7)锡德陌麦职通押 1 (8)德职陌通押 1 (9)昔职通押 1
觉	独	觉铎通押 1	麦		
质	同	(1)质物通押 1 (2)物术通押 1 (3)栉陌通押 1 (4)质独押 1 (5)物术德通押 1 (6)质术职锡通押 1 (7)质锡昔通 1	昔		
术			锡	独	见昔部
栉			职	同	(1)职独押 6 (2)德职通押 1 (3)德昔职质通押 1 ＊另见烛、陌部
物	独 独	见质部	德		
迄			缉	独	独用 5

---

① 其中"通押"包含两种情况:一是《广韵》中同用者,二是《广韵》中不同用者。

续表

《广韵》韵部	独用同用	唐五代词使用情况	《广韵》韵部	独用同用	唐五代词使用情况
月	同	(1)月薛屑曷末通押62 (2)月独押5 (3)药月铎通押1 (4)月屑职薛昔通押1 (5)月陌通押1 (6)月洽通押1	合 盍	同用	
没					
曷 末	同	见月部	叶 帖	同	叶帖通押1
黠 鎋	同		洽 狎	同	见月部
屑 薛	同	(1)薛独用4 (2)屑独1 (3)薛末通押1 (4)薛陌通押1 *另见月部	业 乏	同	

　　首先说明一点,表中有用系联法合并的情况,如"月薛"、"月屑"通押,而"屑薛"又通押(《广韵》亦同用),则将"屑薛"通押者合并为"月薛屑"通押;而"月"与"末曷"通押,"薛末"又通押,而"末曷"于《广韵》又同用,"屑薛"于《广韵》亦同用,则"月屑薛"通押者与"月曷末"通押者合并,统称为"月薛屑末曷"通押,这也是韵例归纳中普遍使用的方法。我们还得首先承认,唐五代词总体数量偏少,入声韵例与后来宋词相比,也相差很多。很多韵部的字还未见使用,如沃、没、迄、黠、鎋、合、盍、狎、业、乏等部,一些韵部虽然使用,但数量仅一二次,尚不能得出什么结论。但从这180余个韵段中,我们依然能够得到一

些确定的信息,并且可以与后来宋词的入声韵作一些比较参考:

1.就现存唐五代词入声韵分部的话,约略可以分为五部(五次以上者立部,洽、叶、帖等韵因使用数量太少,尚不能构成分部依据):一、屋烛(屋沃烛)部;二、月薛屑末曷部;三、药铎部①;四、陌麦昔锡职德部;五、缉部。其中"药铎"在《广韵》中本就可以同用,而"缉"部的独用,也与《广韵》一致。

而另三部屋烛、月薛屑、陌麦锡昔职德,虽然《广韵》并未标注同用,但在唐代诗歌创作中也多已通用,表现出实际语音的发展变化。如屋烛部,温庭筠《罩鱼歌》屋屋曲烛绿烛相押②;月屑部,温庭筠《侠客行》阙月血屑雪薛相押③;陌麦锡昔职德部,岑参《秋夜闻笛》客陌笛锡相押④,羊滔《游烂柯山》迹昔寂锡锡锡相押⑤,孙逖《送杨法曹按括州》驿昔陟职色职忆职⑥等等。这样的例子很多。这说明,唐五代词入声韵部,和唐五代诗歌入声押韵基本相同,并无很大的差异⑦。前人多有词韵沿诗韵、用诗韵之说,就唐五代入声韵部划分来讲,确是如此。这五部的分类,与金周生对宋词九部入声中的六部分类,也大多重合。不过,金氏将"末曷黠鎋"四部独立一部,就"末曷"二部在

① 《全唐五代词》中仅有一例"觉铎"通押,尚不得说"觉药铎"可分为一部。
② 中华书局编辑部点校《全唐诗》,第9册,第6756页,中华书局1999年版。说明:大字为韵字,小字为《广韵》韵部之字。
③ 《全唐诗》,第9册,第6766页。
④ 《全唐诗》,第3册,第2110页。
⑤ 《全唐诗》,第5册,第3518页。
⑥ 《全唐诗》,第2册,第1188页。
⑦ 李蕊《唐代古体诗用韵研究之二》(《语言研究》2019年第1期)对唐诗中入声韵的通押作了统计,分两种情况,一是同韵尾间的通押,二是不同韵尾间的通押。其中同韵尾间的通押,有觉韵与屋部、药部通押,月部与没部通押,质部与薛部通押,陌职部通押,药陌通押,缉合通押等六种情况,此为唐诗入声韵最新研究成果。但李蕊文章中对昔锡通押、月薛通押等重要情况似未予观照。

唐五代的使用情况来看,并不合适。这五部与鲁国尧先生所分四部
比较,"缉"部尚属独立,未见其与他部相通押的情况。

2. 从韵尾收音角度看,唐五代词这五部入声韵中,屋烛收音-k,
月薛屑收音-t,药铎收音-k,陌麦昔锡职德收音-k,缉部收音-p。五部
中仍然较严格地保留着中古音系完整的-p、-t、-k 入声韵尾系统。当
然,词人创作中也有偶然的例子,如冯延巳《更漏子》(金剪刀)词
"发"月"劄"洽通押,-t、-p 通用,这显示了实际语音的细微变化。但
在唐五代词中,我们也仅发现一处-t、-p 相押的例子①。"发"与"劄"
通押,"发"主音发 a 音,当为口语俗音,今检《全唐诗》所有"发"之韵
字,偶有与"黠"、"鎋"相通者,其他皆属"月"部,绝无与"洽"部通押
者。于宋词韵部的归类中,鲁国尧将"月"、"洽"等部视为同用,则南
唐冯延巳又已肇其端矣。再如质昔锡通押,为-t、-k 通用,鲁国尧将
"缉没栉质术迄物德职陌麦昔锡"视为同部,五代词人中亦偶见使用。
这些似又说明,入声-p、-t、-k 收音在晚唐五代实际的口语中确实已经
出现了部分合流的情况。当然,这种合流的情况在唐五代词中是次
要的,尚不足以成为分部依据。

在不同韵部的通押中,除普遍特性之外,不同词人也显示出独特
之处。如花间词人欧阳炯有两例职屋、职烛部通押,孙光宪有屋烛德
职通押一例,为唐五代词中仅见,二人皆为今四川籍词人,当用俗语
方音②。除了文人词用韵通押,《全唐五代词》正编所收"散见各卷曲
子词"中的用韵通押现象亦值得注意。如《定风波》二词,"夹食伤

———————

① 李蕊《唐代古体诗用韵研究之二》中归纳不同韵尾间的通押,计有-k、-p 通押
14 例,-k、-t 通押 44 例,-p、-t 通押 3 例,-k、-p、-t 通押 2 例。
② 此于唐五代仅有,宋词创作中对入声韵屋烛二部已有严格统一认识,虽然四
川籍词人不少,但除苏轼偶有一词(《满江红》"忧喜相寻")以"屋"韵"读"字
入"陌"、"昔"等韵,其他未见屋烛二韵混入他韵者(参考金周生《宋词音系入
声韵部考》中所列四川籍词人入声韵例)。

寒"一首(上下片之间用逗号隔开):物物出术得德,日质识职黑德识职
得德;"风湿伤寒"一首:别薛切屑结屑,日质出术日质识职溺锡。这两
首不仅多处不同韵部混押,且-t、-k 不分。从用词用语上看,两词都
是典型的民间词,应该真实反映了民间语音的实际变化,亦开宋人
"物术月屑职锡"通押之先河,但总体较为混乱,且用例太少,属偶用,
不能作为分部之参考。

　　汉语中平上去入四声各具特点,前人多有分析讨论,论入声则如
"入声者直而促"①、"短促急收藏"②。作为音乐文学,唐五代词皆为
可歌之词。就入声韵的声情而言,王易在《词曲史》说:"入韵迫
切……屋沃突兀,觉药活泼,质术急骤,勿月跳脱,合盍顿落。"③而关
于上去韵与入声韵的声情差异,龙榆生亦指出:"用入声韵则慷慨激
越,用去、上韵则沉咽悲凉。"④

　　但总体上看,唐五代词入声韵与具体词调体式之间尚未建立一
种基本联系。也就是说,入声韵与上去韵相比并没有什么独特之处,
它只是作为一种仄声韵罢了。这和宋人的入声韵意识便很不一样。
如流行词调《菩萨蛮》,唐五代现存完整词作八十五首,其中一、二句
用入声韵者二十九首,其他则皆用上去韵;《清平乐》存词二十三首,
其中上片用入声韵者七首,用上去韵者十六首。再以唐五代同一词
人为例,对同一个词调用上去韵还是用入声韵,亦无基本规律可循。
如温庭筠之十四首《菩萨蛮》,其一、二句,五首用上去韵,九首用入声

① 顾起元《说略》卷一五引《元和韵谱》,文渊阁《四库全书》本,第 964 册,第
　　624 页。
② 释真空《新编篇韵贯珠集·类聚杂法歌诀》,北京大学图书馆藏明弘治十一
　　年(1498)刻本,《四库全书存目丛书》,齐鲁书社 1995 年版,第 213 册,第 531
　　页。按:四声歌诀通常认为出自释真空"玉钥匙歌诀",当非。
③ 王易《词曲史》,第 246 页。
④ 龙榆生《龙榆生词学论文集》,上海古籍出版社 1997 年版,第 186 页。

韵,全无定法。再如其《更漏子》就更为典型,不妨列举二词:

> 柳丝长,春雨细。花外漏声迢递。惊塞雁,起城乌。画屏金
> 鹧鸪。　　香雾薄。透帘幕。惆怅谢家池阁。红烛背,绣帏垂。
> 梦长君不知。①
> 星斗稀,钟鼓歇。帘外晓莺残月。兰露重,柳风斜。满庭堆
> 落花。　　虚阁上。倚阑望。还似去年惆怅。春欲暮,思无穷。
> 旧欢如梦中。②

"柳丝长"一首韵字平上去入依次为(上下片之间用分号):去、去、
平、平;入、入、入、平、平。"星斗稀"一首韵字依次为:入、入、平、平;
上、去、去、平、平。温氏《更漏子》尚另有四词,情况也大体相同。类
似情况完全可以说明,温氏并不认为使用入声与上去韵二者有什么
特别的差异。这也是唐五代词人对待入声韵的普遍情况:他们只是
把入声韵当作普通的仄声韵,在使用的功能上面,只是与平声韵相区
别,与上去韵并无差异。这表现出了词体作为歌唱文学的早期发展
阶段,词人对入声韵运用的粗糙认识。因此,我们如将唐五代词入声
韵与上去韵作比较,并分析词调体式之声情,应该意义不大。

　　唐五代词入声韵对后世的影响,约略有几个方面:一是唐五代词
入声韵基本遵循诗韵分部,宋词虽用韵稍宽,但基本上仍依诗韵体
系,特别是屋烛、药铎二部,基本没有什么变化。二是唐五代入声韵
韵部之间通押、混押之现象,反映了实际语音的变化,开后代词韵通
押、混押之先河,但与诗韵相比,仍一脉相承,不能与后世曲韵混为一
谈。三是唐五代用仄声韵的令词调通常既可用入声韵又可用上去声

---

① 曾昭岷等著《全唐五代词》,上册,第 104 页。
② 曾昭岷等著《全唐五代词》,上册,第 105 页。

韵的"混乱"使用,也影响了两宋包括后代词人,如上文所举《菩萨蛮》《清平乐》《更漏子》等在宋代也是流行词调,但在用上去韵还是入声韵的问题上,与唐五代词人并无差异。四是在唐五代入声韵的使用中,还有一个特殊现象,即多集中于月薛屑、屋烛、药铎三部韵字,其中月薛屑曷末通押及月部独用者即达67个韵段,占唐五代词入声韵总韵段的三分之一以上,究其原因,首先与这几部的韵字较多、使用方便有关,其次与温庭筠、韦庄、冯延巳等大词人的引领有关。在宋代词人的创作中,月薛屑、屋烛、药铎三部使用也非常之多,当与唐五代词集特别是《尊前集》《花间集》《阳春集》的传播接受有相当的关系。

二、北宋词入声韵与词调关系

北宋文化艺术高度繁荣,词体得到长足发展,特别是慢词的创作,在体式、题材、风格等方面都与令词差异很大。在入声韵的使用上,北宋词与唐五代词相比有明显的发展变化,入声韵部的总体分类初步定型,入声韵与词调体式之间也建立了较为密切的关系,入声韵特有的文学声情已经清晰体现。

(一)北宋前期词入声韵的使用

北宋前期,我们这里指太祖、太宗、真宗、仁宗、英宗五朝。重要词人主要有柳永、欧阳修、晏殊、张先、杜安世等。这一时期,特别是在真宗、仁宗二朝,是宋词发展的一个小高潮,一方面晏殊、欧阳修等词人承南唐余绪,大量创作令词,在继承中有创新变化,另一方面,以柳永、张先为代表,特别是柳永大量创制慢词,为宋词的发展繁荣作出了重大贡献。

这一时期我们以《全宋词》中寇准、钱惟演、潘阆、林逋、陈亚、聂冠卿、李遵勖、柳永、张先、晏殊、李冠、宋祁、吴感、欧阳修、沈唐、杜安世等人词作为考察对象,入声韵段共111个。下面我们先看此期入声韵使用情况表①：

表二：北宋前期词入声用韵情况表

《广韵》韵部	独用同用	北宋前期词使用情况	《广韵》韵部	独用同用	北宋前期词使用情况
屋	独	屋烛通押 13	药	同	（1）药铎通押 8
沃	同	烛独用 2	铎		（2）铎独用 7
烛			陌	同	（1）陌麦昔锡职德通押 32
觉	独	觉铎通押 2	麦		（2）陌独押 4
质	同		昔		
术			锡	独	见陌麦昔部
栉			职	同	见陌麦昔部
物	独	物薛通押 1	德		
迄	独		缉	独	独用 2
月	同	（1）月屑薛通押 19 （2）月屑薛末曷通押 10 （3）月职昔锡陌德通押 3 （4）月黠薛屑通押 1	合	同	合洽盍通押 1
没			盍		
曷	同	见月部	叶	同	
末			帖		
黠	同	见月部	洽	同	
鎋			狎		
屑	同	薛职昔锡通押 1	业	同	
薛			乏		

---

① 金周生《宋词音系入声韵部考》将唐圭璋编《全宋词》中除无名氏作品的全部入声韵段进行了罗列，并对所有韵字注明了《广韵》分部。本文参考金氏所列韵例，并具体查检《全宋词》，在此对金先生特表感谢。然具体材料包括统计分析亦多有与金氏统计相异者，请见北宋中后期词入声韵的统计说明。

从韵部使用角度看,北宋前期这些词人用韵集中于屋烛、月屑薛末曷、药铎、陌麦昔职锡德四部,这四部与唐五代相比,也同样可以分立为四部。另缉部有独用 2 例,合洽盍通押 1 例,韵例太少,不足分析。就混押的情况来看,北宋前期词作似更加有规律可循,特别尾音-t、-k 混押仅有四例。考察这四例通押的情况,其中柳永《轮台子》(雾敛澄江)一首,全词用十九韵字,仅"月"、"出"字收音-t,其他收音均为-k①;《倾杯》(鹜落霜洲)用十一韵字,仅"歇"字收音-t,其他收音均为-k;吴感《折红梅》(喜冰澌初泮)用十韵字,仅"格"字收音-k,其他收音均为-t;欧阳修《望梅花》(春草全无消息)用六韵字,仅"折"收音-t,其他收音均为-k。这足以说明,北宋前期词人创作,入声尾音-t、-k 混押的情况仍然是非常偶然的现象。再就"月屑薛"三部和"末曷"二部混押来说,收音皆为-t,"月屑薛"通押者 19 例,"月屑薛"与"末曷"通押 10 例,此五部在唐五代即通押,北宋初亦较多通押,应视为"月屑薛末曷"已经初步完成通押的历史进程。

在北宋前期词人的创作中,也偶有入声韵字混入上去韵的现象,这在唐五代词中是没有的②。如柳永《黄莺儿》以"谷"字作上声③,杜安世《惜春令》以"掷"字混入去声,出现了入派三声之现象。然此等创作,终为偶用,在后之宋词创作中亦是罕见,不能上升为规律性的现象。

---

① 此词《全宋词》以为用十五韵(第 38 页),《词系》以为用十九韵(秦巘编著,邓魁英等整理,北京师范大学出版社 1996 年版,第 376 页),今从《词系》。

② 《全唐五代词》正编"散见各卷曲子词"中《喜秋天》(芳林玉露催)词,"土"与入声"触"、"促"、"足"相押(下册,第 821 页),任二北《敦煌歌辞总编》以"土"当为"俗"(何剑平、张长彬校理,凤凰出版社 2014 年版,第 183 页),当从后者。

③ 关于"谷"字是否为韵字,万树《词律》(第 329 页)与王奕清等《词谱》(第 3 册,第 1629 页)观点不同,今从《词律》。

考察北宋前期词人入声韵创作与词调体式之间的具体关系，亦难清晰判断。首先，词调宫调所属与入声韵之间似没有必然联系。唐段安节《乐府杂录》，将俗乐二十八调分为平声羽七调、上声角七调、去声宫七调、入声商七调。其中入声七调为：越调、大石调、高大石调、双调、小石调、歇指调、林钟商调①。段安节将二十八调分入"平上去入"四声之中，或只是普通标注顺序而已②。北宋前期词人，柳永、张先词注有宫调。其中柳永《乐章集》，我们参考吴讷《百家词》和刘崇德先生《燕乐新说》③，计用十七宫调，然而考察这些宫调与用韵之间，并无一定关联。就具体词调的入声韵使用来说，由于此期入声韵同调词数量有限，亦难以得出确定的具体结论。

不过，如果换一个角度，从上去韵和入声韵的混用来看，似可看出上去韵与入声韵在北宋前期当已初分轸域，与唐五代同调词既可用上去韵又可用入声韵的粗疏不同。如《渔家傲》令词调，始见南唐无名氏词④，五代十国也仅存一首。这个词调在北宋前期已为流行词调，范仲淹、晏殊、欧阳修、张先、杜安世等人都有创作，今存共 66 首，用入声韵仅三首（其中晏殊二首与欧阳修二首，《全宋词》中互见），明显为偶然尝试之作。再如《御街行》为柳永创调，柳永二首、张先二首及范仲淹、欧阳修词皆用上去韵。再如《踏落行》词调，欧阳修、晏殊、杜安世等人近二十首词，亦皆用上去韵，无一首用入声韵者，等等。这些情况似可说明，在仄声韵的使用中，北宋前期词人对

---

① 段安节《乐府杂录》，《中国古典戏曲论著集成》，第 1 册，第 63 页。

② 宋光生《中国古代乐府音谱考源》（文化艺术出版社 2009 年版）认为平上去入各个韵部之字皆有较固定音高，本身即有音乐歌唱功能。

③ 吴讷《百家词》，天津古籍出版社 1989 年影印本；刘崇德《燕乐新说》（修订本）。

④ 详见曾昭岷等编著《全唐五代词》上册考辨，第 781 页。

上去韵的使用已经相当自觉、成熟,同一词调用上去韵、不用入声韵较为明确。从这一角度看,词人们对入声韵的使用也当有特别之认识。

(二)北宋中后期词入声韵的使用

北宋中后期,我们这里指宋神宗、哲宗、徽宗、钦宗四朝。这一时期是词调体式的大繁荣时期,出现了如苏轼、秦观、晏几道、黄庭坚、贺铸、周邦彦、李清照等一大批杰出词人①。此期慢词在体式、声韵上基本定型。在入声韵的使用上,一方面更加丰富多样,不同词人呈现出不同特点,另一方面词人对入声韵的认识更加清晰,使用也更加有规律,入声作为一种特殊的用韵方式,开始成为宋词用韵的重要特征之一。

我们仍然依唐圭璋《全宋词》和金周生《宋词音系入声韵部考》对此期词作入声韵使用进行分析。但有几个问题需要交代一下:

1.《全宋词》偶有韵断错误,如依《全宋词》,便成为不同韵部混押之例。如陈克《千秋岁》一首,《全宋词》以"发"为韵②,"发"为月部,如用韵,则与屋烛通押,检此调,"发"实非韵位,《全宋词》断句误,金氏亦误;亦有《全宋词》韵断不误,而金氏统计误者,如黄庭坚《好事近》(不见片时霎)词,"霎"字非韵,金氏视为此词"合药铎"部通押,亦不准确。

2.《全宋词》对作者作品多有考证,其中作品考证为他人混入者以附录的方式列举。此等入声韵作品不作参考。如秦观词,《全宋词》第475—486页附列他人混入秦词者共58首,其中23首使用了入声韵,金氏将此23首全部作为入声韵例参考统计。将此等情况作

---

① 为方便起见,其中南北宋之交词人如朱敦儒、张元干、李清照、向子諲等皆置于北宋。
② 唐圭璋编《全宋词》,第2册,第829页。

为考察对象,会影响归纳统计分析,故皆不作为参考。

3. 词作中有上下片换韵者,并非通押,金氏常以通押视之,今亦更正。如黄庭坚《醉落魄》四词,用韵一、三首一致,二、四首一致,二、四首上片均为兀没得德日质魄铎,下片均为玉烛足烛熟屋绿烛,这属于上下片换韵,特别是下片全是屋烛通押。再如晏几道《六幺令》,上片韵字为:阁铎学觉觉觉币合摺洽;下片韵字为:答合押狎霎狎蜡盍角觉①。此种情况应视为全词前后药铎部相押,上片后半部与下片前半部分为合洽合狎通押,即视为两个韵段。此种用例于唐五代令词平仄换韵时常见,当为晏氏入声韵使用的尝试,不能视为药铎部与合洽部之通押。

4. 宋词入声韵中的多音字,虽然主要参考《广韵》,亦不能尽依《广韵》。如"北"字,显然有二读,一入德韵,二入屋烛韵,《广韵》只收入德韵。"北"字在唐代诗人作品中已入"屋烛"部,盛唐诗人常建《张公子行》云:"胡兵汉骑相驰逐,转战孤军西海北。"晚唐诗人贯休《书陈处士屋壁二首》其一云:"高步前山前,高歌北山北。数载卖甘橙,山赀近云足。"皆与屋烛二韵通押。宋词中"北"与屋烛通押者比比皆是,戈载《词林正韵》于屋烛韵补入"北"字,当是。类似情况于唐宋诗词中尚有不少,应考虑作一详细考察,为《广韵》、《集韵》作补。此等情况,我们不视为德职部与屋烛部通押。

5. 通过全面的统计分析考察,再比较戈载《词林正韵》五部入声说、金周生《宋词音系入声韵部考》九部入声说、鲁国尧四部入声说,我们同意鲁国尧四部入声说。而与金周生先生韵部的统计包括韵例的列举比较,我们便有诸多不同之处,与之韵例通押的统计也会有诸

① 唐圭璋编《全宋词》,第1册,第241页。

多差异。下面是此期词作入声韵使用的总体情况表①：

表三：北宋中后期词入声用韵情况表

《广韵》韵部	独用同用	北宋中后期使用情况	《广韵》韵部	独用同用	北宋中后期使用情况
屋	独	(1)屋烛通押 103② (2)屋独押 2	药	同	药铎觉通押 95
沃	同	烛部独押 15 *另见屋部	铎		陌麦昔锡职德通押 130
烛			陌	同	
觉	独	见药铎部	麦		
质	同	(1)质术物与陌麦昔锡职德通押 18 (2)质术栉通押 5	昔		
术			锡	独	见陌麦昔部
栉			职	同	见陌麦昔部
物	独		德		
迄	独		缉	独	(1)缉独用 4 (2)缉陌麦昔锡职德通押 11 (3)质缉通押 1 (4)缉物陌麦昔锡职德通押 10 (5)缉薛陌麦职德通押 1

① 此表韵例起自《全宋词》刘几词，终于《全宋词》王之道词，亦参考金周生《宋词音系入声韵部考》韵例。

② 需要说明的是：北宋中后期屋烛韵中有通押"北"、"国"、"墨"三字者，此三字皆可入屋烛韵，不视为德陌与屋烛通押。戈载于屋烛韵仅增补"北"字，亦当增"国"、"墨"二字，今屋烛通押韵例中即含此三字与屋烛部字通押者。金周生《宋词音系入声韵部考》中对此三字亦有分析（参该书第 318、330 页）。

《广韵》韵部	独用同用	北宋中后期词使用情况	《广韵》韵部	独用同用	北宋中后期词使用情况
月	同	(1)月屑薛通押 117 (2)月屑薛末曷通押 10 (3)月屑薛职昔锡陌德通押 19 (4)月黠薛屑通押 1	合	同	(1)合洽盍通押 1 (2)合叶通押 1 (3)盍德陌职月薛屑通押 1 (4)合药铎通押 1 (5)合盍狎通押
没			盍		
曷	同	见月部	叶	同	(1)叶帖月薛屑通押 29 (2)叶帖陌麦职德昔锡通押 12 (3)叶帖月薛屑陌麦职德昔锡通押 5 (4)叶帖通押 2 (5)叶帖月薛狎通押 1
末			帖		
黠	同	见月部	洽	同	(1)洽狎通押 1 (2)月薛屑洽通押 5 (3)铎洽通押 1 (4)叶帖合洽通押 1
鎋			狎		
屑	同	薛职昔锡通押 1	业	同	(1)业帖月薛屑通押 5 (2)业帖质职麦陌德昔锡通押 3
薛			乏		

此期词坛入声韵的使用,从韵部来说,屋烛部、月薛屑末曷部、药铎部、陌职麦昔锡职德部,承唐五代及北宋前期词坛,已经成为词人

用韵分类的普遍共识,具体分部已经不可撼动(南宋词人亦无变化)。而觉与药铎二部大量通押,也示规范已成,可称之为"觉药铎"部,对此部分类,戈载、金周生、鲁国尧意见皆相同,这一韵部的定型,应确定在北宋中后期。

而随着大量新调的出现,入声韵字使用也大大增加,其中最明显是"物术质合盍叶帖洽狎"韵部字的增加,对这些韵部字的分合,金周生与鲁国尧二位先生意见不同。例如"叶帖"二部字,既可与"月薛屑"通押,又可与"职陌昔锡德"通押,还可与"质术"通押,而与"月薛屑"通押者最多。但有一点需要说明的是,虽然从表中可以看到"叶帖"与"月薛屑末曷"通押者有29例,但这似并不能代表在这一时期,"月薛屑末曷"与"叶帖"部已经完成通押,成为词人的共识。考察这些韵例,有两个特点比较明显:一、绝大部分韵例中,"叶帖"虽然可以看作是与"月薛屑"部通押,但是纵观全词,通常皆以"月薛屑"韵为主,"叶帖"韵字仅占一字,如王诜《黄莺儿》全词用九韵字,八韵字为"月薛屑"部,只一字为"帖"部字,再如周邦彦《浪淘沙》词,共用十六韵字,十五韵字属"月薛屑末"韵,仅"叠"字属"帖"韵。二、总体来看,此期以"叶帖"部入"月薛屑末曷"韵之字又集中在"叶"、"叠"、"颊"、"堞"、"睫"等数字之上,似乎无"叶帖"部通押"月薛屑末曷"部的更多依据,只可说明,"叶帖"韵部分字语音与"月薛屑"部语音相近相同。由此我们或者可以说,"叶帖"部至少在这个时期既未独立成部,也未明确与他部合流,其在词体创作中具体如何使用,尚在实践摸索时期。

如果说北宋前期具体词调与入声韵之间尚未出现必然之联系,仅能从上去韵的特别使用上侧面发现一些迹象,那么到北宋中后期,入声韵的使用和词调之间的关系就相当明显了。如慢词调《念奴娇》、《满江红》,令词调《醉落魄》、《好事近》等,皆宜用入声韵。入声韵与词体声律之间关系密切,与文学声情也关系紧密,成为词人创作

的普遍共识。我们不妨看一下《醉落魄》这个词调。此调首见李煜词,名《一斛珠》,于唐五代也仅见:

> 晓妆初过。沈檀轻注些儿个。向人微露丁香颗。一曲清歌,暂引樱桃破。　　罗袖裛残殷色可。杯深旋被香醪涴。绣床斜凭娇无那。烂嚼红茸,笑向檀郎唾。①

此调《尊前集》注"商调",用上去韵,从文学声情的角度来看,李词风流妩媚,活泼欢快。此调进入宋代,今首见张先词。张先有二词,一首押入声韵,一首押上去韵:

> 云轻柳弱。内家髻要新梳掠。生香真色人难学。横管孤吹,月淡天垂幕。　　朱唇浅破桃花萼。倚楼谁在阑干角。夜寒手冷罗衣薄。声入霜林,簌簌惊梅落。②
>
> 山围画障。风溪弄月清溶漾。玉楼茗馆人相望。下若醽醁,竞欲金钗当。　　使君劝醉青娥唱。分明仙曲云中响。南园百卉千家赏。和气兼春,不独花枝上。③

显然张先时此调的用韵特点尚未定型,带有尝试探索的痕迹。然而在后来词人如晏几道、苏轼、黄庭坚、周邦彦、朱敦儒等人创作中,罕有再使用上去韵者,使用入声韵便成为此调的基本定式。与上去韵比较起来,特别强调使用入声韵,显然与声律的严谨、歌法的独特、文学声情的特别表达皆有关系。此调周邦彦词,吴讷《百家词》本、毛晋

① 曾昭岷等著《全唐五代词》,上册,第 742 页。
② 唐圭璋编《全宋词》,第 1 册,第 69 页。
③ 唐圭璋编《全宋词》,第 1 册,第 80 页。

汲古阁刻本皆注"中吕"调，与南唐李煜词商调不同。从文学声情的表达来看，入声韵急并虚歇，总的来说激扬壮阔，尤其适宜表达慷慨不平之情。此调宋人通用名《醉落魄》，实亦恰到好处。《词谱》："《宋史·乐志》名《一斛夜明珠》，属中吕调；《尊前集》注商调……晏几道词名《醉落魄》；张先词名《怨春风》；黄庭坚词名《醉落拓》。"①关于入声韵与上去声韵的歌法，李清照在《词论》中曾约略提到"本押仄声韵，如押上声则协，如押入声，则不可歌矣"②。说明相当一部分词调，在李清照所处的北宋时期，上去韵与入声韵之间确有严格界域。而关于《醉落魄》等词调必用入声韵，张侃《拙轩词话》引郭沔云："词中仄字上去二声，可用平声，惟入声不可用上三声，用之则不协律。近体如《好事近》、《醉落魄》，只许押入声韵。"③郭沔虽为南宋人，所云亦承北宋词坛。可以确定，入声韵作为一个特殊的仄声韵，在北宋之中后期，与特定的词调已经建立较为固定的联系。

　　这一时期用入声韵对后世影响最大的两位词人，当推苏轼和周邦彦。二人的影响又可分为两个方面，一是韵部分合的选择，二是具体词调的入声韵使用。就韵部的分合选择而言，苏轼与很多词人相比，似稍有混乱。如《满江红》调"江汉西来"一首，以"陌职薛屋昔栉没铎"韵字相押，"清颍东流"一首以"薛帖栉月职"韵字相押，其中应多有方音的成分。上举唐五代词如欧阳炯、孙光宪等用蜀中方言用韵，亦属此类。而类似用韵，由于苏轼在词坛的地位，对后世产生深远影响。仅如《念奴娇》"大江东去"一首，以"物锡薛月"韵字相押，两宋今存次韵词就有二十余首。而在具体词调的入声韵使用上，苏轼也特别留意，如上文所提到的入声韵词调，苏轼作品中皆无例外；

① 王奕清等《词谱》卷一二，第 2 册，第 825—826 页。
② 李清照著，王仲闻校注《李清照集校注》，人民文学出版社 1979 版，第 195 页。
③ 唐圭璋编《词话丛编》，第 1 册，第 190 页。

再如《满江红》一调,柳永四词,三首入声,一首上去,苏轼此调五首,皆用入声韵,当非偶然,虽然此调后世有一些作品仍有用上去韵者,但总体上还是宜用入声韵。《满江红》调以慷慨激越的声情流行于两宋词坛,也要首推苏轼之功。相较苏轼,周邦彦词于入声韵部的分合选择则相对谨严。他仅有两首词作所用韵部与之前词作相比似稍有混淆,一首是《华胥引》,通篇主用"叶帖"韵,但杂"轧黠"、"阅薛"二字;再者《看花回》调"秀色芳容明眸"一首,通篇亦主押"叶帖"韵,但杂"绝薛"、"合合"、"说薛"三字。我们在前文提到,此期"叶帖"二部字与多个韵部相押,而如何通押,词人尚未形成一定共识,从这个角度看,我们说周词混淆《广韵》多部之间的分合关系,亦属探索尝试。但作为歌者之词,周词当以实际语音通押。而在词调的具体运用上,周词用入声韵更为后人推重,其入声韵词调如《兰陵王》、《应天长》、《丹凤吟》、《解连环》、《华胥引》、《大酺》、《双头莲》等对南宋及后世词坛产生重要影响,其中《兰陵王》一调,王灼在《碧鸡漫志》中特别提到其歌唱及配乐情况,表现出入声韵特有的声情特征,颇具代表性。

　　需要指出的是,北宋词人在词调创作中注意上去韵和入声韵的差异,和唐五代入声韵只是作为仄声韵使用不同,体现了词体发展的成熟。入声韵短促而急切,更适宜表现高洁脱俗或者激越不平之情。即如《醉落魄》词调,配以笛曲①,高亢激越,无论写恋情还是感怀,都属刚劲一类。那么为什么唐五代没有这种情况? 如前面所论,一是在词体创作的早期,词人对入声韵在词里的特别地位认识不足,而另

① 此调张先词云:"横管孤吹,月淡天垂幕。"(《全宋词》,第 69 页)蔡伸词云:"谁人月下吹横玉。"(《全宋词》,第 1022 页)张抡词云:"笛里西风,吹下满庭叶。"(《全宋词》,第 1414 页)范成大词云:"一笛梅花,吹裂冻云幕。"(《全宋词》,第 1624 页)当为笛曲。

一个原因,则很可能是唐五代令词调中缺少这种激昂豪迈的曲调。宋词的繁荣,首先是词调的丰富完善。诗有唐音宋调,词亦有唐音宋调,而入声韵词调的确立,使宋代词体既与唐五代词体有明显区分,又在声情表达的丰富和审美特征的提升等方面,都大大向前推进了一步①。

三、南宋词调入声韵的稳定与发展

南宋词坛,从词人、词作数量而言,又远高于北宋,题材风格更有诸多新的变化。但从词调新生、发展的角度来看,却进入了一个相对停滞的时期。入声韵的使用,在承继北宋词的同时,韵部分类基本得以完全确立,入声韵词调的使用也更加丰富,入声韵文学特征的表现因时代之变化也有了新发展。

（一）南宋前期词部分入声韵的使用

南宋前期,我们这里指南宋高宗、孝宗、光宗,及宁宗之庆元、嘉泰、开禧及嘉定初期。嘉定元年(1208)的嘉定和议是南宋政治军事的重要分水岭。1210年前后,著名词人辛弃疾、陆游、姜夔等陆续谢世,南宋词发展也进入一个新阶段。为方便论述,这里我们将《全宋词》所列词人从冯时行至韩淲全部划归这一时期。

在唐五代词及北宋词入声韵的使用分析中,我们已经确定了"屋烛"、"觉药铎"、"月薛屑末曷"及"陌麦昔锡职德"的独立使用,这在南宋词人的创作中,并没有什么变化,不再讨论。而"质术栉物迄黠鎋合盍叶帖洽狎业乏"部韵字,在北宋中后期已经出现不少与他部通

---

① 北宋词入声韵词调的确定,也应与词人注意句中入声字的使用有关联,如柳永、苏轼、周邦彦等词人注意句中入声的使用。关于柳永、周邦彦词中入声字的使用,参见夏承焘《唐宋词字声之演变》(夏承焘《夏承焘集》,浙江教育出版社、浙江古籍出版社 1997 年版,第 2 册,第 56—72 页);关于苏轼词中用入声的情况,参见田玉琪著《词调史研究》(第 250—251 页)。

押的情况,但总体数量偏少,尚难以得出具体确定的结论。这里我们就重点讨论这些韵部字具体使用问题。这些韵部字,又可分为三个大的部类:1. 质术栉物迄;2. 叶帖;3. 缉。我们试分别作一扼要考察。

1."质术栉物迄"部。此期"质术栉物迄"部韵字的使用,较北宋中后期数量大大增加。一是有多首词独用"质术栉物"这几部字,不与他部混押,如侯寘《菩萨蛮》"江梅占尽"词、赵长卿《声声慢》词、石孝友《念奴娇》"麦秋天气"词、陈亮二首《三部乐》词、郭应祥《好事近》"今岁庆生朝"词等。这是北宋词中所没有的情况,显示出词人在入声韵使用上新的探索、尝试。但另一方面,"质术物栉"也并不具备单独立部的条件,相较独立使用,与其他部通押的情况更多,其中最多的是与"陌麦昔锡职德"部通押和与"月薛屑"部通押。与"陌麦昔锡职德"通押者计有 67 次,与"月薛屑"通押者 9 次,与二者皆通押者 26 次。戈氏《词林正韵》将"物迄月没曷末黠鎋屑薛叶帖"分为一部,金周生将"质术栉物迄没"分为一部,鲁国尧将"缉没栉质术迄物德职陌麦昔锡韵"合为"德质"部。从上面的统计情况来看,鲁国尧分析当为合理。此期应可看作是"质术栉物"与"陌麦昔锡职德"通押的完成时期。

2."叶帖"部。此期"叶帖"二部使用虽然仍较杂乱,但规律性的特征已经越发明显。其中"叶帖"二部与"月屑薛"通押者达 54 次,仅与"陌麦昔锡职德"通押者 4 次,与二部皆通押者 20 次,另外独立用韵者 4 次。我们也基本可以判定,在这一时期,"叶帖"部与"月屑薛"通押已经基本成为共识,实际语音也基本完成了"叶帖"部与"月屑薛"部的合流。

3."缉"部。"缉"部于《广韵》中独立使用,《词林正韵》归入"陌麦昔锡职德"部,金周生认为宋词依然严格保留了中古音入声的-p、-t、-k 收音,"缉"应该单独立部,鲁国尧认为应归为"德质"部。这一时期"缉"部字有大量使用,特点非常明显。其中独立使用者有 12 首

词,与"陌麦昔锡职德"通押者计 35 次,既与"物质"通押又与"陌麦
昔锡职德"通押者 25 次,仅与"物术"合用者 4 次,既与"月屑薛"通
押又与"陌麦昔职"通押者 15 次,无单独与"月薛屑"通押者。上文
我们已经谈到,"缉"部在唐五代为独立使用,在北宋前期如何使用尚
不明显,北宋中后期混押之例已多。至南宋前期,虽然有一些独押之
例,但更多的还是通押。通过这些大量的通押韵例,似可以得出结
论:"缉"部在词韵分部中不能独立,应与"陌麦昔锡职德物术出"通
押,不与"月屑薛"部通押。

（二）南宋后期词部分入声韵的使用

南宋后期,我们这里指宁宗嘉定初期之后到南宋灭亡这一段时
期。这一时期词人、词作数量又明显高于南宋前期。下面试对"质术
栉物迄"、"叶帖"、"合盍业洽狎乏"作一扼要说明。

1."质术栉物迄"部。此期词人使用这一韵部,与南宋前期相比
大量增多,共涉及 200 多个韵段。这不仅是因为此期作品数量较多,
还应与词人有意选择有关,这与北宋词坛大不一样。但"质术栉物
迄"部再罕有独立使用者,主要是以和其他韵部通押的方式出现,其
中与"麦陌昔锡职德"通押者达 68 次,既与"麦陌昔锡职德"又与
"缉"部通押者达 69 次,既与"月薛屑"又与"职陌"部通押者 35 次。
观此,则上文所基本确定者,即此部当与"陌麦昔锡职德"部通押,得
以完全确立,而"缉"部之不能独立运用,当划入"陌麦昔锡职德",亦
可确定无疑。

2."叶帖"部。此部用韵相较南宋前期,数量并未明显增加,仅
100 多个韵例。其中独用者 4 次,与"月屑"通押者计 65 次,既与"月
屑"通押又与"职陌"通押者 25 次。至此,"叶帖"不能独立为部,当
与"月薛屑"通押,亦可确定。

3."合盍业洽狎乏"部。此六部自唐五代至北宋,韵例即十分少
见,不足以进行独立分析。此期数量亦不多,不足 30 例,其中独用者

3 例,与"月屑"通押者 6 例,既与"月薛屑"通押又和"叶帖"通押者 5 例,既与"月屑"通押又与"职陌"押通者 3 例。戈氏《词林正韵》将其独立一部,金周生亦独立一部,鲁国尧将之并入"月屑"韵。我们认为将"合盍业洽狎乏"独立一部比较牵强,从通押的情况看,与"月薛屑"同部当更为合理。

南宋词入声用韵情况与诗歌相比如何？它是独立发展的？还是与诗歌的入声韵有紧密的联系？关于南宋诗人诗歌用韵的研究成果目前学界还甚少,但一些成果也可以说明,由于入声韵的创作,追求功利性成分较少,多反映真实的语音变化,更可进行具体比较。辛弃疾诗用入声韵较为单纯,主要用"屋烛"、"月薛",韵字数量很少,不能反映更多实际语音情况[1]。而宋末元初方回的诗歌用韵,其入声韵也大体分为四部,即屋烛(屋沃烛)部,计 42 次,铎觉(铎觉药)部,计 14 次,德质(缉没质术迄物德职陌麦昔锡)部,计 82 次,月帖(曷末鎋黠月薛屑合盍洽狎叶业帖乏)部,计 27 次[2]。方回诗歌入声用韵,与宋末词体的入声用韵基本没有差异,亦可从另一个角度体现词体入声韵的实际语音特征。

(三)南宋词坛入声韵词调文学特征及声律探讨

南宋词坛的入声韵词调,有承自北宋者,也有南宋新调。关于两宋词调的入声韵,清人杜文澜曾指出:"《壶中天》、《琵琶仙》、《惜红衣》、《淡黄柳》、《凄凉犯》、《暗香》、《疏影》、《兰陵王》等调,宜用入声韵。乃其宫调如是,入声韵尤严不可紊也。"[3]王易在《词曲史》亦指出:"至调有必须用入声韵者,如《丹凤吟》、《大酺》、《兰陵王》、

[1] 参见殷衍韬、鞠文浩《辛弃疾诗歌用韵考》,《绥化学院学报》2012 年第 3 期。
[2] 参见李颖《方回诗歌用韵研究》,山东师范大学 2003 年硕士论文,第 20 页。
[3] 杜文澜《憩园词话》,《词话丛编》,第 3 册,第 2855 页。按:《壶中天》即《念奴娇》;《琵琶仙》为两宋孤调,不计。

《霓裳中序第一》、《六幺令》、《解连环》、《雨霖铃》、《凄凉犯》、《暗香》、《疏影》、《淡黄柳》、《惜红衣》、《玉京秋》、《好事近》、《谒金门》等，皆不可用上去韵；又如《念奴娇》、《满江红》等，虽偶有用上去韵者，而究以入韵为宜也。"①今统计两宋入声韵词调，南宋承自北宋者，计有近三十调（凡孤调仅存一词者皆不考虑）：

> 《霜天晓角》、《忆秦娥》②、《雨霖铃》、《满江红》、《浪淘沙慢》、《凤凰阁》、《看花回》、《念奴娇》、《雨中花慢》、《楚宫春》、《梦玉人引》、《石州引》、《声声慢》、《忆少年》、《庆春宫》、《应天长》、《蕙兰芳引》、《六丑》、《华胥引》、《丹凤吟》、《兰陵王》、《玉团儿》、《双头莲》、《秋霁》、《江神子慢》、《踏歌》、《好事近》、《西地锦》、《折丹桂》

南宋时期新调，计有近十调：

> 《曲江秋》、《雪狮儿》、《霓裳中序第一》、《淡黄柳》、《暗香》、《疏影》、《惜红衣》、《凄凉犯》、《西湖月》

　　南宋词用北宋入声韵词调，还是集中于使用流行词调，如令词调《霜天晓角》、《好事近》、《醉落魄》，慢词调如《念奴娇》、《满江红》等。由于南宋特定社会、政治、历史背景，爱国词及抒发壮志难酬之作尤多，入声韵词调特有的声情特征扮演了重要角色。以辛弃疾词

---

① 王易《词曲史》，第245—246页。按王易所言，亦有不确之处，如《谒金门》之调，两宋用上去韵者，占一半以上，不能说只用入声韵。
② 《忆秦娥》词调今首见李白词，用入声韵，然唐五代仅存李白一词。此调入声韵确定当在北宋时期。

为例,《念奴娇》《满江红》二调共有五十余首,除偶作上去韵外,绝大部分都用入声韵,多表现词人爱国忧世、激愤难平之情。同是爱国且带有豪放风格的词人,用调用韵的选择也会有一定差异,如与辛弃疾同时的陈亮,其两首《三部乐》,便非常有特点:

> 小屈穹庐,但二满三平,共劳均佚。人中龙虎,本为明时而出。只合是、端坐王朝,看指挥整办,扫荡飘忽。也持汉节,聊过旧家宫室。　　西风又还带暑,把征衫著上,有时披拂。休将看花泪眼,闻弦□骨。对遗民、有如皎日。行万里、依然故物。入奏几策,天下里、终定于一。①

> 入脚西风,渐去去来来,早三之一。春花无数,毕竟何如秋实。不须待、名品如麻,试为君屈指,是谁层出。十朝半月,争看抟空霜鹘。　　从来别真共假,任盘根错节,更饶仓卒。还他济时好手,封侯奇骨。没些儿、婆娑勃窣。也不是、峥嵘突兀。百二十岁,管做彻、元分人物。②

"小屈穹庐"一首题"七月送丘宗卿使虏","入脚西风"一首题"七月二十六日寿王道甫",两词皆用"质术栉"部韵,虽都具有慷慨激越之情,然依韵细读,又颇具"突兀"、"奇崛"之感,可以想见陈亮之个性品格。而南宋词坛大量"质术物栉"部字的使用,应该看作是词人对词作风格、词调声情求新求变的一种努力。

南宋词坛新创制的入声韵词调,比较集中在姜夔的新调中。就现存两宋词作来看,以《霓裳中序第一》和《暗香》影响最大。其中

---

① 陈亮撰,姜书阁笺注《陈亮龙川词笺注》,人民文学出版社 1980 年版,第 72 页。

② 陈亮撰,姜书阁笺注《陈亮龙川词笺注》,第 97 页。

《霓裳中序第一》于羁旅漂泊中寓关山家国之悲，与北宋周邦彦入声词调相比，别添一番幽怨凄切情怀，"不惟清空，又且骚雅"①。

南宋以姜夔、吴文英等人为代表，对词体声律更加严格讲究，对前人入声韵词调的运用也有新的改变。姜夔新创仄韵词调中，入声韵词调占十之六七，他喜欢用入声韵表达幽怨情感。但是在使用传统的《念奴娇》和《满江红》两个词调时，用韵却有明显的变化。《白石道人歌曲》中《念奴娇》调共三首，全用上去韵，与传统的入声韵声情便有明显差异。而他在创作《满江红》时，认为："《满江红》旧调用仄韵，多不协律。如末句云'无心扑'三字，歌者将'心'字融入去声，方谐音律。予欲以平韵为之……"②平韵的《满江红》声情变化很大。此后，平韵体成为《满江红》重要一体，吴文英、张炎、陈允平等曾使用这个体式。

关于入声韵词调，宋末杨守斋《作词五要》也曾特别探讨："第四要随律押韵。如越调《水龙吟》、商调《二郎神》，皆合用平入声韵。古词俱押去声，所以转折怪异，成不祥之音。昧律者反称赏之，是真可解颐而启齿也。"③杨氏所说的"古词"当即前人词。从宫调角度来看，《水龙吟》，《于湖词》注越调，《二郎神》，柳永《乐章集》注林钟商，林钟商即商调，徐伸另有《转调二郎神》。《水龙吟》是两宋时非常流行的词调，今检两宋现存《水龙吟》全部作品，普遍用上去声韵，有纯押去声者，也有纯押上声者，更多是上去通押者，用入声韵者仅数首而已。而《二郎神》及《转调二郎神》，两宋现存作品仅四首押入声韵。应该说，杨缵对《水龙吟》、《二郎神》的解说并不符合两宋词坛的创作实际，但是随律押韵的说法颇值得探讨，惜杨氏词多不存，

---

① 张炎《词源》，唐圭璋编《词话丛编》，第1册，第259页。
② 夏承焘《姜白石词编年笺校》，第32页。
③ 唐圭璋编《词话丛编》，第1册，第268页。

无法具体考察,求诸其他词人,尚未发现有规律可循。

入声韵作为四声中一个独立的声韵,在词体创作中无论是韵部的分合还是文学特征都有其独立的特点,这个特点是逐渐形成并发展变化的。从韵部的分合来看,首先与诗韵有非常密切的联系,唐五代词"屋烛"、"药铎"部等通押的确立,便和诗韵基本相同,之后北宋"月薛屑末曷"、"陌麦昔锡职德"二部得以确立,至南宋,"叶帖"二部与"月薛屑末曷"合流,"缉"部及"物术栉迄"部与"陌麦昔锡职德"通押也越加清晰。需要特别补充说明的是,在入声韵的分部上,我们始终以《广韵》韵部作为参考依据,但实际语音的变化应是纷纭复杂的,《广韵》作为参照物,也当有相当的局限性,试以两宋很多"月薛屑"与"陌麦昔锡职德"通押的例子来看,似乎并不是将宋词入声韵分为四部就能很好地解决诸多问题,一些具体用字、音变还需要详细具体探讨。在入声韵与词调的具体联系及文学特征方面,唐五代词人显然未予充分注意,随着慢词调的繁荣,北宋前期词人对入声韵和词调之间的关系已应有清醒的认识,至北宋中后期,一批使用入声韵的词调基本确立,有的还成为两宋流行词调,呈现特有的情感基调。南宋词人一方面使大量的北宋入声韵词调保持稳定甚至流行,另一方面创制了不少新的入声韵词调,使入声韵词调在特定时代扮演了重要的角色。

四、余论:宋词"入代(替)平声"说之检讨

关于两宋词的入声,还有一个重要问题,就是"入代平声"说。此说由来已久,其中也包含入声韵与平声韵的关系问题。宋词创作中"入代(替)平声"说由宋末沈义父首倡,清代《词律》、《词谱》诸书在词谱编撰中普遍运用了这一观点并加以引申发挥,而戈载的《词林正韵》更从词曲一理的角度将入代平声说进行了理论归纳,并对入代平声之字作了具体罗列。宋词创作中确实有入代平声的现象,但是总

的来看,入代平声还是词人偶然的运用,并不是必然的法则,入声与平声之间的界限还是非常分明。《词林正韵》既分入声四部,又将入声派入三声之中,颇为自相矛盾,而其所列入作平声之字,并不符合宋人创作的实际情况,更多的是戈载自己根据曲韵之书的编造,淆乱词曲用字之界,不足为凭。至于哪些入声字可以偶代平声而用,还是要对今存宋人作品的入声字作详加考察之后才能得出结论。

(一)"入代平声"说的提出与清代学人的阐发

首先我们梳理一下"入代平声"观点的提出与发展演进情况。"入代(替)平声"之说,今最早见于宋末沈义父的《乐府指迷》:

> 腔律岂必人人皆能按箫填谱,但看句中用去声字最为紧要。然后更将古知音人曲,一腔三两只参订,如都用去声,亦必用去声。其次如平声,却用得入声字替。①

《乐府指迷》大体相当于今天的"填词指南",但沈义父所论述往往是只言片语,缺少具体分析。在这段文字中,沈氏先谈去声字之重要,接着说到"如平声,却用得入声字替",当结合宋词创作的实际情况而言,并非妄议。然何时用得入声字替?是否入声字都可以替代平声字?沈氏并没有具体交代。这为后人留下了很大的议论空间。

平声何以"用得入声字替",清人万树在《词律·发凡》中就从词曲一理的角度作了发挥:

> 入之派入三声,为曲言之也,然词曲一理,今词中之作平者比比而是,比上作平者更多,难以条举,作者不可因其用入是仄

---

① 唐圭璋编《词话丛编》,第1册,第280页。

声而填作上去也。①

　　而在其《词律》中，入代平声之说比比皆是。如卷一四《塞垣春》词调以吴文英"漏瑟侵琼管"词为"又一体"：

　　　　"邮亭一相"之"一"字，周词"寂寥寒灯"之"寂"字，方词"独游花阴"之"独"字，互玩之皆以入作平。②

卷一九《一寸金》以周邦彦"州夹苍崖"词为谱，此调周词最后一句作"便入渔钓乐"，吴文英词作"寓情题水叶"。万树云：

　　　　结句"入"字吴用"情"字，可知"入"字以入作平也。③

　　《词律》在阐释以入代平时，入声字本身通常是没有限制的，只要是万树认为应该用平声的地方，作者用了一个入声字，那么这个入声字便是以入代平。《词律》作为一部在清代词谱中最具开创性的著作，诸多观点影响深远，而其入代平声之论，亦为后来替《词律》作补充之作如徐诚庵《词律拾遗》、杜文澜《词律补遗》等接受，后秦巘《词系》以《词律》为"蓝本"也同样大量运用此观点（实亦多参考《词谱》一书）。另一部奉敕编撰的大型词谱著作《词谱》，以皇家图书馆为依托，参校唐宋词作远较《词律》为多。与《词律》相比，《词谱》显然是一部集大成性质的词谱著作，后出转精，对清代词体的繁荣发展起到了十分重要的作用，在现当代也影响很大。在宋词字声使用方面，

---

① 万树著《词律·发凡》，第16页。
② 万树《词律》卷一四，第327页。
③ 万树《词律》卷一九，第420页。

以入代平亦为该书之普遍论点。如卷五《卜算子》释黄庭坚词：

> 黄庭坚此调词，前后段两起句，"要见不得见，要近不得近"，"禁止不得泪，忍管不得闷"，"见"字、"泪"字俱仄声，连用四"不得"字，皆以入替平之法，因谑词不入。①

卷一九《新荷叶》释辛弃疾词：

> 至前段第二句"零落一顷为其"，"落"字入声，此以入代平，查宋词此字，俱用平声，故不校注。②

卷三六《贺新郎》释苏轼"乳燕飞华屋"词：

> 此词平仄，多与诸家不同，结句上"歘"字，以入作平。③

需要指出的是，《词谱》一书在运用"入代平声"说时，较《词律》一书明显要严谨一些④。这主要表现在从两宋词人创作的综合运用角度考察，如上引《新荷叶》例，得出以入代平的原因是"查宋词此字，俱用平声"。显然，由于《词谱》参校文献较多，其以入代平之分析不似《词律》一书随意。

---

① 王奕清等《词谱》，第 1 册，第 304 页。
② 王奕清等《词谱》，第 2 册，第 1296 页。
③ 王奕清等《词谱》，第 4 册，第 2598 页。
④ 由于《词谱》编撰者众多，书中"入代平声"观点亦偶有不统一的情况，如《七娘子》一调以毛滂词为谱，据毛词上片最后一句"这番一日凉一日"中"凉一日"之"一"字用仄声，定此字本仄可平，不妥。此字宋人再无用仄声者，毛词"一"字实以入代平。

与《词律》不同，《词谱》还将沈义父的"入替平声"之说从词调换韵的角度进行了引申阐发。在两宋词调中，有一些词调可用平声韵，也可用入声韵，其中有以平声韵为主的，也有以入声韵为主的。对此，《词谱》编撰者也认为是入声可以替代平声之故。如卷一〇《撷芳词》(钗头凤)释吕渭老词：

> 此与史达祖词句读同，惟前后段第三句以下，即换平韵。宋沈伯时《乐府指迷》云：入声字，可以平声替。此调每段下三韵，例用入声，此词换平声，亦无不可也。①

再如卷一三《小重山》释黄子行词：

> 此调例押平声韵，此词押入声韵，即《乐府指迷》所谓"平声字，可以入声替也"。②

清代最为细致阐述入代平声并规定具体用字的是戈载《词林正韵》一书，其论入替平声是与入派三声之说一起论述的，在其《发凡》中从句尾用韵和句中字声两个方面分别作了举例分析，兹将所举入代平声之例赘引如下：

> 故曲韵不可为词韵也。惟入声作三声，词家亦多承用……杜安世《惜春令》"闷无绪玉箫抛掷"，"掷"字作征移切，叶支微韵……又有作三声而在句中者，如欧阳修《摸鱼子》"恨人去寂寂，凤枕孤难宿"，"寂寂"叶精妻切，柳永《满江红》"待到头终久

---

① 王奕清等《词谱》，第 1 册，第 696 页。
② 王奕清等《词谱》，第 2 册，第 851 页。

问伊著","著"字叶池烧切,又《望远行》"斗酒十千","十"字叶
绳知切,苏轼《行香子》"酒斝时须满十分",周邦彦《一寸金》"便
入渔钓乐","十"字"入"字同,李景元《帝台春》"忆得盈盈拾翠
侣","拾"字亦同,周邦彦又有《瑞鹤仙》"正值寒食","值"字叶
征移切……又《金明池》"才子倒玉山休诉","玉"字叶语居切,
吴文英《无闷》"鸾驾弄玉","玉"字同,黄庭坚《品令》"心下快
活自省","活"字叶华戈切,辛弃疾《千年调》"万斛泉","斛"字
叶红姑切,吕渭老《薄幸》"携手处花明月满","月"字叶胡靴切,
姜夔《暗香》"旧时月色",吴文英《江城梅花引》"带书傍月自锄
畦",两"月"字同,万俟雅言《梅花引》"家在日边","日"字叶人
智切,又《三台》"饧香更酒冷踏青路","踏"字叶当加切……诸
如此类,不可悉数,故用其以入作三声之例,而末仍列入声五部。
则入声既不缺,而以入作三声者皆有切音,人亦知有限度,不能
滥施以自便矣。①

戈载入替平声之说继承并发展了《词律》《词谱》的观点,其继
承的主要是《词律》《词谱》所言词曲一理的思想,而又以"皆有切
音"对入代平声之字作了一个限定,从理论与创作实践的角度来看,
是一个明显的发展完善。而此"切音"即如戈氏所言,承自曲韵之书
《中原音韵》和《词林韵释》。并且在《中原音韵》和《词林韵释》的基
础上,戈氏将入声可代平声之字,一一作了列举。如《词林正韵》第三
部"五支六脂七之八微十二齐十五灰通用",戈氏列入声作平者有
"室"部十九字、"悉"部十八字等,包括小韵韵首之字,共列出 133 个
入声字。

入代平声之说,从沈义父扼要提出观点,到戈载具体指出哪些字

___
① 戈载《词林正韵》,江合友主编《清代词谱丛刊》,第 30 册,第 291—295 页。

可以入代平声,应该说完成了从抽象到具体、从模糊到清晰的发展过程。此后,入代平声说多为近现代学人所接受、承继,如陈匪石先生《声执》①、涂宗涛先生《诗词曲格律纲要》②等皆持此论。其间亦偶有批评否定者,如清人谢章铤《赌棋山庄词话》即云"近人以入代平,此沿北曲之误"③,又今人羊基广《词牌格律》④"编著札记"中亦明确反对以入代平的说法,惜未作具体分析阐发。

(二)"入代平声"说之创作检讨及词曲之辨

我们考察唐宋词人创作字声包括入代平声的问题,首先应该全面系统地考察,而不是偶尔拈出几个例子。偶尔拈出的几例如果不带有普遍性,便没有说服力。如果我们将唐宋词作同调作品的入声字韵逐一考察,或将使用同一入声字韵的全部作品逐一考察,入代平声的问题具体情况如何,应该会有一个较为公允的答案。其次,入代平声问题,也应与词曲创作特别是词体声律的相关理论照应。当然,词体声律本身的相关理论,无论是创作还是接受批评的理论,也有一个不断从宋人实际创作中总结完善的过程。

如戈载所言,入代平声的情况,涉及尾韵和句中字声。我们不妨就从这两个方面先作一考察。

我们对北宋全部词调之两宋金元一万余首作品作了详细考察,可以得出的结论是,在这些众多作品中,如果单看句中尾韵,入代平声的情况基本是没有的。如果一定要找,戈载所举杜安世《惜春令》中的"掷"字或可为一例,兹举全词如下:

---

① 陈匪石编著,钟振振校点《宋词举》,江苏古籍出版社 2002 年版,第 178—179 页。
② 涂宗涛著《诗词曲格律纲要》,天津人民出版社 2000 年版,第 104 页。
③ 唐圭璋编《词话丛编》,第 4 册,第 3552 页。
④ 羊基广编撰《词牌格律》,巴蜀书社 2008 年版。

　　　　　　春梦无凭犹懒起。银烛尽、画帘低垂。小庭杨柳黄金翠,桃
脸两三枝。　　妆阁慵梳洗。闷无绪、玉箫抛掷。絮飘纷纷人
疏远,空对日迟迟。①

但此"掷"字是否就是入代平声,也并不是确定无疑。此调杜安世词
有两首,别首作:

　　　　　　今夕重阳秋意深。篱边散、嫩菊开金。万里霜天林叶坠,萧
索动离心。　　臂上茱萸新。似旧年、堪赏光阴。百盏香醪且
酬身。牛山会难寻。②

前一首韵字分别为"起"、"垂"、"枝"、"洗"、"掷"、"迟",后一首分别
为"深"、"金"、"心"、"新"、"阴"、"身"、"寻"。很明显,两首杜词
中,第二首通篇用平韵,前一首则较为混乱。从唐宋词调用韵总体情
况来说,后一首用韵十分规范,前一首则带有探索尝试的痕迹。而就
"掷"字字声而论,实际上在"春梦无凭"词中也有两种可能:入声、平
声。如将"掷"看作入声,全词便是上声、入声、平声通押,如将"掷"
字看作入代平声,全词便是上声与平声通押。"掷"字于此词即使定
作入代平声,此种情况放之北宋594调的一万余首作品中,亦千分之
一不到,根本说明不了问题。而就杜安世词而论,杜词是喜作平仄混
押的,其创作受曲体的影响很大,但就用韵之入代平声而言,《全宋
词》今收杜词84首,其用平声韵词调的有37首,用平声韵字共165
字,其中也只有此一"掷"字或可看作入代平声之字,实在不足为据。
　　关于入代平声,还有一种观点,就是用宋词中平声韵词调可以用

① 唐圭璋编《全宋词》,第1册,第173页。
② 唐圭璋编《全宋词》,第1册,第173页。

入声韵,入声韵词调可以用平声韵的情况,来证明沈义父所言入替平声的问题。如上文所说,这是《词谱》反复提到的。然而,这个观点也十分不可靠。唐宋词调的用韵情况虽然比较复杂,但线索亦十分清晰。就北宋词调涉及的两宋及金元作品而言,其中只押平声、只押上去声、只押入声和上去声入声均可押的词调就有 528 调,已占现存北宋全部词调的 89%。在剩余 11% 的词调中,又存在多种复杂情况,其中既可用平声韵,又可用入声韵的仅 9 调,可分三种情况:1. 主押平声,偶用入声韵者,如《百宝装》;2. 主押入声,偶用平声韵者,如《霜天晓角》《梦玉人引》;3. 平声、入声韵均可用者,如《多丽》《归田乐令》《庆春宫》《双雁儿》《泛兰舟》《撷芳词》①。这三种情况在北宋另外的 66 调中,只占 14%,在全部北宋词调中,仅占为 1.5%,涉及到的作品更少之又少。这只能说明:以《词谱》为代表的,从用韵的角度将宋词中主押平声韵的词调偶用入声韵、主押入声韵的词调偶用平声韵,或既可用平声韵又可用入声韵的情况,解释为入声可代平声,是十分牵强的。一个词调是用平声韵,还是用上去声或入声韵,都有一定的法则,只是个别词调有兼用的情况,又以上去声和入声兼用者最多。这种情况多是偶然的变化,可理解为词人偶然的尝试,不能上升为通用的理论法则。当然,从现存作品来看,一些词调仅存数首作品,至于究竟用平声韵合适,还是上去声与入声韵好,也较难说得清楚。

　　下面我们再看句中字声。从句中字声分析唐宋词,其中关键也是将有规则的运用和偶用甚至误用区别开来。应该说,《词律》《词谱》《词林正韵》等书的编撰者们尽可能地分析了当时所见到的同调作品,也都有自己总结的字声运用规律,然仅就入代平声而论,虽然有部分正确的因素,但错误甚至荒谬的地方很多。我们不妨结合

① 前文《词谱》所举《小重山》调,属唐五代词调,不计入。

宋代词人的具体创作,以体系较为完善的《词林正韵》之论先作分析。

　　《词林正韵》"发凡"中所举入代平声者共有 17 例,其中 16 例属句中字声问题。在这 16 例中,一些是基本没有争议,可以看作以入代平的,如周邦彦"正值寒食"之"值"字,黄庭坚"心下快活自省"之"活"字等。判断句中字声是否包括以入代平,一个较为方便之法是从"律句"与"拗句"的特点上辨析。"律句"与"拗句"是从平仄格律的角度来说的。所谓律句,主要指四、五、六、七字句的句中字声在二、四、六位置符合平仄交替规则的句子,"拗句"则指不遵循平仄交替规则的句子。总的来看,唐宋词调四字以上的句子,还是以律句为主。如戈氏所举周词"正值寒食",黄词"心下快活自省",如将"值"和"活"看作入声字,则两句皆为拗句,如看作以入代平,则两句皆为律句,而此二句于该词调句法中,皆宜使用律句。

　　而在戈氏所举 16 例中,更多的还是有争议或者说属于明显错误的情况。如认为"旧时月色"、"带书傍月自锄畦"之"月"字是以入代平,便有问题。"旧时月色"一句为姜夔《暗香》首句。《暗香》之调《全宋词》中存词 14 首,检其他 13 首词,其中第三字作上声者如赵以夫作"炯"、吴潜"雪来比色"一首作"比",作去声者如吴潜"九垓共色"一首作"共"、汪元量作"艳"、彭子翔作"望",显然,这些作上声、去声之字都不能看作以上代平、以去代平。如此,姜夔"旧时月色"之"月"也只能看作是一个入声字(即一个普通的仄声字),不能看作是一个平声字,而从律句的角度看,"旧时月色"一句,"月"字位于第三字,也通常可平可仄,不必强求。"带书傍月自锄畦"为吴文英《江城梅花引》下片首句。《江城梅花引》调两宋金元今存四十余首词,下片首句作七字句者字声有两种情况:一为拗句,如陈允平作"仙翁佩襟秋水清";一为律句,如吴文英此词。如果依戈氏所说吴文英词中"月"字以入代平,吴词便亦为拗句。然此句姜夔作"湿红恨墨浅封题"、赵与洽作"夜来袖冷暗香凝"……又置他词"墨"、"冷"字声于何地？显然，戈氏以"月"字为以入代平，实属一厢情愿，是明显的误判，并不符合此调宋人的创作实际。

《词林正韵》作为一部韵书，还具体列出了可以入代平声之字，以"皆有切音，人亦知有限度"为据。此貌似言之凿凿，然如将之与唐宋具体词作对比考察，不难得出多为荒诞不经的结论。试以《词林正韵》第三部平声"五支六脂七之八微十二齐十五灰通用"，后列"入声作平声"字之"室"部字作一说明。"室"部之字戈氏共列了20字，依次为：室、鞑、实、石、祏、硕、鼫、射、湁、殖、埴、植、食、蚀、湿、十、什、拾、入、褶。戈氏认为这20字皆可以入代平，其根据是什么呢？宋词中具体创作情况又究竟如何？我们通过具体查检发现，在这20字中，"鞑"、"鼫"、"殖"、"埴"几字宋词中未见使用，"祏"、"湁"分别仅使用一次，"硕"、"褶"二字分别使用8次、9次，另12字使用较多。首先，我们承认，在"室"部小韵宋人常用之字中，确有以入代平的情况，特别是如"食"、"十"等字。但是，另一方面，我们也不难发现诸多问题：一是未见使用者，戈氏如何判断可以入代平？二是仅见一次使用者或使用次数很少如"硕"、"褶"等字，亦均无以入代平的情况，戈氏又如何得出可以入代平的结论？下面不妨看一下"褶"字之例：

1. 绛裙金缕褶（贺铸《菩萨蛮》）
2. 裙褶绛纱还半皱（王之道《江城子》）
3. 龙香浅渍罗屏褶（张榘《虞美人》）
4. 红皱石榴裙褶（张枢《谒金门》）
5. 官罗褶褶消金色（周密《醉落魄》）
6. 舞衣丝损愁千褶（周密《醉落魄》）
7. 翠松裙褶（蒋捷《柳梢青》）
8. 细认裙褶（黄子行《西湖月》）
9. 轻罗慢褶（紫姑《瑞鹤仙》）

在这九例中,其第 1、3、4、6、8、9 例皆以入声为韵字,非以入代平。另三例中除第 5 例"宫罗褶褶消金色"中前一"褶"字于词律可平可仄外,其他三个"褶"字就该调字声而言,也均应为仄声之字。也就是说,"褶"字于现存宋词中并无以入代平的情况。从"室"部小韵之字来看,戈氏所列并不符合宋代词人创作的基本情况。

之所以出现这样的问题,还是与戈氏在编《词林正韵》时主要参考《中原音韵》特别是《词林韵释》有关①,更主要是其"词曲一理"的观念在作怪。戈氏一方面承认"词韵与曲韵亦不同"、"曲韵不可为词韵",又认为"惟入声作三声,词家亦多承用",以至于在《词林正韵》中,一方面独列入声四部,另一方面又将入声四部之字分别派入平、上、去三声之中,貌似圆通,实为自相矛盾。其失在于夸大了入派三声包括入代平声在词体创作中运用情况,并上升为指导理论,以致在《词林正韵》的编撰中不管唐宋词的具体创作情况而不切实际地将曲韵中入代平声之字直接搬进平声之中。

词曲固然同源,也固然多有相通之处,而词毕竟为词,曲毕竟为曲,有明显分界。从同源、相通的角度看,同为音乐文学,皆可付诸歌喉当为主要的方面。而从分界的角度看,其区别有诸多看法,聚讼纷纭。如果单从用韵与字声的角度来分析,入声的有无在词曲之辨中自应占核心之地位。词曲在入声的使用上,实际代表的是两种语音系统的差异。王力《汉语史稿》云:"《中原音韵》书中所谓'入声作平声','入声作上声','入声作去声'等,只是指传统上的入声已经和当时的平上去三声混合了,不能认为当时还能区别入声。"②金周生

---

① 以戈氏第三部入作平声之字为例,其源自《词林韵释》的就占 81%,不过将小韵代表之字作了改动,所列之字顺序作了一些调整而已。见高淑清《〈词林正韵〉研究》,吉林大学 2008 年博士学位论文,第 130 页。

② 王力《汉语史稿》,中华书局 1980 年版,第 158—159 页。

在《宋词音系入声韵部考》通过比对分析两宋全部作品的入声字,将宋词入声分为九部,认为:

　　上而推之,既可与切韵系韵书入声之分部对照,而知其音变之规律,其下又可与洪武正韵之音系相应合……此种从审音与考据两种角度考得之宋词音系,除证实宋词、元曲分属二种不同之音韵系统,亦可改订明清以来词韵分部之失。①

如前文所说,我们并不同意其对宋词入声韵具体的韵部分合,也认为其以词体入声韵的韵尾收音依然清楚地保留-p、-t、-k 尾音的判断,并不符合宋人的创作实际,但入声依然还总体属于中古音系这个观点,我们非常赞成。两宋重要词人如柳永、苏轼、周邦彦、姜夔、吴文英对入声字的使用也常常特别留心,这一点前人亦多有论述。当然,从句中平仄字声的角度来看,入声字在更多的时候是作为一种仄声字而存在于宋人词体创作之中的(万树等人所言入声又可代上声、去声之类,亦不可取,此不赘论)。

　　这样,我们回头再看沈义父所说的"平声却用得入声字替"的创作方式,就只能是一种偶然变通的法则,而不是一种必然的规律。如果我们将"入代平声"视为通行的规范,将之扩大化,甚至以词曲一理、入派三声之法阐释,将大大背离唐宋词人的具体创作实际,也背离词曲用韵用字的基本规律。仍如上文《词林正韵》所举"活"字例,"活"字确可以入代平,但现存两宋词中所用"活"字有 150 余例,可以确定是以入代平的也仅有四五例,只占不到 3%,绝大部分"活"字是确定用作入声字的。再就一个词调而言,戈氏举周邦彦《瑞鹤仙》中"正值寒食"中"值"字为例,此"值"字也可以确定为以入代平,然

───────────

① 金周生著《宋词音系入声韵部考》,第 415 页。

遍检此调两宋金元现存 140 余首作品,亦仅周词一处用入声代平声。
宋人创作中的以入代平,体现的只是依然使用中古音系的词体,与使
用近古音系的曲体偶然的变通交织。真理哪怕是再向前走一小步,
就会变成谬误。这句话也适用于沈义父的入代平声说。

第六章　唐宋词调体式的发展演变

　　一个词调的具体体式除分片外,包含字数、句法、用韵和字声等要素。在唐宋词体的发展过程中,除孤调外,同一个词调的体式往往不都是整齐划一的,而是在历史发展变化中,存在多个大同小异的体式,这些体式与音乐的关系,有的可能不紧密,有的则是密不可分。本章我们探讨唐宋词调具体体式的发展变化,总结其中规律特点。

　　对于词调体式,明清以来的词谱著作特别是以万树《词律》、王奕清等《词谱》为代表,多以"正体"(或云"正格")和"又一体"进行辨析。所谓"正体"、"正格",是指在同一个词调的众多体式当中,作者使用最多也即最流行的词调体式,"又一体"则是与"正体"相比在字数、句法、声韵等方面大同小异的词调体式。虽然在唐宋词人的创作或理论批评著述中,并没有"正体"和"又一体"的说法,"正体"、"又一体"是明清学人在对唐宋词调立谱过程中总结词人创作逐渐确定下来的词调体式概念,但是,"正体"、"又一体"说法还是基本反映了唐宋词人对同一词调的运用情况,特别是《词谱》,依托皇家藏书的优势,在吸收《诗余图谱》、《词律》等词谱的基础上比较全面考察了唐宋词人创作,详列词调"正体"、"又一体",对词调体式的总结作出了重要贡献。不过,由于多种原因,《词律》、《词谱》等书在词调体式的总结方面还有诸多不足。特别是"正体"、"又一体"又往往是从"静态"的词调体式中归纳总结,而不是放在唐宋词体的历史演进之中,不能展示词体发生发展之演变历史①。

第一节　唐宋词调用韵与词调体式

韵文学,其最初往往都是音乐文学,最大特点是有"韵"。韵在语文形式上的表现是"韵脚",在音乐形式上的体现便是节拍、节奏。前呼后应,是"韵"的基本职能。一个词调最初的体式形成,与韵拍关系当最为密切。

一、意断、韵断与词调体式

唐宋词体作为我国音乐文学的一种,它的用韵特点与古体、近体诗相比较,总的来看相同处多,不同处少。但它的不同之处特征十分鲜明,即每一个词调的用韵通常位置固定,这自然是词体"倚声"、先乐后词决定的。这种同调固定的用韵方式可以不管语意是否完整,而古体诗、近体诗中一个用韵单位通常语意是完整的。前文所述的二字短韵便是突出典型,这些大量的二字短韵,只能和上下文的文字连在一起才有意义,如张炎《词源》"大顿小住当韵住"所言,这些短韵,是歌唱时的"小住"。韵断,体现出的是词体特有的声律节奏。

词调用韵的这种特点要求我们在分析前人作品时,应特别从韵位着手,而不是仅考虑语意。这一方面明清及现当代学者都已做了大量的工作,但仍有不尽人意之处。我们不妨先看周邦彦的《西河》,只看第三段,羊基广《词牌格律》断作:

---

① 在诸家词谱著作中,王奕清等人的《词谱》有创调及始词的观念,但在列举体式时往往随意,时代作者混乱;而秦巘《词系》借鉴了《词谱》的始词理念,对词调的不同体式按照时代顺序编排,虽然错漏不当之处很多,但具有开创意义。本章参考了田玉琪编著《北宋词谱》,中华书局 2018 年版。

酒旗戏鼓、甚处市。想依稀、王谢邻里。燕子不知何世，入
寻常巷陌人家相对。如说兴亡、斜阳里。①

这一段最后两韵："入寻常巷陌人家相对。如说兴亡、斜阳里。"《词
谱》、《全宋词》、《中华词律辞典》等书皆断作"入寻常、巷陌人家，相
对如说兴亡，斜阳里"。哪种断句正确呢？所幸《西河》并非孤调，可
与他词相比较。这几句，我们不妨结合他人词作来看。方千里词：
"好相将载酒，寻歌玄对。酬答年华莺花里。"吴文英词："向沙头更
续，残阳一醉。双玉杯和流花洗。"杨泽民词："袖青蛇屡入，都无人
对。唯有枯松城南里。"王奕词："但长干铁塔，岿然相对。檐铃嘈噆
薰风里。"而如方千里等人词为步周邦彦词韵，显然，周词中"对"字
为韵。而《词谱》以周词为正体，由于未将"对"字视为韵脚，对此调
体式包括"又一体"的分析便很不到位。同样，周词《西河》别首后两
韵本应断作："想当时万古，雄名尽是。作往来人凄凉事。"《词谱》依
然未将"是"字视为韵，断作："算当时、万古雄名，尽是作、后来人，凄
凉事。"这同样不当②。再如杜安世《剔银灯》有三词，下片一、二句
"夜永衾寒"词《全宋词》断作："写遍香笺，分剖鳞翼，路遥难到。"而
另外两首分别断作："独倚阑干凝伫。香片乱沾尘土。""无奈别离情

<hr/>

① 羊基广编著《词牌格律》，巴蜀书社 2008 年版，第 1938 页。按羊基广虽然以
韵断，但断法仍有可商之处。最后两韵当断作："入寻常巷陌，人家相对。如
说兴亡斜阳里。"详见本章第二节"唐宋词调句拍与词调体式"。
② "想当时万古，雄名尽是。作往来人凄凉事"，毛晋刻本、王鹏运刻本皆无
"是"字，《全宋词》从毛刻本，作："想当时、万古雄名，尽作往来人、凄凉事。"
既以周词别首"对"字为韵，则此首亦当有"是"字之韵。万树《词律》以"长
安道"为正格，结数句断作："想当时、万古雄名，尽作往来人，凄凉事。"万树
所采词遗漏了一个"是"字，认为"此体他无作者"，误，对此，杜文澜依《词谱》
在按语中指出："'尽'下有'是'字……应遵改。"（《词律》卷一八，第 409 页）

绪。和酒病、双眉长聚。"①此调为柳永创调,从韵断的角度看,后两
首断句无误,前一首明显是依从文意断句,正确断法应为:"写遍香笺
分剖。鳞翼路遥难到。""剖"字用韵。虽然这样于文意不很顺,但也
只能如此断句。

　　词体用韵,不少时候是不能顾语意是否完整的,上面所举二字短
韵及周词《西河》用韵等皆然,这种情况,我们不妨称之为"韵断意不
断"。"韵断意不断"可以看作是词体用韵的重要特征。类似《西
河》、《剔银灯》这种情况,虽然也貌似可以据文意断句,然而从词体
根本特性的角度,即韵所体现的音乐拍节而言,还是要依据用韵
断句。

　　与"韵断意不断"密切相关的,就是词调中大量使用的句中韵,有
换韵的,也有不换韵的,也都应该进行"韵断",析分词调体式。我们
看韩元吉的《水调歌头》:

　　　　今日俄重九,莫负菊花开。试寻高处,携手蹑屐上崔嵬。放
　　目苍岩千仞。云护晓霜成阵。知我与君来。古寺倚修竹,飞槛
　　绝纤埃。　　　笑谈间,风满座,酒盈杯。仙人跨海,休问随处是
　　蓬莱。落日平原西望。鼓角秋深悲壮。戏马但荒台。细把茱萸
　　看,一醉且徘徊。②

全词通篇主押平声韵,上片第五、六句"仞"、"阵",下片第六、七句
"望"、"壮"用仄韵,这与苏轼名篇"明月几时有"词正同,《词谱》于
苏轼词虽然指出苏词"夹协",但于谱式上皆未韵断。这也应该不妥。
因为这种换韵形式是唐宋令词调的常见形式,当宋人将这种令词调

---

① 唐圭璋编《全宋词》,第 1 册,第 181—182 页。
② 唐圭璋编《全宋词》,第 2 册,第 1398 页。

换韵的常态置于慢词调中时,自然应进行"韵断"。

　　同样,原一句之内如用短韵,也应该不管语意是否完整而进行"韵断",这与词调的二字短韵相近,但又有明显差异。如《点绛唇》、《惜分飞》等词调,我们看晏几道《点绛唇》词:

　　　明日征鞭,又将南陌。垂杨折。自怜轻别。拼得音尘绝。
　　　杏子枝边,倚处阑干月。依前缺。去年时节。旧事无人说。①

　　此词第二、三句"陌"、"折"用韵,断句当于"陌"字断。这是《点绛唇》正体之外"又一体",晏词并非孤例,再如苏轼云:"今年身健。还高宴。"舒亶云:"翠华风转。花随辇。"贺铸云:"麝煤熏腻。纹丝缕。"洪皓云:"拟将蜂蜡。龙涎亚。"等等。对此《词谱》析分"又一体"值得肯定。然而对《惜分飞》词调,《词谱》却又出现了明显的疏漏,此调《词谱》以毛滂词为正体,韵断如下:

　　　泪湿阑干花著露。愁到眉峰碧聚。此恨平分取。更无言语空相觑。　　短雨残云无意绪。寂寞朝朝暮暮。今夜山深处。断魂分付潮回去。②

　　关于此词,清人谢章铤指出:"《惜分飞》两结句第四字,有用韵者,有不用韵者……毛滂填此调则云:'更无言语空相觑。'又云:'断魂分付潮归去。''语'字、'付'字皆韵,红友一时失检,故不载耳。"③不仅《词律》失察,《词谱》亦然。毛滂词上下片最后两句依韵断应为:"更

――――――――
①　唐圭璋编《全宋词》,第1册,第246页。
②　王弈清等《词谱》,第2册,第543页。
③　唐圭璋编《词话丛编》,第4册,第3430页。

无言语。空相觑。""断魂分付。潮回去。"此体于宋词亦非孤例,如汪元量词上片结句为:"泪珠成缕。眉峰聚。"下片结句为:"断肠能赋。江南句。"①但是,这种用法毕竟不是《惜分飞》词调的常用体式,毛滂词便不能作《惜分飞》"正体",只能是变化之体。

以韵断句而不以文意断句,最直接简便的途径便是将同调词作进行细致比较,无论是短韵,还是句中韵,只要同调词作中用韵不是孤例,是词人有意识的运用,皆应视具体情况析分"又一体",将之视为词调体式发展变化的有机环节。

二、增韵与词调体式的变化

从用韵的角度看,在字句不变的情况下,词调体式发展的普遍情况是和正体相比增加用韵的数量。

这种用韵的增加,又主要体现在上下片的首句。上片首句增韵的,如《摸鱼儿》,《词谱》以晁补之词为"正体",晁词首韵为:"买陂塘、旋栽杨柳,依稀淮岸江浦。"辛弃疾增韵作:"更能消、几番风雨。匆匆春又归去。"下片首句增韵的,如《水龙吟》,《词谱》以苏轼"霜寒烟冷蒹葭老"为正体,下片首韵为:"须信衡阳万里。"吴文英则添一韵:"般巧。霜斤不到。"还有很多是上下片首句皆增韵的,如《念奴娇》调,《词谱》以苏轼"凭空眺远"词为正体,上下片均为四韵,张炎"长流万里"词上下片首句皆添一韵,变为上下片均为五韵。

用韵的增加有时也不限于上下片的首句,其他位置也可以添加。我们不妨看欧阳修和晁补之的《洞仙歌》:

　　　　情知须病,奈自家先肯。天甚教伊恁端正。忆年时、兰棹独

---

① 羊基广《词牌格律》:"上下结都于第四字处暗押一韵,这是偶然的还是格律所定,不得而知……属于偶然的可能性极大。"第 1930 页。

倚春风,相怜处、月影花光相映。　　别来凭谁诉,空寄香笺,拟问前欢甚时更。后约与新期,易失难寻,空肠断、损风流心性。除只把、芳尊强开颜,奈酒到愁肠,醉了还醒。(欧阳修)①

　　年年青眼。为江梅肠断。一句新诗思无限。向碧琼枝上,白玉葩中、春犹浅。一点龙香清远。　　谁抛倾国艳。昨夜前村,都恐东皇未曾见。正倚墙红杏,芳意浓时,惊千片。何许飘零仙馆。待冰雪丛中看奇姿,乍一笑能回,上林冬暖。(晁补之)②

《洞仙歌》调于北宋最早见于欧词,欧词《词谱》不载,或嫌其俚俗。晁词与欧词都是宋人常体,晁词较欧词多用“眼”、“浅”、“艳”、“片”四韵,颇增顿挫流转之美。此后晁词成为此调通用体式,与韵拍的增加有密切关系。

　　关于词调令、引、近、慢的用韵,张炎《词源·讴曲旨要》曾言“歌曲令曲四掯均、破近六均慢八均”,洛地在《词调三类:令、破、慢——释“均(韵断)”》中将“均”视为韵③,当是。四均、六均、八均,就是词调令引近慢用韵的基本规律,是词乐节拍大顿在歌词语言上体现。而词调体式在用韵数量上的增加变化,包括前文谈到的句内用韵等,均可视为词人对该调音乐节奏的一种灵活处理,显然也是丰富词调体式的重要途径,如毛滂词《惜分飞》上下结拍的增韵,体现音乐歌唱的一些变化。

　　关于词调用韵数量的增加,陈匪石先生于《声执》中云:

① 唐圭璋编《全宋词》,第 1 册,第 151—152 页。
② 唐圭璋编《全宋词》,第 1 册,第 559 页。
③ 洛地《词调三类:令、破、慢——释“均(韵断)”》,《文艺研究》2000 年第 5 期。

　　凡词中无韵之处忽填同韵之字,则迹近多一节拍,谓之"犯韵",亦曰"撞韵",守律之声家悬为厉禁,近日朱、况诸君尤斤斤焉。而宋词于此实不甚严,即清真、白石、梦窗亦或不免。彼精通声律,或自有说,吾人不知节拍,乃觉彷徨。①

　　郑孟津先生在《宋词音乐研究》一书中,也曾从音乐的角度对词调用韵现象进行分析,认为慢词韵拍不计杂韵、旁韵,为八正韵,他以姜夔《长亭怨慢》曲谱说明慢词的律腔,以其"正韵都和主调音(正煞)或和主调音成三度五度关系音(寄煞)互相结合作成乐段。至换头韵、起句韵依律腔结构应作旁韵处理,甚为明白",认为《词谱》将此调定为"前后段各九句五仄韵"混淆了韵与乐段间的对应关系②。

　　应该说,郑孟津先生分析得不无道理。但是从词调体式的角度来看,既然增韵作为唐宋词人同调创作的普遍现象,"大顿小住当韵住",无论正韵还是旁韵都是词调节拍的重要体现,《词谱》将同调词作的增韵列为"又一体"还是可行的。我们今天的词体创作,亦不必斤斤于"犯韵"、"撞韵"之说。

　　在字句相同的情况下,用韵数量的变化通常不会引起字声的变化,但也有不少例外,如《朝中措》,我们看下面二词:

　　　森然修竹满晴窗。山色净明妆。无限凄凉古意,白蘋红蓼斜阳。　　松风一枕借僧床。馥馥桂花香。暂远世尘萦染,坐令心地清凉。(倪偁)③
　　　荷钱浮翠点前溪。梅雨日长时。恰是清和天气,雕鞍又作

① 陈匪石编著,钟振振校点《宋词举》,第176页。
② 郑孟津《宋词音乐研究》,中国文史出版社2004年版,第11—12页。
③ 唐圭璋编《全宋词》,第2册,第1335页。

分携。 别来几日愁心折,针线小蛮衣。羞对绿阴庭院,衔泥燕燕于飞。(赵长卿)①

这两首词皆非《朝中措》正体。《朝中措》调今首见欧阳修词,《词谱》以欧阳修词为正体,当是。欧词换头一韵为三个四字句:"文章太守,挥毫万字,一饮千钟。"这种句拍特点,在倪词有一个明显变化,倪词作一个七字句,一个五字句,且添一韵,对音乐的节奏处理显然与欧词不同。而南宋赵长卿词与倪词相较,换头句拍相同,但少用一韵,并且句型不同,字声也有明显差异。需要说明的是,无论是倪词还是赵词,于宋词中皆非孤例,如与赵词体式相同者,便有赵长卿别首"别来无事"、韩淲九首、洪咨夔"翠盆红药"等词。类似赵词与倪词用韵与字声皆不相同的情况,似也只能从词人对词调词乐配合的差异处理来解释,特别是在节拍的处理方面。

三、平仄换韵与词调体式的发展

在词调体式的发展变化中,用韵变化最大的是通篇平仄韵的变换,其中仄韵还有上去韵与入声韵的改变。

现存唐宋词调中约有五十个词调有平仄韵体式的变化。有正体为仄韵、变体为平韵的,如《如梦令》、《惜黄花慢》、《念奴娇》等;有正体为平韵、变体为仄韵的,如《柳梢青》、《汉宫春》、《满庭芳》、《庆春宫》等。平仄韵的改变,通常情况下只是用韵字声的变化,而句中字声基本不变。如《念奴娇》入声韵与平韵词:

凭高眺远,见长空万里,云无留迹。桂魄飞来光射处,冷浸一天秋碧。玉宇琼楼,乘鸾来去,人在清凉国。江山如画,望中

---

① 唐圭璋编《全宋词》,第3册,第1788页。

烟树历历。　　我醉拍手狂歌,举杯邀月,对影成三客。起舞徘
徊风露下,今夕不知何夕。便欲乘风,翻然归去,何用骑鹏翼。
水晶宫里,一声吹断横笛。(苏轼)①

　　吴松初冷,记垂虹南望,残日西沉。秋入青冥三万顷,蟾影
吞尽湖阴。玉斧为谁,冰轮如许,宫阙想寒深。人间奇观,古今
豪士悲吟。　　苍弁丹颊仙翁,淮山风露,底曾赋幽寻。老去专
城仍好客,时拥歌吹登临。坐揖龙江,举杯相属,桂子落波心。
一声猿啸,醉来虚籁千林。(张元干)②

两词相较,除韵字外,句中字声相同(即律句形式相同)。

用韵的改变,随之变化最大的是词调的题材与声情,如《庆春
宫》,首见周邦彦词,周词即正体,用平韵,为南宋后期较流行词调,题
材以伤春为多,声情流美、感伤。而到宋末王沂孙、周密将此调改用
入声韵,声情怨抑凄切。再如《如梦令》,此调为唐宋流行词调,用上
去韵,中唐白居易三首皆写恋情,声情感伤,北宋苏轼之作多写旷放
豪迈之情,格调一变。而南宋吴文英两首《如梦令》,一首改用平韵,
与前人词作声情迥异,呈现出欢快流美的特点:

秋千争闹粉墙。闲看燕紫莺黄。啼到绿阴处,唤回浪子闲
忙。春光。春光。正是拾翠寻芳。③

词调平仄韵的变换,引起词调声情的变化,虽然于唐宋词中不能一概

---

① 唐圭璋编《全宋词》,第 1 册,第 330 页。
② 唐圭璋编《全宋词》,第 2 册,第 1074 页。按:下片第二、三句断作四五句法
　为妥。
③ 唐圭璋编《全宋词》,第 4 册,第 2897 页。

而论,常有例外,但大体是一个基本情况。

　　词调体式平仄韵的变化,只是歌词文体用韵形式的一种改变,与词调音乐形式通常没有很大的关系,是典型的"旧瓶装新酒"。李清照《词论》中说:"且如近世所谓《声声慢》、《雨中花》、《喜迁莺》既押平声韵,又押入声韵;《玉楼春》本押平声韵,又押上去声,又押入声。"姜夔《满江红》词序云:"《满江红》旧调用仄韵,多不协律,如末句云'无心扑'三字,歌者将'心'字融入去声,方谐音律。予欲以平韵为之……"二人所论,显然皆就同一词调相同的音乐形式而言。不过,虽然还是同样的音乐形式,但声情的改变和平仄韵变化本身,有时还体现着词人对同样音乐形式的不同理解,因此也属于词人对词调体式的积极探索和尝试。明清时期,同调平仄换韵这种方式,仍然是不少词人丰富词体的一种重要途径。

　　在唐宋词调仄韵的运用中,还有上去韵与入声韵的变换。明清以来的词谱著作,在分析词韵时,通常不辨上去韵和入声韵,而统称仄韵,这并不符合唐宋词人创作用仄韵的总体情况。仄韵有上去入三声,上去通常可以通押,而入声尤需独用。就声情而言,上去韵兼具矫健、妩媚之姿,入声韵则备擅怨抑、清越之调,自当分论。就唐宋具体词调而言,既押上去又押入声者仅少量词调,绝大部分词调是主押上去或主押入声的。我们应该视情况从上去韵和入声韵的角度确定何为正体,何为变体。如《摸鱼儿》、《蓦山溪》等调上去韵为正体,入声韵为变体,《满江红》、《念奴娇》等调入声韵为正体,上去韵为变体。

　　唐宋词调用韵变化应该也有"失败"的情况,就仄韵而言,李清照曾说"如押上声则协,如押入声则不可歌矣",但怎样的用韵变化是失败,时代已远,论证需要谨慎,而全面综合分析现存具体的唐宋词人作品便是一个较为可行的方法。如《醉落魄》之调,宋人词作一百三十余首,仅有不足十首押上去声,其他均押入声,如前文所说,入声就是《醉落魄》当用之韵。

四、平、上去通押向纯平韵转化与词调体式

在第五章讨论词体的平声韵型和上去韵型时,我们都没有分析平、上去通押的情况。而在具体的韵段统计中,如《西江月》、《渡江云》我们只统计其平声韵字,上去声字不考虑,而如《合宫歌》词调等,皆为平、上去混押,则统计时不予考虑。我们认为,唐宋词是平、上去声分押的,一些词调的混用是个别现象,这种混押是受了当时曲体创作的影响,而一些大曲如曹勋《法曲》、董颖《薄媚》平、上去(甚至包含入声)混押,是因其本身就是曲体。而平、上去是否混押,最终还是词体与曲体区别的关键标志①。在平、上去换韵、通押及发展变化中,由体式的不规范到体式纯正,也是一个基本规律,其中代表词调是《六州歌头》和《奉禋歌》。这里我们以宫廷鼓吹曲《奉禋歌》为例作一说明。

《奉禋歌》据《宋史·乐志》(卷一四〇),为宋仁宗时增设,通常为皇帝"籍田"、"郊祀"、"祫享太庙"时与《导引》、《十二时》、《六州》等曲一起使用。《奉禋歌》今两宋存词八首,用韵方式明显有从平、上去混押,到平、上去换韵,再到平声独用的一个发展变化。我们先看现存最早的一首:

> 六龙承驭紫坛平,瑞蔼葱笼拥神都。肃环卫、严貔虎。鸡人行漏传呼。灵景霁、星斗临帝居。旷天宇。微风来、翠幄绕相乌。对越方初。笳鼓震,饶箫举。阳律才动协气舒。氛祲交祛。　　物昭苏。抚瑶图。柴类精诚,当契唐虞。思前古。泰

---

① 具体分析请见田玉琪《三声通协与词曲之辨》,《上饶师范学院学报》2011年第1期。

平承多祐,包戈偃革,柔远咏皇谟。称文武。四表覆盂。端冕
出、从路车。兵帅谨储胥。唯奏凯、乐康衢。朝野欢娱。歌帝
烈,扬盛节,圜丘礼大洽,霈泽绵区。①

此词原见《宋会要辑稿》,创作时间为明道二年(1033),作者不详②。
此词全篇以平声鱼虞韵为主,中间杂以相对应的上去韵语御之"虎"、
"宇"、"举"、"古"、"武"等字,且全然无任何规律,属于完全的平、上
去韵混押情况。再看治平二年(1065)的同调歌词:

> 皇天眷命集珍符。上圣膺期起天衢。环紫极鸿枢。此时
> 朝野欢娱。乐于于。似住华胥。和气至。嘉生遂。豆实正芬
> 敷。礼与诚俱。风飘洒。灵来下。喜怡愉。斗随车转,月上坛
> 觚。　　奉禋初。至诚孚。如山岳,福委祥储。车旋轨。云间
> 双阙峙。百尺朱绳到地。两行雉扇排虚。仙鹤衔书。珍袍上笏
> 相趋。共欢呼。号令崇朝,遍满寰区。阳动春嘘。躬盛事。受
> 多祉。千万祀。天长地久皇图。③

此词为"南郊鼓吹歌曲"词。此首词显然在用韵上是对明道二年词的
仿效,但已出现根本的变化:全词虽然仍杂有上去韵,但已和鱼虞的
上去声不再同部,属于平押平声、上去押上去声的换韵类型。如上
片,"至"、"遂"为纸寘部相押,"洒"、"下"为马祃部相押,下片"轨"、
"峙"、"地"为纸寘部相押,"事"、"祉"、"祀"亦为纸寘部相押,井然

---

① 唐圭璋编《全宋词》,第 5 册,第 3712 页。按断句、分韵又多与《全宋词》不
　同。
② 徐松辑《宋会要辑稿·乐》之八之二二,第 1 册,第 392—393 页。
③ 徐松辑《宋会要辑稿·乐》之八之四,第 1 册,第 383 页。唐圭璋编《全宋
　词》,第 5 册,第 3719 页。按断句、分韵又多与《全宋词》不同。

有序。此已为词体正宗。我们再看南宋洪适的词：

> 吹葭缇龠气潜分。云采宜书壤效珍。长日至，一阳新。四时玉烛和匀。物欣欣。造化转洪钧。郊之祭，孤竹管，六变舞云门。自古严禋。牺牲具，粢盛洁，豆笾陈。衮龙陟降，币玉纷纶。　　彻高闉。灵之斿，神哉沛，排历昆仑。九歌毕、盈郊瞻橷燎，斗转参横将旦，天开地辟如春。清跸移轮。阗然鼓吹相闻。籥祥云。欢胪八陛，厘逆三神。圣矣吾君。华封祝、慈宫万寿，椒掖多男，六合同文。①

此词作于隆兴二年(1164)②。这一首与治平二年词相比，就完全使用平声韵了，不再使用任何的仄声韵。我们在前文已经讨论过，就是平仄换韵的词调类型在温庭筠的创作中达到高峰，但这种换韵方式在后代的新生词调中只是偶然的使用，通常都为纯平、纯上去的用韵。则洪适此调的创作，与北宋同调的创作相比，其用韵体现出的规范性是显然的。其后无名氏的"苍苍天色"、"葭飞璇籥"词正与洪适词体完全相同。

　　"韵"作为体现词调节拍的核心要素，有"大顿"、"小住"，唐宋词调用韵情况十分复杂，同一词调既有大致相同的主体节奏，而从词人用韵的多样性来看，也显然可以在节奏处理上有多种的变化，二字短韵、句中韵、增韵等等都可以说明这一点。唐宋词调的音乐节奏有相当自由灵活的一面。这就使同一词调特别是较为流行词调有大量变化的词调体式。同一词调换韵往往体现着词调声情的变化，是词人

---

① 唐圭璋编《全宋词》，第2册，第1390页。按断句、分韵又多与《全宋词》不同。
② 吴熊和主编《唐宋词汇评·两宋卷》，浙江教育出版社2004年版，第2册，第1880页。

丰富词调体式的积极尝试。而从平、上去混押到平声独用的体式变化,更体现了词体用韵发展的基本规律,体现着词人由"曲"向"词"的创作规范转化。

第二节　唐宋词调句拍与词调体式

在词调创作及体式辨析中,因为依乐填词的基本特点,句拍的确定又显得相当关键。历代词谱的编撰者对唐宋词调之句法都十分关注,从词谱的发轫之作《词学筌蹄》到清代集大成者《词律》、《词谱》及后来所编撰,无不重视对每一词调及体式的句法分析,也已经取得了非常丰富的成果。但从"句拍"的角度来看,仍然有一些问题没有很好地解决,如《词律》对每一词调的句逗辨析,虽然多有精深见解,但是句拍观念却相当模糊,而《词谱》一书从句法上对同一词调分析虽然十分"周详",却又往往乱人眼目,很多词调的"又一体"从句拍的角度来看并不存在。

一、唐宋词调句拍基本特点

词调作为"倚声"之体,有"拍"可依,其"拍"便为"乐句"之拍。表现在语文形式上,又有韵拍和句拍的差异,韵拍即用韵之拍,韵处当拍是词调节拍的基本常识。句拍比韵拍使用范围要广,它有时相当于韵拍,当一句一韵时,句拍即韵拍,当一韵由两句或三句组合而成时,几个句拍才组成一个韵拍。由于句拍已经包含韵拍,唐宋人论乐与词体创作,所言节拍通常都是句拍。

宋代词乐配合文献,今存最重要者莫过于姜夔《白石道人歌曲》,这些乐曲中,有的有句拍说明,如《徵招》序云:"此一曲乃予昔所制,因旧曲正宫《齐天乐慢》前两拍是徵调,故足成之。"其词开头两句"潮回却过西陵浦,扁舟仅容居士",吴熊和先生指出:"与《齐天乐》

开头两句'庾郎先自吟《愁赋》,凄凄更闻私语',完全相同,序中所说两拍,亦词两句。"①但绝大部分词作从乐谱上看仅在韵处有明显延长的停顿符号,当一韵有数句时,罕有延长音表示句拍停顿。出现这种情况,当主要因为姜夔自度曲的原则是"初率意为长短句,然后协以律"(《长亭怨慢》序),以文句代乐句,是先词后乐,乐句之拍随文句之拍而定,乐谱上自然不再需要句拍符号了,当然也可能有时代久远,乐谱传抄遗漏的情况。

唐宋词人创作中屡屡提及曲拍、句拍。唐代依曲拍为句最著名的例子便是刘禹锡《忆江南》词:"和乐天春词,依《忆江南》曲拍为句。"《忆江南》全词五句,单片为三五七七五句式,双片则句法、字数重复一遍,唐宋词人此调创作几乎没有例外。唐五代词调有《十拍子》(《破阵子》,宋人言《十拍子》即《破阵子》),《教坊记》载有《十拍子》、《八拍子》、《八拍蛮》等曲,皆以句拍数量名调②。以句拍言词体创作,为唐宋词人之通例,其中又以宋人王灼《碧鸡漫志》论述最多,如:

> 或云:"此曲(《六幺》)拍无过六字者,故曰《六幺》。"……欧阳永叔云:"贪看《六幺》花十八。"此曲内一叠,名"花十八",前后十八拍,又四花拍,共二十二拍。③

> 今越调《兰陵王》,凡三段二十四拍,或曰遗声也。……又有大石调《兰陵王慢》,殊非旧曲。周齐之际,未有前后十六拍慢曲子耳。④

---

① 吴熊和《唐宋词通论》,第62页。
② 任半塘《教坊记笺订》释《八拍蛮》调云:"四句既有八拍,足见近人所创唐宋乐曲一句一拍之说难立,应不俟辨。"第90页。
③ 王灼《碧鸡漫志》卷一,《词话丛编》,第1册,第102页。
④ 王灼《碧鸡漫志》卷一,《词话丛编》,第1册,第103页。

张炎在《词源·拍眼》中也多次论到句拍：

> 如大曲降黄龙、花十六，当用十六拍。前衮、中衮，六字一
> 拍。要停声待拍，取气轻巧。煞衮则三字一拍，盖其曲将终也。
> 至曲尾数句，使声字悠扬，有不忍绝响之意，似余音绕梁为佳。
> 惟法曲散序无拍，至歌头始拍。若唱法曲大曲慢曲，当以手拍，缠
> 令则用拍板。嘌吟说唱诸宫调则用手调儿，亦旧工耳。慢曲有大
> 头曲、叠头曲，有打前拍、打后拍，拍有前九后十一，内有四艳拍。①

在唐宋具体词调创作中，除《破阵子》(《十拍子》)等有言句拍之
外，毛滂《剔银灯》上下片七拍(其序云："同公素赋，侑歌者以七急拍
七拜劝酒。"②)，周邦彦《兰陵王》词二十四拍，我们不妨将二词再赘
引如下：

> 帘下风光自足。春到席间屏曲。瑶瓮酥融，羽觞蚁闹，花映
> 鄅湖寒绿。汨罗愁独。又何似、红围翠簇。　　聚散悲欢箭速。
> 不易一杯相属。频剔银灯，别听牙板，尚有龙膏堪续。罗熏绣
> 馥。锦瑟畔、低迷醉玉。(毛滂《剔银灯》)③
> 柳阴直。烟里丝丝弄碧。隋堤上、曾见几番，拂水飘绵送行
> 色。登临望故国。谁识。京华倦客。长亭路、年去岁来，应折柔
> 条过千尺。　　闲寻旧踪迹。又酒趁哀弦，灯照离席。梨花榆
> 火催寒食。愁一箭风快，半篙波暖，回头迢递便数驿。望人在天
> 北。　　凄恻。恨堆积。渐别浦萦回，津堠岑寂。斜阳冉冉春

① 唐圭璋编《词话丛编》，第 1 册，第 257 页。
② 唐圭璋编《全宋词》，第 2 册，第 673 页。
③ 唐圭璋编《全宋词》，第 2 册，第 673—674 页。

　　无极。念月榭携手,露桥闻笛。沉思前事,似梦里、泪暗滴。(周
邦彦《兰陵王》)①

　　关于《兰陵王》的句拍,《碧鸡漫志》卷四说"凡三段二十四拍"。周词
三段,吴熊和先生认为不算"谁识"、"凄恻"两个句中短韵的话,全词
正好二十四拍②。在前文舞谱《掌中要录》的分析中,我们也谈到了
《兰陵王》的句拍问题。

　　结合唐宋相关音乐文献、词人的具体论述以及具体词调的句拍
特点,基本上可以归纳出词调句拍的主要特征,这种特征也是我们分
析句拍与词调体式发展变化的前提,约略如下:

　　1.句拍与音乐的句拍基本吻合,文句之拍应对乐句之拍。通常
每一词调有固定的句拍数量。

　　2.每一句拍有固定字数,一般不轻易变化,与乐曲的音符对应,
即一字一音。如王灼云《何满子》"内五句各六字,一句七字",张炎
云"前衮、中衮,六字一拍"等等。

　　3.三字句如不用韵,常与后者构成折腰句法而为一拍,如毛滂词
"又何似、红围翠簇",周邦彦词"隋堤上、曾见几番"、"长亭路、年去
岁来"、"似梦里、泪暗滴"等等。

　　4.句拍从通常二三字句至七八字句不等,最少一字,最多九字。
敦煌琵琶谱的句拍最长者八谱字。词调并没有九字以上的句拍。

　　5.句拍不以句意完整与否而定,如周词"隋堤上、曾见几番",
"曾见几番"从文意上看,完全不是一个句子,只能算是半句。这是因
为依乐填词,词人首先要考虑的是乐曲的句拍,不是文意的"句子"。

　　6.词调领字后的两个四字句为两拍,如周词"又酒趁哀弦,灯照

────────

① 唐圭璋编《全宋词》,第2册,第611页。
② 吴熊和《唐宋词通论》,第62页。

离席"、"渐别浦萦回,津堠岑寂"等等。如此推断,当领字后有多个四字句时亦当各为一拍,如《沁园春》词调,张先词云:"暂武林分阃,东南外翰,锦衣乡社,未满瓜时。"便应为四句拍。

在以上六个特点中,与词调的体式关系密切者,又以句拍不以句意完整与否、字数变化与否而定和折腰句法最值得注意。

关于词调文辞句拍与乐曲句拍的配合,还应该特别提到明代的《魏氏乐谱》。唐代词调音乐,很多人说至元代已亡,并不确切。明代时词乐尚多有留存,如《明集礼》"俗乐"中词作演唱方式当是宋代大晟乐的遗存,而明人一些创调有的也明显是依宋乐制作,如杨慎依谱填制《花犯念奴》,杨慎明言以《白石谱·花犯念奴》按之可歌也①,其谱自为正宗的宋代词乐谱,《花犯念奴》即《水调歌头》,今姜夔词中有《水调歌头》一首,但无乐谱。而宋末修内司所刊大型词曲乐谱集《乐府混成集》(又名《混成集》),藏于明代内府,万历年间有散出,王骥德曾见林钟商调一本②,可惜后来湮没无闻,再无从查考。

关于《魏氏乐谱》,由于长期以来人们见到的只是第一卷五十首乐谱,未见全貌,解读多有偏差。《魏氏乐谱》所用歌词多为唐宋词调,虽然从其谱字来看多加装饰音,与唐宋词乐已有相当的区别,但于节拍处理方面却又十分独特,与明清曲乐大不相同。刘崇德先生在《魏氏乐谱今译·前言》中指出:

> 我们现在所见以昆腔为代表的明清曲谱皆为点板(头板、腰板、底板)谱,是一种以小节(即板)为节奏单位的音乐。而《魏氏乐谱》则是一种只有"拍"而无板,即没有小节的音乐。其拍

① 饶宗颐等纂《全明词》,中华书局 2004 年版,第 2 册,第 813 页。
② 王骥德《曲律》卷四"杂论第三十九下",《中国古典戏曲论著集成》,第 4 册,第 157—158 页。

首先是每一个格代表的一击。即一"字拍",其律动是依据拊搏——一轻一重的节奏;或者是搏拊——一重一轻的节奏。然后是每八个字拍,或六个字拍、四个字拍为一"句拍",即乐句。这里敲击檀板代表一个乐句的起拍,又用太鼓代表乐句的结束——以檀板起句,以太鼓节句。从乐谱上看,有些乐句的起拍、截句亦都用太鼓。①

而《魏氏乐谱》以檀板、太鼓起句、截句而形成的句拍与唐宋音乐、唐宋词调的句拍有颇多相似之处,其原因当与明代词乐尚存、词调音乐包括文句的句逗具体可察有密切关系。

二、句断、意断与词调体式

"倚声填词",要求文句与乐句对应,不过这种对应在词人的具体创作中,很多时候并不是"完全"的对应,即词调的一个句拍并不一定表达一个完整的句意。优秀作家贵能上下贯穿,句断而意不断,这才尤能体现词体于句法上的婉媚多姿特点。这和前文所说的韵断相比,特点就更加明显。在分析词调句拍时,固然句意非常重要,但当一个词调句断与意断出现一定矛盾时,首先应选择的是句断,而非意断。

关于句断与意断的矛盾,古人也早注意到,其中最著名的莫过于对苏轼《念奴娇》"大江东去"词的断句。王又华《古今词论》引毛先舒语:

> 东坡"大江东去"词"故垒西边人道是三国周郎赤壁",论调则当于"是"字读断,论意则当于"边"字读断。"小乔初嫁了雄

① 刘崇德译谱《魏氏乐谱今译》,河北大学出版社 2011 年版,《前言》第 7 页。

姿英发"，论调则"了"字当属下句，论意则"了"字当属上句。
"多情应笑我早生华发"，"我"字亦然。①

　　毛氏所论，虽然并不周严，但引起了当时及后来学者广泛的讨论，成
为词调意断与句断的范例。事实上，对苏轼"大江东去"词，《词律》、
《词谱》的断句亦各不相同。其主要差异就是上下片第四、五句，《词
律》分别断作"故垒西边人道是，三国周郎赤壁"、"羽扇纶巾谈笑处，
樯橹灰飞烟灭"，《词谱》则分别断作"故垒西边，人道是、三国周郎赤
壁"、"羽扇纶巾，谈笑处、樯橹灰飞烟灭"。两者的断句依毛先舒所
言，前者是调断，后者是意断。当然《词谱》的编撰者并不一定这样
看，《词谱》还对姜夔"五湖旧约"一首，依"大江东去"词断句，以成
《念奴娇》调"又一体"。

　　而无论是《词律》还是《词谱》，对《念奴娇》词调，都首先列出了
"正体"、"正格"，《词律》以辛弃疾"野棠花落"词为谱，《词谱》以苏
轼"凭高眺远"词为谱，断句基本相同：

　　　　野棠花落，又匆匆过了、清明时节。划地东风欺客梦，一枕
　　银屏寒怯。曲岸持觞，垂杨系马，此地曾经别。楼空人去，旧游
　　飞燕能说。　　　闻道绮陌东头，行人长见，帘底纤纤月。旧恨春
　　江流不尽，新恨云山千叠。料得明朝，樽前重见，镜里花难折。
　　也应惊问，近来多少华发。(《词律》卷一六)

　　　　凭空眺远，见长空万里，云无留迹。桂魄飞来光射处，冷浸
　　一天秋碧。玉宇琼楼，乘鸾来去，人在清凉国。江山如画，望中
　　烟树历历。　　　我醉拍手狂歌，举杯邀月，对影成三客。起舞徘
　　徊风露下，今夕不知何夕。便欲乘风，翻然归去，何用骑鹏翼。

―――――――――
① 唐圭璋编《词话丛编》，第 1 册，第 608 页。

　　水晶宫里，一声吹断横笛。(《词谱》卷二八)

二书对《念奴娇》词调的正体断句除上片二、三句《词律》作"豆"外，其他全同，且每句字数完全相同，这是十分准确的，这也正是该调句拍的基本特征①。以此句拍特点衡之"大江东去"词，上下片第二韵皆应断作七字一句、六字一句，而我们对宋人《念奴娇》作全面考察，上下片第二韵皆应断作七字一句、六字一句②，如《词谱》对"大江东去"词的断句方式，以及将姜夔词也断作"暝入西山，渐唤我、一叶夷犹乘兴"的做法，就人为割裂了该调句拍，没有必要。

　　而对苏轼"大江东去"词第一韵，无论是《词律》还是《词谱》，又都没有依照正体断句的方式，而断作了两句："大江东去，浪淘尽、千古风流人物。"正确断句应为三句拍："大江东去，浪淘尽千古，风流人物。"这是与该调正体无任何差异的，这里的关键是，"浪"是领字，也是此调体式的基本要求。可见无论是《词律》还是《词谱》都表现出了词调句拍观念的模糊，表现出对词调断句相当的随意性。而如"浪淘尽千古，风流人物"的断句方式，我们在《魏氏乐谱》中可以找到很多的例证。如《醉蓬莱》云："问春风何事，断送繁红。"《玉烛新》云："见数朵江梅，剪裁初就。"《南浦》云："送数声惊雁，下离烟水。"《双双燕》云："度帘幕中间，去年尘冷。"③以上凡在逗号处，皆有大鼓表

---

① 按《词谱》以苏轼"凭空眺远"词为谱，从词调体式渊源角度来看，较《词律》为科学，然此体在苏轼之前，沈唐词句拍、韵位、字声已定，苏轼正依沈词为体，不过声情又与沈词不同，此调为两宋豪放风格代表词调，苏词实功不可没。

② 苏词"故垒西边人道是"和下片"羽扇纶巾谈笑间"，皆为典型的仄起仄收的七言律句：仄仄平平平仄仄。宋人词作罕有例外。而姜夔词作"暝入西山渐唤我"，"渐唤我"连用三仄，似有变化，然观张炎依姜夔词所填"行行且止"词，上片"星散白鸥三四点"，下片作"纵使如今犹有晋"尾三字又为平仄仄（另一首亦同），并无变化，今仍定姜词作七字一句。

③ 刘崇德《魏氏乐谱今译》，第122、123、204、208、201页。

示句拍停顿,说明是一个完整的句拍。

　　词调句拍有限,而词人句意无穷,如因文意断句而不以句拍断句,词调体式便会人为地变化繁复。这在《词谱》所列"又一体"中,比比皆是。如《水龙吟》词调,《词谱》以苏轼词为正体,前后各十一句拍,当是。随后《词谱》又列出了众多的又一体,其中又多有因结韵断句与正体不同者,如:

　　　　赵长卿:拚来朝、又是扶头不起,江楼知否。
　　　　姜　夔:甚谢郎、也恨飘零,解道月明千里。
　　　　赵长卿:寿阳宫、应有佳人,待与点、新妆额。
　　　　黄　机:但丁宁、双燕明年,还解寄平安否。
　　　　刘　过:算平生、白傅风流,未肯向、香山老。

《水龙吟》调正体,结韵为三句拍:五字一句、四字两句。实际上以上所列"又一体"皆无必要,皆可作五字一句、四字两句:

　　　　赵长卿:拚来朝又是,扶头不起,江楼知否。
　　　　姜　夔:甚谢郎也恨,飘零解道,月明千里。
　　　　赵长卿:寿阳宫应有,佳人待与,点新妆额。
　　　　黄　机:但丁宁双燕,明年还解,寄平安否。
　　　　刘　过:算平生白傅,风流未肯,向香山老。

　　在唐宋词人创作中,也确有某些作品,从文意的角度看好像只能有一种不同于正体的断句方式,如此断句,似乎便产生别样的句拍,但实际却不然。如《雨中花慢》词调,下片首韵宋人皆作三句拍:两个四字句、一个六字句。无名氏"梦破江南春信"一首从句意上却应断作:"扬州二十四桥歌吹,不道画楼声歇。"但我们也不应认为此调下片首韵存在两句拍的情形,从歌唱者角度而言,它的节拍依然是:"扬州二十,四桥歌吹,不道画楼声歇。"①当然,这是比较特殊的。在词调体式的归纳中,类似"扬州二十四桥歌吹"的情况,也不应据文意断句而列"又一体",而《词谱》为了将无名氏词合于句拍,竟改为:"扬州歌吹,二十四桥,不道画楼声歇。"这更是没有必要的。

三、移字变拍与词调体式变化

所谓移字变拍,就是在不改变数个句拍总体字数的情况下,仅通过文字位置的移动使句拍发生改变。这在唐宋词调中是常见的情况。移字变拍大体有四种:

其一,前后直接移字改变句拍。可以将原句拍的首字移给前一句,也可以将原句拍最后一字移给后一句。如流行词调《水龙吟》,首两句拍共十三字,苏轼词有六首,其中"似花还似非花"等五首为首句六字、次句七字,"露寒烟冷蒹葭老"一首为首句七字、次句六字,后者可看作是将第二句七字的首字移给了前一句。此调由于苏轼、秦观等人的创作,两种体式都成为宋人创作的流行体式。

其二,移动"领字"位置,或移动中增加"领字"同时多字移位而变拍。领字位置的移动,如《瑞鹤仙》词调,周邦彦词两首,上下片最后三句均为五四四句法,分别作"对重门半掩,黄昏淡月,院宇深寂"、"有流莺劝我,重解绣鞍,缓引春酌"②。其中"对"、"有"皆为领字,分别领起下面三个四个句。而毛开词却明显作了改变:"送春归

---

① "二十四"因属专用词语,语意上虽不能断开,于歌法、句拍却可以断开。《魏氏乐谱》有《解佩令》词,其下片有"被二十四风吹老"之句,乐谱上于"十"字处击大鼓、琵琶表停顿,则《解佩令》调于句拍角度正当断为"被二十、四风吹老",可证。
② 唐圭璋编《全宋词》,第2册,第627、598页。

去,有无数弄禽,满径新竹。"①其领字放在了第二句,只领起下面两句。无名氏的"正秋高气肃"一首与毛氏词相同。移动中增加领字的情形,如《玉漏迟》词调,韩嘉彦词为正体(《词谱》以之作宋祁词),上片前三句作五四四句法:"杏香消散尽,须知自昔,都门春早。"②而后来何梦桂改作"青衫华发,对风霜倚遍,危楼孤啸"③,为四五四句法,且"对"字为领字,领起后面两句。这里,何氏是将韩氏首句的仄声字移到了第二句句首,且改为领字。有时增加领字、移字变拍情况较为复杂,几个句拍中会有多字移位。我们看周邦彦对柳永《一寸金》词的改造,柳词上片第三、四、五句写道:"地胜异、锦里风流,蚕市繁华,簇簇歌台舞榭。"下片对应位置写道:"仗汉节、揽辔澄清,高掩武侯勋业,文翁风化。"④虽然都是十七个字,上片是七四六句组合的韵拍,下片是七六四句组合的韵拍。在周邦彦笔下,总的字数未变,但通过增加领字和移字方式使句拍变得非常齐整,上片为:"望海霞接日,红翻水面,晴风吹草,青摇山脚。"下片为:"念渚蒲汀柳,空归闲梦,风轮雨楫,终孤前约。"⑤这就是明显对柳词进行规范了,周词的句拍也正是后来的流行句拍。

其三,移字分解摊破句拍。就是通过移字增加句拍。词调在增加句拍的变化时常常会有添减字的现象,但不添减字仅移字的情况也不少,又以六六、七五句拍变为三个四字句拍者为多。如《木兰花慢》词调,《词谱》以柳永"坼桐花烂漫"词为正体,上片结韵两个六字句拍"风暖繁弦脆管,万家竞奏新声",这为此调常式,南宋曹

① 唐圭璋编《全宋词》,第 2 册,第 1367 页。
② 唐圭璋编《全宋词》,第 2 册,第 703 页。
③ 唐圭璋编《全宋词》,第 5 册,第 3154 页。
④ 唐圭璋编《全宋词》,第 1 册,第 25 页。
⑤ 唐圭璋编《全宋词》,第 2 册,第 614 页。

勋改为三个四字句拍:"三月韶华,转头易失,密荫匀齐。"①再如《西地锦》词调,周紫芝词上下片第三、四句均作十二字、七五句法:"阑干独倚无人共,说这些愁寂"、"看看又是黄昏也,敛眉峰轻碧。"②后来蔡伸词上下片改为三个四字句拍:"清风皓月,朱阑画阁,双鸳池沼"、"蓬山路杳,蓝桥信阻,黄花空老。"③等等。

其四,移字整合句拍。就是通过移字减少句拍。如《人月圆》词调,《词谱》以王诜词为正体,其下片前三句十二字,作四四四句法:"禁街箫鼓,寒轻夜永,纤手同携。"而张纲词则改为七字一句、五字一句:"官闲岁晚身犹健,兰玉更盈庭。"如此改变之后,张纲词成为上下片相同的重头曲。而杨无咎的《人月圆》则在下片结尾对王诜词体三个四字句拍进行了整合:"百年三万六千夜。愿长如今夜。"两个"夜"字均用韵。

移字变拍虽然今天表面上看只是在文字上做了移动,但实际上作为音乐文学的唐宋词,歌词音乐的乐音也应是随之移动变化的,并且很多时候也应与词人乐工(或歌妓)的共同探索、创作有关系。我们前面所举的大量移字变拍之例很多时候都追求的是上下片的前后一致,而这种前后一致正是词体音乐上下片一致的反映。如何梦桂《玉漏迟》移字且增领字的做法显然不是随意的,这个词调下片的第二、三句,正体使用五四句法,且五字句当为领字句,何氏之移动改变也正是为了与下片的对称一致,可惜他的这个体式并未流行开来。

在句拍变化中,是否通过移字法改变句拍,争议最大者还当属苏

---

① 唐圭璋编《全宋词》,第 2 册,第 1225 页。
② 唐圭璋编《全宋词》,第 2 册,第 880 页。按"阑干"二句,《全宋词》原断三个四字句。
③ 唐圭璋编《全宋词》,第 2 册,第 1023 页。

轼"大江东去"词,其下片第二、三句"小乔初嫁了雄姿英发","了"到底应该属上还是属下,几百年来争执不休。主要观点有二:一是论调、论意皆当属上,以《词律》《词谱》为代表,二是论调、论意皆当属下,以赖以邠《填词图谱》为代表①,现代学者吴世昌、周汝昌先生亦持此论②。其中又以"了"字当属上句为绝大部分学者认同,现当代对苏词标点断句的,罕有将"了"属下的。清人万树的相关评论,颇具代表性。万树《词律》因"了"字属上句而列《念奴娇》"又一体",并分析了这首词的体式及这两句句法,进而又谈到本词中其他句法:

> 此为《念奴娇》别格。按《念奴娇》用仄韵者,惟此二格止矣。盖因"小乔"至"英发"九字,用上五下四,遂分二格,其实与前格,亦非甚悬殊也。奈后人不知曲理,妄意剖裂,因疑字句错综,《余谱》诸书梦梦,竟列至九体,甚属无谓。余为醒之曰:首句四字不必论,次句九字,语气相贯,或于三字下,或于五字下,略断,乃豆也,非句也……"故垒"以下十三字,语气于七字略断,如此词"人道是"三字,原不妨属上读……"羽扇"以下十三字,即与前"故垒"句同……至"多情"句,因读"我"字属上句,故又以为异,不知原可以"我"字连下读也。《词综》云:"本系多情应是一句,笑我生华发一句,世作多情应笑我,益非。"愚谓此说亦不必,此九字一气即作上五下四,亦无不可。金谷云:"九重频念此,衮衣华发。"竹坡云:"白头应记得,尊前倾盖。"亦无碍于音

---

① 查继超辑《词学全书》,第 481 页。

② 吴世昌《词林新话》云:"苏词《念奴娇·赤壁怀古》中'小乔初嫁'一句,论调'了'字当属下句,论意亦当属下句。'了'解作'全',如'了不知南北'。"并以萨都剌次东坡韵为证。吴世昌《词林新话》,北京出版社 2000 年版,第 150 页。周汝昌:《周汝昌序跋集》,中华书局 2015 年版,第 123 页。

律。盖歌喉于此滚下,非住拍处,在所不拘也。更谓"小乔"句,
必宜四字,截"了"字属下乃合,则宋人此处用上五下四者尤多,
不可枚举,岂可谓之不合乎?①

在这段话中,万树认为《念奴娇》词调有若干处都可以随文意、句意点
断,一是"浪淘尽千古风流人物",可以上三下六,也可以上五下四;二
是"小乔初嫁了雄姿英发",可以是上五下四,也可以上四下五;三是
"多情应笑我早生华发",可以是上五下四,也可以上四下五。原因
是:"盖歌喉于此滚下,非住拍处,在所不拘也。"万树以"歌喉于此滚
下"为由,而云"在所不拘",貌似有理,实为牵强。既然"在所不拘",
又何须列出苏轼"大江东去"词又一体呢? 既然将"小乔初嫁了,雄
姿英发"作上五下四句式列成"又一体",为什么不将其他句子的不
同形式列为"又一体"呢②? 前后处理岂不矛盾。归其原因,是作者
定谱尚无清晰的句拍观念,这也当是万树于词调之首只谈字数,不定
句数的原因所在。

那么,"小乔初嫁"二句,"了"字是到底是当属上还是属下呢?
我们认为还是应该属下,即应作:"小乔初嫁,了雄姿英发"。主要原
因有三:

其一,宋人有很多次韵苏轼"大江东去"词,通过对《全宋词》检
索,发现共二十余首,对这两处的断句分别为:

> 叶梦得:孙郎终古恨,长歌时发。
> 胡世将:奈君门万里,六师不发。

---

① 万树《词律》卷一六,第361—362页。
② 关于"多情应笑,我早生华发"二句,万树指出石孝友词作:"九重频念此,衮
衣华发。"周紫芝词作:"白头应记得,尊前倾盖。"这只是非常偶然的现象。

黄中辅：吾皇神武，踵曾孙周发。

辛弃疾：孤标应也有，梅花争发。

辛弃疾：十郎手种，看明年花发。

辛弃疾：相留昨夜，应是梅花发。

辛弃疾：平戎破虏，岂由言轻发。

旺　　晔：南昌书就，奈征车催发。

葛长庚：才逢知己，便又清狂发。

葛长庚：中宵起舞，引酒清歌发。

刘辰翁：天长地久，柳与梅都发。

刘辰翁：有何人报我，前村夜发。

刘辰翁：寻消问息，肯向吟边发。

刘辰翁：探花使断，知复何时发。

文天祥：河倾斗落，客梦催明发。

文天祥：南行万里，属扁舟齐发。

文天祥：重来淮水，正凉风新发。

邓　　剡：南行万里，不放扁舟发。

林横舟：华堂称庆，皓齿清歌发。

林横舟：江南聊折，赠行人应发。

陈　　纪：天光上下，舣棹须明发。

以上二十一处，作四字一句、五字一句者竟有十七处。次韵之作，最能见出词人对原作的认识，也就是说，宋代绝大部分次苏轼韵的词人是认为苏词句拍应为"小乔初嫁，了雄姿英发"的，而实际上叶梦得"孙郎终古恨，长歌时发"，辛弃疾"孤标应也有，梅花争发"，也皆可断作四字一句、五字一句。

　　其二，在万树对苏轼《念奴娇》词调的讨论中，忽略了此调的领字问题，苏词有两个领字，即上片第二句的"浪"字，和下片第三句的

"了"字。这正是此调句法的一个重要特点。诸多词谱将苏轼上片第二、三句断作"浪淘尽、千古风流人物",根本原因,是没有将"浪"看作领字,下片第三句"了雄姿英发","了"也正为领字,此种句法在两宋《念奴娇》词调创作中比比皆是。如上举和韵词中,黄中辅"吾皇神武,踵曾孙周发"、辛弃疾"十郎手种,看明年花发"等便皆是此种句法。而从领字移位的角度看,上举和韵词中的胡世将词"奈君门万里,六师不发"、刘辰翁词"有何人报我,前村夜发",皆是将"了"的领字移到了原第二句之首。为什么要这样移字呢? 是为了领字的前后对应,是对词体"规范"创作的努力。我们看胡世将词:

　　　　神州沈陆,问谁是一范,一韩人物。北望长安应不见,抛却关西半壁。塞马晨嘶,胡笳夕引,赢得头如雪。三秦往事,只数汉家三杰。　试看百二山河,奈君门万里,六师不发。阃外何人回首处,铁骑千群都灭。拜将台欹,怀贤阁杳,空指冲冠发。阑干拍遍,独对中天明月。①

胡词下片二、三句作五四句法,"奈君门万里,六师不发"。这种改变,正是有意识地为了和上片第二句"问"的领字相照应,从而使全词成为十分严谨的换头体。这个体式是《念奴娇》发展到南宋的一个重要体式,南宋有近四十首词与胡世将词体相同。

　　其三,"了"属下从意义和语法看也并无任何问题(实际上宋人

---

① 唐圭璋编《全宋词》,第 2 册,第 941 页。按:上片第二、三句,《全宋词》原断作"问谁是、一范一韩人物"。

的次韵词已经回答了这个问题)①。正如吴世昌先生所言,"了"这里是"全"之意。"了"的这种作"都"、"全"讲且用在句首的方式在诗词中是很多的,又可以分为两类:一是用在否定词"不"、"无"的前面,如陶渊明《与从弟敬远》诗:"萧索空宇中,了无一可悦。"苏轼《送顾子敦奉使河朔》诗:"十年卧江海,了不见愠喜。"等等。二是用在普通动词之前,如舒亶《醉花阴》云:"了知君此意,不信老卢郎。"②苏轼《水龙吟》云:"永昼端居,寸阴虚度,了成何事。"或有认为"了"字作"都"、"全"之意时当跟动词,不能跟名词,然"了雄姿英发",正是"了发雄姿英(气)"之倒装。试想,周瑜平时难道没有雄姿英气? 然而只是遇到了小乔,雄姿英气才尽发、全发,才在赤壁大战中一举破曹? 若作"小乔初嫁了","了"字跟在"初嫁"之后,表达结束、完成之意,便味同嚼蜡。正如周汝昌先生所说:"试思'初嫁',谓容光焕发时也,'初嫁了'是何语? 只一寻思,便知东坡绝无如此造句造语法矣。"③

四、折腰句拍与词调体式发展

关于词体的句法,从字数上看一字句到九字句皆有。一字句主要是个别词调一字用韵的情况,如《十六字令》、《钗头凤》等。词调

---

① 二十世纪九十年代初,香港何文汇先生提出苏词下片第二、三句应该断作"小乔初嫁,了雄姿英发",诸多名家如缪钺、施蛰存、钟树梁、林玫仪、曾永义、周策纵、叶嘉莹等先生一致反对,认为"了"字如果"属"下句,一是文义不通,二是"语法不经",三是宋人词中此二句作上五下四者很多。见黄坤尧等编《大江东去——苏轼念奴娇正格论集》,吴多泰中国语文研究中心 1992年版。

② "了"字作"都"、"全"意思的这种用法,《汉语大字典》只举了在否定词前的例子,未举在普通动词之前的例子,不妥。汉语大字典编辑委员会编纂:《汉语大字典》,四川出版集团等 2010 年版,第一卷第 55 页。

③ 周汝昌《词学新探·序言·注》,《周汝昌序跋集》,第 123 页。

句子字数最多的是九字句,这也是在个别词调当中,如《相见欢》、《虞美人》、《南柯子》的上下片结句。一字句和九字句都是词调中比较特殊的句子。

这当然是从句拍的角度来看。有人认为词调有十字以上的句子,如苏轼《水调歌头》,万树《词律》便将"不知天上宫阙,今夕是何年"和"不应有恨,何事长向别时圆",皆断作十一字句。有人甚至推出字数更多的句子。但如此断句,还是从文意的角度,而非从句拍、曲拍及歌唱角度。如果此种断句成立,一韵之中很多时候便无须断句了(《词律》断句很多时候就是这样),即如"故垒西边人道是,三国周郎赤壁",又何尝需要断作两句呢? 而苏轼《水龙吟》"人间自有,赤城居士,龙蟠凤举",又何尝需要断作三句呢? 张炎《词源》明确提到:"词与诗不同,词之句语,有二字、三字、四字,至六字、七八字者。"①张炎最多说到了八字。从今存的唐宋人论及词调句拍者,也罕有言及八字以上者,而从唐宋留存乐谱如敦煌琵琶谱来看,句拍最多也只是八谱字。词调从二字句到七八字句,实为句拍最通行之字数。

由于依乐填词、依曲拍为句的创作特点,与传统的古体诗、近体诗句法相比,词调很多句法都较为独特。对此,《词谱·凡例》云:

> 词中句读不可不辨,有四字句而上一下一中两字相连者,有五字句而上一下四者,有六字句而上三下三者,有七字句而上三下四者,有八字句而上一下七或上五下三、上三下五者,有九字句而上四下五或上六下三、上三下六者,此等句法,不可枚举。②

---

① 唐圭璋编《词话丛编》,第 1 册,第 259 页。
② 王奕清等《词谱》"凡例",第 2—3 页。

　　这其中最特殊句法有两种：领字句、折腰句。与词调体式密切相关者，又以折腰句为最。

　　所谓折腰句，就是六、七、八、九字句在语意停顿上与通常停顿不一样的句子。如六字句通常为二二二式，三三组合便成折腰，七字句通常为四三式，三四式便为折腰，等等。折腰句并非词体独有，折腰句的提法也出现很早，宋末诗人韦居安《梅磵诗话》云："七言律诗有上三下四格，谓之折腰句。白乐天守吴门日，《答客问杭州》诗云：'大屋檐多装雁齿，小航船亦画龙头。'欧阳公诗云：'静爱竹时来野寺，独寻春偶到溪桥。'卢赞元《雨》诗：'想行客过溪桥滑，免老农忧麦陇干。'……皆此格也。"①明人陆时雍《古诗镜》也多次提到诗中的折腰句法。

　　不过，总的来看，诗中的折腰句较为特殊，为诗人偶然运用，词体中折腰句，则为词人大量使用，为词调通行之句式，充分体现"词之为体，要眇宜修"这一语文形式的优美特征。将折腰句概念引入词体断句之中，最早的当是清初沈雄，在其《古今词话》中多处谈到折腰句法，如"词品"卷上云：

　　　　七字句在中句，亦有定法。如《风中柳》中句"怕伤郎、又还休道"，《春从天上来》中句"人憔悴、不似丹青"，句中上三字须用读断，谓之折腰句，不是一句七言诗可填也。②

　　在词谱编纂中，从《词学筌蹄》到《诗余图谱》，句法上均没有标注折腰句。万树《词律》虽然没有使用折腰句的说法，但于词调断句，普遍于句子"折腰"之处，创造性地采用了"豆"的标注方式，于词调

_____

① 韦居安《梅磵诗话》卷上，《续修四库全书》，第 1694 册，第 455 页。
② 唐圭璋编《词话丛编》，第 1 册，第 840 页。

体式的分析归纳上具有重大意义①。其后《词谱》等书，均沿用了《词律》折腰断句的方式，折腰句今天也于词籍及词谱整理中被普遍使用。

那么折腰句的点断是否科学合理呢？虽然宋人并没有提出这个概念，但显然它是对唐宋词人创作的合理总结，是科学的，反映了宋人本身的创作情况。这种句法，最突出特点是上不类诗下不类曲，在两宋词调中普遍地存在，在同一调中也往往非常固定。我们今天如果将六字或七字折腰句断为普通六字一句、七字一句，固然不是完全不可以，但将失去词体句法与诗、曲的基本差异。再就是在折腰句中，如七字句，它的前三字往往平仄不拘，特别是第二字，可平可仄，如果将这样的折腰句，断作普通七字一句，字声将十分混乱。关于这一点前人少有谈及，这里举例说明一下。我们以《贺新郎》词调为例，以王之道词为谱（○代平，●代仄，⊙代本平可仄，◎代本仄可平，后文同，不再另注）：

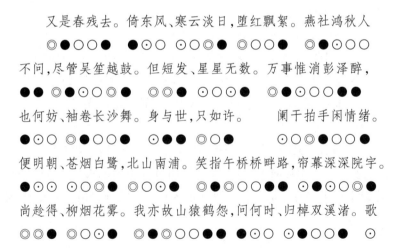

① 请见江合友《明清词谱史》中相关论述，上海古籍出版社 2008 年版。

一曲,恨千缕。①

●● ◎○●

这个词调有律句体和拗句体(律句和拗句的分析具体请见后文)。这是我们依据两宋金元作品(不含拗句)归纳作出的谱式。谱式中,七字折腰句上片有两句,"倚东风、寒云淡日"、"但短发、星星无数",下片也有两句"便明朝、苍烟白鹭"、"尚趁得、柳烟花雾"。从总体看两宋包括金元作品,在这四个折腰句中,前三字的第二字或一二字都是平仄不拘的,不仅句法与普通七字句不同,字声也不一样。无论从句法还是字声的角度,像《贺新郎》这种七字句,都应该断作七字折腰句为好。类似《贺新郎》这种折腰句法中前三字字声于第二字或一二字平仄不拘的词调有很多,如《尾犯》、《满江红》、《桂枝香》、《满庭芳》、《天香》、《解佩令》、《高阳台》、《万年欢》、《烛影摇红》、《哨遍》等等。这可以说明,宋人创作使用七言句时,本身就将普通的七言律句和上三下四的特殊七言句分开使用了,我们今天将后者有规律地断开,正反映了宋人有规律的创作。

判断一个词调句拍是否为折腰句,有时与句意有关,很多时候又没有关系。试以柳永《玉蝴蝶》词为例:

望处雨收云断,凭阑悄悄,目送秋光。晚景萧疏,堪动宋玉悲凉。水风轻、蘋花渐老,月露冷、梧叶飘黄。遣情伤。故人何在,烟水茫茫。　难忘。文期酒会,几孤风月,屡变星霜。海阔山遥,未知何处是潇湘。念双燕、难凭远信,指暮天、空识归

---

① 唐圭璋编《全宋词》,第2册,第1164页。按此调万树《词律》卷二〇以高观国词为谱,《词谱》卷三六以叶梦得词为谱,所订字声多有讹误。

航。黯相望。断鸿声里,立尽斜阳。①

此词句法十分流美,上下片各有两处折腰句法:"水风轻、蘋花渐老,月露冷、梧叶飘黄"、"念双燕、难凭远信,指暮天、空识归航"。如果单纯从句意的角度看,上片两处折腰句完全可以不断为折腰句,即:"水风轻,苹花渐老,月露冷,梧叶飘黄。"而考虑到前后片的对称原则,下片"念双燕、难凭远信,指暮天、空识归航",均为折腰句,则上片亦当与下片同样断作折腰句。以此揆之宋人此调其他词作,则无论句意完整与否,此四处断作折腰句皆无不可。

但类似《玉蝴蝶》词调这种整齐划一、没有异议、不需列出其他体式的折腰句法,在唐宋慢词调中并不多见,很多时候词人创作会有一定的差异,对之分析总结也会产生一定分歧。判断一个词调的折腰句法,既不能单纯考察文意,也不能仅就本词而论,而应在对唐宋词人全面创作的归纳中进行考量,从句拍的角度对词调句逗给予定性。

如《花心动》词调,《词律》、《词谱》都以史达祖"风约帘波"词为正体,但所定句拍又小有差异,主要在上片结韵,《词律》作两拍,作上三下四式七字一句、四字一句:"尽沈静、文园更渴,有人知否。"《词谱》则断作三拍,无折腰句法,三字一句、四字两句:"尽沈静,文园更渴,有人知否。"对于下片结韵,二书断句则全同,皆为上三下六式九字折腰一句:"意(《词谱》"意"字作"望")不尽、垂杨几千万缕。"《词谱》、《词律》之断句谁更合理呢? 当我们全面考察宋人此调其他作品时,发现《词律》、《词谱》对此调正体句拍的归纳皆不准确,就是此调上下片结韵并不存在折腰句法。主要原因是宋人创作于此多使用了韵拍。上下片都使用韵拍的,如赵长卿"风软寒轻"上片作:"半斜露。花花蕊蕊,灿然满树。"下片作:"泪如雨。那堪又还日暮。"李弥

---

① 唐圭璋编《全宋词》,第1册,第40页。

逊词上片作："弄箫语。云璈未彻,暖回芳树。"下片作："纵游处。人间遍寻洞府。"仅下片处使用韵拍的,如贺铸词作："断魂处。黄昏翠荷□雨。"周邦彦词作："从此后。纤腰为郎管瘦。"史深词作："遮愁绪。丹青怎生画取。"等等。结论便是《花心动》上下片结韵不作折腰句法:上片结韵三句拍,下片结韵两句拍。《词谱》于上片时而断作两拍,时而断作三拍,于下片时而断作一拍,时而断作两拍,这样十分混乱。

关于折腰句法的乐谱说明,《白石道人歌曲》17 首旁谱所作歌词,虽然有大量的折腰句,可惜乐谱中绝大部分并无标志,不能从乐句中分析折腰句法。令人欣慰的是,在明代《魏氏乐谱》中,不仅句拍标示清晰,而且折腰句法往往也甚为了然。如第四卷全为词调,句拍打檀板或击大鼓,句子中间折腰处则击琵琶为节,有时亦击大鼓。如《最高楼》云:"怎消除、须媏酒,更吟诗。"《双双燕》云:"便忘了、天涯芳信。"《应天长》云:"乱花过、隔院芸香,满地狼藉。"《玉烛新》云:"晕酥砌、玉芳英嫩,故把春心轻漏。"等等。需要指出的是,《词律》、《词谱》等书对词调所析折腰句法,很多也是与《魏氏乐谱》的大鼓、琵琶击节符号一致的。

同一词调的体式发展变化,和折腰句关系密切的,主要是用添字的方式改变原有句拍,使之成为折腰句拍。

我们先看唐五代令词调添字而折腰的发展情况。这有上下片对称的位置添字并折腰的,如《采桑子》词调,和凝词双片四十四字,上下片各四句,最后一句为七字一句,这也是此调流行体式。北宋贺铸的《采桑子》于上下片最后一句各增二字,变为上四下五的九字折腰句,分别为"若个芳心、真个会琴心"、"留与他年、尊酒话而今",前后十分严谨。贺词别首"吴都佳丽"词及之后李清照词、王之望二词正与此体相同。上下片前后不对称位置添字并折腰的,如《春光好》词调,和凝如下:

　　　　纱窗暖，画屏闲。斡云鬟。睡起四肢无力，半春间。　　　　玉
指剪裁罗胜，金盘点缀酥山。窥宋深心无限事，小眉弯。①

　　西蜀和凝、欧阳炯此调创作多首，下片第二句均为六字一句，直至北
宋欧阳修词亦然。晏几道词则发生了明显的改变，于此调下片第二
句添一字并为折腰句，其"凭江阁"云"斜阳外、远水溶溶"，"花阴月"
词云"红笺纸、小砑吴绫"，"春罗薄"词云"楼前路、曾试雕鞍"，这是
非常有意识的改变。此后，晏几道的折腰体式便成了此调在两宋的
流行体式。无论前后对称还是不对称，在词调体式发展演进过程
中，添字变为折腰的例子都是很常见的。其他如《临江仙》（宋无名
氏"祖德绵绵盛"词于上下片最后一句各增两字变为九字折腰句，
与和凝词不同）、《拨棹子》（黄庭坚"归去来"词下片第三句添一字
变为八字折腰句，与和凝词不同）、《忆秦娥》（张先"参差竹"词下
片首句添一字作八字折腰句，与冯延巳词不同）、《乌夜啼》（程垓
"墙外雨肥梅子"词上下片结句各添一字作六字折腰句，与李煜词
不同），等等。

　　而在两宋新生词调大量使用折腰句的情况下，其体式演进变化
也主要是以添字而为折腰的方式进行。其中有偶然的使用，有必然
的使用。所谓偶然的使用即为孤例者，则不予考察。当然如果添字
为折腰句存在前后对称的情况，虽为孤例，亦视为必然。必然使用，
除前对称使用外，主要指有一定数量的相同创作。下面我们从必然
使用的角度，略看一下添字而折腰在两宋词体中的发展作用。先以
《青玉案》词调为例，此调贺铸"凌波不过横塘路"词为早②：

---

① 曾昭岷等编著《全唐五代词》，第 474 页。
② 吴熊和主编《唐宋词汇评·两宋卷》考此词作于靖国元年（1101），第 1 册，第
　　765 页。

凌波不过横塘路。但目送、芳尘去。锦瑟华年谁与度。月桥花院，琐窗朱户。只有春知处。　　飞云冉冉蘅皋暮。彩笔新题断肠句。若问闲情都几许。一川烟草，满城风絮。梅子黄时雨。

贺铸词全篇只上片第二句使用了六字折腰句。这也是两宋最流行的体式。然其后晁补之《青玉案》调有三首①，皆于下片第二句添一字并变为上三下五式八字折腰句，分别为"恨尘土、人间易春老"、"漏些子、堪猜是娇盼"、"恨春草、佳名谩抛弃"，这就是有意地添字变改句拍。再以《忆少年》词调为例。此调以晁补之词为早。晁词下片第一句作"罨画园林溪绀碧"，为普通七字一句，其后万俟咏则增一字变化为上三下五式八字折腰句："上陇首、凝眸天四阔。"南宋曹组、孙道绚词正与万俟氏相同。其他词调再如《拜星月慢》（吴文英词较周邦彦词，于上片第七句添二字作上四下四式八字折腰句）、《粉蝶儿》（史浩词相较毛滂词，上下片结句添一字，均作上三下四式七字折腰句）、《最高楼》（方岳词相较辛弃疾词，上下片第四、五句各添一字，皆作上三下五式八字一句），等等。

　　句法折腰之处，应为节拍停顿最小之处，也有词人于此增字添韵，一旦增字添韵，即增加句拍，而成词调别体。如《虞美人》词调，正体上下片结句作上六下三式句法，欧阳修词则于六字处各添一字、一韵：

炉香昼永龙烟白。风动金鸾额。画屏寒掩小山川。睡容初起枕痕圆。坠花钿。　　楼高不及烟霄半。望尽相思眼。艳阳

① 吴熊和主编《唐宋词汇评·两宋卷》考晁补之"十年不向"词崇宁元年（1102）之后作，第 1 册，第 827 页。晁词三首《青玉案》应皆为崇宁元年后作品。

刚爱挫愁人。故生芳草碧连云。怨王孙。①

　　类似这样的情况,在词人创作中也并不少见。而欧阳修的词也正从
侧面反映出原本的《虞美人》上下片最后一句作上六、下三的折腰句
法特点。

　　词调句拍,原本依曲乐句拍而成,至今尚且留存的唐宋部分乐谱
特别是日存《掌中要录》等舞谱,甚至明代宫廷《魏氏乐谱》还都有唐
宋词调句拍的明晰展示。当然,更多的词调句拍没有乐谱的证明。
然而大量的同调作品的相同句法及变化方式,都是唐宋词调音乐句
拍的活化石。明清以来大量词人通过同调作品的比较分析,归纳词
调句法、谱式,分列正体与别体,显然是非常有意义的工作。不过,由
于词调句拍是依乐句之拍而填,应该首先确立清晰的句拍观念,而
不是停留在词调"句子"的表意层次,既不能以句意混乱词调句拍,
"无节制"地析分词调"又一体",也不能因为词人创作对词调通常句
拍已经发生了改变,而又以韵断不以句断,将词调句拍人为地合并,
失掉词调句拍固有本色。

第三节　唐宋词调律句、拗句与词调体式

　　词调体式的发展演进中的主要因素,除了用韵、句法外,就是字
声的方面。唐宋同调创作往往存在不同的律句类型,尤其在令词调
中常见。而在宋代慢词调中,拗句也是非常普遍的现象,同调同句也
常常存在既有拗句又有律句的情况,体现着词体特有的字声运用特
点。而从总体情况来看,变拗为律,也是词调体式的一个基本发展

---

① 唐圭璋编《全宋词》,第 1 册,第 144 页。按此首《全宋词》又另见杜安世词,
　用韵小异。

规律。

一、律句与词调体式演进

从字声的角度来说（不考虑用韵），词调通常主要讲平仄字声，仄即包含上去入三声。而从明清至今，平仄字声的分析归纳在词谱的编纂中应该说已经形成了一套行之有效的基本法则：就是将同调作品进行比对分析。这其中的难题是：同一词调众多作品的平仄字声在一些特定位置常常迥异，具体应该如何处理？《词谱》采用了三种方式：一是相互参校，以可平可仄的方式列入"正体"谱中；二、认为是作者"偶误"，不参校，也不列"又一体"；三、不与正体参校而列"又一体"。第一种情况比比皆是，无须举例。第二种情况如《鹊桥仙》，以欧阳修"月波清霁"词为正体，列谱之后注云："向子諲词，前段第一、二句'合蛮风流，擘钗情态'，平仄全异，此亦偶误，不必从。"①第三种情况如《喜迁莺》令词调，以韦庄词为正体，首句为"街鼓动，禁城开"，"动"、"禁"用仄声，唐宋词人也大都如此创作。然冯延巳二词，一首作"宿莺啼，乡梦断"，一首作"雾濛濛，风淅淅"，"啼"、"乡"、"濛"、"风"均用平声，对此，《词谱》注云："惟冯词首二句，平仄全异，因不参校入谱。"并对冯词列了"又一体"，云："晏殊'烛飘花'、'曙河低'二词，照此填。"②等等。

应该说，《词谱》对同调字声迥异时所采取的这三种处理方式大部分合理可行。我们这里重点要讨论的是：在同调作品字声迥异时，《词谱》又常不分析具体情况，更多的时候是相互参校，以致在确定同一句字声时，存在大量的一句之内大部分字的字声都是可平可仄的混乱情况。下面略举数例：

---

① 王奕清等《词谱》卷一二，第 2 册，第 802 页。
② 王奕清等《词谱》卷六，第 1 册，第 370—371 页。

《渔歌子》首句：西塞山前白鹭飞（⊙◎◎⊙●○○）①

《诉衷情》首句：桃花流水漾纵横（○○◎◎●○○）②

《卜算子》首句：缺月挂疏桐（◎◎◎○○）③

《河渎神》上片第二句：庙前春雨来时（◎◎◎◎⊙○）④

《喜迁莺》结句：争看鹤冲天（⊙◎●○○）⑤

《荔枝香》第五句：金缕霞衣轻裉（⊙◎◎⊙○◎）⑥

这样的例子在《词谱》中相当普遍。在这些句子中，《词谱》编者认为大部分字的字声可平可仄，特别是五字句的二四字、六七字句的二四六字，也均是可平可仄。这就违反了律句的基本规则。

我们知道律句最基本的特点是凡偶数字必平仄相间，否则为拗句。它是永明体后诗句字声的基本形态。从字声上看，唐宋词调基本属于讲究平仄的格律诗体，虽然句型多样，但毕竟律句是唐宋词调的基本单位，四、五、六、七、八、九字句通常皆为律句。洛地先生在谈到词体起源和发展时，提出"律词"之说，将律词作为文人词与民间词的区别⑦。其中一些观点我们并不完全赞同，但"律词"概念的提出应该很有价值。"律词"所包含的内容应是十分丰富的。其中以律句为词，应是律词的重要方面。而以"律句"比勘同调同句，也应作为辨别词体的重要方式：在唐宋词人创作特别是在令词调的创作中，同调

---

① 王奕清等《词谱》卷一，第 1 册，第 39 页。

② 王奕清等《词谱》卷二，第 1 册，第 111 页。

③ 王奕清等《词谱》卷五，第 1 册，第 301 页。

④ 王奕清等《词谱》卷七，第 1 册，第 467 页。

⑤ 王奕清等《词谱》卷六，第 1 册，第 369 页。

⑥ 王奕清等《词谱》卷一八，第 2 册，第 1165 页。

⑦ 洛地《"词"之为"词"在其律——关于律词起源的讨论》，《文学评论》1994 年第 2 期。

同句虽然同为律句,其类型又常常是不相同的。

以五言句为例,律句的基本形态有四:平起平收、平起仄收、仄起仄收、仄起平收。每一种律句类型的字声均不相同。如果唐宋词人在同调同句之中使用了不同律句类型,则应视情况分别考量,特别是从历史发展变化的角度来看。下面我们试以《卜算子》为例作一说明。

《卜算子》作为两宋流行词调,张先、欧阳修、杜安世创作为早,皆为四十六字,聊举欧阳修、杜安世二词如下:

> 极得醉中眠,迤逦翻成病。莫是前生负你来,今世里、教孤冷。　　言约全无定。是谁先薄幸。不惯孤眠惯成双,奈奴子、心肠硬。(欧阳修)①
>
> 尊前一曲歌,歌里千重意。才欲歌时泪已流,恨应更、多于泪。　　试问缘何事。不语如痴醉。我亦情多不忍闻,怕和我、成憔悴。(杜安世)②

二词在字数、句法、用韵都是相同的(张先词也一样),这说明,四十六字体在歌坛上一度十分盛行。然而就具体的上下片首句字声而言,欧词上片作“极得醉中眠”,下片作“言约全无定”,杜安世词上片作“尊前一曲歌”,下片作“试问缘何事”,律句类型相比较为混乱。

此调体式后来在字数上,前后片最后一句各减一字,作五字一句,成为流行体。而其律句类型的确定,则应归功于苏轼:

> 蜀客到江南,长忆吴山好。吴蜀风流自古同,归去应须

---

① 唐圭璋编《全宋词》,第 153 页。
② 唐圭璋编《全宋词》,第 183 页。

早。　　还与去年人，共藉西湖草。莫惜尊前仔细看，应是容
颜老。①

　　缺月挂疏桐，漏断人初静。时见幽人独往来，缥缈孤鸿
影。　　惊起却回头，有恨无人省。拣尽寒枝不肯栖，枫落吴
江冷。②

比较苏轼这两首词，上下片首句的律句形式完全相同，十分严谨。之
后，宋人创作便绝大部分依苏轼词体进行了③。类似《卜算子》这种
改造律句类型的例子，在唐宋令词调中常见，如《破阵子》调晏殊词对
南唐李煜词体改造而成为流行体式，《乌夜啼》调苏轼对南唐李煜等
人词体进行了改造，将上下片第三句的律句类型作了有意调整（但苏
轼这个体式并未流行开来），《一斛珠》调张先对李煜词下片首句的
律句作了调整而成为流行体式，等等。

　　在宋代的慢词调同调创作中，律句的不同类型也是大量存在的。
但总体来看，随着创作的增多，更多体现的是词人群体选择的共性，
即律句类型的统一，偶然的变化可以忽略。这里，我们姑且看一下柳
永和苏轼的《永遇乐》：

　　天阁英游，内朝密侍，当世荣遇。汉守分麾，尧庭请瑞，方面
凭心膂。风驰千骑，云拥双旌，向晓洞开严署。拥朱轓、喜色欢
声，处处竞歌来暮。　　吴王旧国，今古江山秀异，人烟繁富。
甘雨车行，仁风扇动，雅称安黎庶。棠郊成政，槐府登贤，非久定

----

① 唐圭璋编《全宋词》，第 295 页。
② 唐圭璋编《全宋词》，第 295 页。
③ 两宋现存《卜算子》完整词作共 230 余首，近 210 首依苏词体创作。

须归去。且乘闲、孙阁长开，融尊盛举。（柳永）①

　　明月如霜，好风如水，清景无限。曲港跳鱼，圆荷泻露，寂寞
无人见。紞如三鼓，铿然一叶，黯黯梦云惊断。夜茫茫，重寻无
处，觉来小园行遍。　　天涯倦客，山中归路，望断故园心眼。
燕子楼空，佳人何在，空锁楼中燕。古今如梦，何曾梦觉，但有旧
欢新怨。异时对，黄楼夜景，为余浩叹。（苏轼）②

《永遇乐》词调首见《乐章集》，为柳氏创调，苏轼依柳调填词。但两
者相比，有四处律句的字声迥异。柳词"喜色欢声"、"今古江山"、
"槐府登贤"、"孙阁长开"，苏词分别作"重寻无处"、"山中归路"、
"何曾梦觉"、"黄楼夜景"。显然，苏轼在这四处使用了和柳永截然
相反的律句类型。苏轼之后，宋人创作《永遇乐》词调，上面四处字
声，偶有与柳永合者，绝大部分遵循苏轼词。

　　词调相同，律句类型不同以致字声迥异，这与词人受近体诗句法
影响有紧密关系，特别是在令词调的创作中更是这样，有的词调如
《杨柳枝》、《渔歌子》等，首句如何便直接决定了全篇的字声，用的更
是近体诗律。

二、拗句与词调体式发展

　　虽然律句是唐宋词调的普遍形态，但拗句亦不可忽视。关于拗
句，万树《词律·发凡》曾对前人词谱中将拗句改为律句的做法提出
批评，而王奕清等人《词谱》对拗句更十分重视。《词谱·凡例》云：

　　　　词有拗句，尤关音律。如温庭筠之"断肠潇湘春雁飞"、"万

---

① 唐圭璋编《全宋词》，第 1 册，第 26 页。
② 唐圭璋编《全宋词》，第 1 册，第 302 页。

枝香雪开已遍”皆是。又有一句五字皆平声者,如史达祖《寿楼春》词之“夭桃花清晨”句。一句五字皆仄声者,如周邦彦《浣溪沙慢》之“水竹旧院落”句,俱一定不可易,谱内各为注出。

在这些拗句中,“断肠潇湘春雁飞”出自温庭筠《遐方怨》。“水竹旧院落”出自周邦彦《浣溪沙慢》,五仄连用,马子严此调作“璧月上极浦”,亦是五仄连用。这种情况的拗句,由于有相类情况的佐证,便可以成为词调的拗体。而如“万枝香雪开已遍”出自《蕃女怨》,为唐宋孤调,“夭桃花清晨”一句并不见史达祖词,史词此调首句为“裁春衫寻芳”,亦为两宋孤调、孤例。如孤调孤例,无其他同调作品相证,难说“一定不可易”。而《词谱》所举以上各例,由于或为孤调,或仅有一种调式(体式),这类拗句便均与词调体式的发展演变没有关系。

这里我们要讨论的是,在同调同句之中,经常存在既有拗句又有律句的情况。在对其字声的比勘中,《词谱》等书不仅将不同类型的律句混校,也常常将拗句和律句混校,这也经常使一句之中的字声混淆莫辨。这里我们看《喜迁莺》慢词调。《词谱》以康与之词为正体:

秋寒初劲。看云路雁来,碧天如镜。湘浦烟深,衡阳沙绕,
⊙○○● ●○○○○ ⊙○○● ○●○○ ⊙○○●

风外几行斜阵。回首塞门何处,故国关河重省。汉使老,认上
⊙●○○○● ⊙●○○○● ⊙●○○⊙● ●●● ○●

林欲下,徘徊清影。　　江南烟水暝。声过小楼,烛暗金猊冷。
⊙○● ⊙○○●　　○○○●● ⊙○○○ ⊙●○○●

送目鸣琴,裁诗挑锦,此恨此情无尽。梦想洞庭飞下,散入云涛
◎●○○ ⊙○○● ⊙●⊙○○● ◎●●○○● ⊙●○○

千顷。过尽也,奈社陵人远,玉关无信。①

　⊙●　　◎◎●　●◎⊙◎　◎⊙◎●

《喜迁莺》全调一百零三字,《词谱》所定之谱竟然除韵字外,仅有二十四个字是定声,其他均是可平可仄。《词谱》之所以定出这样的谱式,原因既有将不同类型的律句混校,更有将律句和拗句一起混校,这显然不妥。

如果我们以律拗不同的变化角度,看《喜迁莺》词调,则其发展脉络亦十分清晰。此调康与之前有蔡挺词,蔡挺生活时代远较康与之为早,下面是蔡挺词:

　　　霜天清晓。望紫塞古垒,寒云衰草。汗马嘶风,边鸿翻月,垅上铁衣寒早。剑歌骑曲悲壮,尽道君恩难报。塞垣乐,尽双鞬锦带,山西年少。　　谈笑。刁斗静,烽火一把,常送平安耗。圣主忧边,威灵退布,骄虏且宽天讨。岁华向晚愁思,谁念玉关人老。太平也,且欢娱,不惜金尊频倒。②

蔡词与康词比较,除了换头用短韵外,最大不同则是字声方面上下片有四处拗句,上片为“望紫塞古垒”、“剑歌骑曲悲壮”,下片为“烽火一把”、“岁华向晚愁思”(“思”作去声),蔡挺词四处拗句显然是特意的安排。而检宋人后来词作也多有与蔡挺拗句相同者,如李纲“江天霜晓”一首上片作“对万顷雪浪”、“浅沙别浦极望”③;无名氏“早梅

---

① 王奕清等《词谱》卷六,第 1 册,第 374—375 页。

② 唐圭璋编《全宋词》,第 1 册,第 197 页。

③ 唐圭璋编《全宋词》,第 2 册,第 907 页。

天气"一首上片作"正绣户乍启"、"翠娥侍女来报"①；至于黄裳"雕栏闲倚"一首,上片作"瑞雪霁浣出"、"洞开路入丹汉",下片作"东海一老"、"圣贤电拂休笑"②,则全与蔡词相同。而康与之词体,显然是在蔡词体的基础上进行改进的律句体。

而此调后来虽然律句体流行,但又发展出来一种新型的拗句体。我们看姜夔词:

> 玉珂朱组。又占了道人、林下真趣。窗户新成,青红犹润,双燕为君胥宇。秦淮贵人宅第,问谁记、六朝歌舞。总付与。在柳桥花馆,玲珑深处。　　居士。闲记取。高卧未成,且种松千树。觅句堂深,写经窗静,他日任听风雨。列仙更教谁做,一院双成俦侣。世间住。且休将鸡犬,云中飞去。③

姜夔词自注"太簇宫"。与蔡词、康词相校,上片第八句添一字作七字句,上下片结韵三句各添一韵,属于《喜迁莺》的同调异体。《词谱》虽然列出姜词又一体,但是并未指出它同时又是拗句体。姜词上片"秦淮贵人宅第"和下片对称位置的"列仙更教谁做",均为拗句。而这两处拗句与蔡挺词相比,同在上片的第七句和下片第八句,但是类型不同,蔡为仄拗,姜为平拗。检宋人魏了翁、陈著、蒋捷等人词,虽然句韵又与姜词小异,然在此二处皆用拗句,类型又与姜词完全相同。这也足以说明,《喜迁莺》词调,姜夔拗句一体,是《喜迁莺》

---

① 唐圭璋编《全宋词》,第 5 册,第 3769 页。
② 唐圭璋编《全宋词》,第 1 册,第 377 页。按黄裳此词第二韵《全宋词》断为："瑞雪霁、浣出人间金碧。"亦当如正体断作五字一句、四字一句。
③ 唐圭璋编《全宋词》,第 3 册,第 2180 页。按此词上片"总付与"与下片"世间住"皆为用韵,《全宋词》只在下片"住"字处用句号,上片"与"字处用顿号,不妥。

词体发展中重要一环。

　　拗句体虽然于唐五代令词调中即有，如李白《清平乐》五词，下片首句"日晚却理残妆"、"女伴莫话孤眠"、"尽日感事伤怀"、"花貌些子时光"、"盛气光引炉烟"①均为拗句，但并不多见。它的大量存在还是体现于宋代慢词调之中。

　　即以柳永词调为例，如《雨霖铃》、《八声甘州》、《玉蝴蝶》、《尾犯》、《昼夜乐》、《望远行》、《西平乐》、《锦堂春》、《醉蓬莱》、《黄莺儿》、《早梅芳》、《斗百花》、《笛家弄》、《女冠子》、《尉迟杯》等等皆有拗句。在随后欧阳修、苏轼等人的创调中亦有大量拗句，我们看欧阳修的《看花回》：

　　　　晓色初透东窗，醉魂方觉。恋恋绣衾半拥，动万感脉脉，春思无托。追想少年，何处青楼贪欢乐。当媚景，恨月愁花，算伊全妄凤帏约。　　空泪滴、真珠暗落。又被谁、连宵留著。不晓高天甚意，既付与风流，却恁情薄。细把身心自解，只与猛拚却。又及至、见来了，怎生教人恶。②

此词中拗句很多，如"晓色初透东窗"、"恋恋绣衾半拥"、"万感脉脉"、"春思无托"、"却恁情薄"、"怎生教人恶"等等。应该说，柳永等人在进行慢词创作时，在句法上一方面通常遵循律句的基本规则，另一方面又不仅限于律句，而大量使用拗句。从宋初至宋末，从柳永至姜夔、吴文英，新生慢词调中通常多有拗句。

　　虽然与律句相比，拗句在唐宋词调句法中并非常态，但却是唐宋词人创作中十分重要的现象，特别是在慢词调的创作当中，它既是对

①　曾昭岷等编《全唐五代词》，第9—12页。
②　唐圭璋编《全宋词》，第1册，第149页。

律句的乖背,同时也很可能与所配音乐有某种联系,毕竟很多拗句是词人有意为之的,但具体有怎样的联系,亦难以考索。

值得肯定的是,《词谱》编纂者有时还是注意到了同一词调既有律句又有拗句现象的,如《贺新郎》词调,《词谱》以叶梦得"睡起流莺语"一首为正体,而此词上下片第四句分别为"吹尽残花无人问"、"无限楼前沧波意",均用拗句,这与苏轼词相同。对此,《词谱》云:"前后段第四句,惟此词及苏词,俱作拗体,余各不同,若校注入谱,恐易混淆,填者任择一体宗之可也。"①不过,遗憾的是,由于《词谱》的编纂者众多,并没有确立清晰、统一的词调体式理念,也由于唐宋词体的发生演变十分复杂,更多时候,《词谱》中拗句与律句混为一体。

而从词调体式发展情况来看,同一词调,拗句向律句转化也是一个总的发展趋势。如上举《喜迁莺》慢词,蔡挺多作拗句,康与之则为律句之体,律句之体也成为此调盛行常用之体,《看花回》欧阳修多用拗句,蔡伸则主要用律句,《贺新郎》苏轼、叶梦得作拗句之体,但后来词人创作,除偶用拗句之外,律句亦是流行之体。大抵填词之人,亦是作诗之人,更习惯于使用律句,以律句为词,与用拗句为词相比,应该更加容易把握得多。

第四节　词调体式规范的规律性特征

我国的韵文学,至唐宋词,其"文体"声律形态实至登峰造极之地步,就词调体式而言,既有基本固定的模式,又有复杂之变化,远非前代诗歌能比。其固定之模式,主要就同一词调而言;其复杂变化,一就不同词调而论,二就同一词调发展演化而言。从我国文学体式的发展来看,词体吸收了以往文学体式如古体诗、近体诗包括骈赋、散

---

① 王奕清等《词谱》卷三六,第 4 册,第 2595 页。

文等的字、句、韵、声特点，于变化中有定体，于定体中有变化，绚丽多姿，蔚为大观。其中定体就是规范词体，也是词调的流行体式。这里我们试谈谈唐宋词调体式规范的一些基本特点。

一、创调、早期词作与规范词体

一个词调在分片、用韵、句拍、字数、字声上，到底怎样才是最好、最完美的？在一个词调的创调或早期创作时期，明显有两种情况，一是创调或早期词作即为规范词体，一是创调或早期词作略有瑕疵，经过后来词人改进之后才成为规范词体。

前者如唐五代时期白居易《忆江南》、《长相思》，温庭筠《更漏子》、《酒泉子》、《女冠子》，韦庄《应天长》、《江城子》、《巫山一段云》，和凝《采桑子》、《何满子》，毛文锡《虞美人》，冯延巳《鹊踏枝》、《阮郎归》、《点绛唇》等等，都是规范词体。而对此贡献最大的是北宋周邦彦，首见周邦彦词的有五十余调，绝大部分都是规范词体，为后来词人创作所遵守。

但是，也有很多时候，一个词调的规范词体形成不是一蹴而就的，中间会有一些曲折的过程。就北宋词人词调而言，除周邦彦外，很多词人的创调或早期词作都不是规范词体。如柳永《锦堂春》、《荔枝香》、《六幺令》、《永遇乐》、《醉蓬莱》，杨亿《少年游》，聂冠卿《多丽》，李遵勖《望汉月》、《滴滴金》，苏轼《贺新郎》、《三部乐》、《祝英台近》等等，或于用韵、或于句法、或于字声、或于声情，多有不规范处，经过后来词人一定的改变才形成规范、完善词体。比如柳永的《永遇乐》，在苏轼笔下成为规范词体，而苏轼的《贺新郎》也是在毛开、王之道笔下才形成规范词体。

大抵早期创作或创调之人，既需要很大的创造热情，也需要尝试探索，而尝试探索，从后来两宋词人的总体创作来看，也明显会有不成功的情况。我们不妨举欧阳修词中两个典型之例，先看句法、用韵

不规范的例子,如《洞仙歌令》:

　　　　情知须病,奈自家先肯。天甚教伊恁端正。忆年时、兰棹独
　　倚春风,相怜处、月影花光相映。　　　别来凭谁诉,空寄香笺,拟
　　问前欢甚时更。后约与新期,易失难寻,空肠断、损风流心性。
　　除只把、芳尊强开颜,奈酒到愁肠,醉了还醒。①

　　　　楼前乱草,是离人方寸。倚遍阑干意无尽。罗巾掩。宿粉
　　残眉香未减。人与天涯共远。　　　香闺知人否,长是厌厌,拟写
　　相思寄归信。未写了、泪成行,早满香笺,相思字、一时滴损。便
　　直饶、伊家总无情,也拼了一生,为伊成病。②

按《洞仙歌令》词调,两宋金元现存一百七十余首词,欧阳修词为早,
并有两首。但"情知须病"词下片第六句作"空肠断、损风流心性",
除欧阳修外,宋人罕有作上三下五式折腰句法者。而"楼前乱草"一
首,全词韵字分别为"寸"、"尽"、"掩"、"减"、"远"、"信"、"损"、
"病",采用了唐五代词换韵的方式,甚至还有平声和上去声通押的嫌
疑(如果将"笺"视为韵字的话),较为混乱。我们遍检后来两宋词人
创作,也无有与之相同相近者,这也显然是词人探索尝试之作。就词
人对同一词调尝试、探索的角度来看,从用韵来看,欧阳修的"楼前乱
草"一首或早于"情知须病"一首。再是声情、风格上的不规范,我们
再看欧阳修一首《水龙吟》词:

　　　　缕金裙窣轻纱,透红莹玉真堪爱。多情更把,眼儿斜盼,眉
　　儿敛黛。舞态歌阑,困倦香脸,酒红微带。便直饶、更有丹青妙

---

① 唐圭璋编《全宋词》,第 1 册,第 151 页。
② 唐圭璋编《全宋词》,第 1 册,第 151 页。按,断句多与《全宋词》不同。

手,应难写、天然态。　　长恐有时不见,每饶伊、百般娇騃。眼穿肠断,如今千种,思量无奈。花谢春归,梦回云散,欲寻难再。暗消魂,但觉鸳衾凤枕,有余香在。①

此调欧阳修词名《鼓笛慢》,《水龙吟》为此调常名。欧词字、句、韵及字声都十分严谨,但一个很大的问题是它的声情、题材与后人创作多有不合,从词体的运用角度来看,也是不规范词体,不能作为正体示范。此调清真词、梦窗词、白石词皆注越调,不宜柔弱,宜清劲奔放。苏轼此调创作多首,题材、声情与欧阳修大不一样,除"似花还似非花"一首情调婉约之外,其他几首皆清旷奔放,洒脱不羁。此调经苏轼大力创作后成为两宋及后世极流行词调,也是豪放风格词人的代表词调②。

　　一个词调的规范词体或正体,很多时候也并不是只有一个,常有两个甚至多个,特别是流行词调。这种情况的出现,与词人对词调音乐的不同处理有关系,也可能该词调的音乐本来就有不同的"版本"。也就是不同的词调正体,虽然它们本是同一个词调,但在歌法上会有一定差异。如《水龙吟》调,起句有七字者,有六字者,句拍明显不同,且二体于两宋皆为流行体式③。再如《少年游》调,有起四字者,有起七字者,前者当以晏殊、晏几道词为正体,后者以周邦彦词为正体,二

────────────

① 唐圭璋编《全宋词》,第1册,第149页。按,断句与《全宋词》稍有不同。
② 谢桃坊《唐宋词谱校正》认为:"此调具有悠扬流畅,不急不缓,柔婉和谐之声情。此调之作者极众,名篇亦多,适应之题材广泛,可为婉约之词,亦可作豪气词。"上海古籍出版社2012年版,第504页。
③ 王奕清等《词谱》卷三〇,起句七字次句六字者以苏轼词为正格,起句六字次句七字者以秦观词为正格。

体两宋创作者亦均有很多①。而在词调体式规范、变化的过程中,线索也往往不是单一的,多是复杂多样的,与作品的传播、接受密切相关。

二、规范词体前后片的对称之美

一个规范的词体,通常在体式的各个方面都是和谐严谨的,具有句法整饬、用韵完美、字声严谨等特点。而这些规范内容在具体词调的运用中,前后片对称极为重要。

前后片的对称,在一个词调的早期创作中,虽然词人也会注意到,但常顾此失彼,出现一些瑕疵,在具体的句拍、用韵、字声上出现某些问题。

句法方面,如《锦堂春》词调,最早见柳永词:

> 坠髻慵梳,愁蛾懒画,心绪是事阑珊。觉新来憔悴,金缕衣宽。认得这疏狂意下,向人诮譬如闲。把芳容整顿,恁地轻孤,争忍心安。　　依前过了旧约,甚当初赚我,偷剪云鬟。几时得归来,香阁深关。待伊要、尤云殢雨,缠绣衾、不与同欢。尽更深款款,问伊今后,敢更无端。②

柳词写闺怨,较为俚俗,《锦堂春》最初很可能是一个民间曲调。柳词字、句未稳,后人无与之全同者。其后司马光词,与柳词相比严谨许多:

---

① 此调万树《词律》卷五及《拾遗》共列十四体,王奕清等《词谱》列十五体,秦巘《词系》亦列十五体,大多又沿袭《词律》,所列词调体式多倒错混乱。
② 唐圭璋编《全宋词》,第 1 册,第 29 页。按柳词,毛晋汲古阁刻本、《词谱》等作《雨中花慢》。

红日迟迟,虚廊转影,槐阴迤逦西斜。彩笔工夫,难状晚景烟霞。蝶尚不知春去,漫绕幽砌寻花。奈猛风过后,纵有残红,飞向谁家。 始知青鬓无价,叹飘零宦路,荏苒年华。今日笙歌丛里,特地咨嗟。席上青衫湿透,算感旧、何止琵琶。怎不教人易老,多少离愁,散在天涯。①

此词与柳永词相校,句拍多有变改:上片第四、五句添一字作四字一句、六字一句,第六句减一字作六字句,下片第四句添一字作六字句,第六句减一字作六字句,结韵添一字作六四四句式。但从前后对应的角度看,依然较乱。此体的规范体式是南宋词人黄裳词体:

天女多情,梨花碎翦,人间赠与多才。渐瑶池潋滟,粉翅徘徊。面旋不禁风力,背人飞去还来。最清虚好处,遥度幽香,不掩寒梅。 岁华多幸呈瑞,泛寒光一样,仙子楼台。虽喜朱颜可照,时更相催。细认沙汀鹭下,静看烟渚潮回。遣青蛾趁拍,斗献轻盈,且更传杯。②

此体为换头曲,上片自"面旋"以下,与下片"细认"以下字、句、韵完全相同,字声也一样,十分对称,非常严谨,后之宋人作品与此体相同者最多。

用韵方面,如《祝英台近》词调,这是一个十分流行的词调,今最早见苏轼词:

挂轻帆,飞急桨,还过钓台路。酒病无聊,欹枕听鸣橹。断

① 唐圭璋编《全宋词》,第1册,第200页。
② 唐圭璋编《全宋词》,第1册,第375页。

肠簇簇云山，重重烟树。回首望、孤城何处。　　　闲离阻。谁念
萦损襄王，何曾梦云雨。旧恨前欢，心事两无据。要知欲见无
由，痴心犹自，倩人道、一声传语。①

　　苏轼此词上片第七句用韵，下片第七句不用韵，前后不一致。宋人虽
有曹勋"晚寒浓"、黄机"试单衣"、史达祖"柳枝愁"、张炎"路重寻"
等上片第七句仿苏词用韵，但终非正体。此调后来曾觌词上下片第
七句均不用韵，为后来词人常用之体。

　　字声方面，如《醉蓬莱》词调，最早见柳永词"渐亭皋叶下"一首。
此调正体上片第四句至第八句与下片第五句至第九句相同，前后对
应。柳永上片第七句作"拒霜红浅"，下片第八句作"凤辇何处"，前
后不统一，字声未协。其后苏轼用此调显对柳词作了改进，苏词上
片第七句作"好饮无事"，下片作"为我西顾"，前后一致，这种改变明
显为苏轼有意的创作②。可惜苏轼这个体式后人很少效仿。此调规
范词体在北宋后期晁端礼笔下完成，就是上片第七句和下片第八句，
均作平起仄收的律句，前后对应一致。

　　在规范词体、前后片严谨对称的过程中，自然也有对乐音本身的
规范。如上举《锦堂春》词调，司马光、黄裳词的体式与柳词明显不
同，在乐音的处理上应该均作了一定调整，特别是黄裳的词。再如
《望海潮》之调，柳永词关涉调名本意，学界通常以柳永词为此调创调
之词。据吴熊和《唐宋词汇评·两宋卷》考证，此调柳永之前，尚有沈
唐词。沈词题"上太原知府王君贶尚书"，非赋本意。《汇评》考沈词
作于皇祐二年（1050）或三年（1051）间③。而柳词《汇评》考作投赠

---

① 唐圭璋编《全宋词》，第1册，第329页。
② 关于"饮"字，《词谱》卷二五认为有误，"或是'吟'字之讹"，当非。
③ 吴熊和主编《唐宋词汇评·两宋卷》，第1册，第250页。

给杭州知州孙沔,时在至和元年(1054)①。柳永此词,句法及字声多有不协稳之处。其上片第八句"怒涛卷霜雪"一句,观后来宋人创作,多用上一下四句法,且第三字均用平声。对此,《词律》卷一九以"怒涛卷霜雪"有误:"'怒涛'句,'涛'平'卷'仄,终觉不顺,恐原是'卷怒涛霜雪'而传讹也。"《词律》所言不无道理。然检柳词诸本皆作"怒涛卷霜雪",作普通五字一句,回头再检沈唐词此句作"少年人——",亦作普通五字一句。又,此调下片柳词第八句"乘醉听箫鼓",亦为普通五字句,沈唐词作"便恐为霖雨",亦同。据此,此调此句于沈、柳时代尚未定型规范可知。据现有文献来看,此调规范体式在秦观笔下完成。秦观此调共四首,句法整齐划一,上下片第八句均作上一下四句法,四字句用律句,为平起仄收式。其中"星分牛斗"一首,创作为早,上下片第八句分别为"曳照春金紫"、"但乱云流水"。《汇评》:"徐培均《秦观词年表》:元丰三年(1080)。案⋯⋯惟高邮去扬州无百里,前此于熙宁四年、七年,亦多次过游扬州,有诗文。未必确作于元丰三年也。"②如秦观此词以最早熙宁四年(1071)算的话,这个规范的词调体式,距沈唐、柳永创作也已经过了近二十年的时间。

不过,规范的词体也有不流行的情况。如《霜天晓角》这个词调,此调今最早见林逋词:

> 冰清霜洁。昨夜梅花发。甚处玉龙三弄,声摇动、枝头月。　　梦绝。金兽爇。晓寒兰烬灭。要卷珠帘清赏,且莫扫、阶前雪。③

---

① 吴熊和主编《唐宋词汇评·两宋卷》,第1册,第88页。
② 吴熊和主编《唐宋词汇评·两宋卷》,第1册,第684—685页。
③ 唐圭璋编《全宋词》,第1册,第7页。

此调《词律》卷三以辛弃疾"吴头楚尾"词为正体,《词谱》以林逋此词
为正体,当从《词谱》。此调后来两宋金元词依林逋创作者最多,且绝
大部依林逋词押入声韵。南宋程垓词有一个明显的变化:

> 玉清冰样洁。几夜相思切。谁料浓云遮拥,同心带、甚时
> 结。　　匆匆休惜别。还有来时节。记取江阴归路,须共踏、夜
> 深月。①

此与林逋词相校,上片首句添一字、下片首句不用短韵,又下片"还有
来时节"用仄起仄收律句与上片"几夜相思切"句式相同。程垓此词
上下片作重头之曲,字句及声韵前后一致,颇为严谨,值得效仿。从
规范的角度来看,程垓此首才是规范之体,其规范自当有乐音的调
整,与林逋词相比,二者歌唱的效果也会有一定差异。但由于林逋词
影响太大,宋人大多仿效林氏,反而程词罕见使用。一个词调规范词
体通常就是流行词体,但如《霜天晓角》这种情况,在宋人词体的使用
中也有不少。

词体不仅在规范的过程中讲求前后对称之美,其规范之后的再
变化,也依然如此。如陆游《安公子》:

> 风雨初经社。子规声里春光谢。最是无情零落尽,蔷薇一
> 架。况我今年,憔悴幽窗下。人尽怪、诗酒消声价。向药炉经
> 卷,忘却莺窗柳榭。　　万事收心也。粉痕犹在香罗帕。恨月
> 愁花争信道,如今都罢。空忆前身,便面章台马。因自来、禁得
> 心肠怕。纵遇歌逢酒,但说京都旧话。②

---

① 唐圭璋编《全宋词》,第 3 册,第 2000 页。
② 唐圭璋编《全宋词》,第 3 册,第 1590 页。按断句与《全宋词》稍有不同。

此调规范之体以晁端礼词为正,后之词作,亦多同晁词。《词律》、《词谱》等书编者皆未见晁端礼词集,皆未收晁词。晁词体式如下(双片一百六字,上片五十三字,下片五十三字,各九句六上去韵):

　　　渐渐东风暖。杏梢梅萼红深浅。正好花前携素手,却云飞雨散。是即是,从来好事多磨难。就中我、与你才相见。便世间烦恼,受了千千万万。　　回首空肠断。甚时与你同欢宴。但得人心长在了,管天须开眼。又只恐,日疏日远衷肠变。便忘了、当本深深愿。待寄封书去,更与丁宁一遍。①

晁端礼此词前后片除首句外,其他字、句、韵、声全同,完美无瑕。而陆游词与之相校,上下片第四句均减一字作四字一句,第五、六句均又减一字,作四字一句、五字一句,前后句拍、字声亦十分谨严。陆游词字句虽然有变化,但依然严格遵循了前后片对称之法则,乐音歌唱上亦必作了相应调整。

三、重要词人及"无名氏"词人对词体规范的贡献

在对词体的规范过程中,很多词史上重要词人都作出了重要贡献。唐五代如温庭筠、韦庄、冯延巳、李煜等,北宋如柳永、张先、苏轼、黄裳、晁端礼、贺铸、晏几道、黄庭坚、秦观、晁补之、周邦彦、李清照等,南宋如辛弃疾、程垓、史达祖、姜夔、吴文英、陈允平、周密、张炎等,都是词体运用的大家。

唐五代最重要的词集是《花间集》,《花间集》中同一个词调虽然词作数量不多,但体式往往多样,甚至变化较大,对此词学史上有花

---

① 唐圭璋编《全宋词》,第 1 册,第 440 页。按断句与《全宋词》多有不同。

间词无定体之说,代表者是清代的沈际飞①。对此,谢桃坊先生认为:"《花间集》某些词调之作品体制之细微差异乃音谱不同所致,亦因词人们倚声制词对音谱的理解不同所致。"②我们赞同这种说法,如温庭筠的《河传》与韦庄的《河传》,在句法、声韵上有很大的差异。但是无论温庭筠还是韦庄,此调都不止一首,而是各有三首词。温庭筠的三首体式基本相同,韦庄三首体式也基本一致。这足以说明:他们在同一词调的创作中,都在有意识地规范词体,使词体的字、句、韵、声定型化。这也是唐宋词史上重要词人对同一词调运用的基本情况。

在北宋,绝大部分慢词调的体式定型也与重要词人的努力分不开。秦观创调较少,但词体运用贡献很大,作为"作家"之歌,其《水龙吟》、《木兰花慢》、《画堂春》、《雨中花慢》皆为该调流行正体,而晁补之对《水龙吟》、《摸鱼儿》、《满庭芳》、《洞仙歌》、《八声甘州》等调的运用都对词调正体形成产生了重要影响。而在对词体句法、字声的规范中,总的来看,北宋又以周邦彦贡献最大。他对前代词人的众多词调体式都进行了一定的调整,使之更加严谨。比如对柳永的《一寸金》、《浪淘沙慢》、《看花回》,对苏轼的《三部乐》,对张景修的《选冠子》(又名《过秦楼》)等的改造便是。

当然,对于名家作品,我们也不能过于迷信。比如周邦彦笔下,也有一些同调作品在前后片句法、字声上并不严谨,以致让后来词人创作时产生诸多困惑甚至混乱。比如周氏《浪淘沙慢》二词,宫调相同,句法相同,字数相同,但具体到每句字声,却多有律句和拗句的差异,方千里、杨泽民、陈允平等人和周词,便莫衷一是了。这很可能是作者应歌需要,未及仔细推敲的缘故。

① 沈际飞《草堂诗余·发凡》,明刊本沈际飞评点《草堂诗余》卷首。
② 谢桃坊《唐宋词的定体问题》,《文学遗产》2017 年第 3 期。

在规范词体的过程中，也有很多今天看来是无名词人的贡献。如《梅苑》中很多无名氏词，不少体式非常严谨，在句拍、字声、声情上十分得体。如《品令》(山重云起)、《侍香金童》(宝台蒙绣)、《胜胜慢》(寒应消尽)等词，都为该调规范之体、正体。下面以《胜胜慢》略作说明：

> 寒应消尽，丽日添长，百花未敢先拆。冷艳幽香，分过溪南春色。调酥旋成素蕊，向碧琼、枝头匀滴。愁肠断，怕韶华三弄，雪映溪侧。　　应是酒阑人静，香散处、惟见玉肌冰格。细细疏风，清态为谁脉脉。芳心向人似语，也相怜、风流词客。待宴赏、伴娇娥，和月共摘。①

《胜胜慢》即《声声慢》，有平仄韵两体，仄韵体又以入声韵为多。此调仄韵《词律》、《词谱》皆以高观国词为正体，皆不妥。按仄韵词今两宋金元存十余首词，其中北宋三首，一首为吴则礼词，两首为《梅苑》无名氏词，吴则礼词上片第七句字声不妥，且下片第六句作六字一句与他人皆异(或有脱漏)。而《梅苑》无名氏词在字、句、韵及字声方面十分严谨，声情亦为正宗，正为范式。在两宋，很多没有留下名字的词人在词调体式的发展上做出了积极努力。

唐宋词调，除了孤调及存词甚少的词调，在体式上一般都有一个明显的发展过程，特别是流行词调。在这个过程中，字数、句法、用韵的变化都非常关键，都应与音乐的变化密切相关。如果我们把不同的体式看作是同一词调的不同版本，那么它们正反映着唐宋词音乐

---

① 唐圭璋编《全宋词》，第5册，第3602页。按《胜胜慢》调仄韵词，多家词谱收李清照"寻寻觅觅"一首，李词于字声有意多为拗句，以表现不平之情。

歌唱形式的不同版本。同一词调的体式在固定中有变化,歌唱的方式自然也是稳定中有差异。词人在规范词体的时候,也应该对乐体有规范,或者是双向的互动。

第七章　唐宋词调字声运用的总体
　　　　规律及变化

　　在唐宋词文体方面,前面我们谈到了律句、拗句对词调体式的影响,但律句、拗句与音乐的具体关联,目前我们尚未发现。而总体来看,与词调文体内容的诸多方面相比,唐宋词调的平仄字声与音乐的关联应该最不紧密。唐宋词人特别是两宋词人新创调的字声安排,总体上看还是有着十分简洁实用的法则,即以"韵"声为核心。一个词调首先确定韵拍、韵的字声,继而确定韵句及邻韵句字声组织,以成全篇之字声。无论平声韵词调还是仄声韵词调,韵前一字主要用平声,是其基本规律。仄平平、平平仄为各自韵句尾三字的字声并于一调中会反复出现,三、四、五、六、七、八字句的律句类型也因此确立。而邻韵句与韵句的组合搭配,也首先看邻韵句的尾字与"韵"的字声关系,相同则以同向、不同则以反向来安排全句字声。由此一调平仄字声便被快速地安排而秩序井然。此当为唐宋词人特别是两宋词人创制新调时的未言之秘,也是我们今天词体勘校、词谱编撰、词体创作时的方便要诀。

第一节　唐宋平韵词调韵句的字声组织

　　唐宋词调的字数、句拍、韵位韵型和音乐之间都有密切的联系。而具体到平仄字声和音乐旋律之间,应是大体对应。因为平仄只有两途,而音乐的旋律则有无穷,在词调中的具体组织应该是简明的。一调有一调之谱,一调有一调之平仄分布,这为学界共识。但唐宋词人创作时总体的字声安排,特别是创调时字声的安排,是按着怎样方便快捷的方式进行的,有没有如近体诗一样的便捷法则?有没有约定俗成的基本规律?又是怎样发展变化的?这是学界一直没有足够关注和解决的问题。

一、以往讨论唐宋词调字声的几个误区

关于唐宋词调的平仄字声法则,唐宋词人谈及甚少。我们今天也只能从他们具体的创作中归纳总结。而明清以来对唐宋词调字声的探讨,由于多方面的原因,明显存在着不少观念误区,如入代平上去三声、平分阴阳、四声体等等。其中有受曲体字声观念影响的原因,也有对唐宋词人作品考察不够全面等多种原因。诸多误区一直影响着对唐宋词调字声总体规律的总结。

入声可以代替平、上、去三声这一观点在万树《词律》、王奕清等《词谱》、秦巘《词系》中都极为盛行,在其他词谱著作中也都普遍存在,成为唐宋词体研究中的一个影响很大的观点。戈载的《词林正韵》一方面分五部入声韵,又将诸多入声韵字派入平、上、去三声之中,显然也是受到这一观点的影响。但是这个观点一是在学理上站不住脚。宋词字声可分韵字和非韵字两种,用的是中古音系,从用韵角度看,是平声独用,上去声混用,入声独用,而非韵字则通常仅分平仄二声。从这个角度看,入代平、上、去三声实是受曲论及曲体创作的影响而产生。词曲虽然同源,但毕竟分流,其关键处,终是用韵字声的差异。二是此种观点于宋人诸多创作不合。虽然宋人沈义父在《乐府指迷》说到"平声却用得入声字替"[1],但终究是非常偶然

---

[1] 唐圭璋《词话丛编》,中华书局1986年版,第280页。

的现象①。那么，为何诸多词谱著作，固执地将入代三声视为宋词创作的法则呢？还是字声完美主义的意识在作怪。就是认为宋人在同调创作上的字声应是整齐划一的，当出现字声不一致时，便首先要用入代三声来解释（或没有使用入声字，还可以想出上声代平声之类②）。实际上，宋人同调字声的不同，主要是拗句和律句的不同，或不同律句的差异。其中偶然性的使用不少，即如柳永、苏轼、周邦彦这样的词人也不例外。

　　而平声可以分阴声、阳声，亦本曲论之说，始见周德清《中原音韵》。这个观点在《词律》、《词谱》等著作中并未见到，但在清代及近现代的词论中反复提到，也成为词调字声的一个重要观点。如田同之《西圃词说》、谢元淮《填词浅说》、沈曾植《菌阁琐谈》③皆持平分阴阳之说，谢元淮甚至还主张去分阴阳、入分阴阳，以致有七音之说。在近现代词论中又往往举李清照《词论》"又分清浊轻重"之语，及张炎《词源》中"锁窗深"改作"锁窗明"之例，以证词调平声亦分阴阳。李清照、张炎之说是不是平分阴阳，学界认识并不一致。而李清照词或张炎词，都明摆在那里，我们将它们的平声字逐一分析，结论就不难得出。如以张炎词十二首《声声慢》为例，其平声的阴阳，无论就平声韵字而言，还是就句中平声字而言，都无规律可循，都是自然或者说是随意的组合。其实主张词调平分阴阳之说，往往仅以同调的一首词或不同调的词来证明，换一首同调词就证明不了。不妨举一下谢元淮《填词浅说》之语：

---

① 具体请见第五章第三节之"余论：宋词'入代（替）平声'说之检讨"。

② 如万树《词律》卷二〇《金明池》调注。

③ 田同之《西圃词说》，《词话丛编》，第 2 册，第 1470 页；谢元淮《填词浅说》，《词话丛编》，第 3 册，第 2510 页；沈曾植《菌阁琐谈》，《词话丛编》，第 4 册，第 3608—3609 页。

因一调十余词,平仄各异以见格非一体耳。然亦每词各有一定之平仄,并非彼此逐句皆可通融互易,若一调十余词,此句平仄从甲,彼句平仄从乙,是通首无不可活动之字,必致通篇无一合格之句矣。①

谢元淮所说的平分阴阳,是仅就孤例、孤证而言,再换一首就要另行考虑阴阳安排了。而其认为同调作品互相参校,就会"通篇无一合格之句",完全以七声论词,这样只能导致词调体式全无。

以四声体论词调字声,是要求一些词调创作要严讲平上去入四声。此种观点于近现代颇为兴盛,在当代也不绝如缕。需要说明的是这个四声体,是除韵字之外其他字声严格分辨平上去入的词体。这种观点的形成确实有宋人创作的影响,如柳永、苏轼、周邦彦、吴文英等人词句中时讲入、去声,南宋方千里、杨泽民、陈允平在和韵周邦彦词调时,多用周词四声来创作。问题是,句中讲入声,仅是个别词人遵守,且宽严不一,而用四声创作也仅方千里、杨泽民、陈允平数人而已②,并且几人词中,也并没有一首是与周词四声完全相合的作品③。我们在归纳两宋金元现存作品时,发现平仄完全相同的作品确有一些,但若论四声完全相同的,一首作品也没有。四声论词,实受曲体严辨字声之影响,也有近代词人对词体规范的努力,但是这种努力毕竟于宋人创作不合,要求过严④。

---

① 谢元淮《碎金词谱·凡例》,刘崇德《碎金词谱全译》,辽海出版社 2011 年版,第 864 页。
② 吴文英作为音律大家,也非常喜用周邦彦创调,时守入声,但通常只是遵循平仄规律罢了;而即使平仄字声,也是有对周词改变的。
③ 具体请见杨易霖《周词订律》,上海开明书店 1937 年版。
④ 关于近代词调守四声的讨论,请参见陈水云《守律辨声 重塑词统——民国词社的创作理念与词学研究》,《厦大中文学报》2016 年第 1 期。

　　总的来看,明清以来对唐宋词调字声归纳出现误区的原因,不外两点,一是受曲体字声观念的影响,甚至直接将曲体字声观移入词体,诸家论述中反复引用曲体作为论据便是最好的说明。二是对唐宋词人作品考察不够全面,往往以个别词人作品或个别作品为例说明,当然这很大程度上与论者所见词作有限相关。

二、以"仄平平"为主的平韵词调韵句组织

　　唐宋词调字声,总的来说,除个别词调及个别词人创作外,通常只讲平仄,这个平仄通常即用近体诗的律句规则。在明清词谱著作中,赖以邠《填词图谱》①于词调体式以律句来衡量,即使孤调、僻调也注明可平可仄之处,虽然有一些问题,但总体方向还是可行的。万树《词律》亦时讲律句,但以入代三声分析词体,便多有不妥,而对某些孤调及僻调词,时不以律句论,发挥多有失当②。《词谱》在遇到一个词调仅存一首词时,常说"其句读平仄当遵之"③,也是典型的不以律句论词。当代洛地先生主张从律词的角度研究词体的"文律"④,这个"律词",其核心当是词体的"律句"。周韬在《宋词律句构成规

---

① 江合友主编《清代词谱丛刊》,第 2 册。
② 如《词律》分析史达祖《双双燕》首句"过春社了"时说:"盖此调所用仄平仄仄,与仄平平仄、平平仄仄、平平平仄似可相混,不知皆有分别,如首句必仄平仄仄仄,而第三字必以去声为妙。"(第 329 页)按:万树只见到了吴文英和史达祖二人词,故有此论,元人丘处机、王吉昌有词,分别作"春烟淡荡"、"循环日月"(唐圭璋编《全金元词》,中华书局 1979 年版,第 464、569 页),首字完全与万树所言不合,不能说元代词人误用。反观《填词图谱》,以第一字可平可仄(江合友主编《清代词谱丛刊》,第 2 册,第 494 页),貌有先见之明,实正以律句衡之也。
③ 如注柳永《秋蕊香》词说:"此柳永自度曲,无别首可校,其句读平仄当遵之。"王奕清等《词谱》,第 2 册,第 877 页。
④ 洛地《"词"之为"词"在其律——关于律词起源的讨论》,《文学评论》1994 年第 2 期。

律略论——以白石自度曲为例》①一文中谈到了律句字声的构成特点及组合关系,也非常可贵。

　　依据倚声填词的基本原理,即"倚声"、"先乐后词",而词调依曲拍为句,拍的终点往往就是"韵",所谓韵拍、均拍是也②。词调创作首先应在于"韵拍"及"韵声"的确立。一个词调平仄律句的核心在于"韵"声。唐宋词调的字声安排应是以韵声为主导的字声安排。平声韵便以平声为主导,仄声韵便以仄声为主导。而律句类型则由韵字倒推前一字而形成,由此构成韵句字声③,进而再邻韵句字声,从而可以很快安排全篇的平仄字声。下面我们首先看平韵词调韵句的字声组织。

　　平声韵词调中有双平调。所谓双平调,就是韵字与韵上一字皆用平声的情况。这是唐宋特别是两宋词平声韵词调的普遍特点。这一特点我们在《词调史研究》中曾有指出④,学界至今似尚无新的分析。由于韵句的最后两字皆是平声,依照律句的基本规则,则韵句最后三字的字声便是仄平平。于是,三、四、五、六、七、八字句的字声安排,依律句二、四、六平仄交替的基本规则,便都只有一种情形,依次是:

　　　　三字句:仄平平
　　　　四字句:仄仄平平

---

① 周韬《宋词律句构成规律略论——以白石自度曲为例》,《2016 年词学国际学术研讨会论文集》,河北保定,第 762—772 页。
② 参见吴熊和《唐宋词通论》,第 61—66 页;洛地《词调三类:令、破、慢——释"均(韵断)"》,《文艺研究》2000 年第 5 期。
③ 洛地认为韵句是"以(句末)韵脚为基点向上(前)构建为韵句",实为创见。见洛地《词体构成》,中华书局 2009 年版,第 4 页。
④ 田玉琪《词调史研究》,第 242—243 页。

五字句：仄仄仄平平

六字句：平平仄仄平平

七字句：平平仄仄仄平平

八字句：仄仄平平仄仄平平

如果说何处可平可仄的话，四字句和五字句只有第一字，六字句和七字句只有第一、三字，八字句只有第一、三、五字，其他各处均不能变动字声，变动了就成为拗句。如用拗句，则需特别留意，考察是词人偶用还是必用。

这实在是一个非常方便的法则，"仄平平"作为韵句的字声组织，就是平韵词调的主要字声，它在平韵词调中会被不断地重复。我们看杨亿的小令《少年游》：

> 江南节物，水昏云淡，飞雪满前村。千寻翠岭，一枝芳艳，迢递寄归人。　　寿阳妆罢，冰姿玉态，的的写天真。等闲风雨又纷纷。更忍向、笛中闻。①

词中韵句的尾三字"满前村""寄归人""写天真""又纷纷""笛中闻"，皆为仄平平。其中如"满"、"寄"、"写"、"又"、"笛"都必须用仄声。我们再看一首李清照的慢词《多丽》：

> 小楼寒，夜长帘幕低垂。恨萧萧、无情风雨，夜来揉损琼肌。也不似、贵妃醉脸，也不似、孙寿愁眉。韩令偷香，徐娘傅粉，莫将比拟未新奇。细看取、屈平陶令，风韵正相宜。微风起，清芬酝藉，不减荼蘼。　　渐秋阑、雪清玉瘦，向人无限依依。似愁

---

① 唐圭璋编《全宋词》，第1册，第8页。

凝、汉皋解佩,似泪洒、纨扇题诗。**朗月清风**,浓烟暗雨,天教憔
悴度**芳姿**。纵爱惜、不知从此,留得**几多时**。人情好,何须更忆,
泽畔**东篱**。①

《多丽》这个词调有仄韵、平韵二体,李清照词是平韵正体,南宋及后
来词人就主要用李清照词体。这个词调的韵句四、五、六、七言皆有,
很典型,我们用加粗标注了每个韵句的最后三个字,无一例外的都是
仄平平作结。

　　考察平韵词调韵句的这种特点,唐代尚不明显,虽然中唐《忆江
南》词调已有这种情形(三个韵句,尾三字皆为仄平平),但因受近体
诗不同律句的影响,尾三字作仄仄平者也不在少数。五代十国时期
则有明显不同,在五代十国词调中,平韵(或含平韵)词调共 41 个,韵
句均以仄平平结尾的有 24 个,它们是(含平仄换韵词调):

　　　　《何满子》、《春光好》、《甘州曲》、《临江仙》、《西溪子》、《相
　　见欢》、《杏园春》、《虞美人》、《赞成功》、《接贤宾》、《甘州遍》、
　　《纱窗恨》、《柳含烟》、《恋情深》、《诉衷情》、《甘州子》、《三字
　　令》、《南乡子》、《凤楼春》、《赤枣子》、《芳草渡》、《忆江南》、《乌
　　夜啼》、《浪淘沙》

其中如《临江仙》、《相见欢》、《虞美人》、《南乡子》、《忆江南》、《乌夜
啼》、《浪淘沙》等皆为两宋流行词调。

　　进入宋代,今存最早的三个词调,和岘《导引》、《六州》、《十二
时》的 47 个韵句皆以仄平平收尾,显然不是偶然的现象,不妨将四词

———————

① 唐圭璋编《全宋词》,第 2 册,第 927 页。按词调《多丽》有仄韵、平韵二体,此
　　为平韵正体。

赘引如下：

气和玉烛，睿化著鸿明。缇管一阳生。郊禋盛礼燔柴毕，旋
轸凤凰城。 森罗仪卫振华缨。载路溢欢声。皇图大业超前
古，垂象泰阶平。(《导引》其一)

岁时丰衍，九土乐升平。睹寰海澄清。道高尧舜垂衣治，日
月并文明。 嘉禾甘露登歌荐，云物焕祥经。兢兢惕惕持谦
德，未许禅云亭。(《导引》其二)①

严夜警，铜莲漏迟迟。清禁肃，森陛戟，羽卫俨皇闱。角声
励，钲鼓攸宜。金管成雅奏，逐吹逶迤。荐苍璧，郊祀神祇。属
景运纯禧。京坻丰衍，群材乐育，诸侯述职，盛德服蛮夷。
殊祥萃，九苞丹凤来仪。膏露降，和气冶，三秀焕灵芝。鸿猷播，
史册相辉。张四维。卜世永固丕基。敷玄化，荡荡无为。合尧
舜文思。混并寰宇，休牛归马，销金偃革，蹈咏庆昌期。(《六
州》)②

承宝运，驯致隆平。鸿庆被寰瀛。时清俗阜，治定功成。遐
迩咏由庚。严郊祀，文物声明。会天正。星拱奏严更。布羽仪
簪缨。宸心虔洁，明德播惟馨。动苍冥。神降享精诚。
燔柴半，万乘移天仗，肃銮辂旋衡。千官云拥，群后葵倾。玉
帛旅明庭。韶濩荐，金奏谐声。集休亨。皇泽浃黎庶，普率洽
恩荣。仰钦元后，睿圣贯三灵。万邦宁。景贶福千龄。(《十
二时》)③

① 唐圭璋《全宋词》，第 1 册，第 1 页。按，此调二首《全宋词》原作一首，今据
李馼之《两宋鼓吹歌曲考述》(《乐府学》辑刊，学苑出版社 2009 年版)分作
二首。
② 唐圭璋编《全宋词》，第 1 册，第 1 页。
③ 田玉琪编著《北宋词谱》，上册，中华书局 2018 年版，第 21 页。

我们通过对两宋新调及体式作逐一考察①，平韵词调（包括含平韵的词调，但不包括平仄通押的词调）共计 259 个，其中韵句皆以仄平平结尾的有 148 个②，如《少年游》、《八声甘州》、《木兰花慢》、《一丛花令》、《水调歌头》、《朝中措》、《满庭芳》、《声声慢》、《汉宫春》等，多为两宋流行词调。这个均用仄平平结尾的词调比例，虽然只占到总比例的 57%，但若从 259 个词调总的韵句使用来看，共用 2299 句，以仄平平收尾者 1999 句，占比达到了 87%。这就应该足以说明，以仄平平结尾的韵句类型是唐宋特别是两宋平韵词调的最基本字声组织，是平韵词调韵句字声安排的普遍规则。自然，在平韵词调中，三字至八、九字的韵句字声安排也就都由此确立了。

考察平韵词调中非以"仄平平"收尾的韵句情况，大致有三种：一是有意使用的仄仄平结尾的律句，如《减字木兰花》、《沁园春》等词调，也有的是明显由近体诗转化而来，如《阳关曲》、《忆王孙》等，这种情况只需我们特别留意即可；二是四字句可以一、三不论，六字句可以一、三、五不论的处理，使不少有四、六言韵句的词调不具备仄平平的规则，偶然成为"仄仄仄平"、"平平仄仄仄平"句型③，严格来说，这种情况是可以忽略不计，并不算违背"仄平平"的基本规则；第三应是词人创作不够谨严，上下片明显不对应的情况，如杜安世《朝玉阶》，上片首句用仄起平收七言律句，作"帘卷春寒小雨天"，下片首句则用平起平收七言律句，作"拟将幽怨写香笺"，类似情况不少，这也往往成为后人规范词体时的内容之一。

---

① 本文中的"体"是指全篇仄声韵词调换平韵或平韵词调换仄韵的体式，非指韵声不变的"又一体"。
② 这些词调含平仄换韵或本为仄韵而用平韵的体式。词调为流行词调者，通常以正体计；词调仅数首者，如《奉禋歌》、《降仙台》等，以仄平平结尾者计。
③ 王力《诗词格律概要》中将"仄仄仄平"视为四言拗句，北京出版社 2011 年版，第 194 页。

从唐五代到两宋,平声韵词调韵句的双平结尾及仄平平的字声组织,由不普遍到普遍,其主要原因或有两个方面:一是平韵本身声情有"和畅"的特点,双平则明显强化了这种特点;另外应是词人组织字声方便快捷的主动选择,在这种字声的主动选择中,柳永显然占有极为重要的地位。

第二节　仄韵词调的韵句组织及韵句 与邻韵句的字声配合

与平声韵词调一样,仄声韵的韵句字声首先也是须从韵字着手,考察其韵前一字的安排,其前一字如为仄声,则以"平仄仄"组织律句,如为平声,则以"平平仄"组织律句。词人创作具体如何呢?

一、以"平平仄"为主的仄韵词调韵句字声

由于四言、六言句的字声安排比较容易,这里我们不妨首先从较为棘手的五言和七言韵句入手。

我们对两宋仄韵词调逐调逐体进行考察,其中有五言韵句的共282调,包含五言韵句共590句,以"仄仄平平仄"安排的有445句,占比75%①。"仄仄平平仄"句型,就是两宋词人特别是北宋词人在创调时采用的基本句型。如《六幺令》(晏几道词):

> 雪残风信,悠飏春消息。天涯倚楼新恨,杨柳几丝碧。还是

---

① 说明:在此五言句型中,第三字平声是可以用仄声替代的,这并不违反此种句型规则。又,词调中五字句有上一下四句法者,由领字和四字律句组成,此种情况一律不计入。而从北宋到南宋的发展情况来看,南宋词人的新调对这种"仄仄平平仄"的句法有一定违背,"平平仄仄仄"的句型明显增多了一些,然终不能撼动此种句型在两宋新调当中的统领地位。

南云雁少,锦字无端的。宝钗瑶席。彩弦声里,拼作尊前未归
客。　　遥想疏梅此际,月底香英白。别后谁绕前溪,手拣繁枝
摘。莫道伤高恨远,付与临风笛。尽堪愁寂。花时往事,更有多
情个人忆。①

此词也属该调正体,词中"悠飏春消息"("飏"字仄声)、"锦字无端
的"、"月底香英白"、"手拣繁枝摘"、"付与临风笛"等五句,皆为"仄
仄平平仄"类型。而如"杨柳几丝碧"一句"几"字用仄声,也是此种
句型中允许的情况(五字句一、三可不论的处理)。

那么,在两宋仄韵词调中,五言韵句如果不用这种句型,最好的
替代品是什么? 通过统计发现,是平起仄收的拗句,就是二、四字位
置皆用平声,即用"平平仄平仄"。这种句型在非用"仄仄平平仄"的
律句类型的 145 句中,共有 66 句,占比达到了 46%。此种替代情况,
从另一方面可以见出仄韵词调的五言句型,韵上一字绝大部分当用
平声之理。如《庆春泽》词调,我们看张先词:

飞阁危桥相倚。人独立东风,满衣轻絮。还记忆江南,如今
天气。正白蘋花,绕堤涨流水。　　寒梅落尽谁寄。方春意无
穷,青空千里。愁草树依依,关城初闭。对月黄昏,角声傍
烟起。②

此词前后片最后一句"绕堤涨流水"、"角声傍烟起"皆用拗句,这也
是此调定格。

仄韵词调的五言句主要以"仄仄平平仄"为主要句型,韵上一字

---

① 唐圭璋编《全宋词》,第 1 册,第 241 页。
② 唐圭璋编《全宋词》,第 1 册,第 77 页。

用平声字的规律特点,在中晚唐时期尚不明显。而在五代十国时亦有明显变化,仄韵词调含有五言韵句者共23调,其中14调的五言韵句,全为"仄仄平平仄"类型。这些词调是(含平仄换韵词调):

《一叶落》、《麦秀两歧》、《薄命女》、《醉妆词》、《生查子》、《金浮图》、《醉花间》、《虞美人》、《鹊踏枝》、《忆秦娥》、《点绛唇》、《忆江南》、《一斛珠》、《后庭宴》

这一时期应是仄韵词调五言韵句以"平平仄"为主体的形成期。

仄韵词调的五言韵句如此,七言韵句如何呢? 同样,我们对两宋仄韵词调进行考察,含七言韵句者共285调,使用七言韵句共556句,韵上一字为平声者428句,占比77%。仄韵词调的七言韵句,仍以尾二字"平仄"为核心安排字声,主体即为"平平仄仄平平仄"的句型,"平平仄"是七言韵句的主体字声。如《满江红》调,柳永有四首词,每首各有两个七言韵句,共八个七言韵句,皆由韵字及韵前字"平平仄"组织全句字声,分别是:"尽载灯火归村落"、"平生况有云泉约";"细追想处皆堪惜"、"纵来相见且相忆";"(到)如今两总无终始"、"甚恁底死难拚弃";"对人相并声相唤"、"背灯弹了依前满"。其中除"且相忆"为"仄平仄"的情况,其他全为"平平仄",而从律句而言,第五字也可以用仄声处理,"且相忆"并不违反此种句型规则。

七言韵句韵上一字用平声这种情况,在两宋词的具体使用中,时有拗句的出现,一是平拗,一是仄拗,又以平拗为多。如柳永的《过涧歇近》:

淮楚。旷望极,千里火云烧空,尽日西郊无雨。厌行旅。数幅轻帆旋落,舣棹兼葭浦。避畏景,两两舟人夜深语。　　此际争可,便恁奔名竞利去。九衢尘里,衣冠冒炎暑。回首江乡,月观风亭,水边石上,幸有散发披襟处。①

词中上片结句"两两舟人夜深语"为平拗,下片结句"幸有散发披襟
处"是仄拗。考察这两种拗句类型,实为七言律句"仄仄平平平仄
仄"和"平平仄仄平平仄"的混合之体。平拗之句取平起律句之尾三
字(将倒数第三字改为仄声),而加仄起律句之前四字,构成"仄仄平
平仄平仄";仄拗之句则取平起律句之尾五字,加仄起律句之前二字,
构成"仄仄仄仄平平仄"。至于何时用平拗,何时用仄拗,词人创作于
此似有较大的随意性。但如"夜深语"这样"仄平仄"的格式,我们完
全可以看作是"平平仄"格式的变体,即仄韵词调七言韵句的尾三字
字声主要为"平平仄",可以确定。

从五言、七言的"平平仄"收尾的字声特点看三、四、六言韵句,其
字声的安排,便只有一种情况:

三言句:平平仄
四字句:平平平仄
六字句:仄仄平平平仄

其中,三言句的第一字,四言句的第一、三字,六言句的一、三、五字,
词人以一、三、五不论的处理,偶然可用仄声。我们看王之道《贺新
郎》词:

又是春残去。倚东风、寒云淡日,堕红飘絮。燕社鸿秋人不
问,尽管吴笙越鼓。但短发、星星无数。万事惟消彭泽醉,也何
妨、袖卷长沙舞。身与世,只如许。　　阑干拍手闲情绪。便明

————

① 唐圭璋编《全宋词》,第1册,第37页。

朝、苍烟白鹭,北山南浦。笑指午桥桥畔路,帘幕深深院宇。尚
趁得、柳烟花雾。我亦故山猿鹤怨,问何时、归棹双溪渚。歌一
曲,恨千缕。①

此词即属此调律句正体。此调韵句中,三字句有"只如许"、"恨千
缕",四字句有"堕红飘絮"、"星星无数"②、"北山南浦"、"柳烟花
雾",五字句有"袖卷长沙舞"、"归棹双溪渚"③,六字句有"尽管吴笙
越鼓"、"帘幕深深院宇",皆为以上所说的字声规则。

考察唐五代词调,从盛唐到五代十国时期,仄韵词调的七言韵句
有不少,但与两宋使用的主要句型不一样,如韦庄《木兰花》词调,有
六个七言韵句,皆为仄起仄收型:

独上小楼春欲暮。愁望玉关芳草路。消息断,不逢人,却敛
细眉归绣户。　　坐看落花空叹息。罗袂湿斑红泪滴。千山万
水不曾行,魂梦欲教何处觅。④

而其他仄韵词调如《鹊踏枝》、《南乡子》等的七言韵句也都主要使用
这种句型。这或者说明,两宋词坛仄韵词调主导的七言句型是在北
宋前期柳永等人笔下形成的。不妨看杜安世的一首《凤栖梧》(《鹊
踏枝》)词:

---

① 唐圭璋编《全宋词》,第 2 册,第 1164 页。
② 六字、七字折腰之句,皆以后三字、四字论字声,不从前三字起论字声,这里皆
　视为特殊的三、四字句。
③ 词调中上三下五八字折腰句者,前三字单论字声,后五字单论字声,后五字本
　文视为特殊的五字句。
④ 曾昭岷等编著《全唐五代词》,上册,第 171 页。

整顿云鬟初睡起。庭院无风,尽日帘垂地。画阁巢新燕声喜。杨花狂散无拘系。　　近来早是添憔悴。金缕衣宽,赛过官腰细。苒苒光阴似流水。春残莺老人千里。①

此调首见南唐冯延巳词,冯词中有六个七言韵句,皆为仄起仄收的七言律句。而杜安世此词除首句用仄起仄收律句之外,另外五个七言韵句,皆不再是这种句型,除上下片第四句皆作拗句处理外,"无拘系"、"添憔悴"、"人千里"皆以平平仄收尾。杜安世的这首创作,显然是有意识的(另其"池上新秋"、"惆怅留春"二词也皆是这样),反映了北宋前期词人在仄韵词调中,对七言韵句的字声选择。

仄韵词调的七言韵句尾三字非用"平平仄"时,则为"平仄仄"格式,即仄起仄收的律句。这种律句的使用,虽然是少数,但在两宋新调中还是有一些数量,不过它们主要集中在一些令词调,如《减字木兰花》、《清商怨》、《玉联环》(《一落索》)、《惜双双》、《百媚娘》、《凤孤飞》、《忆闷令》等等,可看作是唐五代令词调七言句法的余响,与五言韵句的使用成熟相比,其发展显得要滞后一些。

二、平韵、仄韵词调韵句与邻韵句的字声配合

"仄平平"、"平平仄"两种字声类型既是平声韵句、仄声韵句的基本字声,同时也是一个词调中非韵句尾三字的基本字声。一个词调的创作主要即是对这两种字声的反复使用。这应该很好理解,因为韵句的组织是这样,其他句子自然皆听"号令"。此等情况词调句法中比比皆是,不再举例说明。

那么,当一个词调不是句句用韵时,其"韵单位"是由两个以上的

---

① 唐圭璋编《全宋词》,第 1 册,第 178 页。

句拍组成,它们之间的组合关系是如何安排的?

　　同样,我们仍然需要以韵句的"韵"字为核心,看韵句前一句的尾字字声。韵句的前一句,这里我们姑且称之"邻韵句",其尾字字声和"韵"字字声的关系如何,决定了邻韵句和韵句的具体搭配法则。

　　邻韵句的尾字字声,或认为是可以随意安排平仄的,其实不然。此与韵句字声一样,亦关一调之字声。我们如果向韵字字声"看齐"的话,平韵词调为平声,邻韵句尾字若也是平声,则是"同向组织",如为仄声,则是"反向组织"。同样,仄韵词调的邻韵句尾字字声分别为仄声和平声时,则分别是同向和反向组织。这种同向或反向的组织原则,在同一词调中并不是偶然的安排,而是有其规律性的特点。即使全词不都是同向或反向,也依然有基本规则可寻。我们先看晏几道的一首平韵词《满庭芳》:

　　　　南苑吹花,西楼题叶,故园欢事重重。凭阑秋思,闲记旧相逢。几处歌云梦雨,可怜便、流水西东。别来久,浅情未有,锦字系征鸿。　　年光还少味,开残槛菊,落尽溪桐。漫留得,尊前淡月西风。此恨谁堪共说,清愁付、绿酒杯中。佳期在,归时待把,香袖看啼红。①

此词也属此调正体。我们看邻韵句的尾字"叶"、"思"、"雨"、"有"、"菊"、"得"、"说"、"把"等,皆为仄声,与韵字字声相反,这就属于反向组织,由此字声也就确定了邻韵句的全句字声,这当然不是偶然的现象。我们再看苏轼的一首仄韵词《永遇乐》:

---

① 唐圭璋编《全宋词》,第 1 册,第 253 页。

　　明月如霜,好风如水,清景无限。曲港跳鱼,圆荷泻露,寂寞
无人见。紞如三鼓,铿然一叶,黯黯梦云惊断。夜茫茫,重寻无
处,觉来小园行遍。　　　天涯倦客,山中归路,望断故园心眼。
燕子楼空,佳人何在,空锁楼中燕。古今如梦,何曾梦觉,但有旧
欢新怨。异时对,黄楼夜景,为余浩叹。①

　　这也是此调的正体,邻韵句的尾字依次是"水"、"露"、"叶"、"处"、
"路"、"在"、"觉"、"景"等,皆为仄声,与韵字字声相同,这就属于同
向组织,由此字声也就确定了邻韵句的全句字声。

　　除了这两种完全反向、同向的字声组织之外,还有一种同向和反
向皆有的交叉组织情形,以柳永《鹤冲天》"黄金榜上"词为例:

　　黄金榜上。偶失龙头望。明代暂遗贤,如何向。未遂风云
便,争不恣狂荡。何须论得丧。才子词人,自是白衣卿相。
　　烟花巷陌,依约丹青屏障。幸有意中人,堪寻访。且恁偎红翠,
风流事、平生畅。青春都一饷。忍把浮名,换了浅斟低唱。②

　　此调邻韵句的尾字,上片分别为"贤"、"便"、"人",为平—仄—平结
构,下片为"陌"、"人"、"翠"、"名",为仄—平—仄—平结构,交替特
征明显,这也就是此调邻韵句与韵句的字声组合特点。

　　那么,两宋词调韵句与邻韵句的字声安排,总体情况如何呢? 今
将两宋词调除去句句用韵或仅有一句邻韵句者,共 657 调,得平韵
194 调,仄韵 463 调,下面是这些词调的邻韵句尾字字声和韵声的具

---

① 唐圭璋编《全宋词》,第 1 册,第 302 页。
② 唐圭璋编《全宋词》,第 1 册,第 51—52 页。

体配合情况①：

	同向为主	反向为主	交替而行	总量
平声韵	2	145	45	192
词调	1%	75%	23%	100%
仄声韵	170	75	218	463
词调	37%	16%	47%	100%

　　从上表中我们可以发现，平仄韵词调的韵字与邻韵句的尾字配合，情况很不一样。平声韵词调的邻韵句和韵句的组织十分简明，以反向为主，另有小部分是交替而行。仄声韵词调明显要复杂一些。其中原因，似仍当从平仄字声的角度考量。平韵词调如果邻韵句尾字都是平声，词调的整体字声安排将变得十分单调；而仄韵句的邻韵句尾字与韵声相同，也仍有上、去、入的变化。而从韵句和邻韵句配合发展史来看，柳永的新创调大都是以反向为主的结构，至周邦彦等人新调，交替而行的结构越多，南宋如姜夔、吴文英的新调，则大都是交替而行的结构了。

　　而无论平韵还是仄韵词调，同向为主或反向为主的情况，由于它们特点十分明显，方便易记，我们都无须再进行分析。这里我们再简要说一下交替而行的词调情况。上文提到，交替而行的词调也都是有一定规则，具体到不同词调，会有不同的情况。以仄韵词调为例，可以有平平仄仄型（如《望春台》，此仅举上片，下同）、仄仄平平型（《西江月慢》）、平仄仄平型（《曲江秋》、《楚宫秋》）、仄平平仄型（《月华清》）、仄平仄平型（《向湖边》）等等。交替而行虽然一调有

---

① 表中"同向为主"包括两种情况，一是完全同向者，二是仅一字或二字不同向者，一字不同向者多在开头或结尾使用，二字不同向者多在上下片结尾处使用，特点比较清晰，不看作交替使用。"反向为主"者与此相类。

一调的特点,有着不同的交替方式,但我们如果以同向、反向的视角
理念来看,规律还是明显的,归纳也是方便的。那么这种交替而行的
平仄字声组织,会与音乐旋律之间有具体的必然对应吗? 应该不会,
如上文所说,如有对应也只是大体的对应,不然,音乐也就太简单了,
姜夔《白石道人歌曲》的词乐配合应是最好的证明①。

　　以上所述词调这种字声安排的基本特点,应当正体现着词体倚
声填词的基本原理。一调之音乐最重视的是拍句之"煞声",又称
"结音"、"住字",是韵脚所在。在词人创调时,首先应当确定的是韵
拍及韵字字声,然后以韵字为核心,确定韵句及邻韵句的字声,由此
全篇字声得以快速安排。这应是唐宋词人特别是两宋词人创调时安
排字声的方便法门,也当是我们今天勘校词体的一个便捷方法,更或
是词体创作可以依循的一个方便要诀。因为我们从韵字、韵句及邻
韵句的角度来看,每一词调特别是两宋新生词调的平仄组合都变得
简单了,基本规律相当清晰。当然,有一些词调并不完全符合以上规
则,甚至有的还完全相背,也有一些词调在特定句法上需要注意的不
仅仅是平仄,等等,这些具体词调的运用细节,也是我们需要特别注
意的地方。

---

① 具体请见刘崇德《燕乐新说》(修订本)中编第三章第三节"《白石道人歌曲》
词乐谱今译",第276—304页;伍三土的博士论文《宋词音乐专题研究》之第
七章《宋词声辞关系考》,扬州大学2013年,第423—431页;赵曼初《姜夔词
调声辞配合关系浅说》,《中国韵文学刊》1998年第1期。按:赵文于姜夔词
以四声论,虽然总体得出"从平仄规律看,多以平入配轻清,上去配重浊"等
结论,而从全文所列表格及提供的百分比等来看,平仄字声与音乐旋律也只
是大体上的联系。

主要参考文献

A

《安阳集》,[宋]韩琦,文渊阁《四库全书》本。

B

《白居易集》,[唐]白居易,顾学颉点校,中华书局 1979 年版。

《百家词》,[明]吴讷,天津古籍出版社 1989 年影印本。

《碧鸡漫志》,[宋]王灼,唐圭璋编《词话丛编》本,中华书局 1986 年版。

《碧鸡漫志校正》,[宋]王灼,岳珍校正,巴蜀书社 2000 年版。

《避暑录话》,[宋]叶梦得,《全宋笔记》本,大象出版社 2013 年版。

《蔡襄集》,[宋]蔡襄,上海古籍出版社 1996 年版。

《白石道人歌曲》,[宋]姜夔,四川人民出版社 1987 年版。

《白石道人歌曲研究》,杨荫浏、阴法鲁,人民音乐出版社 1979 年版。

《北宋词谱》,田玉琪,中华书局 2018 年版。

C

《沧州集》,孙楷第,中华书局 1965 年版。

《陈亮龙川词笺注》,[宋]陈亮撰,姜书阁笺注,人民文学出版社 1980 年版。

《陈书》,[唐]姚思廉,中华书局1972年版。

《词话丛编》,唐圭璋,中华书局1986年版。

《词林新话》,吴世昌,北京出版社2000年。

《词林正韵》,[清]戈载,江合友主编《清代词谱丛刊》本,国家图书馆
　出版社2020年版。

《词律》,[清]万树,上海古籍出版社1984年版。

《词牌格律》,羊基广,巴蜀书社2008年版。

《词曲史》,王易,东方出版社1996年版。

《词名索引》,吴藕汀,中华书局2006年版。

《词系》,[清]秦巘,北京师范大学出版社1996年版。

《词学全书》,[清]查继超辑,吴熊和校点,书目文献出版社1986
　年版。

《词学通论》,吴梅,中华书局2016年版。

《词与音乐》,刘尧民,云南人民出版社1982年版。

《词与音乐的关系研究》,施议对,中国社会科学出版社1985年版。

《词乐曲唱》,洛地,人民音乐出版社1995年版。

《词源》,[宋]张炎,唐圭璋编《词话丛编》本。

《词韵》,[清]仲恒,江合友主编《清代词谱丛刊》本。

《词韵略》,[清]沈谦,江合友主编《清代词谱丛刊》本。

《词调史研究》,田玉琪,人民出版社2012年版。

D

《大日本史》,[日本]德川光圀,日本吉川弘文馆1918年版。

《大晟府及其乐词通考》,张春义,中国社会科学出版社2017年版。

《东京梦华录》,[宋]孟元老撰,周峰点校,文化艺术出版社1998
　年版。

《读词常识》,夏承焘、吴熊和,中华书局1981年版。

《杜阳杂编》,[唐]苏鹗撰,阳羡生点校,上海古籍出版社 2012 年版。

《敦煌曲研究》,任中敏,凤凰出版社 2013 年版。

《敦煌曲续论》,饶宗颐,台北新文丰出版有限公司 1996 年版。

F

《法国国家图书馆藏敦煌西域文献》,法国国家图书馆,上海古籍出版社 2004 年版。

G

《姑溪居士前集》,[宋]李之仪,文渊阁《四库全书》本。

《古今词话》,[清]沈雄,唐圭璋编《词话丛编》本。

《古今合璧事类备要·外集》,[宋]谢维新,文渊阁《四库全书》本。

《古灵集》,[宋]陈襄,文渊阁《四库全书》本。

《古事类苑》,明治政府,日本吉川弘文馆 1989 年版。

H

《汉魏六朝乐府辞乐关系研究》,崔炼农,上海师范大学博士学位论文,2003 年油印本。

《汉魏六朝乐府文学史》,萧涤非,人民文学出版社 1984 年版。

《汉魏六朝诗论丛》,余冠英,商务印书馆 2010 年版。

《汉语史稿》,王力,中华书局 1980 年版。

《汉语音韵学》,王力,中华书局 1956 年版。

《汉语语音史》,王力,商务印书馆 2008 年版

《后汉书》,[南朝·宋]范晔,[唐]李贤等注,中华书局 1965 年版。

《皇朝编年纲目备要》,[宋]陈均,中华书局 2006 年版。

J

《姜白石词编年笺校》，夏承焘，上海古籍出版社 1981 年版。

《教坊记笺订》，任半塘，中华书局 2012 年版。

《姜夔与南宋文化》，赵晓岚，学苑出版社 2001 年版。

《教训抄》，[日本]狛近真，日本国文学研究资料馆藏本。

《晋书》，[唐]房玄龄等，中华书局 1974 年版。

《旧唐书》，[五代]刘昫，中华书局 1975 年版。

《潏水集》，[宋]李复，文渊阁《四库全书》本。

L

《类编皇朝大事记讲义》，[宋]吕中，上海人民出版社 2014 年版。

《李太白全集》，[唐]李白，[清]王琦注，中国书店 1996 年版。

《历代名臣奏议》，[明]杨士奇等，文渊阁《四库全书》本。

《笠翁词韵》，[清]李渔，江合友主编《清代词谱丛刊》本。

《龙榆生词学论文集》，龙榆生，上海古籍出版社 1997 年版。

《鲁国尧自选集》，鲁国尧，河南教育出版社 1994 年版。

《论唐代法曲的起源与流变》，朱玉葵，武汉音乐学院硕士学位论文，
　　2006 年油印本。

M

《梅磵诗话》，[宋]韦居安，《续修四库全书》本。

《梦溪笔谈校证》，[宋]沈括撰，胡道静校证，上海人民出版社 2016
　　年版。

《明清词谱史》，江合友，上海古籍出版社 2008 年版。

N

《南村辍耕录》,［元］陶宗仪撰,文灏点校,文化艺术出版社 1998
　年版。

《南齐书》,［南朝·梁］萧子显,中华书局 1972 年版。

P

《篇韵贯珠集·创安玉钥匙捷径门法歌诀》,［明］释真空,明弘治十
　一年刻本。

Q

《龟溪集》,［宋］沈与求,文渊阁《四库全书》本。

《钦定词谱》,［清］王奕清等,中国书店 1983 年影印本。

《清代词谱丛刊》,江合友,国家图书馆出版社 2020 年版。

《曲词发生史》,木斋,光明日报出版社 2011 年版。

《曲律》,［清］王骥德,《中国古典戏曲论著集成》本,中国戏剧出版社
　1959 年版。

《全宋词》,唐圭璋编,中华书局 1965 年版。

《全宋诗》,北京大学古文献研究所,北京大学出版社 1999 年版。

《全宋词作者词调索引》,高喜田、寇琪,中华书局 1992 年版。

《全唐五代词》,曾昭岷等,中华书局 1999 年版。

《全唐诗》,中华书局编辑部,中华书局 1999 年版。

R

《日本国志》,［清］黄遵宪,文渊阁《四库全书》本。

《榕园词韵》,［清］吴宁,江合友主编《清代词谱丛刊》本。

S

《三国志》,[晋]陈寿撰,[南朝·宋]裴松之注,中华书局 1982 年版。

《诗词曲格律纲要》,涂宗涛,天津人民出版社 2000 年版。

《说郛》,[元]陶宗仪,文渊阁《四库全书》本。

《说略》,[明]顾起元,文渊阁《四库全书》本。

《宋词大辞典》,王兆鹏、刘尊明,凤凰出版社 2003 年版。

《宋词举》,陈匪石编著,钟振振校点,江苏古籍出版社 2002 年版。

《宋词声律探源大纲》,刘永济,中华书局 2010 年版。

《宋词音乐研究》,郑孟津,中国文史出版社 2004 年版。

《宋词音系入声韵部考》,金周生,台北文史哲出版社 1985 年版。

《宋词用韵研究》,魏慧斌,陕西出版集团、陕西人民教育出版社 2009
　年版。

《宋大诏令集》,无名氏,中华书局 1962 年校勘本。

《宋代官制辞典》,龚延明,中华书局 1997 年版。

《宋河北河东大郡守臣易替考》,李之亮,巴蜀书社 2001 年版。

《宋会要辑稿》,[清]徐松辑,中华书局 1957 年影印本。

《宋辽金用韵研究》,刘晓南、张令吾主编,香港文化教育出版社有限
　公司 2002 年版。

《宋史》,[元]脱脱,中华书局 1985 年版。

《宋史全文》,无名氏,文渊阁《四库全书》本。

《宋书》,[宋]沈约,中华书局 1974 年版。

《宋元戏曲史》,王国维,华东师范大学出版社 1995 年版。

《隋书》,[唐]魏征等,中华书局 1973 年版。

《隋唐五代燕乐杂言歌辞集》,任半塘、王昆吾编著,巴蜀书社 1990
　年版。

《隋唐五代燕乐杂言歌辞研究》,王昆吾,中华书局 1996 年版。

T

《太平广记》，[宋]李昉等，中华书局 1961 年版。

《唐大曲考》，王安潮，上海音乐学院博士学位论文，2007 年油印本。

《唐代长安与西域文明》，向达，河北教育出版社 2001 年版。

《唐代乐舞歌辞研究》，周期政，河北大学博士学位论文，2004 年油印本。

《唐会要》，[宋]王溥，中华书局 1955 年版。

《唐六典》，[唐]李林甫等撰，陈仲夫点校，中华书局 1992 年版。

《唐声诗》，任中敏，凤凰出版社 2013 年版。

《唐宋词的定量分析》，刘尊明、王兆鹏，北京大学出版社 2012 年版。

《唐宋词汇评·两宋卷》，吴熊和，浙江教育出版社 2004 年版。

《唐宋词调研究》，刘尊明，凤凰出版社 2019 年版。

《唐宋词谱校正》，谢桃坊，上海古籍出版社 2012 年版。

《唐宋词通论》，吴熊和，浙江古籍出版社 1989 年。

《唐宋乐古谱类存》，刘崇德，黄山书社 2016 年版。

《唐戏弄》，任中敏，凤凰出版社 2013 年版。

《唐乐古谱译读》，叶栋，上海音乐出版社 2001 年版。

《铁围山丛谈》，[宋]蔡絛撰，冯惠民、沈锡麟点校，中华书局 1983 年版。

《通典》，[唐]杜佑撰，王文锦等点校，中华书局 1988 年版。

W

《万乐和汉考》，[日本]太秦兼陈，东京国立博物馆藏 733 年稿本。

《魏晋南北朝音乐文化与歌辞研究》，吴大顺，扬州大学博士学位论文，2005 年油印本。

《魏氏乐谱今译》，刘崇德译谱，河北大学出版社 2011 年版。

《魏书》，[北齐]魏收，中华书局1974年版。

《文献通考》，[元]马端临，中华书局1986年版。

《文心雕龙义证》，詹锳，上海古籍出版社1999年版。

《武林旧事》，[宋]周密撰，周峰点校，文化艺术出版社1998年版。

X

《西溪集》，[宋]沈遘，文渊阁《四库全书》本。

《夏承焘集》，夏承焘，浙江古籍出版社、浙江教育出版社1997年版。

《现存日本唐乐古谱十种》，刘崇德，黄山书社2013年版。

《学宋斋词韵》，[清]吴烺，江合友主编《清代词谱丛刊》本。

《新唐书》，[宋]欧阳修等，中华书局1975年版。

《续教训抄》，[日本]狛朝葛，日本现代思潮新社2007年版。

《续群书类丛》，[日本]塙保己一，日本八目书店2013年版。

《续通志》，[清]嵇璜，文渊阁《四库全书》本。

Y

《燕乐探微》，丘琼荪撰，隗芾辑补，上海古籍出版社1989年版。

《燕乐新说》（修订本），刘崇德，黄山书社2011年版。

《仪礼经传通解》，[宋]朱熹，文渊阁《四库全书》本。

《玉海》，[宋]王应麟，文渊阁《四库全书》本。

《元杂剧用韵研究》，赵变亲，中国社会科学出版社2014年版。

《元稹集》，[唐]元稹著，冀勤点校，中华书局1982年版。

《袁桷集校注》，[元]袁桷著，杨亮校注，中华书局2012年版。

《郧溪集》，[宋]郑獬，文渊阁《四库全书》本。

《乐府诗集》，[宋]郭茂倩，中华书局1979年版。

《乐府诗史》，杨生枝，青海人民出版社1985年版。

《乐府诗述论》，王运熙，上海古籍出版社2006年版。

《乐家录》，[日本]安倍季尚，日本现代思潮新社1935年版。

《乐书》，[宋]陈旸，文渊阁《四库全书》本，台北商务印书馆1986年版。

《韵语阳秋》，[宋]葛立方，中华书局1985年版。

Z

《掌中要录》，[日本]狛朝葛，刘崇德主编《现存日本唐乐古谱十
　种》本。

《中国古代乐府音谱考源》，宋光生，文化艺术出版社2009年版。

《中国古代音乐史》，金文达，人民音乐出版社1994年版。

《中国古代音乐史简编》，夏野，上海音乐出版社1989年版。

《中国古代音乐通史简编》，孙继南、周柱铨，山东教育出版社1993
　年版。

《中国古典戏曲论著集成》，中国戏曲研究院，中国戏剧出版社1959
　年版。

《中国音乐词典》，中国艺术研究院音乐研究所，人民音乐出版社
　2016年版。

《中国音乐史纲》，杨荫浏，万叶书店1952年版。

《中国音乐史略》（增订本），吴钊、刘东升，人民音乐出版社1993
　年版。

《中国韵文史》，龙榆生，上海古籍出版社2002年版。

《中国之美文及其历史》，梁启超，台北中华书局1968年版。

《周汝昌序跋集》，周汝昌，中华书局2015年版。

《朱子语类》，黎靖德编，王星贤点校，中华书局1994年版。

《拙轩词话》，[宋]张侃，唐圭璋编《词话丛编》本，中华书局1986
　年版。

《资治通鉴》，[宋]司马光等撰，[元]胡三省注，上海古籍出版社
　2006年版。